光文社文庫

長編推理小説

霧の会議（上）

松本清張プレミアム・ミステリー

松本清張

光 文 社

目次

霧の会議（上）

応援頼みに

十月も十日をすぎるとロンドンの日あしは急に短くなる。気温が下がり、婦人はカーディガンを羽おり、年寄りはコートをきた。若者は格好よさをかねて革ジャンパーを着こむ。ハイド・パークのポプラ、クルミ、トネリコなどが黄色く、間にカエデやカシの赤い葉が交じった。風が吹くと上の梢《こずえ》から落葉がはじまる。

公園の東側の鉄柵《てつさく》に沿う南北の大通りがパーク・レーン、それを南へ下がったあたり、東に分れたややせまい道がカーゾン通りである。以前は由緒ある家が散在した静かな屋敷町だった。この地区一帯をメイフェアというが、高層建築のホテル・ヒルトンは、パーク・レーンに面したほうを正面出入口に、カーゾン通りとの角地《かどち》にそびえる。

八木正八はヒルトンの一階に降りて正面とは反対のほうへ歩いた。ここはきれいな装身具や服飾品の売場がならんでいる。突き切ると裏の出入口になった。

横にトラックなどが置いてあり、壁ぎわには空箱が積み上げてある。屑《くず》を詰めたドラム缶がある。高級ホテルも裏はきたない。

しぜんと横通りのカーゾン・ストリートに足を踏み入れる。空がせまいのは屋根が詰まっていて路地のようなところだからだ。うす暗かった。窓の白いカーテンの中に灯が点じている。青空だが午後三時すぎの太陽は光が弱まっていた。

このあたりは四、五階建ての家が多い。間口はせまく、奥行きが深い。むかしの屋敷町は一変した。いまは娼婦《しょうふ》の館《やかた》がならぶ。ヒルトンをはじめ付近のホテル客たちがまたその客である。

館のほとんどが堅実な、こぢんまりとしたフラットふうである。階下がコーヒーショップふうなところもある。看板は出ていない。小さなウインドウがあって、《モデルさん来ています》とボール紙に文字を書いたのを出している。女たちは昼間から客を待っている。

八木正八は横通りを東へ進む。カーゾン通りは東西の道路ばかりではなく、途中から南北の道が数条に分れ、また東西に派生し、井桁《いげた》になる如くにして歪《ゆが》み、袋小路に入る。夜だと、あたかも永井荷風の「濹東綺譚《ぼくとうきたん》」に書かれた玉の井のように想像されもするが、そうでないのは玉の井が大正時代の新開地、カーゾン通りは十八世紀からの高級住宅地。まだその名残りが同じ区域内に品《ひん》のいい商店街として、上流階級らしい婦人客の足を運ばせている。

八木正八はそっちへは見むきもせず、横の通りを南へ折れた。この通りは西へ直角に曲っていてハートフォード・ストリートという名になる。ここも高層ホテルがならぶ。そのまま、まっすぐ西すればロータリーがあって、パーク・レーンと合する。ヒルトンの裏から出た八木は、カーゾン通りをコの字形に迂回《うかい》してここまできたことになる。

彼は彳《たたず》んで腕時計をのぞいた。三時四十分。空に澄明な蒼《あお》い色が残っているが、ビルの谷間は昏《く》れかけている。ホテルの窓の灯がぼつぼつふえる。ヒルトンは完全に隠れていた。

八木ははじめて落ちついて煙草《たばこ》をとり出した。

とたんに、そこのうす暗がりにうずくまっていた色が動いたので、足を取られたようにびっくりした。

派手な色のスカーフで頭を包み、赤い格子縞《こうしじま》模様の毛布を腰にまいた老婆が低いベンチから背中を起した。大きな袋に凭《よ》りかかっていたのだ。袋の中には衣類から鍋《なべ》、フライパン、皿にいたるまで「世帯道具」を詰めこんでいる。ローマから来た八木は知らないが、「バッグ・レディ」の愛称をもつ名物もの乞《ご》い婆《ばあ》さんで、もうこのシェパード・マーケット辺を根《ね》城《じろ》に何十年となく徘徊《はいかい》している。

箱型の黒いタクシーがきた。まだヘッドライトはつけていない。

「フリート通りへ頼む」

ロンドンのタクシー運転手は市内の地理に精通するのに特殊な訓練と経験を積んでいる。八木はアドレスを書いた紙片を手渡しただけだが、なんの迷いもなく、まっすぐな道路と斜めの道路とが落ち合った三叉路のところでタクシーはとまった。

フリート街は名にしおうプレスセンターである。日本の新聞社のロンドン支局（ヨーロッパ総局でも支局でも名称はどうであろうと）は、便宜上たいていロンドン発行の英国新聞社の社屋を借りている。八木がローマ支局に雇われているのは「中央政経日報」で、このロンドン総局は「デーリー・ニューズ」の社屋五階にあるはずだった。

八木が新聞用紙を積んで去ったトラックの来た方角に眼をやると、七階建てぐらいの古びた赤煉瓦《れんが》の建物があり、道路ぎわにトラックが三、四台とまっていた。下は広い壁をとり払って横長の作業場のようなものになっていた。新聞の発送場である。見上げると、屋上近くに該当の新聞社名の看板が出ていた。

正面出入口は反対側らしい。八木は横手の路地を歩いた。なんだかじめじめとしている。ずいぶん前の新宿の裏通りを想い出した。

デーリー・ニューズ社の玄関を入ったが、受付も守衛もいなかった。つき当りを右に曲ったところにリフトがあった。八木が5のボタンを押しかけたところに、ちぢれ毛ののっぽの男と、赤毛長髪の背の低い男とがスエーター姿でかけこんできた。

八木は五階に出た。壁ぎわに細長い通路が延びている。それに沿って事務所ふうな楡色《にれ》の板壁がつづいていた。通路の天井のうすぐらい電灯が、楡色の鈍い艶《つや》と、三つならんだドアの真鍮《しんちゆう》とを光らせていた。上に「中央政経日報社ロンドン総局」の日本文と英文の二つの横看板がならんで出ていた。

八木は三つの室のうち、どの真鍮のノブを回したものかと、寝台車のコンパートメントのようにつづくドアを眺めた。とっつきの部屋の中からはテレックスの音がしている。これは受け放しのようで、紙をちぎり取る音がしない。そのうち耳に日本語の高い話し声が聞えてきた。まん中のドアからである。彼はそこをノックした。話し声がやんだ。

ドアが細めに開き、日本人のまるい眼がのぞいた。

「どなた?」

まるい瞳《ひとみ》で、じろりとこっちの風采《ふうさい》を見た。

「ローマ支局の八木と申します」

ああ、とまるい眼が軽くうなずいたが、四分の一ほど開いたドアはそのままにして、ちょっとお待ちくださいと引込んだ。

その隙間《すきま》の白い壁に、新聞社のカレンダー用のカラー写真、シルクロード風景らしい一部が見えた。中ではひそひそ話をしている。

左側のドアの中は話し声こそなかったが、紙を繰る音、イスのきしる音、脚を動かす靴音などがしている。テレックスが勝手に鳴っていた。

中のドアが内側からいっぱいに開いた。

「どうぞ、お入りなさい」

まるい眼が中途半端な笑顔で全身を現わした。三十半ばの顔である。モヘアか何かの白いスエーターで、グレイの綾《あや》織りのズボン、片手にパイプの頭を握っていた。

横を見ると、ちぢれ気味の髪を撫《な》でつけた色の浅黒い、四角な顔の、肩の張った四十男が、金庫を背に、イスに股《また》をひろげていた。深沢総局長であった。

八木正八は名刺といっしょにローマ支局長岩野俊一の封書を総局長にさし出した。

深沢菊治はイスから立ち、八木の名刺をうけとり、ちょっと活字に眺め入ったあと、どうぞ、と横わきに空《あ》いている机のイスを八木にすすめ、自分が先に腰をどっかと落した。

「遠いところを、ご苦労さんですな」

深沢は塩辛声《しおからごえ》で八木をねぎらい、岩野の添書の封を切って眼を動かした。太い頸《くび》のせいで、スポーツシャツの衿《えり》もとが開き、ネクタイがゆるんでいる。

頰《ほお》の赤い、パイプを握った男は左手のドアから次の部屋に消えた。テレックスの文字をのぞき、ついでにそこに居る人間と話しこみに行ったのだろう。

深沢は浅黒い顔を上げて手紙をたたんだ。文面は長くない。

「あんたのことは、一昨日、岩野君がローマから電話をかけてきたので、あらまし聞いていたけどね」

彼は眼を小さくし、額と鼻の頭に皺《しわ》をよせ、にやにや笑いながら、塩辛声でいう。

「あんたの取材に応援してくれということだ。せっかくの岩野君の頼みだし、こちらとしては極力お手伝いしたい。けどな、ロンドンも忙しいでなア。人間はたしかに三人居る。そのほかにアシスタントが二人、前からの常勤です」

つまりは現地採用の雇員、辞令の上では八木と同じ身分の臨時雇である。

「全部で五人のスタッフ。短期間の応援に一人くらいは出せると思うだろうが、そう思われるのが、ぼくは、たいへんにつらい。……」

隣りの部屋からふたたび白のスエーターの男があらわれ、八木の対《むか》い側の斜めにあたるイスに黙ってすわり、綴込《とじこ》みの新聞をひろげた。机の上に立てかけたスクラップ・ブックや参考書や部厚い年鑑類などで、その姿はかくれている。

ドアの向うでは相変らずテレックスの単調な音がつづいていた。

「そのうえに、ね」

と深沢は大きな嗄《しわが》れ声で、八木正八にむかってつづけた。

「ロンドン総局はヨーロッパの遊軍みたいなところがあってな。ヨーロッパの西に東に北に南に、重要な国際事件が発生すると、本社の外報部長の電話一本でどこの国、どこの都市でも飛び立たされる移動特派員、体《てい》のいい便利屋のようなものさ、ロンドン総局の役目の一つはな」

斜め向うで綴込みの新聞をひろげている男が笑った。新聞の上にパイプの煙が輪になって出ていた。

「まあそれは、あんたが来る前に岩野君から電話があったときに云っておいたことだがね。……しかも事件はいつなんどき勃発《ぼっぱつ》するかわからん。東西緊張の現在だから、事件の種類、時期、だれにも予想がつかん。ロンドンで首相や閣僚の共同記者会見に出たり、国会の演説を聞いたり、外交の方針、政界の情報などをさぐる本来の仕事で手いっぱいのうえに、そういうのがあるんだからな」

深沢総局長の云いたいことは、要するにローマ支局長からの「乞《こう》応援」を拒絶するにあった。

「ここにいる経済担当の辻本次郎君にしても、外を回っている社会担当の早川秀夫君にしても、それぞれに自分の仕事を抱えながらぼくの忙しいとこを手伝ってくれてますよ。それでなくては、とてもやってゆけない」

それにしては二人とも、のんびりとしていた。テレックスの単調な音がつづく。

通路側のドアがノックされて、女性が紅茶を運んできた。

褐色のショート・カット、背はそれほど高くない女が紅茶の道具を両手に抱えて入ってきて、カップ三つを起して順々に茶を注いだ。衿の白い、うすい臙脂《えんじ》色のワンピース。化粧の少ない顔がうつむいて立ちのぼる湯気を避けている。鼻の頭がすこし上に反《そ》っていた。白い陶器に電灯の光が溜《た》まった。

「ありがとう、Mrs. ……」

なんとかと深沢は礼をいった。彼女は唇の端だけを笑《え》ませたが、三十をすこしすぎたかと思われた。

彼女は通路側ではなく、つづき部屋になっているドアを開けて消えた。開けた瞬間だけテレックスの音が高かった。さきほど聞いたこの部屋の紙をめくる音やイスのきしる音などの気配は、彼女だったのだ。

「あの女性は」

深沢は紅茶のすすり音を無遠慮に立てていった。

「ウチのアシスタントです。二代前の総局長いらいだが、仕事がよくできる。ロンドンは下町生れ。地理に精通。その点でも、われわれ日本人特派員の弱点をカバーしてくれている。早川君に付いているが、専属ということではない。必要なら辻本君のほうも手伝う。ああして部屋にこもって資料の整理もする。助手は万能選手でないといかんからな。……八木君、あんたもきっとそうだと思いますがね」

「いえ、ぼくなんかなにもできません。いわれたとおりのことを、ぼやぼやしながら一生懸命やってるだけです」

深沢がはじめてじぶんの名を呼んだ。八木は紅茶に眼を伏せた。

「一生懸命にやるのがいちばんです」

総局長は軽くうなずき、ティーカップを持ちかえた。

「アシスタントがもう一人いる。これはこちら採用の日本青年で、ロンドン大学を出て、弁護士の試験にパスしようともう五年も頑張っている。これもなかなか働き屋だ。が、そういう助手二人だけでは、とても手不足だ」

「……」

「しかし、増員を本社に申請しても予算がないといって認めてくれない。それだけじゃない、東京からいつもいってくるのは経費節約、経費節約。本社では編集局の庶務が鉛筆一本にもいちいち請求伝票を書かせているそうだ。ジョークだろうがね。……話がそれたけれど、とにかく、そんなわけで手が足りない。悪いけれど、あんたのせっかくの頼みでも、どうしようもないですな」

「わかりました」

八木正八は色だけは鮮やかなイタリアの既製服の撫で肩を前に折った。

「ぼくのほうの支局長に総局長からお話がいっているならしかたがありません。これで引きさがります。どうもお邪魔をいたしました」

「ま、ちょっと待ってくれ」

深沢がイスの上で身体を動かした。

「応援はできないけどね。けど、なにも話を聞かないうちに帰ってもらうのも、アタマから追い返すようで、こっちも気持が悪い。かんたんに要点だけ話してくれるかね？　あんまり長い話は困るのだが」

斜め向うの机で、ばさりと綴込みの新聞をめくる音がし、辻本次郎がいった。

「深沢さん。今日はパーラメント（議会）関係の記事はありませんよ」

「うんうん。まあそうだがね。それにしても二、三十分くらいの余裕はあるな」

深沢は壁の電気時計を見た。

「八木君。どういう応援だね？」

「ホテル・ヒルトンにローマ市警の刑事二人が張りこんでいるんです。それをぼくが見張っているんです」

八木は渋りがちに云い出した。応援してくれないとわかると、気が乗らない。

「その刑事二人はおとといの九日朝にローマ空港を発《た》ってロンドンに入り、ヒルトンに泊まったんです。ぼくは夜の便《びん》でローマを発ち、ヒルトンに入り、刑事を見張り、同時に刑事が監視している対手《あいて》の人物の行動も見張りしているのです」

「そういっぺんに云っては、ややこしくてわからん。まず聞くけど、ローマ市警の刑事がヒルトンで監視している人物というのは何者だね？」

「男はオーストリアの実業家だそうです」

「男？　ほかに女がいるのか」

「ブロンドの美人姉妹です。これが彼の秘書というのですが、そのどちらかが愛人らしいです」

経済担当の辻本次郎が赤い頬の顔を向う側からぬっと出した。

「いったい、その美人姉妹づれのオーストリアの実業家は、何をやったというんだね？」

「わかりません」

八木は天井の電灯を眺めた。シェードに黒い虫が一匹這《は》っている。

「オーストリアの実業家と、美人姉妹の名前およびアドレスは、ホテル・ヒルトンのリセプションに本人らのパスポートによって宿帳《レジスター》に記《つ》けられているからすぐにわかるはずだ。何をやったかは知らないが」

天井を眺めた八木正八は顔をもどした。

「ローマ市警の刑事は、三人のパスポートは偽造だといっています。だからホテルのフロントに書いてあるのは偽名です」

「ふうむ。……ローマ市警の刑事は正体を知っているのかね？」

「知っています。だからローマから追跡してロンドンに来たのです」

「追跡？」

「オーストリア人三人がヒルトンに入ったのは七日です。ローマ市警がそれを知って刑事二人を派遣したのは九日の朝です」

「で、きみは夜の便でローマを発った。ということはローマ市警からその情報を岩野君が教えられたのかね？」

「そうらしいです」

「ほんらいは岩野君がローマ市警の刑事二人を追ってロンドンに行きたいところだが、支局長だから動きがとれない。で、アシスタントのきみをこっちへ派遣した」

「そういうことです」

「そうするとだね、それには張りこみの刑事二人ときみとの間に意思の疎通がある程度なくちゃならんが、それは大丈夫なのかね？」

代理の助手のきみで大丈夫かな、という深沢の懸念《けねん》が口ぶりに出ていた。

「その刑事たちとは、わりに親しいのです。ぼくはローマのサツまわりもさせられていましたから」

「あ、そうか」

辻本が音立てて新聞の綴込みを持ちかえ、パイプの煙を上げた。

「刑事と心安いなら、きみはその美人姉妹づれのオーストリア実業家が何者か、事件のアウトラインはどういうことか、ぐらいは聞いているんだろう？」

「オーストリア人のほうは全然わかりません。刑事もほんとに知らんようです。事件の輪廓《りんかく》はだいたいぼんやりとわかっているんですが」

「ははあ」

深沢は冷えた残りの紅茶をすすった。

「すると、なにかね、正体はわからないがその女づれのオーストリア実業家が、事件の渦中の人物というわけか」

「いえ。中心人物はほかにいるんです。……」

「どういう事件か知らんが、事件の中心人物はそのオーストリア人ではないのかね？」

紅茶の残り雫《しずく》を舌にしたあと、深沢は煙草をとり出した。ウインストンの函《はこ》が半分つぶれていた。

「中心人物は別にいます。そして、その者はイタリアからロンドンに来ているのです。ロンドンに居るけど、どこに泊まっているかわかりません」

「イタリアから来たというなら、その事件というのはイタリアで起っているのであって、その人物もイタリア人だな？」

「そうです」

斜め向うから辻本次郎がまた首を伸ばした。この顔に深沢の顔が合った。イタリアに目下なにか大きな事件が起っているかな？　さあ、こっちの新聞テレビ報道には出てませんね。目顔での両人の問答だった。

「その中心人物のイタリア人の名前はわかっているんだろうね？」

「もちろんわかっています」

どういう名前か、とは深沢は訊《き》かなかった。懸命に追っているらしいローマ支局の領分を侵犯することになるからだ。応援を承諾するなら別だが、それを拒絶した手前、なおさら発せない質問だった。

「けど、ホテルでは偽造のパスポートによる偽名で泊まっているはずですから、本名でロンドンじゅうのホテルをさがしてもわかりようはありません」

「やれやれ、また偽造パスポートか。ヒルトンに美人姉妹同伴で泊まっているオーストリア人の役割は何だね？」

「その人物と連絡をとっているのです」

「じゃ、彼はその一味か」

「一味といっていいかどうか。大きくいえば、そうでしょうが、連絡をとっているイタリア人の直接の仲間ではないようです。もっと大きな組織の一員のようです」

八木も、話すうちにいつか熱心になっていた。応援を得られなくともいい、同じ新聞社の人間だ、これまでの経過を語るだけでも充実感が湧いてきた。

「ははあ」

深沢が思案するように小指で眉《まゆ》の上を掻《か》いた。隣りの部屋で、テレックスの紙をちぎり取る音が初めてした。さっき紅茶を運んだイギリス女性の助手だ。あと単調《モノトナス》な音が復活した。

「で、オーストリア人と、その相手との連絡方法は何かね？」

「電話だったり、オーストリア人自身が出かけて行ったりしているようです」

「むこうからはヒルトンにこないのか」

「いまのところ、来ないようです。ですから、電話連絡がおもなようです。オーストリア人は、そのほかに伴《つ》れの女も連絡に使っているようです」

「そりゃ、姉のほう、妹のほう？」

「妹のほうです」

「きみは姉妹とも見ているの？　どっちが美人かね？」

深沢は煙草の煙を除《よ》けるように眼を細めた。

「若いだけに妹のほうが溌剌《はつらつ》としてますかね」

辻本がまるい顔を引込めずにいた。

「で、ヒルトンに張りこんでいるローマ市警の刑事が、同じヒルトンから出ていく彼女のあとを尾行してゆく？」

「その刑事を、ぼくが尾行するのです」

「ふむ、ふむ」

「ところが撒《ま》かれます」

「刑事にか」

「刑事もです。彼女にです」

「………」

「というのは、これは撒かれた刑事の話ですが、彼女はまっすぐに相手の人物のアジトに行くのではなくて、途中でその人物の代理人と会っているのですね。つまり先方も一人ではなくて伴れがいるのです。その伴れが代理人として中継しているわけです。それはオーストリア人が使いを出した場合のことで、オーストリア人が自身で出向くときとか、電話をかけるときとかは直接のようです」

「では、オーストリア人が出かけたときを刑事が尾行すれば？」

「女の尾行ですら失敗するんですから、オーストリア人本人の尾行に成功するわけはありません。もっとも、それは一度きりです。というのは、その中心人物が伴れといっしょにロンドンのどこかにきたのがすこし前らしいです。オーストリア人がロンドンにきてヒルトンに入ったのが、さきほどもいったように今月の七日です。これは両者に連絡があってのことだとウチの支局長は云っています。それを知ったローマ市警がオーストリア人監視の刑事二人をロンドン・ヒルトンに出したのが九日の朝、支局長に云われてぼくが同じホテルに来たのが夜です。ですから、まだ、まる二日と経っていません。その間、オーストリア人も妹のほうもホテルを出て行ったのは一度というわけです」

八木正八はいっぺんに説明した。

「わかった。だいたいね」

深沢は煙草をゆっくりと揉《も》み消した。

「要するにだな、これから先、きみは監視の刑事二人の様子も見張っていなければならん。

オーストリア人なり美人姉妹なりが外出すれば刑事のあとから尾行しなければならん。場合によっては単独に追うこともある。とても一人では限界がある。刑事二人は交替で休めるけど、きみはひとりだからな。睡眠もとらんといかんしなア」

深沢は同情を示した。

「それだけじゃありません。対手の両方がいっぺんに動いたとき、どっちを追っていいかわからなくて迷うときがくると思います。そういう場合に助けてもらえる人があったらと思うんです」

辻本がまた顔を引込めた。

「それに致命的なことは、ぼくがロンドンの地理をまったく知らないことです。地図を片手に、対手を尾行していても、街角をいくつも曲られたりして、ちょっとでも姿が見えなくなると、それでおしまいです。頭に地理が入っていたら、見当がつくのであわてなくてすむし、先まわりすることだってできるんですがね」

「しかし、きみはローマ市警の刑事とは気脈が通じ合っているんだろ？」

「ある程度は教えてくれてます。が、手の内の全部じゃありません。ぼくが彼らの捜査行動の邪魔になりますからね。こっちは、できるならそのウラをかくのが目的ですから」

「きみはなかなか意欲的なんだね」

深沢は八木の顔をじっと眺め、

「その熱心さに打たれたよ。ほんとに協力したいよ。しかし、こっちの事情はいま話したとおりだ。どうにもならないんだよ。応援したいのは、ヤマヤマなんだけどね。察してもらえるかしら、八木君」

「ご無理をお願いして、申しわけありませんでした」

八木正八が最後に頭をさげたときは、イスから立っていた。

「いや、こっちこそ申しわけなかった」

深沢総局長はイスをうしろに倒すように引き、広い腰を急いで浮かせた。

「八木君。きみもこっちにいるあいだ電話をくれたまえ。もしそのとき協力できる状態だったら、協力したいから」

塩辛声で眼を細めた。

一九八二年――十月十一日、午後五時を十分まわっていた。

テンプル通り

八木正八は夜に入った道を歩いた。

タクシーから降ろされたのは、たしかこのあたりだと思うが、通りを一つ間違えたようであった。この辺は地図を見てもタテ、ヨコの通りが幾何学文様さながらに不規則だが、ここはそれほどでもなかった。

時間がすぎたためか、新聞用紙を積んだトラックの疾走も絶えていた。ビルの影はいくつも向うに見えるが、はたして新聞社かどうかわからなかった。タクシーは通らない。通りはせまく、夜は寂しい横町といった感じだった。人もあまり通っていない。

だが、タクシーの通る北のフリート街へ向かって歩いても、南のヴィクトリア・エンバンクメントへ歩いても、幅四百四十ヤードだから知れたものである。いまは、ほぼそのまん中に居る。どっちへ出るにしても時間はかからぬ。南へむかうことにした。

道幅のせまい十字路に出た。街灯の光が道標を照らしていた。南の通りが“TEMPLE AV.”東西の通りが“TUDOR ST.”。

名前を読むよりは立ちどまって車に気をつけたのだが、左右も前方も安全だった。が、光《こう》芒《ぼう》と短いクラクションがうしろからきた。

ふりかえると、横に中型車が寄り添うようにとまった。

運転席の窓が開き、白い顔が笑いながらのぞき出て、片手の先に茶革の手帖をかざしていた。

八木は、あっと思い、自分のポケットの上を押えた。へこんでいた。

深沢総局長と話しているときに、手帖を机の上に置き忘れてきたのだ。手帖を出した憶えはないのだが、人と話しているときの癖がつい出て、いつのまにかポケットから出したとみえる。深沢が気がついて、すぐに助手に車で追わせたのだ。

「どうもありがとう」

八木は、英語でいったものかどうか迷ったが、とりあえず日本語でいった。

「いいえ。まにあって、よかったです」

英国女性も日本語で返した。慣れた言いかただった。

「たいへんですね」

手帖を渡したあとも、彼女はハンドルに片手を休めて、歩道に立っている八木を見上げた。

その一語で、テレックスの音する隣室にいた彼女が、自分と深沢との会話を聞いていたと知った。

街灯の逆光がブラウンの髪を黄色に縁《ふち》どらせ、ワンピースの肩の臙脂《えんじ》色の線を浮き上がらせていた。

「ロンドンは、はじめてですか」

車の中から総局の女助手は、外の八木を見上げた。

「そうです。五年前に、遊びに一度来たことがあるくらいです」

「ヤギさん。あなたとフカザワさんとのおはなしは、わたしがしごとをしているルームにきこえました」

逆光の顔は、暗い中に鼻筋と頰《ほお》のふちだけに輝きを浮べ、瞳《ひとみ》の端が小さく光っていた。

隣室でひとりで資料の整理などをしていれば、こっちの話はしぜんと彼女の耳に入る。ことに深沢の塩辛声は大きいから筒抜けである。

「あなたが、ヒルトンにいるローマのポリスふたりと、オーストリア人とその女性ふたりと、どうじに五人をワッチして、そのうえ、それぞれをロンドンでフォローするのはインポッシブルです。あなたのからだは二つに分れるしかありません」

「え?」

「日本のコトワザにあるじゃありませんか」

「二兎《にと》を追う者は一兎も得ず、ですか」

「そうそう、それです。フランス語にも、おなじのがあります。Courir deux lièvres à la fois……」

29　テンプル通り

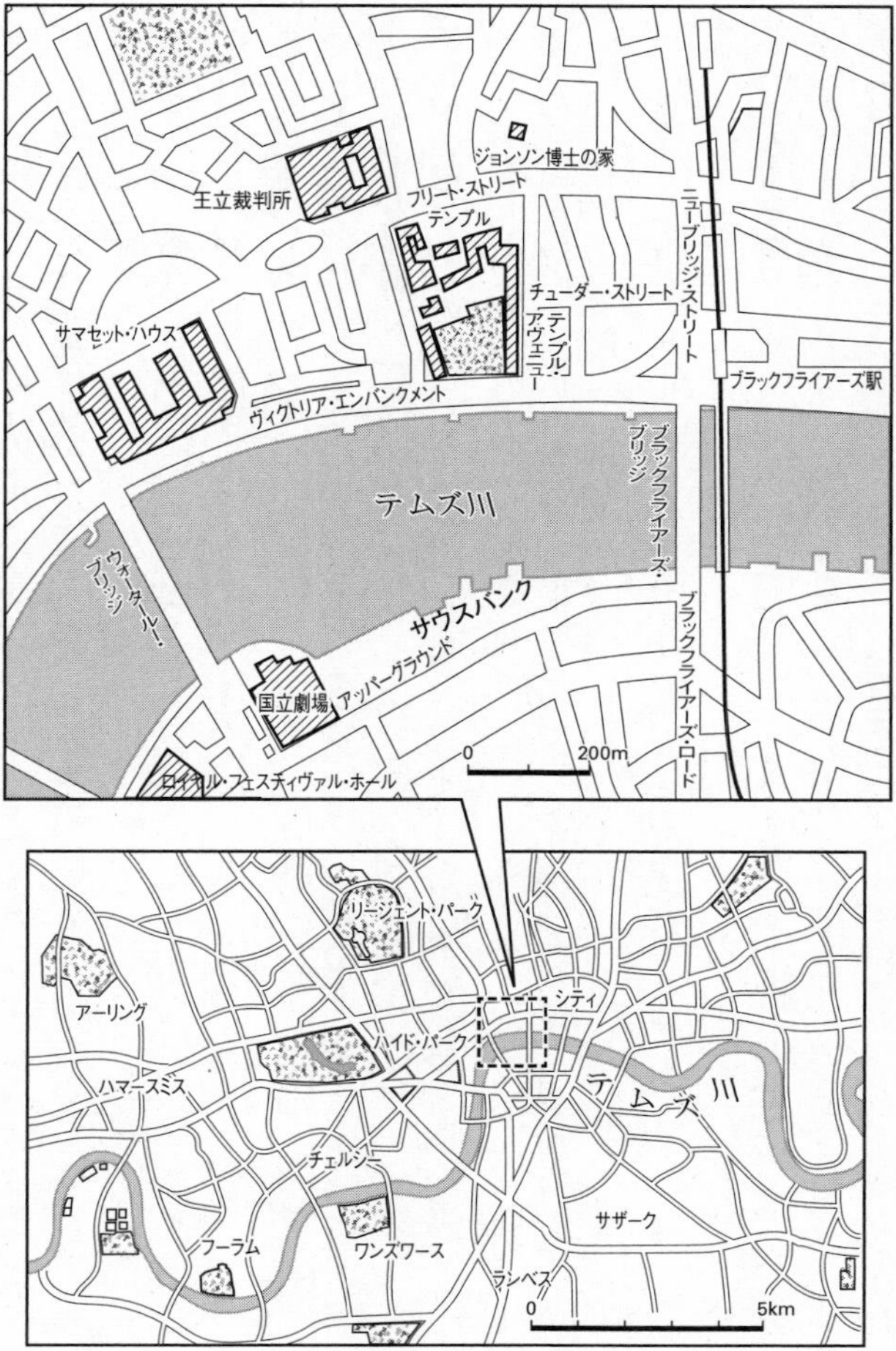
ジョンソン博士の家
王立裁判所
フリート・ストリート
テンプル
チューダー・ストリート
テンプル・アヴェニュー
ニューブリッジ・ストリート
サマセット・ハウス
ブラックフライアーズ駅
ヴィクトリア・エンバンクメント
ブラックフライアーズ・ブリッジ
テムズ川
ウォータールー・ブリッジ
サウスバンク
アッパーグラウンド
国立劇場
ブラックフライアーズ・ロード
0
200m
ロイヤル・フェスティヴァル・ホール
リージェント・パーク
アーリング
シティ
ハイド・パーク
ハマースミス
テムズ川
チェルシー
サザーク
フーラム
ワンズワース
ランベス
0
5km

彼女は前歯をガラスの破片のように光らせ、くすりと笑った。

「けれど、あなたは、欲ばりから走る二つのウサギを追っているのではありません。まったく仕事のためです」

「その考えで、応援をお願いに行ったのです」

「ああ、わたしがヘルプできたら」

彼女は口走るようにいった。

「でもダメです。フカザワさんのゆるしがなくては」

拳《こぶし》でハンドルを軽く二度叩《たた》いた。

「総局がいそがしいのはほんとうです。そしてフカザワさんは、いいひとです」

拒絶した総局長を憾《うら》むなといいたげであった。

「深沢さんがいい方だというのは十分にわかっています。ぼくのほうが無理なお願いでした」

「ヤギさん。ヒルトンのあなたのルーム・ナンバーをおしえてくださいますか」

「え?」

「わたしからデンワします。じかにはおてつだいできませんが、わたしがデンワしたとき、こまったことがあればそうだんしてください。わたしでわかるなら、おこたえします。わたしの名は、ミセス・ウォーレスです。Mrs. Wallace. アパートのテレフォン・ナンバーはおしえません。総局へデンワされてもこまります」

八木は街灯の光に手帖をむけて、“Mrs. Wallace”と書きとめた。彼女も手帖に八木のルーム・ナンバーを記入していた。ワンピースの肩の一部に街灯の丸い光が当り、臙脂色が冴《さ》えた。

「ヤギさん。ついでに、おたずねしてもいいでしょうか」

ミセス・ウォーレスは手帖を開いたまますこし低い声できいた。

「あなたがフカザワさんと話していて、名をあかさなかったホテル・ヒルトンのオーストリア人の名はなんというのですか。フォールス・ネーム（偽名）ということですが」

「トーマス・クネヒトと記帳しています」

「うつくしいという姉妹の名は？」

「姓はヴェラー。姉の名がリディア、妹の名がアグネスです」

「部屋は、姉妹いっしょですか」

「オーストリア人実業家、姉、妹。別々の個室のようです」

応援を拒絶した深沢総局長には、ここまで詳しく云う必要はないと思って黙っていたが、彼女には打ちあけないわけにはゆかなかった。

「どうしてわたしがこんなことに興味をもつかといいますと」

彼女は記入した手帖を閉じてから言った。

「話がおもしろそうだからです。わたしのいけないところは、キュリオシティ（好奇心）がつよいことかもしれません」

「しかし、それが新聞記者としての大切な条件ですよ」

「わたしは助手です。ハヤカワさんのアシスタントです」

「早川さんは社会担当ですね。早川さんはあなたのような助手を持って大助かりだと思います」

「けど、ハヤカワさんにわたしはよく叱られます。デシャバりすぎるって」

彼女は下をむいて笑った。

「ヤギさん。あんしんしてください。わたしはけっしてあなたのおしごとのおじゃまをしませんから。——ただ、ロンドンのことがよくわからないあなたが、こまっているのをみて、せめてデンワだけでもアドバイスできたら、と考えただけです。わるくおもわないでください」

「とんでもない。ご親切を感謝します」

八木は深々と頭をたれた。涙がにじんできた。

さきほどから通行人が、こっちを振り返り振り返りして過ぎた。

では、と彼女はハンドルに手をかけ、スターターのスイッチを入れた。

「ちょっと待ってください、ミセス・ウォーレス」

八木はあわてて窓に近よった。

「こんどはぼくから、おうかがいしたいのです。あなたの日本語のたいへんお上手なのにびっくりしましたが、以前に日本におられたことがあるんですか」

彼女は下をむいて恥しそうに微笑した。

「六歳から九歳まで東京に住んでいました。父が外交官《ディプロマット》で、日本の大使カンにきんむしていたのです」

「どうりで」

「いいえ。そのあとは、よその国にゆき、イギリスにかえりましたから、日本語はほとんど忘れてしまいました」

「しかし、六歳から九歳というと、日本語をいちばんおぼえやすい年齢ですね」

「そうだとおもいます。そのおかげか、すこしはおぼえているのです。わたしがこのロンドン総局につとめたのは六年前で、そのときのボスはクラハシさんでした」

「それはどういう縁からですか」

「新聞広告をみて、テストをうけにきたのです」

「あなたなら、大丈夫だったはずです」

「いいえ、クラハシさんにいわれて、日本語をいっしょうけんめいにべんきょうしました。英語をおしえる日本人学校の教師にもつきましたが、総局のみなさんが話しておられることがなにより耳のレッスンです。わたしの日本語はずいぶんヘンテコにきこえるでしょう?」

「そんなことはありません。りっぱな日本語です」

「どうも、ありがとう。……あら、つまらないおしゃべりをして、ずいぶんおじかんをとらせました。すみません」

「総局は忙しいんでしょう? 申しわけなかったですね」

「いいえ、ちっともいそがしくはありませんよ」

ミセス・ウォーレスは、今までとは異《ちが》った意味の微笑を片頬に浮べた。

「ボスのフカザワさんは、これからアガサ・クリスティのロングラン・ドラマ『マウス・トラップ』を見にセント・マーチンズにミセス・フカザワと行かれます。日本からのお客さまとごいっしょです。ツジモトさんはレストランのウィラーズにおいでになります。あのかたはたべもののエキスパートです。そしてハヤカワさんは……」

ミセス・ウォーレスは、片手をハンドルにかけたままつづけた。

「ロイヤル・アルバート・ホールへおでかけです。ハヤカワさんはクラシックがおすきです」

「………」

「ごご十一時ごろから、トウキョウへおくる夕刊のために総局はいそがしくなるのです。それまでは、みなさん、ソサエティとかカルチュアなどのじかんをおすごしなのです」

ロンドン総局は、午後十一時から翌日の午前零時にかけてロンドン発行の五紙くらいの早版を見て、重要な記事があれば東京本社へ送る。その時刻が午前一時から一時三十分くらいの間だろう。

ローマ支局の場合も岩野支局長が午前十時半から十一時ごろの間に出勤して、イタリアの朝刊各紙に眼を通す。

午後一時から二時の間に昼食。外務省に記者会見があればそれに出かける。あと取材とか会合。

本社への朝刊送稿締切が午後四時半である。

そのあとが来客。夕食を兼ねた外出、社交、観劇。午後十一時帰社、多忙時間突入と、ロンドンもローマもだいたい同じになる。人数と規模が違うだけである。

もう一つ、ローマ支局には他にない特異性がある。ヴァチカンを持っていることである。が、これはイタリアという国に、もう一つの独立した国が隣り合っているのを担当しているというだけのことで、新法王の選出とか、法王のミサとかいう以外にかくべつな報道はない。

しかし、イタリア政界の不安定と、「事件」の多いことがローマ支局長を落ちつかせないでいる。「事件」は、それがいったん社会の表面に出ると、とほうもなく大きい。日本流の寸法では測り切れない。世界に比類なき犯罪性を持っている。イタリアのマフィアが金融界、政界を蝕《むしば》んでいる。暗黒金融の性格上、すでに世界的にその濁った流れがひろがっている。

そのことで、イタリアでは過去数年間に犯人の決して挙がることのない殺人事件が何件も発生している。いずれもマフィアのしわざだという。

こういうことは、ローマ駐在の外国特派員にとってはまるで雲霧の彼方にある影のようなもので、その影が眼に見えないくらい巨大すぎて、じっさいに取材できたものではない。それこそイタリア新聞の早版を読んで東京本社に送稿したほうが、無難というものである。

イタリアのマフィア組織と日本の暴力団とはスケールが天地の相違である。その日本の暴力団の検挙ですら、県警の警官隊の数ほど社会部の取材記者は動員される。その前から暴力団側にも警察側にも日ごろから懇意にして情報をもらっている。

ところが、ローマ支局には支局長が一人しか居ない。あとは助手の八木だけ。衆《しゅう》寡《か》敵せずで、これだと支局長もイタリア紙の夕刊早版記事を朝刊用に送ったあと、夕刊締切まで、来客、夕食、会合、観劇と接待と、余裕ある時間を持つしかない。

だが、もし冒険心があり、他紙を抜こうという闘志のある支局長が居れば、そしてまたある機会に恵まれたら、本社外報部長からの「感謝電報《サンクス》」（注。その送稿記事が紙面に寄与したときに外報部長より寄せられる表彰的意味の電報）を期待するほどの功名心に駆られなくとも、マフィア組織中堅どころが、内部を垣間見《かいまみ》せてやろうと云ったら、たぶん、武者慄《ぶる》いして彼を案内人として探険取材に出かけたであろう。

それはダンテの「神曲」にある「地獄」めぐりにも似ていよう。この詩では、ダンテが先《せん》達《だつ》に導かれるが、それはさしずめ組織の案内者にたとえられる。地獄に入る門の上には「悲しみの市《まち》への入口なり、ここに入らむとするもの、一切の望みを捨てよ」と記してあるが、もとより組織の世界は一般社会の中にあって、そのような門はない。門は大会社のそれであり、大銀行であり、官庁であり、富豪の邸宅であり、閣僚の別荘の優雅な構えである。

イタリアのマフィア組織の大ボスを、ダンテ「神曲」の悪魔大王に比喩《ひゆ》できても、むろん一つの身体に三つの顔を持って、それぞれが亡者を嚙《か》みくだく恐ろしい形相の持主ではなく、やさしさと知性と、女性がほれぼれする奥床しいマナーをもつ紳士にちがいない。

頭脳が明晳《めいせき》で、判断力にすぐれ、てきぱきと案件の裁決ができ、演壇に立たせると即座に論旨明快なスピーチをし、どのような豪華なサロンに坐《すわ》ってもひけを取らない貫禄《かんろく》があり、パーティなどで彼が入口から姿をあらわすとそれだけで雰囲気が荘重になる、そういった存在にちがいない。

ただ、そのボスは一人ではない。中心的存在はあるが、集団指導制のようである。こういう組織にはありがちなことだ。

ダンテはその宗教的倫理観から地獄に堕ちた亡者を生前の反キリスト教の行為者にし、とくに歴史上の「裏切者」に苛酷《かこく》の処刑を与えた。この「裏切者」への処刑の点が暴力集団のそれと似ている。マフィア関係といわれている犯人の挙がらない過去の殺人事件の被害者も、組織の裏切者といわれている。

ローマ支局長が、たとえダンテの「神曲・地獄篇」もどきに組織の中堅どころを案内者としても、組織の内部の探訪にあまりにジャーナリスト本能が働きすぎると、危険である。げんに、イタリア新聞のある編集長はマフィア関係の記事を編集し終って、印刷に回す前に何者かに路上で射殺された。

それとはもちろん内容的にケースが違うが、かれらはとにかく内幕の秘密に触れられるのを極端に嫌うのだ。……

これは現実の話になるが、ローマ支局長の岩野俊一が、最近、ミラノに本店を置くロンバルジア銀行頭取のリカルド・ネルビがひそかにイタリアを出国してロンドンに渡っているというローマ市警の秘密情報を耳にしたらしく、八木正八を呼んでこういった。

(ネルビがイタリアを出て、ロンドンに行っているらしい。それがわかったものだから、ローマ市警の刑事のイゾッピとベッティとが今日ロンドンへ飛んで、ヒルトンに泊まって、ある人物を張りこんだ。きみはイゾッピもベッティも知っているね?)

(よくは知りませんが、市警には毎日顔を出しますから、顔馴染《なじみ》です)

(ぼくはここから身動きできない。きみは、今日中の便をつかまえてロンドンへ発ってくれ)

(ちょっと待って下さいよ、支局長。ロンバルジア銀行頭取のネルビは、ロンバルジア銀行の資本を不正に海外に流出させたとして、禁固四年の判決をうけ、保釈で出所して、再度頭

取になった。しかし、パスポートは取り上げられているはずですが。ネルビのあのヘマは、彼が組織の上部にやられたんですね）

（ネルビがイタリアを脱出したのも、身の危険を感じたからだ。彼はP2の最高幹部の一人で、『神さまの国』のマネー担当だったのにね。彼は偽造パスポートで出国している）

（ローマ空港から直接ロンドン空港へ飛んだのですか）

（いや、車だ。ネルビがミラノからローマにきて、三日晩までローマにいたのはローマ市警でも確認している。あとでわかったのだが、ローマのホテルを車で出たのは四日の早朝で、最初の行先がトリエステ）

（ユーゴ国境の港湾都市ですね）

（そう。ネルビがボディガード兼運転手として傭《やと》ったのがジュリアーノ・ピットル。三十五歳、詐欺、恐喝の前科がある。こいつはP2とは関係ない）

岩野はローマ市警の捜査課に「いい筋」をもっているにちがいなかった。

「P2」とはフリーメーソンの「プロパガンダ第2部」の略称といわれる。旧《ふる》くロンドンを発祥とし、現在も世界各国に支部があるフリーメーソンとの関係はなく、イタリア特有のマフィア組織である（マフィアは、もともとシチリアの暴力団の名。アメリカに移民し、禁酒法下で酒の密輸入などにより組織が急成長した）。ムッソリーニの失脚後、バドリオ政権は連合軍に全面降伏を通告したが、混乱がつづいた。一九四三年九月、シチリア島の連合軍の主力はナポリ近くのサレルノに敵前上陸を敢行した。そのとき、さきにファシスト党により追放され離散していたシチリア系の暴力団が集合して、連合軍のローマへの進軍の先導をつとめたため、連合軍をバックにP2は敗戦後無気力なイタリアに急速に勢力を伸ばしてきた。

歴代の内閣が暴力や金権横行のP2の駆逐に努力してきたが、効果がない。

八木正八は、ローマに一人しか駐在していない岩野俊一の三代前の支局長時代から助手として雇傭《こよう》されている。

ネルビが、ピットルの運転でローマのホテルを出たのが四日の午前六時ごろ、まだ夜が明けたばかりだった。

アブルッツィ山地を横断してアドリア海に出、沿岸を北上してペザーロの町外れのレストランで朝食兼昼食をとった。ネルビは奥の隅のほうに顔をかくすようにすわっていた。さらに沿岸のハイウエイの北進をつづけたが、ソフトを眼深《まぶか》にかむった彼は、座席に倒れるように凭《よ》りかかっていた。トリエステ着が午後三時ごろ。

(だれがそう云うのですか)

八木正八が岩野支局長にきいた。

(ピットルだ。あいつ、ローマに戻ったところを警察に捕まってゲロったのさ)

(市警ではピットルをマークしていたんですか)

(マークしていたのはネルビのほうだ)

(ネルビのローマの常宿はアスラー・ヴィラ・メディチですね。ローマにはロンバルジア銀行の大きな支店があり、ネルビは、滞在中に頭取として出勤して業務の決裁をしたりしています。またミラノから奥さんを、パリから大学生の息子を呼びよせたりして、たのしんでいます。それなのにどうして市警がネルビの監視をしていたんでしょうか)

(よくわからんが、タレコミがあったんだろうな)

岩野は眼をしばたたく。八木は、その長い顔をじっと見る。

「タレコミ」とはP2のボスに近いほうから警察の上層部にむけてですか、と八木は問い返したいのを我慢した。それだったらタレコミではなく、通報である。この国では警察の最高幹部の七〇パーセントまでが、じつはP2会員だと噂《うわさ》されている。

P2の幹部とネルビとの間は険悪な状態になっているらしい。ナンバー2と目される男は、いまイタリアにはいない。岩野支局長の市警幹部からの情報源は、一カ所や二カ所ではないらしい。主流派、反主流派、中間派といったところだろう。

(トリエステから、ネルビはどこへ行きましたか)

八木はあとをうながした。

(ピットルの自供だと、ウーディネに行ったそうだ)

(ウーディネ？　トリエステからは近いですが、ハイウエイを逆戻りして北へ入るかっこうになります。だれかに会ったんですね？)

(その通り)

北イタリアのウーディネはオーストリア国境から遠くない地方都市である。広々とした平野部にあって交通は四通八達、フリウリ・ヴェネツィア・ジューリアの州都。しかし、地震の多発地で、何度か震災を蒙っている。

ネルビは「ホテル・ヴェネツィア」の正面へピットルに車を着けさせた。一流ホテルだ。ドアマンが恭々《うやうや》しく車の扉を開けようとするのを断わって、裏手の駐車場に回った。ボディガードのピットルといっしょでないと不安なのだ。

懐に拳銃《けんじゅう》を隠すピットルをつれたネルビは、ホテルの裏口から中に入った。通路を回って正面ロビーに出る。どこのホテルでもロビーは華やかだ。ネルビはピットルを近いところに離れさせ、自分は目立たないように隅のクッションにかけ、視線だけはあたりに配っていた。

そのうち彼はふらりと立ち上がり、ロビーのあちこちに三々五々かたまって立ち話をしている間をすり抜けると、そこに佇《たたず》んでいる二人の男の方へ歩いた。

背は低いが身体のがっちりした男が、待っていたようにネルビへ進み寄った。彼は三十半ばで、ネルビの銀行の行員のような態度をとった。彼はすぐさま横の人物をネルビに紹介した。

その人物というのは、ピットルが遠くから観察したところ、年齢五十歳くらい、額は広く、眼鏡をかけ、ワシ鼻で、頬が高く、顎《あご》が扁平《へんぺい》で、典型的なドイツ系の顔をしていた。彼とネルビとは、気ぜわしげに短く話を交わした。

会話が終ると、ネルビがピットルのところに歩いてきた。二人の男は向うからこっちを見ていた。ネルビはピットルに云った。おれは今夜はこのホテルに泊まる、あそこにいる一人はおれの銀行の支店長だ、おまえはここからローマに帰ってよろしい。

ネルビは、そこから「支店長」を手招きし、ピットルと三人で駐車場の車へ行き、ネルビのトランクとスーツケースとをとり出した。ローマのホテルから積んできたものだ。

別れるとき、ネルビはピットルに三百万リラ（約百万円）を呉《く》れた。もちろん口止め料が含まれていた。

（ピットルはその帰りの晩にトリエステの売春宿にしけこんで、翌日の夕方にローマに戻ったところを警察にパクられた。刑事に叩かれて、以上のことをみんな吐いた。ネルビは三百万リラも彼にやって、損をしたのさ）

岩野支局長は笑った。

（ネルビはウーディネに泊まって、それからどこへ行ったのですか）

（その先のことは、ピットルにもわからない）

ネルビはウーディネの「ホテル・ヴェネツィア」に四日の晩泊まった。ローマ市警の調べでは、ネルビは本名だった。

市警では、ホテルで目撃した運転手ピットルに、Ｐ２の組織にある連中の顔写真を見せ、首実検をさせた。

（どうせそれは中以下の雑魚《ざこ》ばかりだろう。それでもＰ２の組織の裾野《すその》は何万人といるからね。殺し屋などの暴力団を入れるとね。だからピットルに見せた顔写真は、ほんのひとにぎりだ）

岩野支局長は八木にいった。

（そうですね。Ｐ２の中以上のメンバーとなると署長さんだって怪しいもんですからね）

（警察長官だって怪しい。フォルラニ内閣は、閣僚のうち二人までがＰ２メンバーだったとわかって総辞職した）

（で、見せた顔写真の中に、ウーディネのホテルの二人の顔があったんですか）

（ドイツ系の男のほうはなかった。背の低い男のほうの顔をピットルが指摘した。Ｐ２でも、わりかし中級のほうだ）

岩野が手帖を出し、八木も鉛筆を握る。

（名はハンス・ペロットという。トレントで金融業をやっている。ウラでは密輸と詐欺。つまりリラ紙幣をスイス銀行へ運ぶ常習犯。ネルビの偽造パスポートもこいつが造って渡したらしい。ルチオ・アルディの配下だ）

（ルチオ・アルディ。……いまジュネーヴの拘置所にほうりこまれているあのアルディ？）

（そう、あのアルディだよ。Ｐ２の創設者でもある大物のボスだ。アルディくらいになるとスイスの拘置所に居ようと、まるでわが家の居間から葉巻をくゆらしながら、電話で子分たちに命令を出しているようなものだ。もっともペロットに命令が下達されるまでには間に何段階もあるだろうがね）

（ドイツ系の人物もアルディの子分ですか）

（ペロットといっしょだから、Ｐ２と関係はあるんだろうが、市警ではぼくにかくしている。とにかくその人物が、いまロンドンのヒルトンに女二人をつれて泊まっているらしい）

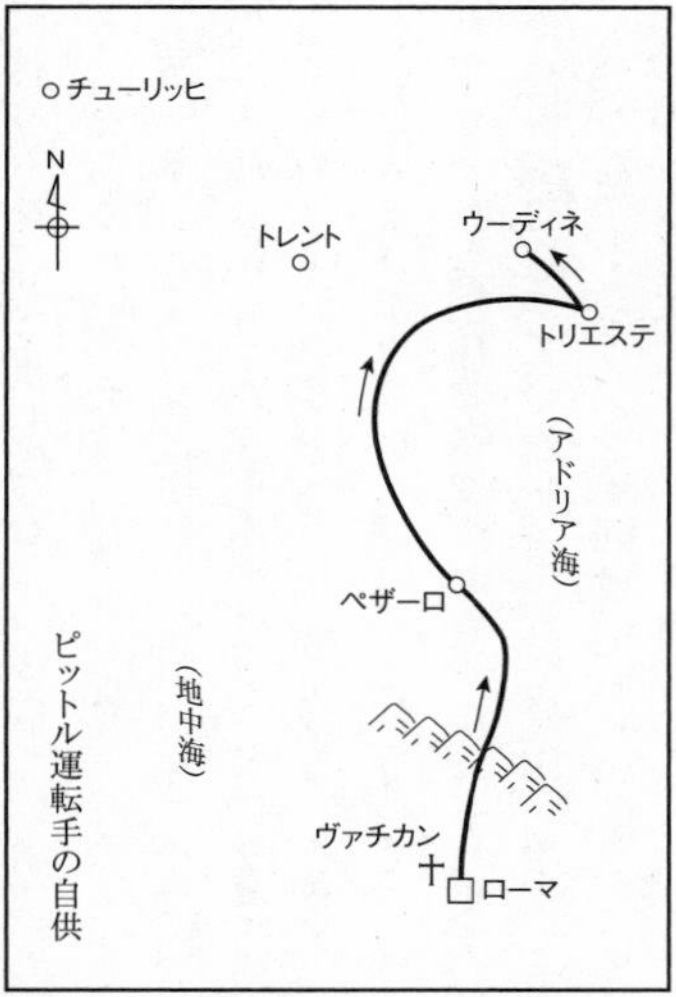

ピットル運転手の自供

（ネルビは？）

（ネルビはロンドンのどこかに隠れている。ヒルトンの人物がネルビと連絡をとっているらしい。だから刑事二人が張りこみに行った。で、きみも行くんだ）

八木正八は通りに立ったまま煙草を喫っていた。

ミセス・ウォーレスの車の赤い尾灯が消え去ってからも十分以上経っていた。すぐには歩き出す気もしなかった。

ロンドンにくる直前、ローマ支局で岩野支局長と交わした話を、これからの行動のために
も心に確かめたのだが、確認に間違いはなくとも、行動に自信がうすれていった。
早い話、ヒルトン・ホテルの「持場」をはなれて、こんなところにきているのも、自信喪
失のあらわれだった。刑事のイゾッピにフリート街の総局へ応援をたのみに行ってくるから
ね、対手《あいて》に何か動きがあったら帰ったとき教えてくれとたのむと、ああいいよ、当分、奴《やつ》も
女も動きそうにねえから、ゆっくり行ってこい、とイゾッピはひきうけた。
イゾッピも相棒のベッティもいかにもヒルトンの泊り客らしく、いい洋服を着て会社の幹
部社員風を装っているが、これでは出張手当をもらってもアシが出ると早くもこぼした。
だが、いくらイゾッピ刑事が留守をひきうけたところで、彼が責任をもつわけはなく、ヒ
ルトンに偽造のパスポートで泊まっているトーマス・クネヒトと、リディア、アグネス・ヴ
エラーの金髪姉妹の三人のうち、どれか一人でも外出したら、刑事はすぐに尾行するはずだ。
ことの成行き次第では、ネルビの連絡係と会う場面まで尾行する。自分として、追うべきは
クネヒトのほうか、女のほうか、女でも姉か妹か。それとも刑事を追ったが利口か。
岩野に安請合いしてきたが、八木は軽率を悔いた。悔いたが、いまさらローマに電話して
帰ることもできない。ロンドンには着いたばかりなのだ。
総局には断わられると覚悟して万一の希望で応援を頼みに行ったが、やはり思ったとおり
だった。ミセス・ウォーレスという日本語の上手なアシスタントは、忘れた手帖を返しに車

で追ってきたついでに、しきりと同情してくれた。

落ちこんで行く気持だった。

深沢総局長はいい人だ、と彼女は賞《ほ》めていた。あれはどういう意味だろうかと、八木は考える。ロンドン総局長の立場を、彼に代ったつもりで、弁解しているのだろうか。――

「失礼ですが」

うしろから声をかけられた。

見返ると、髪も口髭《くちひげ》も白い日本人の老紳士が遠慮深い微笑を浮べて立っていた。

「さきほどからテンプル法学院を眺めて立っておられるようですが、なにか日本の法律関係の方でしょうか」

八木はむきなおった。見てすぐに日本からの旅行者とわかる。グレイの合《あい》コートの肩から斜めに黒の革バッグをかけ、首にカメラを吊《つる》していた。血色のいい、小肥りの、上品な紳士だった。ほかに伴《つ》れはなかった。

「ぼくは、ちょっと考えごとがあって、ぼんやりとここに立っていただけなんです。眼の方向がしぜんとあの建物へ向いていたとみえますね」

通りも構内も街灯の数が多く、光が明るかったので、鉄柵《てっさく》の長い塀がつづく赤煉瓦《れんが》の建物はよく見えた。光のまわりの紅葉の色も美しかった。

「どうも気づかぬことで、失礼しました」

見知らぬ老紳士は詫《わ》びた。

「ぼくはロンドンを知らないもんですから。そういえば、この通りもテンプル・アヴェニューと出ていますね」

八木は道標に視線をむけた。

「そうなんです。中世のテンプルという名が残っているなつかしいところですよ。これはロンドンのテンプル騎士団の本拠だったんです。その旧跡地に建てられたあのテンプル法学院というのは、弁護士を養成する専門学校ですから、それを熱心にごらんになってるあなたを、日本の司法研修所か何かの関係の方かと思いましたよ」

「申しわけありません」

「じつは、わたしは日本のある大学で去年まで教壇に立ってました」

「どうりで。先生のお顔は、なにかの本の写真で拝見した新渡戸稲造《にとべいなぞう》博士に似てらっしゃいます。お目にかかったとき、すぐにそう思ったんですが」

「偉大だった新渡戸先生の足もとにもとうてい及びませんが、先生の御風丰《ごふうぼう》にどこか近似しているとおっしゃってくださるだけでも、光栄です」

名誉教授は——たぶん、そうだろうが、八木に軽く頭を下げた。

「じつは、わたしはフリート街の北にあるゴフ・スクエアのジョンソン博士の家……ご存知でしょうか、古典英辞書編纂《へんさん》のドクター・ジョンソン？」

「いえ。存じません。なにも知らないもんですから」

「わたしにとっては、ロンドンにくると巡礼先の一つになっています。これで三度目です。で、久しぶりの感慨で、タクシーに乗る気もせず、ここまで歩いてきました。すると、あなたを偶然お見かけしたというわけです」

老紳士は話好きのようだった。

「このテンプルの名の由来について、ご存知でしょうかね」

二人してテンプル通りに立ち、テンプル法学院を見やりながら老紳士は躊躇《ためら》いがちに八木にきいた。

「いいえ。知りません。神殿、教会などの意味から来ているのでしょうか」

「間違いではありませんが、それには面白い歴史があるのです」

ここで紳士は若い者をつかまえてもの知りをふりまわそうとするのではなく、そのような様子はすこしもみられなかった。いわば、年老いて独り旅の、それも何度目かのロンドンで、由緒ある名前の町角でぽつんと佇《たたず》む一人の日本人を見かけて、どうにも話がしたくてならなくなった、というふうだった。

そうして話をするには、眼の前にある事物について、読書から得たいろいろな話のどれかを雑然と云いたいようであった。

「あなたは、お急ぎでしょうか」

「いいえ、三、四十分くらいの時間はあります」

「もしよかったら、お茶をつき合っていただけませんか。旧《ふる》いコーヒーハウスがあるのですが」

「よろこんでお供します」

「ありがとう」

老紳士はじっさいにうれしそうに云い、肩にかけたバッグをひと揺すりすると、テンプル・アヴェニューを直角に東へむかった。まっすぐな、静かな通りだった。

「チュダー通りですね」

紳士は早く過ぎるのを惜しむように、左右の家なみを見ながらゆっくりと歩を運んだ。

「ロンドンには、やはり栄光あるイギリスの時代の名を記念して遺している。落日から見た過ぎし輝ける太陽への郷愁ですかな。わたしの興味からすると、チュダー朝様式の建築といえば、宮殿とか貴族の荘園の館《やかた》とかケンブリッジ大学の建物などではなくて、ストラトフォード・アポン・エーボンのような町ですな」

「家の白壁に黒褐色の柱や梁《はり》が十字形や斜線で出ているあれですか。写真でシェークスピアの生家というのを見たことがあります」

「そうです。あれです。ハーフ・ティンバーという建築様式だそうですがね。あの町には、今度も行くつもりです。おそらく最後になるでしょうね」

紳士は、ため息をついた。

チューダー・ストリートの突き当りに、交差した大通りの一部が窓のように見えた。窓には車の光芒《こうぼう》がひっきりなしに横切っていた。

「向うは賑《にぎ》やかな通りのようですね」

八木は眼をむけた。

「繁華街はないけど、テムズの南北にかかる橋の通りで、交通が頻繁なんです。昔はもっと静かだったんですがね。東京と同じで、車がふえたんです。道路の幅もひろくなりました。すぐそこにブラックフライアーズ駅があります」

「はあ」

八木に反応がないとみて、紳士は言い足した。

「ご存知のように、フライアーズは修道会です。ドミニクスのはじめたドミニコ修道会の修道士たちは、黒の着衣から黒色修道士とよばれました。その修道士会がつまりブラックフライアーズです。ですから、そのテムズに架《か》かる橋の名前もブラックフライアーズ・ブリッジですね。ウォータールー・ブリッジの一つ下流の橋です」

「はあ。そういうわれがあるんですか」

「あ、そうだ。うっかり通り過ぎるところでした」

紳士は十字路に立ちどまって、南北の通りを指した。

「この通りがホワイトフライアーズ・カーメライト通りです。まん中のチューダー通りで名前が分れているが、もともとホワイトフライアーズ・カーメライトという一つの固有名詞です。カルメル会修道士会は、着衣の白い色から白色修道士会、ホワイトフライアーズと呼ばれました」

「ははあ」

「カーメライトの名の起原になっているカルメル山というのはイスラエルの北で、地中海岸に近いところにそびえている五百五十メートルくらいの山です。世界的に有名にしているのは、その洞窟遺蹟《どうくついせき》から発掘された旧石器時代の人骨、それも古生人類から現代人の祖先までの架け橋になるような人骨が出たことです」

「………」

「まあそれはともかくとして、その山の頂上あたりには今でも十二世紀ごろに建てられた修道士会があるそうです。カルメル会というのはカルメル山に発した修道士会で、なんでも履《り》靴《か》と跣足《せんそく》の二派にわかれ、それぞれ神秘的で、厳格な規則があったらしいです」

「このへんは修道士会の名がついた通りが多いんですね」

「そうですね。むかしは修道士会がかたまっていたんでしょうね」

紳士がその通りを南に曲ったので、正面に窓のように見えた大通りは消えた。

二人はならんで歩いた。

道路に沿って、あまり高くない黒褐色の四角い建物があった。街灯の近いところは、煉瓦壁が強い赤になっていた。窓がなかった。

老紳士は足を早めた。

「お、ありました。あれです」

教会から二、三軒先で、入口の黒く古びた扉に剝《は》げかかった店名の字がなかったら、小さな倉庫と思い通りすぎるくらいだった。

中は間口の狭さがそのままに奥行きが深く、左側に長いカウンターが延び、その前にスタンドイスをならべている。細い通路を境に右側が窓際の腰板にくっついた木製の長いイスで、前に卓とイスがならぶ。

十九世紀ふうの民家の内部を伝えているのだろうが、まず漁船の船艙《せんそう》という印象で、吊りランプさながらの壁の灯は暗かった。そのかわり木の卓には裸蠟燭《ろうそく》が燃え、その赤い炎をはさんでさしむかう客の数はかなり多かった。

カウンターのうしろ、コーヒー豆のガラス瓶をならべた何段もの棚を背にした少ない白髪の首の長い亭主は、老紳士の顔を見ると、老眼鏡を指先で額の上に持ち上げ、瞳《ひとみ》を凝らし、すぐにその肩を叩いて笑った。鼻の肉が落ちて隆《たか》く、歯は一つもなかった。

彼はサイフォンを傾けながら、アン、アン、と入口横のレジにすわる三十すぎの肥えた女を呼び立てた。

「すこし腹が減りましたな」

老紳士が木の卓のさしむかいから白髪を目立たせてきいた。トーストをとることに八木は同意した。総局を出てから何も食べてないし、うろうろしていただけであった。注文に、アンがくれた顎《あご》を引いて離れた。十年前に死んだ母親とよく似ているという。

ホテルのコックだった男をアンは婿《むこ》にしているが、コーヒーのいれかたはおやじでないと客が承知しない。婿はかんたんな料理のほうを引きうけているが、もとよりこの店は昔からコーヒーで名を売っている。レジの横のテーブルの三席は常連のための「特別席」で、そこが空《あ》いているからといってフリの客が腰をおろすと、おやじも娘もイヤな顔をする、といったようなことを老紳士は八木に話した。

「どういう客すじがくるんですか。若い男女が多いようですが、なんだか静かですね」

「おもにこの近くのロンドン音楽学院の学生ですね。それとか、その友だちとか」

「そういえば、たいてい手提げカバンを持ったり、楽譜をとり出したりしていますね」

八木は腕時計にそっと眼を落した。こんなところに落ちついて、悠長な話を聞いている時ではない。ヒルトン・ホテルが気にかかる。張り込みの刑事はどうしているだろうか。イゾッピは留守のあいだの責任を持ってくれるだろうか。トーマス・クネヒトも、オーストリアのブロンドの姉妹もホテルから動かないでいるだろうか。

が、いまさら飛んで帰っても仕方がないし、ここでいらいらしても詮《せん》ないことだった。なるようにしかならない。

老紳士がはじめて煙草を吸ったのも、八木に落ちつく覚悟をきめさせた。

「テンプルというのは、さきほどあなたがいわれたように、神殿とか教会などの意味です」

老紳士はたのしそうに云いはじめた。

「けど、テンプル法学院やテンプル・アヴェニューの名が因《ちな》んでいるテンプルとは、ソロモン王の宮殿のことです」

「ソロモン王の宮殿？　旧約聖書に出てくる？」

「そうです、そうです。ヨーロッパ諸国のキリスト教徒が、イスラム教徒に占領されたイェルサレムの聖地を回復するために起きた十字軍時代の十二世紀代に、テンプル騎士修道会というのがありましてね、この修道会がはじめに建てた場所がソロモン王の宮殿の跡だというので、この名前があるのです。三大騎士団の一つなんです。その騎士の服装は、白地に赤色の十字を染め抜いた外套《がいとう》でした。いまの赤十字の旗と同じです」

「ははあ」

「このテンプル騎士団は、八名のフランス騎士が結成して、清貧、貞潔、従順の誓いのほか、武器をとって聖地を守り、巡礼者を保護したということです。初めは勢力が小さかったのですが、ヨーロッパの指導者たちの支持をうけたり、ローマ教皇から多くの特権を与えられたりして、しだいに強大となり、ヨーロッパから近東にかけて、いたるところに根拠地をつくるようになったそうです」

カウンターの中に長髪長身の男が現れ、トーストをアンに渡している。婿だろう。おやじは、むっつりしてコーヒーをいれている。

新しい客が入ってきた。日本人の男女だった。老紳士と八木の日本人の先客の前を遠慮そうに通り、奥の席へ行った。暗くて横顔がよくわからなかった。

「教授」は話をつづける。

「わたしも本で読んだ知識ですがね。……テンプル騎士団は近東の通貨を手に入れます。欧州の諸侯は派遣の将兵に支給する軍資金を、多量の硬貨を運ぶかわりに英仏のテンプル騎士団管区本部に行き、そこで発行の紙幣か小切手に換えてもらう。これを送ると、近東のテンプル騎士団の各拠点地で現金に戻してもらえます。ここで初めて欧州で紙幣がテンプル騎士団証券として発行されるのです。日本でも戦後まで、お札《さつ》に、紙幣引換に金貨何円也《なり》を引換致し候とあったのは、その名残りだということです。テンプル騎士団は銀行業務のハシリですな」

おやじが自ら銀盆にコーヒーを二つのせてくる。少ない白髪を一本ずつ立て、歯のない口を黒々と開けて、うす暗い「船艙」をゆらゆらと泳いでくる状《さま》は、英国名物の幽霊を想わせた。

同じ白髪でも、豊かで手入れがよく、そしてバラ色の頬《ほお》と肉づきのいい身体とをもつ日本の老紳士と、疎《まば》らな白髪が乱れ立ち、眼窩《がんか》も頰も落ち、口が洞窟で、頸《くび》下の襞《ひだ》がたるんだ瘦《そう》身《しん》のおやじとの肩の抱き合いは、久闊《きゅうかつ》を叙す表現のしきたりながら、ほほえましいものであった。

「元気だな、おやじ。この通りです、いつ、こっちにみえましたか、サー？　ああそう、よかった、また会えて。十年経つかな、それとも十五年かね。いや、こっちにくれば、おまえさんの顔を見ないと落ちつかないよ、これで元気なおかみさんに会えたらね。まったくですよ。おやじは前掛けの下からハンカチを取り出して洟《はな》をかむ。

アンが父親の肩を指で叩きにきた。離れるとき、老紳士が伸び上がり、おやじの耳に訊く。首を曲げて老人がささやき返した。終ると、奥の席にいる日本人客にちらりと眼をむけ、うすい背中を泳がせ、カウンターの中にもぐらせた。彼らにコーヒーをいれるためだった。

トーストを頰張《ほおば》ったあと老紳士は、うまい、うまい、とコーヒーをひとロすすってはため息をついて賞味した。

「日本の経済界も海外で伸びたものですな。じつは、昨日、シティにふらりと足を踏み入れてみたんです。ここから近いですからね。有名なセント・ポール大聖堂がシティの入口にあたりますかな。そのへんから北へ向かうと、路地のように狭い道路が分れたり、曲りくねったりして中世そのままですが、左右に建ちならんでいるのは現代のビジネス・ビルです。そこには東京銀行、三井銀行、三菱銀行、第一勧業銀行、住友銀行の各支店の看板、野村証券、大和証券、日興証券、山一証券、東邦証券、日本勧業角丸証券各支店の看板が行く先々のビルの壁に出ていました。これには、びっくりしましたな、もう。盛大なものです」

シティは、シティ・オブ・ロンドンの略。面積方一哩《マイル》に過ぎぬ。銀行・証券取引所等の集まるところ。世界金融中心地の一つである。

「ロンバルジア銀行というイタリアの銀行支店の看板はお眼に入らなかったですか」

八木は突然きいた。

「いいえ、そんなイタリアの銀行の看板はシティの通りで気がつきませんでしたな」

「教授」はきょとんとした。

テンプル騎士修道会が銀行業務をはじめた古い話から現在のシティの話題に逸《そ》れたのだが、一つにはそこの日本の証券会社員たちがこの店の常連客となっているのが「教授」の意識にひそんでいるようだった。

「教授」は、コーヒーが厚手の陶器カップの底に少なくなるのを惜しむように両手に抱えてすすった。まるで茶道の要領だった。

「話は、テンプル騎士修道会が銀行業務を兼ねたというところまででしたね。……そんなわけで、会の本拠のパリのタンプルは、ヨーロッパ金融界の中心地になったのです。現在のロンドンのシティのようにね。会はその富強を誇ったわけです。……さて、ところで中東の戦況は利あらず、イスラム軍に敗北して聖地は陥落、会はキプロス島に移ります。フランス国王フィリップ四世、この人はハンサムだったので、美王または端麗王などの称がありますが、その美王は会の巨大な財産の強奪をたくらみ、会の最後の総長ジャック・ド・モレーに云いがかりをつけて、残酷な拷問にかけ、他国王もこれにならうものが出て二千名以上の騎士が捕えられたといわれています。モレーをはじめ騎士たちは、異端者として火刑に処せられました。そして会の財産は、フランス美王や諸侯が強奪し、分け取りしてしまいました。こうして、さしものテンプル騎士修道会は消滅してしまったのです。十四世紀のはじめのことです。ところがです、そのあとはじまった修道会総長モレーの呪《のろ》いが、おそろしい。モレー総長は、火刑に処されるとき、会とじぶんとをこのような目にあわせたフランス国王フィリップ四世、アヴィニョン教皇庁のクレメンス教皇、内大臣格のノガレの三人にむかって叫びました。美王、クレメンス、ノガレには一年経たぬうちに神の裁きを求めん、この三人に子々孫々にいたるまで呪いあれ」

おやじは黙ってサイフォンに湯を注ぐ。客は静かである。

「間もなくクレメンス教皇は、原因不明の病気にかかり悶死します。モレーにたいする良心の呵責《かしやく》に悩みつづけたといいます。遺体はある教会堂に置き放しにされるが、原因不明の出火で、皮膚が真黒に焼け損じたといいます。またこの墓はのちにあばかれ遺骨は廃棄の運命に遇います。さらにその彫像は右手が何者かによって折り取られているそうですが、これは尊属殺人者に対する刑だということです」

「それから」

「フィリップ四世は森の鹿《しか》狩りに出かけたところ、十字架を頭にのせた白鹿に出遇って落馬し、そのまま馬に引きずられて重傷を負い、お城に運ばれてから死んでしまいます。まだ四十六歳になるかならない若さ、愛称のとおりのハンサムだったそうです。遺言により、テンプル騎士団から取りあげた財宝の聖十字架とフィリップ自身の心臓とをどこかの修道院に納めましたが、落雷で両方とも燃え尽きてしまいました」

「まるで、筑紫《つくし》から雷になって京の藤原《ふじわらの》時平《しへい》を襲った菅丞相《かんしょうじょう》のような怨霊《おんりょう》ですね」

「そうです。おや、お若いのによくご存知で」

「祖父が浄瑠璃《じょうるり》好きだったものですから」

「ははあ、道理で……。で、最後は内大臣格のノガレです。クレメンスの急死後、教皇座をアヴィニョンに残すか、それともローマに復帰するかの問題で、二十三名の枢機卿が招集されて、コンクラーヴェがはじまります。イタリア語で『法王選挙会』の意味ですが、いつも長引くので、日本語の『根《こん》くらべ』にあてはめていっています。ノガレはローマ復帰派のイタリア出身の枢機卿八名の買収工作をすすめるうちに、とつぜん血を吐いて死んでしまいます。毒殺ともいわれていますがね。けど、世間では、モレーの呪いが確実に実行されたことをこれで知ったのです」

「………」

「テンプル騎士修道会の入会規則とか罰則とかは、現在はまったく知るよしもありませんが、中世だけに、それが非常に秘密で、暗黒的で、非人道的に厳重きわまりなかったことは想像にかたくありません。罰則なんかは、残忍この上なし、まさに復讐《ふくしゅう》だったでしょうね」

このとき、日本人の男女客がふいと二人の前を通って出て行った。

いま眼の前をすぎた日本人の男女を八木はもっとよく見ようと思い、レジのほうを眺めたところ、あいにくと後から帰る客が三人ほど勘定を払いに詰めかけて立ちふさがり、みんな身の丈が高いので、日本人の姿はかくされていた。

わざわざ席を立って近づくのも、のぞきに行くようで失礼だと思っているうちにドアが開いて二人づれは出て行った。

「あの二人づれの日本人は、さっきここへ入ってきた人たちと同じですか、それとも違いますか？」

八木は老紳士に、こっそり聞いた。

「さあ。わたしもそれを考えていたんですが。この暗さだし、顔もあまりはっきり見えなかったものですからね」

むしろ遠慮そうに顔を伏せて前を過ぎた。

「待ってください」

「教授」はテーブルを立つと、ふらりとカウンターのほうへ近づいた。おやじは三十年来変らぬポーズでコーヒーを注いでいる。変ったのは老いの顔で、いまも、「教授」がカウンターに片肘《かたひじ》のせたなにげない問いに、鶏の皮のような皺《しわ》にかこまれた眼をわずかに動かし、下唇をもぐもぐさせた。

「教授」はテーブルに戻るとき、ちょっとつまずいたように立ちどまり、燃える裸蠟燭のならぶ奥へ視線を向けたが、なにやらうなずいて八木の対《むか》いに坐《すわ》った。

「やはり、いま出て行かれた日本人の方は、わたしどもが入ってくる以前からここにおられたお客さんだそうです」

ちょっと苦笑を見せた。

「そういえば、わたしどものあとから入ってこられた日本人のカップルよりも、すこし年上の様子でしたね。げんに、あとからのお客さんは、まん中あたりの席におられます。いま、カウンターからこっちへ戻るときに確かめたんです」

「そりゃどうも」

「テーブルが一列になっていますのでね。こっちに坐っているとよくわかりません。出て行かれた日本人の男女客は、おやじの話だと、この店には、昨日につづいて今日が二度目だそうです。はじめて見る顔で、シティの証券会社の支店関係の人でもなく、音楽学院の聴講生でもないようだが、まわりの人がする音楽の話にときどき耳を傾けておられたそうです」

「ははあ」

「こちらの若い男女は、証券会社の勤め人で、ここの常連だそうです。ですが、同じ日本人でも前のカップルを知らないようだったといっています」

この話はそれきりになった。

店を出て行った日本人カップルのことがそれきりになったのは、テンプル騎士修道会の始末を「教授」が早くつけたいからであった。

「どうも途中で、いろいろと余事が入りましたな」

白髭《しろひげ》の前を撫《な》でた。

「いままでお話ししたようにヨーロッパのテンプル騎士修道会は形の上では全滅しました。その莫大《ばくだい》な不動産や財宝などはどうなったかというに、名目上はヨハネ騎士団に引渡さなければならないのに、それらの大部分はフランス国王、諸侯、司教、修道会などのいろいろな集団にむしり取られてしまいました。とくにテンプル騎士修道会はフランスに管区本部を置いたため、まず第一にフィリップ王に狙われたのです。またそれが目的で会を潰《つぶ》したのですから。フランス以外の各国とも大なり小なり同じです。このハゲタカのような群れのむしり取りを、ちょうど敗戦後の日本の軍有地と軍財産がヤミ商人によって消えたのにたとえる史家がありますが、云い得て妙だと思います」

「そうですね」

「だが、テンプル騎士修道会のあれだけの厖大《ぼうだい》な財宝が、いっぺんに消えたとはとうてい信じられない。会はフィリップ王の弾圧を予想していたろうし、その情報も得ていたろう、さすれば事前に秘密な場所に財宝を分けて隠匿していたろう、という推測です。そうしてその隠匿場所を、テンプル騎士修道会の組織の流れをくむ秘密集団が代々守ってきている、という云い伝えにもなっているのです」

「伝説ですか」

「伝説といえば伝説ですが、もうすこしリアリティがあります。たとえば、パリから北へ約四十キロはなれたノルマンディの東部に、ジゾール城という城があります。この城は十一世紀の末に建設がはじまったそうですが、テンプル騎士団が遠征して接触した東方の占星術と方位学と建築学とを築城に応用したものだといわれています。古城の地下にいまでもふしぎな秘密の施設があり、それを見た者は近年にそこにまぎれこんだ公園の園丁ただ一人であり、そのあとは永遠に封じられてしまいました。その地下施設の奥にテンプル騎士修道会の財宝が隠されていると多くの人々は信じています」

「武田信玄の甲州の隠し金山や、小栗上野介《おぐりこうずけのすけ》の幕府軍用金の隠し場所の話と似ていますね」

「そんな話よりもスケールはずっと雄大ですよ。それに、こっちにはフリーメーソンの話がからんでるんですからね」

「フリーメーソンが？」

テンプル騎士修道会とフリーメーソンとどう関連があるのか。——

老紳士の迂遠《うえん》な歴史話も、八木にはなんだか急に身近に感じられた。

「会の隠された財宝はだれかによって守られているといわれています。その正統性を自称する秘密結社がいろいろ出るわけです」

「今でもですか」

八木はきいた。

「そうです。そして現在でも、聞くところによると、その集団のあるものはテンプル騎士団の規定どおり、会員は入会に際して宗教的儀式による宣誓を行ない、会員になれば会長に忠誠、命令には絶対服従、秘密は厳守し、親子妻兄弟にもこれを洩《も》らさない、会則に違反した者は裏切者としていかなる宗教的刑罰もこれを甘受する。……」

「中世の宗教裁判ですね」

「そうです。前にも云いましたように、テンプル騎士修道会の記録がフランス王フィリップ四世とクレメンス教皇一派其他の手で湮滅《いんめつ》されているため、会の会則もまったくわかりませんので、以上のことは想像して造ったニセモノです。けど、ニセモノとはいえ、当時の刑罰を反映していると思います。もちろんテンプル騎士団の刑罰は輪廓《りんかく》さえもわかりませんが」

「………」

「ただね、中世の刑罰は女性を刺戟《しげき》するようにできていますね。それだけでは困るので、神の名において行なっている。ほとんどが公開処刑で、広場なんかで執行します。火焙《ひあぶ》り、斬《ざん》首《しゅ》、吊《つる》し首、いろいろだが、それを広場へ見物にくるのに婦人が多いのは旧い木版画や銅版画を見てもわかるでしょう」

「版画を見ると、そうですね」

「フィリップ四世の死んだあとのことですが、次のルイ十世が早世してその若き前王妃と、その三代あとのシャルル四世の十八歳なる王妃とが、それぞれ奥小姓と密通したのが露見しました。お相手をつとめた二人の小姓は、群衆の集まる大広場に引き出され、愛人の貴婦人二人の見ている前で……」

老紳士は云いよどんだ。

「どうしましたか」

「その、なんです、小姓二人は、まず生きながら皮膚を剝《は》がれ、車裂きにされ、性器を切断されたのちに、斬首にされました。見物の婦人たちはヒステリックに歓声を上げたことでしょう。……いや、どうも、これは、たいへんな話になって、恐縮です」

老紳士は胸のハンカチを引張り出して額に当てた。

「フリーメーソンは、自由な石工組合という意味で、ずいぶん早くこの英国に生れたということですが」

コーヒー一ぱいでねばっているのも、このテーブルのほか二、三人くらいになった。

「石工組合の発生は古く、九世紀ごろといわれています。これが組織としてヨーロッパにひろまったのは十五世紀ごろです。大寺院の石造建築現場から現場へ移動して行く石工、マウラーというんですが、彼らはだれにも拘束されないフリーな集団という意味からフリーメーソンと呼ばれました。しかしこれは秘密結社の起りとは関係がありません」

老紳士はソーダ水で口を湿した。

「いろいろ説はあるが、はっきりしていることはフリーメーソンは一七一七年にテンプル騎士団を真似た組織として設立されました。フリーメーソンがテンプル騎士団の後継者だと自称したのは、組織を権威づけたいからで、そのために九世紀の伽藍《がらん》を建てた棟梁《とうりよう》を彼らの始祖として、その墓から生え出たと称するアカシアを集団のシンボルとしています。どうして大工に縁があるかというと、テンプル騎士団の中に脱《のが》れる者が数人あって、例の火刑になったモレー総長の遺骨を拾い、騎士団の再興を誓い合い、それからは大工に化けてスコットランドにのがれて、組織の総会を開き、騎士団と呼ばずにフリーメーソンと称したというんですな。その組織の綱領、会則はもとより、階級制度まで、テンプル騎士団のそれを真似ているというのです」

「テンプル騎士団のそういう記録は残ってないはずでしょう?」

「ありません。みんな幻想です。その古い記録をどこからか見つけ出したと勝手に称しているだけです」

「フリーメーソンはこれまで世界的な一大陰謀団体のように見られてきましたが」

「テンプル騎士修道会を真似て、しかもそれを秘儀がかったものにしているからです。世界市民主義的、自由主義的友愛組織を標榜《ひょうぼう》していますが、加入に際して神秘的な儀式を行なうことや、メンバー相互が一定の合図や符牒《ふちょう》などで認知し合う約束をもつなどで、コスモポリタン的な陰謀集団に見られてきましたね。一つはカトリック諸国からの猛烈な迫害があって危険視されたからです。フランス革命もかれらが起したといわれるし、革命の前夜から初期にかけてフリーメーソンが活発なプロパガンダをひろげたことは事実のようです」

「フリーメーソンのプロパガンダ……」

「ですが、そうかといって彼らの理想はそういう急進的な共和思想とはほど遠く、いわば国際共同友愛自由主義といったものでしょうか。ところが、それが秘密結社であり、世界の著名人がメンバーだったりしていることから、いろいろと臆測《おくそく》をよんできました。そういう誤解を生むのは、中世的な秘密宗教のような秘儀を持っているからです。もっとも、メンバーにとってみると、そこがえもいわれぬ喜悦でしょうけれど」

「常人には味わえないものでしょうからね」

「そうです。そこでですね、テンプル騎士団の秘儀をとり去って、その構成とか綱領とか命令系統とかをとり入れたのが軍隊組織だという説があります」

「あ、あの、なんというか、その……」

「そうです、絶対制のヒエラルキー構成ですな。その説によると、それは軍隊組織だけではなくて、フランスやドイツの大学生があり、大学生が正式行事に佩剣《はいけん》するのは、騎士団の慣習にしたがった将校団だからだそうです。それから、ロータリー・クラブやライオンズ・クラブもそうです。これらは純然たる社交団体ですが、やはりテンプル騎士団の慣習の一部を残しています。綱領や規約の面でね。人間はあんまり自分だけが自由すぎても、自分の自由をもてあますらしいですな。やはりなにかの団体に所属して、上からぴしっと命令される体系に所属していないと、精神が不安になるらしいですな」

「現代の一面ですか」

「そうかもしれません。命令に服従するという爽快感《そうかい》ですかね。……むかしは、それがもっと激しかったです。マルコ・ポーロの『東方見聞録』にあるイランのエルブルズ山脈中の山上にこもる例の山の老人の暗殺集団ですね、あれなんか山の老人の命令どおりに若者が対手を殺しに行く」

「けど、あれは麻薬を若者に与えて、その力によるのではないですか」

「ポーロはそう書いていますが、それだけではないと思います。やはり、イスラム教の中でもイスマイル派という急進派、そのファナティックな宗教の命令と服従だと思いますよ。現代でいえば、親分・子分の体系に、狂信の色が付いていますね」

——どこか、イタリアのP2組織と似ていないか、と八木は思った。

『東方見聞録』によると、山の老人暗殺集団が暗殺した対手側の王、宰相、教主、伯爵など十二人は、中国の史書に載っている人名と一致するそうです」

Ｐ２のマフィア集団とやはり似ている、と八木は話を聞きながら思った。Ｐ２の組織の子分のためにローマ市内だけでも何人が暗殺されたかわからない。

その「軍隊的」組織も、テンプル騎士団の伝統と慣習をうけついでいる一つなのか。名前もフリーメーソンのプロパガンダを称する。するならば、組織の裏切りに対する懲罰は、中世の宗教裁判的な残酷無比なものになるはずだ。ローマからロンドンまで逃げてきたロンバルジア銀行頭取リカルド・ネルビは、その懲罰から脱れようとしているのか。――

こうしてはいられない。時間が経ちすぎた。八木は腕時計に眼を落した。

「や、これはどうも」

老紳士はあわてた。

「勝手なおしゃべりをして、お時間をとらせました。ご迷惑をおかけして、申しわけありません」

向うのほうから白髪頭をさげた。

「とんでもありません。こちらこそ、たいへん勉強になりました。ありがとうございました」

帰るとみて、レジからアンが伝票を老紳士の前に持ってきた。が、それを裏返しにして見せ、おかしそうに笑っていた。

「あ、これは」

老紳士は手に取って、そこに描かれた鉛筆画のスケッチに見入った。

「わたしの横顔ではないか」

八木はのぞいた。

「ほう、よく似てますね。先生の特徴がよく出てます」

「意識して描いたんじゃなくて、いわば遊び描きといったところだな」

アン、どのお客さんの伝票にこの画が描いてあった？　と老紳士は聞いた。さっき出て行った日本人のカップル客です、とアンはいった。

「さてと……」

老紳士は紙を握って思案した。

「あの一組のうちの、男性のほうかな、女性のほうかな」

「そうなると、むつかしいですな。しかし、この画は遊び描きですが、素人じゃありませんね。デッサンがしっかりしています。伝票のウラの遊び描きとはいいながら、額縁に入れたら、ちょっとした作品に見られますよ」

「うむ。わたしもそう思っている。しかし、どうしてわたしなんかの顔をモデルに描いたんでしょうな？」

老紳士が呟《つぶや》くので、八木はいった。

「先生のお顔がこの画家の、男性のほうか女性のほうかわかりませんが、その制作欲をそそったのでしょうね。先生のお顔は素晴らしい。新渡戸稲造博士に似ていらっしゃるくらいです。やはりだれでも、そう思うんですね」

「そんなことはありません。そんなことではないだろうけれど」

老紳士はだいぶん照れた。

「それにつけても想い出すのは、岸田劉生《りゅうせい》のことです」

「有名な洋画家ですね」

「劉生は、手あたり次第そこにあるものはなんでも、あり合せの紙に写生する人でした。人がくれば、その人と話をしながらその人の顔を、紙きれでも、チラシ広告のウラでも筆の先や鉛筆で描く。料理屋へ行けば箸袋《はしぶくろ》をひろげてその裏に女の顔や友人の顔を描く。雑談をしながら、ちっとも手が遊んでいなかったということです」

「手すさびにらくがきや漫画を描いているのと同じですね」

「似ていますね。とにかく劉生の性分《しょうぶん》というか、手がちっとも遊んでいない、半ば無意識に動いて対象を紙に描いているんですね。……わたしのこの顔を描いた人も、きっと劉生に似たような人でしょうね。なにげない悪戯《いたずら》描きのようだが、線は相当に確かなものですね。惜しむらくは、女性の客のほうか、男性客のほうか、判然としないことですな。……しかし、うす暗いところでよく描いたものですね。よほど手慣れた人のようです」

「先生。こんなことをお願いして申しわけありませんが、今日ここでお眼にかかった記念に、先生の画が描かれたその伝票を、ぼくにくださるわけにはゆかないでしょうか」

「これを、ですか」

「教授」は手にした伝票の画に、あらためて見入った。さすがに未練げであった。

「よろしい。さしあげましょう」

「ありがとうございます」

「わたしもあなたをお引きとめして、長々と勝手な話の相手になっていただきました。こういうものでよろしかったら感謝のおしるしまでに謹呈いたします」

アンが知らせたのか、カウンターをまわっておやじがひょろひょろと画をのぞきにきた。

「待ち」

八木が総局に行き、老紳士と話をしてから二日目の朝七時半ごろ、ヒルトン・ホテル四階のイゾッピの部屋を八木がのぞくと、同僚刑事のベッティとルームサービスで朝食をとっている。刑事は隣りどうしの部屋で、ともにシングル。

まあ入れ、とイゾッピは、半熟の卵で口のまわりを真黄にして八木をよんだ。ベッティは額から垂れ下がった髪の毛の先をポタージュに浸すばかりにして皿にかがみこんでいる。食卓には日本人だとひとりで二人前はあるハムサラダ、ローストビーフがもり上げられている。朝からワインだった。

八木は窓ぎわのソファにかけた。背中にはハイド・パークの梢《こずえ》と空とがあった。

「刑事さんがそろって部屋で朝食をとって、あちらは大丈夫かね？」

八木はイタリア語で聞いて、顔を上にむけた。眼は二十七階の2701、2702、2703号室を指している。

2701号室がトーマス・クネヒト、オーストリアの実業家。2702号室がリディア・ヴェラー、2703号室がアグネス・ヴェラーの姉妹。

「なに、先方も午前七時から八時半までは朝食時間さ。クネヒトの2701号室は続き部屋《スイートルーム》。そこのサロンでクネヒトが姉妹といっしょにたのしく朝食さ」

「今日も動きそうにないかな？」

「わからん。動かんかもしれんな」

「昨日も動かなかった、今日も動かぬだろう」

ベッティがローストビーフの大きな片《きれ》を口に入れた。

「ホテルの外には出ないのか」

「昨日はその様子はなかったね」

「いったい、ホテルのだれに鼻薬を利かしてるの？」

「だれでもいいじゃねえかよ」

ベッティとイゾッピとは眼を合せて笑った。

「二十七階のお客さん」の動静を取らせているのがフロントの係員たちとも思えなかった。誇り高きイギリス人が、いかに商社マンを気どっていても下地の見えるイタリア人刑事《デカ》の袖《そで》の下ぐらいで言うことをきくとは思えない。

では、ドアマンか。これも同じ理由でまず無理だろう。あとはポーターか。ロンドンのホテルのポーターにはアイルランド出身が多い。アイリッシュならわからない。

だが、ポーターだとしても、それだけを見張り代りに、安心していていいのか。

「クネヒトはほとんど一日じゅう部屋の中で悠々としている。ブロンドの姉妹といっしょに遊んで、けっこうなご身分だぜ」

ベッティはワインを飲んだ。

「トーマス・クネヒトがこのホテルから動かないのは、どこかの秘密アジトに居るリカルド・ネルビが動かないということか」

「そういうことだろうね」

ヤギ、ひとつ飲まないかとイゾッピがあけたグラスをさし出したが、断わって煙草《たばこ》を抜いた。

「クネヒトは、アジトのネルビとは電話連絡をしているのか」

「そりゃ毎日、頻繁にやってるだろう」

「それがなんとか交換台に頼んで盗聴できたらだが、外線は直通だから方法がない」

「お手上げだね」

「電話局に頼んで、逆探知すれば秘密アジトの電話がわかるが、ここはローマではなく、ロンドンだから不自由だな」

八木は煙を吐いた。

「なにもかも、じれったいことさ」

云いながらも刑事二人は眼を合せて、にやりとした。

「なぜ、ネルビは動かないのかな」

「チャンスを待っているんだろうな」

イゾッピはハムを三つ重ねて口に入れた。

「なんのチャンス？」

「ネルビは逃げるチャンス。クネヒトは逃がす手引きのチャンス」

ハムを頬張《ほおば》っているために発音がはっきりしなかった。

「なんだって？」

「逃げるチャンスと、逃がすチャンスだといってるんだ」

ベッティが代っていった。

「どこへ逃げる？」

「アルゼンチンさ。きまってるよ。マフィアの連中の安全な場所はな。そのためにアルゼンチンの国籍を取っている」

「いや」

イゾッピが首と同時に両手のナイフとフォークをいっしょに横に振った。口のハムがつかえて声が出ず、それを早く飲みこもうと咽喉《のど》と格闘した。

「いや、ネルビのばあいはアルゼンチンとはかぎらない」

水をがぶ飲みし、咳《せき》をしたあとで云った。

「ネルビはいろんな国にロンバルジア銀行の資本で子会社をつくっている。パナマでも、ウルグアイでも、ペルーでも、その他の国でも。逃亡先にことは欠かない」

「どんな国であろうと、自分の仲間の多い国に逃げて行くのがスジだ」

ベッティがイゾッピに向かい、フォークを振って対抗した。

刑事二人は、ロンドンのアジトにひそんでいるロンバルジア銀行頭取リカルド・ネルビのこれからの国外逃亡先で推測が分れている。議論を闘わすのに声が高くなり、身ぶりが大きくなるイタリア人のこととて、互いが太い眼をむき出し、ナイフとフォークをテーブルに立てている。

やがて結論の行方よりも食欲のしめくくりに気をとられ、ナイフとフォークがそのほうに使われて忙しくなって声がおさまるのをみると、八木は云った。

「チャンスはネルビ頭取のほうが待っているのかい？」

「ネルビが待つわけはない。ロンドンに逃げてくるにもクネヒトに手引きされたのだ。これからも手引き人が頼りだ」

イゾッピが生野菜にかかった。

「すると、ネルビはクネヒトの手の中に依然として握られているの？」

「そう。だから、やつがこのホテルから動かんかぎり、こっちも安心だ」

「けど、クネヒトは、だれかの指示がくるのを待ってるのじゃないのか」

「ふん。さすがにおまえさんはカンがいい」

ベッティが自分のカップにコーヒーを注いでほめた。

「じつは、おれたちもそう思っている。ネルビは大物だ。オーストリアの実業家クネヒトの正体がどういう奴《やつ》かわからんが、とてもあいつだけの力量で、ネルビ頭取を逃がせるもんじゃねえ。もっと上からの操作がある」

それは八木の考えと一致していた。ただ「上からの操作」に問題があるが、刑事はしゃべらないだろうし、こっちも彼らに云ってもはじまらない。

「クネヒトは、目下その指示待ちというかっこうか」

「まあね」

「指示がくるのが長くなったら、あんたたちもそれまでこの高級ホテルに釘《くぎ》づけか？　オーストリアの実業家と付き合って」

「こっちはそうはいかん。アシが出る。で、明日の晩かぎりで安いホテルに移るつもりだ」

八木は腰を浮かした。

「このホテルの張り込みは、どうする？」

刑事は顔を見合せたが、大声をあげて笑った。ベッティがナプキンをテーブルに投げた。

「おまえさんも、この高いホテルを引き払いな。すぐ裏に安くて、面白えホテルがあるぜ」

「おれたちは、昨日、下見をしてきた」

イゾッピが云い足した。

２７０１号室のクネヒトの部屋に盗聴器を埋めこむ、とイゾッピが八木に明かしたのは、それからすぐだった。

「盗聴器を？」

八木はおどろいた。

「うむ。そっちの技術ヴェテラン刑事のアンドレーが今日の夕方、ローマからロンドンに着く。こっちから刑事課長に頼んだのさ」

イゾッピは得意そうにいった。

「アンドレーは盗聴器をしかけるのに、いままで一度として失敗したことがねえ。みごとな腕だ。クネヒトの部屋の電話にそいつをしかけておいたら、クネヒトとネルビとの電話内容がぜんぶ録音される」

「………」

「おまえさんは、さっき電話局でクネヒトの部屋からの外線電話でネルビのアジトが逆探知できたら、といっていたが、そんなものじゃねえ、電話の内容そのものが自動的に録音できるんだ。その間、こちとらはぶらぶら遊んどってかまわねえ。あとで、テープをゆっくりと拝聴するんだ」

「すごいことを考えついたな」

「盗聴器は電話機のほかにもう二つ取り付ける。部屋の中だ。2701号室のベッドルームとサロンだ。そこでの声で、ブロンド姉妹のうちの姉か妹のどっちかがクネヒトの女ってことがわかるぜ。これが愉《たの》しみだ。もしかすると、リディアにしても、アグネスにしても、いっしょにクネヒトともつれている声が聞えるかもしれねえ。ナマのポルノさ。そうなると、ぞくぞくするぜ。おまえにも聞かせてやるぜ、ヤギ」

ベッティが口笛を吹いて、肩を上下させた。

「録音機は、どこのホテルにセットするの？」

「裏のカーゾン通りさ」

なるほど、と思った。間口のせまい、奥行きの深そうなしもたやふうな四、五階建ての家ならびが浮ぶ。

八木はイゾッピにいった。

「しかし、どうして2701号室に盗聴器を仕掛けに忍びこむのか。クネヒトは一《いち》ン日《ち》じゅう部屋に居るはずだ。たとえ部屋を出たにしても、ホテルから一歩も外へ出ないのなら、いつ部屋へ戻るかわからん。それじゃ盗聴器取付けの作業はおちおちとできないはずだが。いくら熟練者でも」

「そのとおりだ、ヤギ。けれども、われわれには手がある。明日の晩だ」

「明日の晩に何がある？」

「このホテルでウィーン・フィルの指揮者によるコンサートがある。クネヒトが前売券三枚をフロントで買ったことをつかんだんだ。演奏会は二時間かかる」

二時ごろだった。八木が部屋でぼんやりしていると電話が鳴った。電話がかかってくるのはローマ支局の岩野からぐらいなもので、その後の様子をきかせろとの問い合せだろうと受話器をとった。

「こんにちは、ヤギさん。総局のローリイ・ウォーレスです」

笑いを含んだ声だった。

「びっくりなさったんですか」

「いや、思いがけなかったんです」

二日前の夕方、総局の帰りに忘れた手帖《てちょう》を深沢総局長の命で届けに車で追ってきたアシスタントのイギリス女性の、テンプル・アヴェニューの街灯をうけた半顔が浮んだ。

あのとき、多忙な総局が八木の応援を断わったのを気の毒がって、ロンドンに不案内な彼のために電話で助言できることがあればそうしたいといっていた。ただし、電話を総局にかけてもらっては都合が悪い、こちらから電話するといってヒルトンの部屋番号を聞いたのだが、それがいま初めてかかってきたのだ。

「なにかお困りのことはありませんか」

臙脂《えんじ》色のワンピースを着たローリイは車の運転席の窓、こちらは歩道に立っての会話が蘇《よみが》えり、そのつづきのようだった。

「はあ。いまのところは」

対手《あいて》が動かないから追跡のしようがないと電話で説明すると面倒になる。

ローリイはちょっと黙ったあと、云った。

「ヤギさん。わたしはヒルトンでアグネスさんを見ましたわ」

「え、アグネスさんて、どなたですか」

「あらイヤだ、アグネス・ヴェラーさんです。トーマス・クネヒトさんについている姉妹の妹さんのほうです」

「あ、そうか。すみません」

トーマス・クネヒトのことも、リディア、アグネス姉妹のことも、ローリイにあのときに話しておいた。深沢総局長にはうちあけなかったが。

「デンワでフロントに聞くとリディアさんとアグネスさんのルームナンバーがわかりましたから、総局に出勤するまえの九時ごろにヒルトンのルームナンバー２７０２、２７０３のちかくのホールをうろうろしてたんです」

「………」

「もしもし」

「聞いています」

「そしたら、ラッキーなことに、ブロンドの女性ふたりがルームナンバー2701からいっしょにでてきました。すこしにくづきのいいほうの女性が、ほそい、背のたかい女性をリディアとよんで、2703のまえでわかれたので、そのとき妹さんのかおをおぼえたのです」

「………」

八木は胆《きも》をつぶした。

「もしもし」

ローリイが呼んだ。

「はい、聞いています」

八木は受話器に応える。

「昨日の三時ごろ、アグネスさんはホテルをでました」

「え、なんですって？」

「そのときは、アグネスさんがひとりでした」

「もしもし。ミセス・ウォーレス。あなたはそれを見ていたんですか」

「いいえ。わたしは総局にいました」

「………」

「でも、わかる方法があるんです」

「どういう方法ですか」

「わたしにはロンドンにたくさんのともだちがいますから」

ローリイは電話口で笑った。

「アグネスさんは、ホテルのまえでタクシーをひろいました。行くさきはチェルシーでした」

「チェルシー？」

「知っていますか、チェルシーを？」

「名前だけは……」

「ロンドンの西です。若ものの町になっています。若いアグネスさんが好きそうな町です」

「東京の原宿のような場所だと聞いています」

「わたしも東京からきたひとに、そうきいています。で、アグネスさんは五時半ごろに、タクシーでチェルシーからヒルトンにもどってきました」

「もしもし、ミセス・ウォーレス……」

あなたの友人はヒルトン・ホテルの前に張りこんでいるのか、と訊こうとしたとき、

「きょうは、そのインフォメーションだけをおつたえします。なにかあったら、またデンワしますが、そちらからはわたしにデンワしないでください。さよなら」

テンプル通りで話したときは、その場の雑談のようなものだと思って、あまり当てにもし

ていなかったが、ローリイが電話を切ったあとも、八木はしばらく茫然《ぼうぜん》となった。こうまで彼女に「取材能力」があるとは思っていなかった。

ロンドン総局のローリイ・ウォーレスの「取材能力」は本職のローマ市警刑事二人が敵《かな》わない。刑事が鼻薬をきかせて「二十七階のお客さん」の出入りを報告させているのはアイリッシュのポーターかと思っていたが、とうていその比ではない。

もっともローリイはロンドン育ち、彼女の云うとおりこっちにはたくさんの友人があり、協力者がいるにちがいない。だが、それにしても彼女が友人に二十七階の妹のほうアグネスの顔をロビーあたりでおぼえさせ、アグネスがホテルを出てくるところを何時間もホテルの前で張りこませておくとは、それを引き受けるほうも引き受けるほうで、おどろくべき友情である。

八木はロンドンの地図をひろげ、チェルシーをさがしてみた。

CHELSEAはハイド・パークの南に当り、テムズに近い地区である。地図の上ではヒルトンからさほど遠くなさそうである。

窓の外を見ると秋晴れで、ハイド・パークの森は黄色のさかりである。八木はホテルの中で幽閉生活の思いをしているので、若者の町というチェルシーに行ってみる気になった。これから行ったところで、街で偶然アグネスに遇《あ》えるとは思えないが、まずは気晴らしのつもりである。

八木は、トーマス・クネヒトも、リディア、アグネスのヴェラー姉妹も垣間見《かいまみ》ている。いずれも刑事イゾッピやベッティの張り込みの背後から、追跡の追跡からである。

クネヒトはいかにもゲルマン民族らしくがっちりとした体格だが、身の丈《たけ》はそれほど高くはない。焦茶色《こげちや》の髪を持ち、額が広く、顴骨《かんこつ》が出て、ワシ鼻で、油断のならぬ商人といった風丰《ふうぼう》。オーストリア、スイスには、こうしたいわゆるアルプス型ドイツ人とよばれる系統の人種が多い。

ヴェラー姉妹はブロンド。姉のリディアと妹のアグネスの特徴の違いは、たったいま電話で総局のローリイが伝えてきたとおりである。二十七階の暗いホールをうろついて瞬間に目撃しただけだというが、同性だけによく看取している。

刑事二人の好みは、若くて、肉づきのいいアグネスのほうにあるらしいが、これは八木にも理解できた。追跡の追跡の際でも、アグネスのうしろ姿はぴちぴちとしていた。

が、それを十分に見届けることができなかったのは、そのとき一方ではクネヒトが誰かに会いに行くために別の道を行ったからで、ローリイ云うところのフランス語のコトワザにもある二兎《にと》を追えなかったからである。

——だが、これからのチェルシー見物は、のんびりしよう。今日じゅうにはローマから盗聴器設置のベテラン刑事が到着するそうだし、明晩それが2701号室に秘密にセットされれば、もう大丈夫らしい。

いったい「チェルシー」とはいかなる場所か少しは予備知識をと思い、八木はロンドンに着いた日に日本人経営の書店で買った東京で出版のロンドンのガイドブックをめくった。チェルシーのページに「文学散歩」の項があり、それには、トマス・モア、バートランド・ラッセル、サマセット・モーム、トーマス・エリオット、キャサリン・マンスフィールドなどの著名な文人、作家の旧居または由縁《ゆかり》の旧跡がある、と出ている。

これを読んで八木は、金髪のアグネスよりも、白髪の老教授にまたそこで遇えるのではないかと思った。英辞書編纂《へんさん》で日本の英文学界に早くから知られたジョンソン博士の旧居を訪ねての帰りというテンプル通りで初めて遇ったこの老紳士とは、はからずも近くのコーヒーハウスで一時間をすごす奇縁となった。

十二世紀のテンプル騎士団のことからその騎士修道会の成立と崩壊の悲劇、はてはそれより発した秘密結社と「秘儀」、「掟《おきて》」と裏切者への中世的な処刑のこと、それの偽称的な継承者がフリーメーソンであることなどの講釈を聞いた。

新渡戸稲造博士に似た顔だが、どこの大学の教授であったのやら、また名前もついに聞かなかった。その人に羞《はじ》らいが見えていたし、八木も訊くのを遠慮した。そうだ、そういえばあのとき、コーヒーハウスに入っていた日本人の男女がいて、伝票の裏側に老紳士の横顔を鉛筆でスケッチしたのを残して出ていったものだった。そのスケッチともクロッキーともつかぬ画のついた伝票は、老紳士に請うて自分が持っている。

カップルの男が描いたのか女が描いたのかはわからぬ。線は美事《みごと》だといっていい。あのコーヒーハウスは近くの音楽学院の学生がよく出入りするところで、学院にはシティの日本の銀行や証券会社の支店員とか、あるいはその家族などが聴講生として通っているということだから、あの男女客もその組だろうか。これも顔を見なかったせいか、すこし気にかからないでもない。——

八木はホテルの正面ドアを押した。ドアマンは遊んでいても知らぬ顔をしている。恭々《うやうや》しくドアを開閉するのはチップをはずむ上客だけである。

地図を見ると、チェルシー地区には地下鉄駅がいくつかある。が、地下鉄で迷っては困るので、タクシーにした。

ホテル前でタクシーを待って、ふと向う側のハートフォード通りを見ると、派手な色の古着の毛布を腰に巻いた名物の「バッグ・レディ」が、大きな袋を担ぎ、曲った腰でノロノロと歩いていた。

タクシーがきた。

「チェルシー」

「チェルシーのどこか」

ときた。運転手は初老で、帽子の下の後頭に白髪がある。

「キングズ・ロードです」

ガイドブックに「若者が歩く通り」とあった。

「オーケー」

八木は妙なことに気づいた。誇り高きキングズ・イングリッシュにもメリケン俗語が入ってきているからではなく、ヒルトン・ホテルの前にブロンドのアグネス・ヴェラーの出てくるのを見張っている総局のローリイの友人が、タクシーに乗ってホテル前を去ったアグネスの行先をどうしてチェルシーだとわかったのだろうかと、ふしぎになったからだ。

その友人も、すぐにタクシーをひろってアグネスのタクシーのあとを尾《つ》けたのだろうか。だが、それだったら、アグネスがチェルシーでタクシーをおりたあと、どんな行動をとったかも教えそうなものだ。それはない。ただ、ホテルの前からタクシーに乗ってチェルシーへ行った、と云っただけ。この云い方は、ローリイの友人がそこから動かなかったことを意味する。

なのに、どうして、タクシーの行先が、彼女の友人にわかったのだろうか。どうも奇妙だ。で、こう考えるしかない。ローリイの友人とタクシーの運転手とは同じロンドンの住人として顔馴染《なじみ》で、ホテル前に帰ってきた運転手にローリイの友人が訊く。いまの金髪のお嬢さんをどこまで送ったの？　ゴマ塩頭の運転手が帽子の庇《ひさし》を上げて、退屈そうに答える。チエルシーさ。近ごろ若者の集まる街でね。——

茶色っぽい、古めかしい家がならぶ閑静な通りが流れ過ぎた。緑の並木路の通りにタクシーはとまった。キングズ・ロードですよ、お客さん、と運転手は八木を見返った。

キングズ・ロードは長い通りだが、何番地かと訊いても、この東洋人のお上《のぼ》りさんにはわかるまいし、どうせ賑《にぎ》やかな場所が目当てだろうと、運転手はいい加減な場所へ客を降ろしたとみえた。

なるほど二十前後の若い連中がぞろぞろと流れていて、男はもつれた頭髪にキリストのようなヒゲ面《づら》、女は肩から背中に垂れかかるロングヘア、襤褸《ぼろ》の服装と色彩、男女が入れ代るというのは世界的現象。八木は、もしやそこにアグネスの姿でも見つかりはしないか、と眼をうろうろさせた。

骨董《こっとう》屋の通りと若者の流れとは、とり合せがおかしいようだが、近ごろの若い者は安もののアンティークを装身具にするのがはやっているのかもしれない。このアンティーク・マーケットに軒をならべている「古美術商」の前には、年配の客が集まり、なかには旅行社のバッグとカメラとを肩にかけた日本人観光客の姿もまじっていた。

こんな場所に若いアグネスが居るとは思えず、それほど期待はしないが、若者の群れは東のほうに多いようなので、八木はそっちへ歩いていくことにした。

東へ進むほど街の様子もだいぶん変ってきている。キングズ・ロードは道幅の広い通りで、二階建てバスや車が往き違ってたっぷりと余裕があり、並木の歩道に沿うて鉄柵《てっさく》の塀がつづき、赤褐色煉瓦《れんが》建ての荘重な住宅がならんでいる。今はそれらの建物の前にブティックが軒

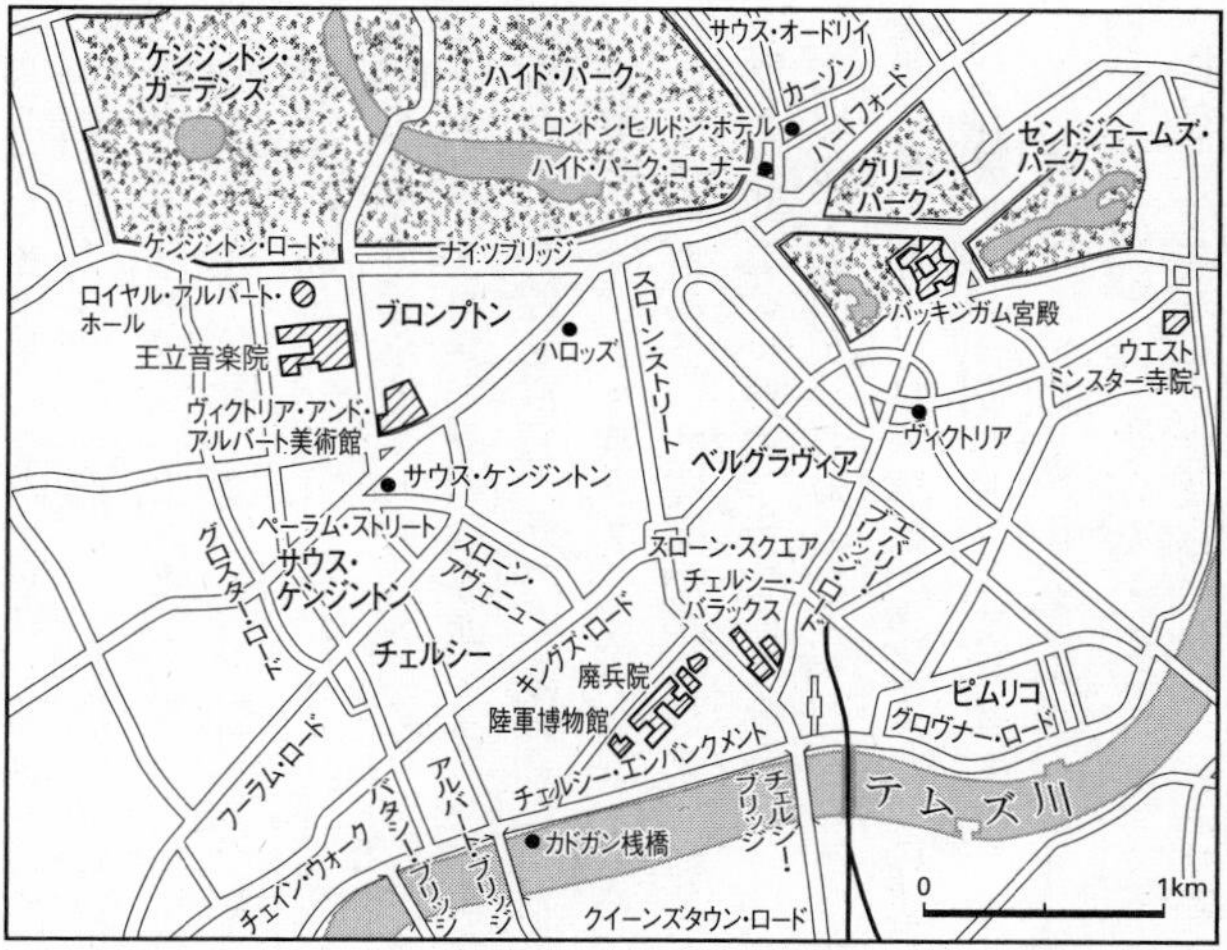

をならべ、色紙《いろがみ》をちぎって貼《は》ったようにきらきらしている。

若者の流れはその通りに渦を巻いている。それらが各国から来ていることは、ひところのヒッピーを承《う》けた格好は一様でも、顔つきや毛色の違いでわかる。

流行の婦人服店、装身具店などの派手な小店が延々とつづく。若者の街もキングズ・ロードの東の涯《はて》までつづく。途中に広場があって、地図を見ると、スローン・スクエアと出ている。

このロータリーの端に立つと、東西南北から走ってくる車がまん中の芝生の上に立つポリスを中心に面白いほどくるくる回転する。

これから分れたスローン・ストリートは北へ向かうまっすぐな一本道で、遥《はる》かな突き当りにハイド・パークの黄色い森が見えた。

眺めたところ、スローン・ストリートというのも閑静な住宅街である。両側に赤茶けた煉瓦建てはよほど少ないようだが、それでも伝統的な住宅地の威厳といったものを保っているように見える。人通りは少ない。むろん若者の影もない。

街角一つ曲ると、こうも街の様子が一変するものか。これには少々おどろいた。べつにアグネスを見つける気はないが、こんな住宅通りを歩いても仕方がないので、八木はキングズ・ロードへ引返した。またもや若者の群れの中である。大げさにいえば、えたいの知れない野性と欲望がかった雰囲気にまたも入る。

若い男女が流れ、無数のブティックがならぶ一歩うしろには、イギリス伝統の風格をもった色も厚みもある住宅建築物がそびえている。十八世紀ごろから政治家や文人の邸宅があったように、この地区には歴史があった。

閑静な住宅地が若者の街に変ったところは東京の原宿に似ている。原宿から青山にかけての界隈《かいわい》は、もとは武家屋敷の集りで、その後も静かな人が住んでいた。八木が十数年前に日本を出たときは原宿はすでに変っていた。

若者の街としてのその後の原宿の発展を、彼はローマにくる日本人から話として聞いたが、まだ一度も帰ったことがない。

八木は東京のある私大を出ると、ローマにいる郷里の先輩をたよってきて、その先輩が現地で旅行社を経営していたので、それを手伝いながら、ローマの大学の夜学に通い、イタリア語とイタリア文学の勉強をはじめた。イタリア語は生活からでもおぼえられたが、先輩とたった三人しかいない旅行社の仕事に追われ、イタリア文学のほうは放棄するしかなかった。

五年ぐらいして、先輩は旅行社は儲《もう》からないといって、駐在各商社と東欧圏とのブローカーのようなことに転じた。そのとき、旅行社はおまえにやるよ、と先輩はいったが、引きうけるにしてもカネがかかるし、やっても欠損はわかっているので断わった。旅行社はそれきりつぶれた。

そのころ八木は「中央政経日報」ローマ支局長の宮崎小市というのに可愛がられ、通訳や仕事の手伝いなどもしていたので、遊んでいるならウチに入れということになって、現地採用の雇員助手になった。いまの岩野俊一より三代前の支局長である。

イタリア女と同棲したこともあるが、一年くらいで別れた。係累はない。イタリアがいいというわけではなく、なんとなく日本に帰りたくないのである。

八木はキングズ・ロードをあと戻りしてアンティーク・マーケットを、来たときとは逆に通り抜けた。細身の背中にブロンドを垂らしてジーパンで歩く後ろ姿を若い群れの中に見て、或いはとも思った。そういうのは、さっきからブティックの店先にもパブの中にも屯《たむ》ろし、鉄柵の塀ぎわの地べたなどに男と坐りこみ、顔の区別もわからぬ。

長いキングズ・ロードも西へ行くにつれ、そういう若い連中はずっと少なくなり、その代り年配の人々の落ちついた通行になった。ようやく人間と街の風景とが一致してきた。こうなると、新渡戸稲造博士の風丰《ふうぼう》に似た老紳士との再会にまだ可能性がある。ガイドブックには、テムズ川畔近くに文学者の旧宅や遺跡があると出ている。

時刻からすると、ローマ市警の盗聴器仕掛けのベテラン刑事がそろそろヒルトン・ホテルに到着するころだ。その男にも会ってみたい。明日の晩の演奏会にトーマス・クネヒトがヴエラー姉妹をつれてそれを聴きに行っている二時間の留守に、2701号室に首尾よくその工作が成功すれば、自分も刑事にならって、料金の高いヒルトンを引き払い、裏のカーゾン通りの安ホテルに越すつもりである。

歩いているうちにテムズが見えるところに来た。が、川ぜんたいを見わたすためには堤防道路まで上がらなければならない。道標にはチェイン・ウォークと出ている。

テムズを見下ろす道路は広く、車やトラックが走っている。バタシー・ブリッジという橋があって、地図を見るとここから東が「チェルシー・エンバンクメント」となっている。堤防の道路は、テムズの下流に沿って行くにつれて、橋と橋の間で名前が変る。チェルシー・ブリッジという橋から東がグロヴナー・ロードと変り、次の橋からミルバンクとなり、ウエストミンスター・ブリッジからヴィクトリア・エンバンクメントとまた変る。

八木が立っている堤防道路はチェルシー・エンバンクメントの入口。下を見ると、テムズの水は悠々で、ちょっと見ると、どっちに流れているのかわからぬ。

どっちが上流だか下流だか、すぐには見わけのつかぬテムズのゆるやかな川面《かわも》だが、八木がアルバート・ブリッジの上まできて下を見ると、ボート用の小さな桟橋がある。地図には、カドガン桟橋《ピア》の名で出ている。

テムズは小汽艇やボートの往来する水上交通路だから、地図を見ても両岸に桟橋が多い。大きな施設では、ウォータールー橋とブラックフライアーズ橋との間のヴィクトリア・エンバンクメントにある王室用のものがあるが、これは桟橋というよりは海軍の艦艇碇泊《ていはく》施設だ。

いま八木が佇《たたず》むところから見ても小汽艇がゆっくりと上下している。ほとんどが赤茶けた錆《さび》色の荷物船で、底が浅くできている。これが鈍重な図体で、のろのろと動いている。数は少ない。オールで漕《こ》ぐ白いボートはいなかった。川風はだいぶん寒くなっている。観光船もここまでは上ってこないようである。

だいたい、こんなところを眼に収めて、タクシーを待っていると、黒塗りの箱が走ってきた。

行先を告げると、土堤道を下流へ沿って走り出した。アルバート橋の袂《たもと》からチェルシー・エンバンクメントをすすむ。上り勾配《こうばい》になって、チェルシー橋畔の四叉路《さろ》となった。信号待ち。

橋は下流側の鉄橋と視野で重なっている。鉄橋の下には紅殻《ベンガラ》色の貨物艇が二隻とまっている。

信号が変った。

タクシーは左折。右側に雑木と鉄柵《てっさく》に囲まれた工場のような広い施設があり、高い望楼のような白いコンクリートづくりの塔が立っていた。音響は聞えなかった。

あれはなにか。

「G・L・C、グレーター・ロンドン・カウンシルの水路作業所でさあ」

このタクシーの運転手も年寄りで、もみあげの白髪のぐあい、ハンドルを動かしながらも背筋を伸ばした姿勢など、音に聞くクラリッジス・ホテルの給仕頭にしてもいいくらい。したがってもの識りのようである。ただ、こっちのほうにロンドンの知識がなく、グレーター・ロンドン・カウンシルといわれても、ぴんとこなかった。

左に曲ったチェルシー・ブリッジ・ロードの大通りは直線で、さきほどキングズ・ロードを歩いてロータリーに出てのぞいたスローン・ストリートへつながっている。そうしてハイド・パークにつきあたり、右に折れると、たちまち、ヒルトン・ホテルの前に出た。

色とりどりの万国旗がポールの先にはためくヒルトン・ホテルの正面玄関へタクシーを横

づけさせても、ドアマンに鼻の先であしらわれるだけだから、八木は十メートルばかり手前で車を降りた。

八木がそこから正面出入口の横に歩きだして、眼の端になにやら色が入ったので、傍をよく見ると、植込みの灌木《かんぼく》の蔭《かげ》に派手な色彩がうずくまっていた。

赤いネッカチーフをかぶり、肩から腰に毛布を巻いた婆《ばあ》さんが、狭い芝生に坐りこみ、ふくらんだ大黒袋に凭《よ》りかかり、居眠りしている。「バッグ・レディ」にまた遇った。

この名物もの乞い婆さんは、すぐ裏のシェパード・マーケットの食べもの店街を生活圏にしていると八木は聞いた。だから、この前も総局に行くとき、この通りで遇ったし、さっきもチェルシーへ行くのにヒルトンの正面玄関でタクシーに乗るとき、真向いにバッグ・レディがのろのろと歩く姿が見えていた。このへんが縄張りなら、ふしぎはない。

八木はホテルに入り、刑事の部屋へ行くつもりでリフトを降りたが、とたんに頭に閃《ひらめ》くものがあった。

総局のローリイ・ウォーレスの「友だち」とは、バッグ・レディのことではないか、と思いあたったのである。

そう考えると、すべての疑問が解ける。一日じゅうヒルトンの出入口の前で「張り込んでいる」ことも、金髪のアグネスがタクシーで出かけ、戻ってくるのを見届けることも、そうして、彼女のタクシーを追跡し得ない理由も、みんなわかってくる。

では、どうしてアグネスの行先がチェルシーだとバッグ・レディにわかったのだろうか。たぶん婆さんは、ホテル前に戻ってきた運転手のそばへのろのろと近づいて、こう訊いただろう。

ねえ、おまえさん、さっき乗せて行ったブロンドのタマは、どこで降ろしてやったんだい？

あの女《こ》かい。チェルシーさ。ブティックでお買いものだとさ。

ふん。

バッグ・レディはこの界隈《かいわい》ではホテル前で客待ちのタクシー運転手よりも何十年も先住者で、名物女だから、その質問にドライバーもすらすらと答える。

ロンドン娘のローリイ・ウォーレスは、同じロンドンっ子（バッグ・レディもたぶんそうだろうから）というところから、彼女持ち前の人なつこさと怜悧《れいり》と金銭とでバッグ・レディを味方につけたのではないか。

八木は急いで踵《きびす》を回《かえ》した。ホテルを出て、もとの場所に戻ってみたが、そこには灌木の茂みだけが残っていて、バッグ・レディの影も形もなかった。

あたりはすでに蒼然《そうぜん》と昏《く》れかかっている。時刻はまだ三時半だが、車はみな前灯を点けて走っている。釣瓶《つるべ》落しの秋の日とは、英吉利《イギリス》にこそふさわしけれ。バッグ・レディは灯ともしごろの飲食店街へ移動したのである。

それにしてもものの乞い婆さんがどうしてアグネスの顔を見知ったかだ。たぶんローリイ・ウォーレスが二十七階で廊下トンビしておぼえたヴェラー姉妹の顔をヒルトンの前に常に居るバッグ・レディに教えたのであろう。

だとすれば、ヒルトン前のバッグ・レディはローリイに代って二十七階の三人のお客さんの見張り役をつとめていることになろうか。すれば、ローリイ・ウォーレスがテンプル通りの路上での約束を守っている証拠ではないか。

二兎《にと》を追えない八木のためにアドバイスするといったローリイが、このような形で実行面で裏付けしようとは。

そこには、ローマ支局からひとりで西も東もわからぬロンドンに来て、総局に助力を拒絶された八木への彼女の同情が動いている。そこには現地採用の助手という共通の立場があろう。さらには、総局長の「フカザワさんはいい人です」という彼女の言葉に表われたように、機構的な、というよりほかいいようのない一種の壁がロンドンとローマにあって、それがローマ支局長の岩野に送り出された助手の八木をドアの前で閉め出した――それへの深い同情がローリイにあったのではないか。

ローリイへの感謝をどう表わしたらよいか。八木は電話をかけることもできず、手紙を出すこともできない。

手紙――。そうだ。手紙をバッグ・レディに託そうと思った。封筒の宛名《あてな》を見て、もの乞い婆さんが黙って受け取れば、もう間違いなしである。

ホテルの移転もこの方法でローリイに通知しよう。

いい思いつきだった。

バッグ・レディを総局のローリイとの「郵便ポスト」に思いついた八木は、気分がすっかり軽くなってヒルトン・ホテルに戻り、刑事イゾッピの部屋を叩《たた》いた。

中からのぞいたのはベッティの片眼で、ドアを押えてうしろをふりむき、ヤギが来たと告げている。いつもはこんなことはないので、客が来ているとわかった。

まあいいだろう、と中からイゾッピの声がする。八木が入ると、カーテンを閉めた窓ぎわのイスに、眉《まゆ》の濃い、あごから口のまわりにかけて青い色粉を塗りつけたような髭剃《ひげそ》りあとの濃い、色白の男が腰かけていた。

「これはヤギというてな、ローマの日本の新聞屋だが、気心の知れた男だから心配はない。おめえのこともちょっと話してある。……こっちは市警のアンドレーだ。ほら、例のことをしに来てくれた熟練の仕事師さ。名人だよ」

アンドレーは八木と握手した。掌も指も女のように柔らかであった。首は長く、撫《な》で肩で、眼は大きく唇うすく、なかなかの好男子だった。

「ヤギ、おまえ、盗聴器を見たことがあるか」

イゾッピが横からきく。見せてやれ、とアンドレーにわがことのように自慢そうにすすめた。

新来の刑事は、脚の下に置いたアタッシェケースを膝《ひざ》の上に置き、蓋《ふた》を開けて中から三個の小箱をとり出して、せまいテーブルの上にならべた。

シングルの部屋なのでイゾッピはもう一つのイスは八木にゆずって、自分は化粧台の前のイスを運んできて坐り、ベッティはベッドの端に腰かけていた。

アンドレーは小箱の一つを開けて、受話器《レシーバー》の一方の送話口にあたる部分とそっくりなものをとり出した。それには真物《ほんもの》と同じ細いコードが二本付いていた。

「これはね、トランスミッターという器械です。アメリカ軍の払下げ中古品です」

彼はうす笑いしながらいった。

「こっちの箱二個も同じです。中は一個が煙草の函《はこ》くらいだがね。室内用だ。これを二個セットすると、一週間ぶんは大丈夫です」

「一週間だってよ」

ベッティがベッドの端を臀《しり》で弾《はず》ませた。

「そのあいだこっちはカーゾン通りのホテルで寝ころがって受信を聴いてればいい。ネルビとの電話のやりとりも、室内のクネヒトと金髪姉妹との騒ぎ声も。こいつは太平楽だぜ」

「まず、トランスミッターからお見せしますかな」

アンドレーはそれを持ってベッドの枕元《まくらもと》の電話機へ歩いた。

アンドレーは受話器をとりあげ、片手で送話口の部分を回した。すぐに蓋がはずれた。中の円形にアルミ製の器械が顕《あらわ》れた。これが「聴く」「話す」の頭脳の入口である。細いコードが二本ついていて、本線とつながっている。

アンドレーは、はずした蓋を枕元のサイドテーブルの上に置いて、ここまで分解したところを、手品師の身ぶりで三人の見物人に披露した。イゾッピとベッティが大きく合点する。

次にアンドレーはサイドテーブルにならべたトランスミッターを受話器にとり付ける作業にかかる。

「この場合、受話器のコードをはずしてトランスミッターのそれと取りかえるのだけど、ここではそうするわけにはいかないから、形の上で取りかえたことにして、こんなふうに蓋をする」

片手でまわすと、ぴったりと蓋が閉まり、前と寸分違わない受話器になった。

「これで万事オーケー。電流は受話器のがあるから、室内用の盗聴器と違って、バッテリーの装塡《そうてん》の必要はない。あとは一定の周波数を出すだけだが、これも自動的に出るようになっている」

「それを受ける可能な距離は?」

「三百メートル四方かな」

カーゾン通りのホテルはいくら遠くてもここからは二百メートルそこそこである。どうやら、これは八木に聞かせるためのなれあい問答のようであった。

「で、おめえ、その受話器の取りかえにどのくらい時間がかかる？」

というのも、やはり八木に聞かせるための問答だ。

「十秒でさ、イゾッピさん」

「十秒？　十秒だとよ、ヤギ」

イゾッピは八木に感歎《かんたん》を催促した。

「ヴィーヴァ（万歳）」

ベッティが先にいった。お世辞でなく八木も眼をみはった。この刑事はよほどの熟練者にちがいない。さっき握手したときの彼の掌のやわらかさや指のしなやかさが思い出される。

「室内用はどうだい？」

受話器を元どおりにして、トランスミッターを持ってテーブルの前に戻ったアンドレーにイゾッピは次を促した。

盗聴器係の刑事は、にやにやしながら小箱のケースを開けた。タテ九センチ、ヨコ七センチ、厚さ三センチばかりの黒い金属製の函が出た。

「これが室内用の盗聴器」

アンドレーは黒い金属製の小函を手にしていった。

「受話器にとりつけるトランスミッターと違って、電話線などからの電流がこれにはないから、バッテリーが装塡してあります。九ボルトのバッテリー。この盗聴器二個をセットしておくと、さっきも云ったように、まず一週間ぶんは大丈夫。周波数も同じ」

アンドレーがうすい唇を動かすたびに口のまわりの剃りあとの青々としたのが目立つ。

「だからね、離れた場所で同じ周波数のFM受信機で受け、それにテープレコーダーをつなげば、電話の内容もこれも完全録音というわけでさ」

「ふん、ふん」

ベッティが鼻をこすった。

「まずは適当な場所を見つけよう。ヒルトンの裏通りの家だ」

イゾッピがいった。

「そうだ。早《はえ》とこカーゾン通りの安ホテルに移らねえと、ここじゃアシが出てかなわねえ」

「ただし、この室内用の器械は、受話器に仕込むように十秒間の早業《はやわざ》というわけにはゆかない」

アンドレーは金属製の函を掌の上で弄《もてあそ》びながらいった。

「部屋に忍びこんで、床《フロア》の隅に観葉植物が置いてあればその植木鉢の中とか、画がかけてあればその額ぶちの裏とかに置いてもいいけど、それだと人間の靴音などの雑音ばかりが大きく入って、かんじんの声が聞きとりにくいのです。それに、そういう場所だと、掃除のメイドが入って掃除するおそれもある」

「ふむ、ふむ」

「いちばんいいのは天井です。蛍光灯の上とか、天井の引込んだ小さなテラスの上とか、人間の眼は周囲には気をつけるが、上は見ないものでね。それに、室内の声は上のほうへあがってゆく」

「ほう、ほう。なるほど、なるほど」

「だけど天井は高い。一人じゃ、とても。人間の肩を脚立《きゃたつ》代りにするか。テーブルを引張り寄せるか、その時間を見つけるのが難儀だね」

「明日の晩、２７０１号室は続き部屋から２７０２、２７０３号室まで二時間はガラ空きだ。大ホールのコンサートにお出ましでね。二時間もあれば、心おきなく仕事はできるだろう、アンドレーの名人？」

「たっぷりでさ。仕事のあとに祝杯のパーティまで開けますぜ、イゾッピの親方」

六時になった。八木は自分の部屋からローマ支局に申し込んだ。毎日ではないが、連絡をとり合うことがあればこの時間に決めてある。ローマはすぐに出た。

「ご苦労さん」

岩野俊一の声だった。気取っているようだが、含み声はこの人の性来のものだ。

「その後の変化は？」

「アンドレーという盗聴器専門の刑事がさっき到着しました」

「その刑事がロンドンへ行ったことは聞いた。役に立ちそうかね？」

八木は顚末《てんまつ》を話した。

「それは新戦術だな。その盗聴作戦でネルビ頭取の所在がわかるといいがね。刑事《デカ》連中はどういっている？」

「もう有頂天です」

「イゾッピだろう？　あいつは単純だからな」

「善人です。よく協力してくれてますよ」

岩野は瞬間黙った。反射的にロンドン総局の不協力が頭に浮んだのであろう。

「ロンドンの深沢さんから、昨日も、八木君はどうしているかなアと心配する電話がかかってきた。ロンドンも手いっぱいなのでお手伝いできなくて申しわけない、と詫《わ》びられた。これで二度目だ。深沢さんはいい人だよ」

(フカザワさんはいいひとです)

ローリイ・ウォーレスの言葉が重なる。

「ネルビ頭取をロンドンに連れ出してきて、アジトも世話しているトーマス・クネヒトだが、やつは、ヒルトンホテルからネルビのアジトに電話連絡ばかりで、自分では相変らずあんまり動かないのか」

そのことは前回の電話で岩野に報告してあった。

「ネルビ頭取にはハンス・ペロットというボディガードが付いているはずだ。この男とオーストリア人と北イタリアのウーディネのホテルで会った頭取は、運転手のピットルをそこでローマに追い返している。もっとも運転手はペロットもオーストリア人も知らないが、その人相の申立てから市警が前科者の写真を見せてペロットのほうだけを割り出したのだがね」

ハンス・ペロットはトレントで金融業を営んでいる。ウラでは、詐欺と密輸の常習犯。イタリアのリラ紙幣を国境を越えてスイスのキアッソやルガーノあたりの銀行に運び、スイス・フランに替える。いわゆるクリーニング。イタリアのマフィアが大口を巧妙な手段でやっていることだが、ペロットはその手先。小口を扱っている。ネルビ頭取の偽造パスポートもこいつらが造ったらしい。

——これは前に八木が岩野から聞かされた。


ヒルトン・ホテルのホールでコンサートの夕のある日がきた。アンドレーの腕を信じるイゾッピとベッティは、彼をつれてカーゾン通りに宿さがしに出かけた。

「ヤギ、おまえはどうする？」

刑事連中といっしょは嫌だったが、場所が遠くては、盗聴の録音を聞きに行くのに不便である。さきに彼らのホテルをたしかめてから自分のを決めることにした。

今夜からすべてを盗聴器に託した刑事たちはすっかり安堵《あんど》の体で、口笛を吹きそうな顔で二時ごろヒルトンの裏へ出た。持ち場の放棄だ。金髪姉妹が出かけようが、オーストリア人のクネヒトがタクシーに乗ろうが、のちほどどうせ電話のやりとり、室内の会話で知れてくると思っている。三人のみならず、リカルド・ネルビ頭取とボディガードのハンス・ペロットの言動まで電波のアミにかかるだろう。

カーゾン・ストリートも横通りの東の端よりは南北のタテの通りのほうがヒルトン・ホテルを視野に入れる。近くに建物があってもヒルトンの五階以上が超然としているので、二十七階の2701号室から出る電波は、こちらの家ならどこでも受信できる道理である。

ヒルトンの裏から八十メートルくらいのところにカーゾン・マーブル・ホテルというのがある。ゆるやかな坂道を下ったつき当りで、正面出入口は二級ホテルなみの一応の「豪華さ」であった。金モール服のドアマンもポーターも立っているが、このホテルのわきに沿って半周すると、南北のタテの路地に出る。このあたり普通の地図にはない小さな路地がいりくんでいる。そのマーブル・ホテルの裏出入口は表側とはまったく様子が違い「マーブル・ルーム・レストラン」の緑色の看板を掲げている。こっちのほうは見てくれからしてそれ用のホテル体裁であった。

さすればこの路地、車がやっとすれ違えるくらいの道をはさんで、両側にならぶ臙脂《えんじ》色、褐色、黒曜色、白亜色、朽葉《くちば》色の化粧煉瓦《れんが》積み漆喰《しっくい》塗りの住宅風建築がいかなる客を目的の貸部屋、商売を営んでいるかは容易にわかる。窓々には白いカーテンが閉じられ、鉢植えの草花が窓辺にならべられている。

イゾッピ刑事があたったのはその中の一軒、アパート「ローズ・ヴィラ」の標札が出ている。やがて彼は部屋割りを見せるために、表で待っているベッティとアンドレーをそこへ呼び入れた。

「ヤギはどうする？」

「さあ」

八木はカーゾン・マーブル・ホテルに眼をやった。

たとえ娼婦の利用場所であろうと、六階の全館がそうした営業場所ではなく、限られた一部にちがいないから、そんな部屋を取らなければいい。

それとローマ支局と電話連絡をとるとき、やはりホテルでないと便利が悪い。

また、ローリイ・ウォーレスから電話をもらうにしても、連れこみ専門と明瞭《めいりょう》にわかるカーゾン通りのアパートでは少々困るのである。

マーブル・ホテルなら刑事たちが借りた「ローズ・ヴィラ」から歩いて二分くらいの距離。盗聴器の声を録音したテープを聞きに行くのに支障はない。

八木はマーブル・ホテルのフロントに行き、とりあえず向う一週間の予約をしたいといった。

「シングルの部屋を見せてほしい」

シングルなら大丈夫だと八木は思った。

「三階と四階とがある」

フロントがボーイにキイを持たせ、部屋を見せに案内させた。リフトの中で、典型的なアイリッシュの顔のボーイが口もとを曲げてうすら笑いし、バッゲージはないのかときく。よそのホテルに女と泊まって料金の抵当《かた》に手荷物を押えられたとでも思っているようだった。

三階のリフトを降りたところから左右が通路となり、両側に部屋がならぶ。通路の天井にうす暗い照明灯の列、ドアに貼《は》りついた金属ナンバー数字が鈍く光る。なんだか刑務所の廊下を思わせるような殺風景さだった。

ボーイがキイをドアにさしこんで開ける。細長い部屋で、シングルベッドの向うにテーブルとイス一つ。壁に安もののロンドン風景の版画がかかっている。造りつけの戸棚を開けると、ハンガーばかりがならんでいる。浴室を開けると、浴槽はなく、シャワーだけである。

「バスはないのか」

「シングルはシャワーだけ」

「通路の対《むか》い側は？」

「対い側はツインとダブルの部屋」

「四階は？」

「四階もシングル・ルームはシャワーだけ。ミスターよ」

狎《な》れ狎《な》れしいボーイに紙幣を握らせた。ここで我慢することにした。値段はヒルトンの五分の一だ。

窓のカーテンを半分開けると、さっきの通りが眼の下だった。イゾッピとベッティが「ローズ・ヴィラ」から出てきて、こっちが見下ろしているとも知らずに向うへ歩いて行く。

ヒルトン・ホテルの大ホールでのコンサートは午後九時には終る。ロイヤル・フェスティヴァル・ホールで公演していたウィーン交響楽団がその日程を終了したので、今夜だけホテルで室内楽団なみに小編成にした演奏会を開いた。指揮者が有名で、前売券は売切れだった。

トーマス・クネヒトと名乗る人物はオーストリア人ということだから、むろんコンサートを最後まで聴くにちがいない。演奏会のあとは、三人で食事をするはずだ。外には出ず、ホテル内のレストランだろう。そんな時間まで入れると、盗聴器仕掛け専門のアンドレーは四時間はたっぷりと仕事にかかれる。正味三十分くらいだろうが、余裕綽々《しやくしやく》、ていねいに仕事にかかれる。

コンサートに出れば、クネヒトにもヴェラー姉妹にも確実に遇えるわけだが、刑事イゾッピがそれをしないのは、リカルド・ネルビと連絡をとらないクネヒトや金髪女は意味がないからだ。それよりも盗聴工作に入念に立会い、そのあいだ周囲の警戒役を買ったほうが役に立つと思ったのだろう。刑事があまり三人の前をうろうろしないほうが得策でもある。八木にしても同じで、クネヒトと金髪姉妹の顔はすでに見知っている。もとより先方はこっちに気がつかない。ここでへたに日本人の顔をおぼえられると、あとでやりにくくなる。

八時すぎ、八木はイゾッピの部屋へ行った。低くノックすると、ドアからベッティが眼を出した。連中はすでに二十七階から戻っていた。

中に入ったが、イゾッピとアンドレーは居なかった。

「万事うまくいったよ」

ベッティはイスにかけ、テーブルの上に脚を伸ばして上機嫌の声でいった。

「アンドレーとイゾッピは、いまカーゾン通りの家へ行っている。受信器のぐあいをみるためだ」

彼は腕時計を見た。

「あと三十分もしたらコンサートが終るはずだ。クネヒトとブロンド姉妹とがまっすぐに二十七階の部屋に帰れば、どんな声が入るかわからねえ。クネヒトとネルビとの電話もはじまるかもしれねえしね。こたえられねえぜ」

「ベッティ。あんたは行かないのか」

「もう一晩ここに居ることになった。というのはな、万が一にも、盗聴器のセットのぐあいが悪いときは、やり直しをしなきゃならねえでね。ま、そうはならねえと思うがね。アンドレーのやることに失敗《しくじり》はねえ」

翌朝九時に八木がイゾッピの部屋に行くと、掃除婦が二人入っていて、交換の七つ道具を乗せたワゴンを通路に置いて、部屋の掃除をやっていた。隣りのベッティの部屋は片付けが終っていた。アンドレーの部屋も同じであろう。

刑事三人ともカーゾン街のホテルに昨夜のうちに移ってしまったのだ。盗聴器の工作が成功だったのである。おそらく２７０１号室の主とブロンド姉妹とがコンサートか、そのあとの食事から帰ってはじまった声を受信した結果、全員の移転となったらしいが、八木には一言も連絡なしである。

こっちはローマ市警の人間ではないから文句はいえないが、水くさいといえば水くさい。が、かれらはそんなところに内部の人間と外部のそれとのけじめをつけたつもりでいるのかもしれない。それならそれでよし、こっちもあんまり刑事と妙な縁の深入りをしないほうがいいと思った。

便箋《びんせん》に書いた。

《今日からカーゾン・ストリートのカーゾン・マーブル・ホテルに移りました。Room No. 312で、Tel. No. は……》

封筒におさめ、ミセス・ローリイ・ウォーレスとし、左肩にS. Y. として、密封した。

交換台からローマの岩野支局長の自宅を呼ばせた。

「お早うございます」

岩野の奥さんが出た。

「いま起します」

支局長の声に代った。

八木は、今からヒルトン・ホテル裏のカーゾン通りのホテルに移ることを云い、そのホテルの名と電話番号、部屋番号を云った。

「盗聴器設置はうまくいったようです。刑事三人ともヒルトン裏のホテルに移転しました。これからがヤマ場です」

「きみもその録音が聞けるのか」

「イゾッピとはうまくいってますから」

一抹の心配はあったが、まさか全面的に拒絶することはあるまいと八木は思った。すくなくとも内容の概略は話してくれるにちがいない。

「こちらの政財界に表立った変化はない。ネルビ頭取のイタリア脱出で、固唾《かたず》をのんで、その成行きを見まもっているといったところだ」

「そうですか」

「ヴァチカンもだ。とくに神の銀行の総裁は、息を殺して様子をうかがっている、といった状態だろうな。……」

八木はヒルトン・ホテルの会計でチェックアウトを済ませた。いじましい話だが、今夜からホテル代がこの五分の一で済む。ローマ市警の刑事たちも同じ思いだろう。

正面出入口を出た。十時半である。バッグ・レディの出勤にはまだ早いかとあたりを見まわすと、ハートフォード通りを入った横丁のベンチに、その派手な色の姿がうずくまっていた。

婆さんの姿がここから見えるように、彼女の位置からするとヒルトンの玄関は視野に入っているのだ。ただ、それとはわからぬように大きな袋《バッグ》に凭《よ》りかかり、たいぎそうに眼蓋《まぶた》を閉じている。周囲にはまったく興味なさそうだ。

いまも八木が近づいたが、ネッカチーフの頭をあげず、こそとも身体を動かさなかった。もっとも通行人がすぐ前を往復するのに馴れているのだ。

八木は婆さんの前に立ちどまった。そのとき初めて赤いネッカチーフが動いた。じぶんに用事のある男が立っていると知って、その睡《ねむ》たげな眼をズボンから上に這《は》わせて顔を向けたのだった。が、怪訝《けげん》な表情はない。金を恵んでくれる通りがかりの男だと思っている。

八木はポケットから封筒をとり出して、黙って婆さんの手の前にさし出した。ネッカチーフの頭がふたたびかがみこんだ。眼を近づけて封筒の宛名を読んでいる。

《Mrs. Lolly Wallace》

老眼にちがいない。文字がわかるだろうか。

わかったとしても、首を傾《かし》げて突返しはしないだろうか。

八木は彼女の様子を見つめた。婆さんは毛布で着ぶくれた身体をもぞもぞしている。ネッカチーフが上がった。皺《しわ》にかこまれた眼が細く開き、小さな瞳《ひとみ》が八木を見あげた。落ちこんだ口もとにかすかな笑みが浮かび、こっくりとうなずいた。深いえくぼができた。

推察はあたった——。

八木は十ポンド紙幣二枚を重ねて折ったのを婆さんの骨っぽい指に握らせた。これからもよろしく、の意味をこめてだ。

ありがとうよ。嗄《かす》れた声で婆さんは礼をいった。手紙は懐の中から取り出した首懸けの大きなガマグチ財布の中にしまった。ハロッズの売子が持っているような古手である。

やはりバッグ・レディはローリイに頼まれたクネヒトとブロンド姉妹の見張り役であった。

これからはローリイとじぶんとの「郵便ポスト」にもなるだろう。

ふりかえると、彼女は大きなバッグに赤いネッカチーフの頭を寄せてふたたび居睡りに入っている。その肩に陽光が半分あたっていた。高層建築の多いこの辺は朝の光がおそい。

八木はマーブル・ホテルに入り、バッゲージを部屋へ置くと、その足で、「ローズ・ヴィラ」へ行った。このホテルの裏から七十メートル、歩いて二分だ。

三人ともヒルトンを黙って引きあげたので、ここの部屋番号を八木は聞いていない。中に入ると右側に小さな売店があった。缶入りの紅茶とかインスタントコーヒーの缶とかジャーなどのほかバター、ジャムの缶もならべている。管理人がこんな売店を出しているところはさすがに夜の女相手の商売であった。五十ばかりの眼鏡をかけた小肥りのおばさんがその間に坐っていた。

「イタリア人が三人こちらの部屋を借りたはずだけど」

本名で借りているかどうかわからないのでそうきいた。黒い髪だと、けっこう同じイタリア人に見えるだろう。

「おまえさん、友だちかい？」

「ああそうだ」

「その人たちなら」

前にあるらしいルーム表をのぞきこむ。

「三階の312、313、314の三部屋だね」

顔をあげ、八木をじろりと見てから眼鏡をずり上げた。

正面がリフト。そっちへ歩こうとする八木をおばさんは呼びとめた。

「黙ってじかに行っちゃいけないね。312から三室とも、電話で都合を聞いてからにしてくれということだったよ」

警戒が強い。八木がこっちの名前を云うと、おばさんはどのルームかをダイヤルした。英国婦人はヤギもイタリアの名前と思っている。

「すぐに降りてくるそうだよ。あっちのロビーで待ちな」

右へ行けと指さした。

リフトの前を右へ折れると突き当りがカーテンのかかったガラスのドア、開くとクッションが四つ五つならべてある。隅に鉢植えの観葉植物、壁に安物の油絵、テーブルのわきに雑誌入れとお定まりの安直なロビー。その時間がくると夜の女と男との待合室になるらしい。いまは誰も居なかった。

ドアが開いて掃除婦が顔をのぞかせたが、八木がいたので、すぐに音立ててドアを閉めた。

それから三分待ってイゾッピが現れた。

「やあ、お早う」

口では快活にいって八木の横に尻を落したが、いきなり煙草をとり出したりして、なんだか迷惑そうな顔をしている。

黙ってヒルトン・ホテルを引き揚げたことと思い合せて、八木は刑事連中から敬遠されているなと思った。

「例の結果はどうだった、イゾッピ?」

八木はこれまでどおりの態度できいた。

「それがな。……」

イゾッピは口からむやみと煙を吐いて、

「どうも、調子がよくないのだ」

顔をしかめた。

「器械が悪いのか」

「雑音が多くて、声がはっきりしねえんだ」

「盗聴器の置き場がまずいのじゃないのか」

それはアンドレーが云ったことで、室内でも下にセットすると、人の靴音などの雑音が入りすぎて人間の声がそれに妨げられるというのだ。が、それを心得た本人が悪条件の場所にセットするはずもない。

「盗聴器はヒルトンの２７０１号室のスイートルームの天井の両サイドにあるテラスの上に隠して置いてある。下からは絶対に気づかれない。声は上にあがってゆくから、二つの盗聴器に集中している」

「では、ホールのコンサートがすんで部屋に戻ったクネヒトと金髪姉妹の声とがさっそくに入って、テープレコーダーに収録されたわけだな？」

「うん」

アンドレーの部屋で三人が聞き耳を立てている様子が八木にわかる。ベッティのよろこびかたが想像できた。

「ところが、昨晩、クネヒトが部屋に戻ったのは十二時近くだ」

「コンサートのあと、食事をしたのだな」

「かもしれねえ。で、2701号室に戻ったのはクネヒトだけ。ドアのところで、女たちと別れる声が入っている。彼はそのままベッドでぐっすりさ。だいぶ酔ったらしい」

刑事たちの失望が察しられる。

「電話は？」

「電話は今朝だ。一時間半前」

「なに、一時間半前？」

いま十時半過ぎだった。

「こちらからかけたのか」

「うん。直通だ。ダイヤルを八回まわす音が聞えたあと、むこうで男の声が出た」

「それがネルビか」

「わからん。こっちからは名前を呼ばねえからな。ボディガードのペロットかもしれん。先方もクネヒトの名前を呼ばなかった。互いが声でわかるらしい」

「で、通話の内容は？」

「お早う《ブオンジョルノ》、と挨拶《あいさつ》を交わした。お変りはありませんか、とクネヒトがきいた。元気です《ベニッシモ》、ありがとう《グラーチェ》、と相手は丁重にこたえた。……」

「それから？」

八木はイゾッピに先を促した。

「なに、ごくありふれた電話の挨拶だった。朝夕が寒くなってきました、お風邪をおひきにならないように、とクネヒトがいうと、相手の男の声も、あなたもどうぞ、といっていた」

イゾッピはいった。

「どんな声だね？」

「野太い声。どう聞いても五十をすぎている」

「ネルビ頭取は六十一歳だったな？」

「電話の声はわからん。それに作り声だってできる」

「そのとおりだ。いまの挨拶にしても、クネヒトがネルビのその日その日の安全をたしかめている暗号らしいな」

暗号らしい言葉は、そのあとにクネヒトの口から出たとイゾッピは云った。

「ブリュッセルの叔母さんの病気がなかなか癒らない。医者はもう五、六日静養が必要だといっています。こういうとね、向うでは、急に声が荒くなってね、それは困る、ヘボ医者をとりかえたらどうだね、叔母さんには早くブリュッセルを発ってもらわないと、コペンハーゲンの姪《めい》が途方に暮れる、と突っかかるような調子だったよ」

「………」

「それにたいして、クネヒトのほうは、なだめるような口調で、まあまあ落ちついて、叔母さんも病気だから仕方がありません、それもあと四、五日の辛抱です、四、五日したら、というと、先方は、なにをいっているのか、コペンハーゲンの姪を、もう三、四日、もう四、五日とずるずるいつまで待たせればいいのか、とだいぶん憤慨している口調だった。こりゃだいぶん面白くなったと思ったら、それでなくとも調子の悪い電話の声がますます悪くなってね、だんだん雑音がふえて、声のほうが弱くなり、聞えなくなったよ」

「どうしたの？」

「アンドレーにきくと、周波数は合っているんだが、ヒルトンとこっちのホテルとの間の建物がね、波を邪魔してるというんだな。場所選びのときは大丈夫だと思ったんだけどな」

「いけないのか」

「いけねえな。電話のあと、女が部屋に入ってきて、クネヒトとの間にイチャツキがはじまった。姉か妹か、声だけではわからねえが。これがキイキイわめくだけで、ねんごろな話の中身はぜんぜん聞きとれん」

「………」

「こんなことじゃしようがねえから、すぐにホテルを移るつもりだよ。いまアンドレーが場所さがしに出かけてるがね」

イゾッピはいまいましそうに床に捨てた煙草を靴で踏み消した。

二つの声

――夕方、カーゾン・マーブル・ホテルの312号室で八木がぼんやりしていると電話がかかった。イゾッピかと思ったら、総局のローリイ・ウォーレスだった。

「こんにちは」

ローリイは忍び笑いをしていた。

「やあ、ローリイさん。ことづけが届きましたね」

八木も笑った。

「わたしの身がわりのワッチ・レディがわかったようですね？」

ローリイは、バッグ・レディをワッチ・レディ（見張りの淑女）としゃれをいった。

「ヒルトンの前にいつも居る彼女がその役をしているとは気づきませんでした。ぼくは、ふと思いついたのですが、そのカンがあたったのですね」

「さすがです。おどろきました」

「びっくりしたのは、ぼくのほうですよ。眼のつけどころがちがいますね」

「ありがとう」

「バッグ・レディにことづけたメッセージが成功して、こんなにうれしいことはありません」

ローリイは、くっくっと笑った。

「ところで、なぜ、ホテルをかわったのですか」

彼女は笑いを収めて、訊いた。

「メッセージにはかきませんでしたが、ローマからきたポリスがヒルトンのお客さんの声をサイクルで聞くことになったのです」

サイクルで聞くことになったといえば、盗聴器を仕掛ける意に通じるだろうと思った。

「それはとても興味ありそうですね」

「ところが、どうやら調子悪いらしいです」

「どうしてですか」

「間の建物が電波を邪魔して、よく聞えないといっています。だから、もっと電波がよく入るホテルをさがして、またそっちへひっこすといっています」

「たいへん」

「いろいろ詳しい話をしたいのです。ちょっとお眼にかかることはできませんか。総局でなくて、ご指定の場所へぼくがうかがいますが」

「ダメです。デンワのおはなしだけです」

「残念ですね」

「やくそくどおりです」

「はい」

「さきほど、わたしのワッチ・レディからインフォメーションがありました。……」

ローリイは「アドバイス」に入った。

「二時間まえ、ヒルトンのオーストリア人がひとりの訪問者の男といっしょにホテルをでてゆきました」

「ほう」

八木はメモをつける。

「一時間くらいして、オーストリア人だけがひとりでホテルへもどってきました。行きもかえりも流しのタクシーをつかったので、バッグ・レディはその行きさきをドライバーからきくことができませんでした」

「オーストリア人といっしょだったのは、年はどのくらいで、どういう顔つきと服装をした男だったといっていますか」

ネルビ頭取のボディガードのペロットではないかと思ったからだ。

「それはレディの知っている人だそうです」

「なに、知っている男？」

「直接には知らないけれど、顔はわかっているといっていました」

「顔見知りというわけだな。どういう男？」

「ハイヒンをあつめるショーバイのひとです」

「ハイヒンをあつめる？　ああ、ウエストをあつめる商売ですね」

「そうです」

廃品回収業者のことだ。また妙な業者をクネヒトは近づけたものだと思った。

「彼女がいうには、そのハイヒンのコレクターはシェパード・マーケット・エリアのパブやレストランなどをまわって、あきビンなどをあつめるのがショーバイのひとで、そのほうのボスということです」

レストランや酒場の空き瓶などの回収専門の業者のことらしい。そうした店と契約して半ば独占的にやっているのだろう。どこの都市にもある商売だ。ボスといったのは、じっさいは若い者を使ってやらせている顔役みたいな男の意味ではないか。

なるほどシェパード・マーケットならバッグ・レディの縄張《なわば》りであろう。彼女はそこの飲食店やレストランなどの裏口をまわり、余剰物《あまりもの》をもらって袋《バッグ》に詰め、その日その日の糧《かて》にしている。当然に空き瓶の回収業者の顔を見知るわけである。

ローリイは電話を切る前にいった。

「あなたのほうから、総局へデンワしては、ぜったいにダメですよ」

「約束は守ります。バッグ・レディをポストにしますから」

その晩はなにごともなかった。

イゾッピからはなんの電話連絡もない。「波」を捉《とら》える新しい家を懸命に探しているにちがいない。

八木は十時ごろにシャワーを浴びてベッドに入った。ドアの向うに遅くまで歩く女たちの靴音がした。表は立派でも、さすがにカーゾン・ストリートのホテルである。夜ふけになると、女の嬌声《きょうせい》と男のだみ声とが廊下を通過する。ドアの音が閉まるのは対い側のダブルかツイン・ベッドの部屋だ。

朝九時すぎ、電話が鳴った。イゾッピからかと受話器をとると、ローマからだと交換台が告げた。なにがあったのか。岩野からかかってきたのは初めてで、しかもこんなに朝早くだ。

「お早う。どうだ、そっちは変ったことはないか」

岩野支局長はまず云った。声がすこし昂奮《こうふん》していた。

「ネルビ頭取の所在はつかめないのか」

「まだ不明です。例のヒルトンのオーストリア人の声をキャッチするデカ連中の作業は失敗です。やり直し中です」

「……の秘書が銀行の窓から飛び降りて自殺した。昨夜だ」

岩野が早口で云ったので、はじめの言葉がわからなかった。支局長の声がめずらしく上《うわ》ずっているのだった。

「え、だれの秘書?」

「ネルビ頭取の女性秘書だ。ミラノのロンバルジア銀行本店の四階の窓から外にむかって飛び降り、街路に頭をぶっつけて即死だ。今朝七時にミラノの通信員から電話が入った」

「女秘書の自殺の原因はなんですか」

「ネルビ頭取のイタリア脱出と関連があるらしい。その女秘書はマリーナ・ロッシという名で、三十八歳になる。ネルビには八年間仕えてきたが、二人は肉体関係があるという噂だ。だから、ネルビ頭取のことは一から十まで知っている」

「頭取が国外へ出たから、女秘書は悲観して自殺したのですか」

「遺書がある。それにはネルビ頭取を呪う言葉がいっぱい満ちているそうだ。警察は発表しないけどね」

「ミラノには取材に行くんですか」

「きみがこっちに居れば行ってもらうところだけれどね。しかし、目下そっちが大事だからね」

ネルビ頭取の女秘書がミラノのロンバルジア銀行本店の四階の窓から飛び降り自殺をしたという岩野の報らせは、八木にショックだった。彼は電話が終っても、しばらくそのことを考えていた。

その中年の女秘書は八年間ネルビ頭取に仕え、愛情関係にあった。ネルビのことは公私ともにわたって知悉《ちしつ》しているわけである。その秘書の自殺を聞いて、まず胸にくるのは、ネルビがいよいよ追い詰められている、という思いだった。

マリーナ・ロッシというその女秘書は、ネルビに対する呪いの言葉を綴《つづ》った遺書を残しているという。男に裏切られた女の恨みか。じぶんを置き去りにして国外へ出た男に対する絶望と怨《うら》みからか。

それもあろう。が、イタリア第一の民間銀行ロンバルジア銀行をここまで危機に立たせ、倒産寸前にまで追い込ませた頭取としてのネルビの責任を、死をもって抗議しているのではあるまいか。だが、「呪い」という言葉はもっと深刻である。秘書でもあり愛人でもある彼女は、ネルビが落ちて行く道をくいとめようとして懸命に忠告し、必死に抵抗したけれど、ついに力尽きた、その怨念《おんねん》が「呪い」の言葉に表われているのではないだろうか。——警察はその遺書を発表しないというが。

リカルド・ネルビは現職のロンバルジア銀行頭取の地位も、その他の多くの子会社の社長や役員の椅子《いす》も、家族すらも放り出してイタリアを脱出しなければならなくなったのか。何が彼をこの窮地に追いやったのか。

原因は四、五年前にさかのぼる。ネルビとロンバルジア銀行の内幕に関する「怪文書」がローマとミラノに撒《ま》かれたことがある。「怪文書」だが、内容はおそろしく正確で、しかも高度な情報に満ちていた。よほど知り抜いた人間が書いたとしか考えられない。このビラとポスターとが、ミラノとローマの市内の電柱や道路沿いの煉瓦《れんが》壁に貼られたのだった。貼ってまわったのはマフィアの連中である。

その大文字は「リカルド・ネルビの大悪事を糾弾する!」

内容。

《⑴ネルビは、ロンバルジア銀行頭取の地位を利用して行金を流用し、マフィアと結託して、私腹を肥やしている。彼は手はじめにスイスのルガーノにある地方銀行を買収してロンバルジア銀行の系列銀行に組み入れたが、これぞマフィアの汚ないカネをスイス・フランにかえる「洗濯」業務専門だった。

⑵そのようにして儲《もう》けたカネをネルビは、チューリッヒ、ジュネーヴ、バーゼルのスイスの各銀行および個人銀行に秘密口座預金で分散している。これらの銀行名は、チューリッヒでは、ユニオン・バンク、クレジット・バンク、バンク・ロイ、スイス・フォルクス・バンク、個人銀行ではジュリアス・ベーア・アンド・カンパニー、ロンバード・オーディエ・アンド・カンパニー、バーゼルのピクテなどである。もちろんジュネーヴその外にもある。

これらの銀行にネルビは、架空会社つまり彼のペーパー・カンパニーの代表者名義で預金したり、秘密番号口座の預金を持っている。架空名義はともかくとして、あの口の固いことで世界に定評のあるスイスの銀行のナンバー・アカウントの番号数字をわれわれがどうして知っているかを、諸君はふしぎがるだろうし、ハッタリだと思うかもしれない。

だが、そう考えるのは大きな間違いである。その具体的で早急な証明は、ネルビが口座を持っている各銀行名とそのナンバー・アカウントの番号とをここに列記することだが、それは次の機会とする。ネルビの反省の効果が見えないと判断したときにわれらはこの発表に踏み切る。

われわれの組織は世界じゅうのあらゆる階級、あらゆる職能にわたっている。スイスの銀行といえどもこの例外にはなり得ない。したがって、ナンバー・アカウントの開設が、スイスの銀行内の古典的で優雅な応接室で預金者と銀行の最高幹部と取扱責任者と三者間で相談され、番号《ナンバー》が決められてからは、銀行内でもその番号と預金者名とが断絶し、その秘匿関係は最高幹部と取扱責任者のたった二人しか知っていない。にもかかわらず、どうして外部のわれわれが、たとえばピクテ銀行のNo.Xはリカルド・ネルビの預金番号であることを知り得ているかは、断じて当事者がわれわれにこっそりと洩《も》らしたからではない。われわれの組織がスイスの銀行そのものに入っているからである。

⑶リカルド・ネルビは、一九七一年、五十一歳でロンバルジア銀行の専務となった。彼は入社したころは実直がとりえの目立たない男だったが、数字がわかり、経理にあかるいところから上司に認められて、めきめきとのしてきた。

彼はルクセンブルクにロンバルジア銀行の持株会社を設立した。じっさいはユーロ・ダラーを扱う会社なのだが、業務に馴れてきたネルビは、早くも本性を発揮して、この持株会社の扱うユーロ・ダラーの相場に便乗して抜け目なく手張りして儲けた。

翌年、彼はカリブ海の免税地のバハマに海外ロンバルジア会社という現地法人を設立した。

一九七五年、頭取となった。その地位に登りつめたことと、金融業務に自信を得た彼は、自信が慢心となり、無数の銀行や企業を買い漁《あさ》り、機をみては売却し、為替の思惑《おもわく》、株価の思惑など、合法、非合法の手段をないまぜて巨大な富を蓄積していった。

その手口はあまりにも複雑で、それを書くだけでも一冊の本ができるくらいである。もし、ネルビがこの糾弾にたいしていささかの反省がないときは、前記のようにスイスの銀行の秘密番号預金口座を暴露するとともに、その手口の概略でも次に明らかにするであろう》

この街頭の「糾弾ビラ」をしかけた張本人は、はるかニューヨークに滞在中のネルビの仲間で、かつての先輩格のガブリエッレ・ロンドーナだといわれている。これはイタリアじゅうで一致した見方だ。警察も新聞記者も、政治家も銀行家も、軍人も、街の売春婦も、パブの親方も。

古い取材メモをいまさら繰るまでもなく、八木の頭にはロンドーナの経歴と人物の概念ができ上がっている。それほどイタリアでは大物なのである。

ロンドーナはヴァチカンの財政顧問をしていた。もっと詳しくいえば、ミラノ大司教のモンティニ枢機卿が老人ホームの建設資金を集めるとき、その資金二百四十万ドルをさし出した。このときから彼は教区の財政顧問となり、やがてモンティニがパウロ六世として法王の座につくと、ロンドーナは法王庁顧問となった。

ロンドーナはその時点で、どうして二百四十万ドルもの大金をモンティニ枢機卿の「聖母の家」にぽんと寄付できたのであろうか。たとえ法王選挙会（コンクラーヴェ）の結果、モンティニが選出されるという霊感のような予想を持っていたにしてもだ。

その大金は実は彼がかせいできた金のほかに、マフィアから出た金と、もう一つ解明できない謎《なぞ》の金があった。

ガブリエッレ・ロンドーナが金を儲けてきた道は、あとから彼についてきたリカルド・ネルビのそれと同じだといわれている。

ロンドーナは一九二〇年にシチリア島の貧しい家庭に生れた。イエズス会系の学校に進んだが、小学校のときから数学が得意だった、と自分でいっている。

一九四三年七月、アメリカ軍がシチリア島に上陸すると米軍物資の横流しを手がけ、マフィアを利用して大いに儲けた。それまでもマフィアと組んでヤミ商売をしていた。

このアメリカ軍を主体とするシチリアの連合軍の主力はナポリ近くのサレルノに敵前上陸する。ムッソリーニの失脚後（あとでムッソリーニはイタリアのパルチザン部隊に北イタリアで捕われて殺される）、国政の主導権をとりもどした国王（エマヌエーレ三世）のもとで新政権の首班となったバドリオ元帥は、連合国との間の無条件降伏の文書に署名したが、これを知ったドイツ軍はただちにローマに侵入して全市を占領した。国王も皇太子も、バドリオも逃げる。ここにドイツ軍に対する国民の抵抗運動が起る。

一方、連合軍はサレルノからドイツ軍の占領するローマへ進撃を開始する。このとき、すすんでその道案内役を買って出たのがシチリアのごろつき、マフィアの連中である。かれらが連合軍という虎の威を借りて、南イタリアからローマにかけて勢力を急速に伸ばすようになったのは、このときからである。

なお、戦後のイタリアは王制を廃止し、共和制となった。最初の制憲議会はキリスト教民主党二〇七、社会党一一五、共産党一〇四、その他十三の小党一三〇という議席で構成された。キリスト教民主党が第一党になったのはやはり伝統的な宗教色の強い国柄を反映している。

さてもガブリエッレ・ロンドーナが生地シチリアにきたアメリカ軍の物資を横流しするからには、下級将校や兵士とうまくつき合ったにちがいなく、それからのとんとんびょうしの運の開け方も、こうしたヤミ市時代の背景がある。

彼はミラノに移り、そこでマフィアを顧客に経理事務所を開いた。脱税を助けて大いに稼いだが、口が固いので、マフィアから信用された。シチリアで行なわれるならず者の犯罪を少年のころから見て育っているので、犯罪黙秘の重要さをよく知っていたのである。

ロンドーナの顧客になったガンビーノ家はマフィアの財閥だった。欧米にわたって勢力網をもつ一家で、ニューヨークとパレルモを本拠にしていた。その商売はヘロインの密売だった。この臭い金を「きれいに洗濯する」仕事をガンビーノはロンドーナにやらせたのである。ロンドーナは金を国外に持ち出すルートをよく知っていた。しかも、彼はすでにいくつかの会社の経営陣に名をつらねていた。それほど「社会的な地位」も上がっていた。これは世間からかくれ蓑《みの》になる。マフィアにとって理想的な人物であった。

一九五九年、ロンドーナはマフィアの資金を利用して、リヒテンシュタインに持株会社を設立し、それにミラノの銀行を買収させた。三十年前にできていたこの銀行は規模こそ小さいが、特権階級の資産を海外に分散させるサービスをしていた。

ロンドーナには性に合った業態で、ここで彼は特権階級の顧客に奉仕する一方、そのリストを作りあげ、その収入源、財産、家族関係、友人関係を調べ、かつ彼自身がその客間に愛想よく通される身分となった。これはただちに秘密裡《り》にマフィアに通告された。

この銀行を買ったことから、こうしてロンドーナの人脈ができあがってゆくのだが、その有力なのが前記のミラノの大司教モンティニ枢機卿で、大司教が建設に資金集め中の「老人ホーム」に二百四十万ドルを寄付したのがきっかけだった。それだけの大金が出せたのも、彼が銀行を買収して、ウラで相当あくどい儲けをしていたからである。

二百四十万ドルの寄付は、実はマフィアのカネが半分だが、あとの半分はロンドーナの銀行の金庫からではない。ロンドーナはできるだけ他人のカネを利用して、しかもそれを何倍にも動かす男である。

その謎は、あとでロンドーナ自身がイタリアからアメリカへ逃避してわかったことだが、CIAのカネであった。戦後のイタリアの共産化を防ぐ目的でCIAは金を使っていたが、その人間の標的にロンドーナを択《えら》んだ。特権階級を顧客にもつ銀行のオーナーである彼は、他方、マフィアと関係があることもCIAは知っていた。マフィアは連合軍の主力となったアメリカ軍がシチリア島に上陸していらい「友人」であり、ついでサレルノに上陸してローマ進撃の際は道案内をつとめたほどの「味方」であり、反共主義者であった。ロンドーナがマフィアと組んでいるのは、CIAにとってすこしも苦にならないどころか、その複雑性かららいって、かえって歓迎すべきことだった。

まもなくロンドーナは外国為替業務に手を染め、合法・非合法両面から大金を動かすようになった。彼は手をひろげた。それにはモンティニ枢機卿が法王パウロ六世としてヴァチカン入りするという幸運な背景が大いに力あった。

ガブリエッレ・ロンドーナのイタリアにおける金融組織はふくれにふくれた。

ロンドーナが「老人ホーム」に二百四十万ドル寄付して「先物買い」をしたミラノ大司教モンティニ枢機卿がその先物買いがみごとに当ってパウロ六世となった年、リカルド・ネルビはロンバルジア銀行でその有能さが認められて総支配人になっていた。

新法王パウロ六世は、ロンドーナを自己の財政顧問に据えたが、そこでロンドーナが法王に進言したことは、ヴァチカンの財産があまりにたまりすぎて、これを分散しないことには、貧者の教会の寄付とはいえなくなるというのである。ヴァチカンはむろん宗教団体である。世界じゅうのカトリック教会、修道院、その他付属の慈善団体から本山に入ってくる金はすべて無税である。これが目立ちすぎては困るのだ。

パウロ六世は、ロンドーナ顧問の進言を容れ、ヴァチカン修道会信用金庫理事長の司教エイモス・ウォートンにその具体策を命じた。ヴァチカン修道会信用金庫は通称ヴァチカン銀行といい、理事長は銀行の総裁とよばれた。

ヴァチカン銀行総裁エイモス・ウォートン司教はアメリカ人で、経理に明るいため長いことヴァチカンの財務を担当していた。彼もヴァチカンの目立ちすぎる富を分散することを日ごろから考えていたので、パウロ六世に命じられるとそれに賛同し、ここにウォートンとロンドーナとが手を握ることになった。

両人がつくった分散策は、イタリア国内にあるヴァチカンの持株など厖大《ぼうだい》な資産の一部を処分して海外に移そうという戦術である。

ロンドーナは、ロンバルジア銀行のリカルド・ネルビという総支配人が腕ききで、積極的な性格であることに眼をつけていた。そこでネルビに近づき、為替業務をはじめているロンバルジア銀行が、ヴァチカンの金の海外移送の話に乗らないかといった。

ネルビはためらいもなく承諾した。ロンバルジア銀行の海外業務拡張に意欲を持っていたからだ。しかし、いくらヴァチカンの金でも、それを海外に移すとなれば、いろいろと偽装したり、面倒な迂回《うかい》をしたり、非合法な手段もとらなければならない。

それでもなおかつネルビが進んでその話を引きうける気になったのは、相手が名にしおう世界の富をにぎるヴァチカンだからである。そこに近づけるとは、願ってもない機会ではないか。

こうしてネルビとロンドーナとは結びついた。

ロンドーナとネルビとは手を握ったが、この二人だけで芝居ができるものではない。なぜなら、ことはヴァチカン財産の処分に関することだからである。どうしてもヴァチカンの財務担当であり、ヴァチカン銀行総裁であるエイモス・ウォートン司教を一枚加える必要がある。

ウォートン司教は、お祈りの言葉や儀式には詳しいが数字には弱い坊さんばかりのヴァチカンのなかにあって、もっぱら経理畑を歩き、財務を担当してきた。いうなれば前々代法王も前代の法王もヴァチカンの財務のことはベテランの彼に任せきりであった。歴代の法王は、複雑な数々の帳簿に記入された金額の数字（こまかいけれど、トータルは天文学的数字に上ったろう）を見せられてもわからなかった。

決算に関することはウォートンの報告を法王がすべて事後承認してサインする傾向になり、決算にいたるまでの経緯は、ウォートンによって事実上省略された。

というのは法王はそれを聴いてもあまりに面倒な内容なのでわからなかったのである。その間、ウォートンが、何かしようと思えば、どんなことでもできるはずである。

こうしてロンバルジア銀行の総支配人から専務になったネルビは、ヴァチカンの財産の一部を海外に移すという実務面からして、ヴァチカン銀行総裁ウォートン司教と親しくなっていった。

一方のロンドーナはどうしたか。

彼は彼で、ヴァチカンの財務顧問の地位にとどまらなくても、その金融組織はますます繁栄し、「ロンドーナ帝国」とさえいわれるようになっていた。

ロンドーナにかわってヴァチカンに喰《く》いこんだかっこうのネルビが、ヴァチカンの「目立ちすぎる富」をどのような方法で海外に移したかは、たとえばカスピ海沿岸の無税国にロンバルジア銀行の子会社である現地法人をつくるとか、南米にいろいろなペーパー・カンパニーをつくって、そこに姿を変えたヴァチカン銀行からの「融資」を流れさせるとかした。

だが、それだけではない。もっと大きな、ヴァチカンぜんたいを揺《ゆる》がすような謎がひそんでいる。

その謎の正体をロンドーナが知っている。ネルビに対する「糾弾」の文句にそれが暗示されている。

では、どうしてあれほど仲むつまじかったロンドーナとネルビのあいだが、一転して険悪になったのか。

原因はやはりカネである。カネで仲よくなった者はカネで仲たがいになる。だが、ロンドーナとネルビの間のカネはそのケタが大きすぎた。

ロンドーナの金融商売は、はじめからうまくゆきすぎた。銀行を買いとり、買い増し、株、商品市場、為替市場のすべてに手をひろげて、しかも彼は常勝将軍であった。彼はニューヨークにメイフラワー銀行を持つ身分にさえなった。

このころロンドーナは、ニューヨークに常駐していて、アメリカの金融界の一角にイタリアの「ロンドーナ帝国」を築こうとしていた。彼は時のイタリア首相から「リラの救世主だ」とさえ讃《たた》えられた。

どうしてそんなことができたのか。いかにロンドーナが儲けたところで、そのぶんだけでは知れたものである。彼がそうした野望を抱くには、もっと莫大な弾丸（資金）が必要だ。それがヴァチカンの財産からの引き出しであった。ヴァチカンの財務担当エイモス・ウォートン司教（ヴァチカン銀行総裁）からすれば、金融の天才たるロンドーナにヴァチカンの株や現物（金塊など）を融資委託することによって、海外での利殖を図るにあった。それには、もちろんウォートン司教の個人的な利潤の狙いも含まれていた。

にしてみると、ヴァチカン財務担当の司教は、株の海外分散はロンバルジア銀行のネルビにやらせ、海外投資はロンドーナにやらせ、この二頭の馬の馬主であった。むろんロンドーナのほうが儲けが大きく、それだけよくかせぐ馬であった。

だが、走りすぎる駿馬《しゅんめ》のほうがさきに前脚をつまずかせた。一九七四年四月、リラの大暴落がはじまった。その一月前には対ドル交換レートで、リラが急上昇し、ミラノ証券市場は高値更新で沸《わ》き返った。この時点でロンドーナが持株や外貨を処分していれば利益は少なくとも一千億リラにはなったはずだが、彼は売らなかった。もっと持っていて儲けるつもりだった。

このカンの狂いがロンドーナの運の悪くなるはじめだった。その一月後にはじまった劇的なリラの暴落はとどまるところを知らず、彼のニューヨークのメイフラワー銀行は一挙に無配に転落し、連邦政府からの二十億ドルの緊急融資にもかかわらず、倒産した。また彼のもつイタリアの銀行も破産した。

ニューヨークのメイフラワー銀行が破産不可避となったとき、ロンドーナはミラノのネルビに救援を求めた。彼がミラノで買収して持っていた銀行も倒産していた。

しかし、ネルビはニューヨークからのロンドーナの申込みをすげなく断わったのである。

ロンドーナのネルビに対する恨みはこれから生じた。

ロンドーナからすれば、ネルビはじぶんの推薦でヴァチカン銀行総裁ウォートン司教に接触し得て以来、ロンバルジア銀行の大きな繁栄となったではないか、その恩義を忘れて、こっちの困っているときに僅かな借金を拒絶するとは人間の風上にもおけぬ奴、という気持がある。

これをネルビの立場からすれば、ロンドーナはヴァチカン銀行への紹介者、その後は直接にヴァチカン銀行と自分との結びつきとなっている。ヴァチカンの富の海外分散のこともウオートン財務担当兼総裁からじかに依頼をうけ、いろいろと司教と相談をしてきた。ロンバルジア銀行の業務発展はその必然の結果だ。ロンドーナのおかげではない。

いまもしロンドーナの借金申込みに応じたところでそれは焼け石に水であって、向うの役には立たない。その申込み額も決して少ない額ではないが、これに応じると、あとからあとからと際限なくカネを要求してきそうである。ロンドーナには、おまえもおれとおなじP2の人間ではないか、一つ釜《かま》のメシを食う仲間という意識があるかもしれないが、それは身勝手な理屈というものである。もしそれなら、ロンドーナがミラノとニューヨークの金融界を股《また》にかけて「ロンドーナ帝国」といわれるほど景気のよかったころ、何か挨拶《あいさつ》でもあったか。挨拶どころか、この常勝将軍は鼻もひっかけなかったではないか。いまごろ人情をとやかく云われる筋合いはない。落ち目になって、ひとのカネを目当てにする男にはかかわらないほうがいい。うかうかするとこっちまで抱きこまれかねない。——

ネルビはロンドーナをこのように思って警戒したにちがいない。

ロンドーナもネルビもP2の所属だが、これに加入したのもネルビのほうが後である。

——借金をニベもなく断わられたロンドーナはネルビに腹を立て、かくてはネルビの「罪状糾弾」のビラをローマとミラノの市中に貼りだしたのである。

これにはネルビも音《ね》を上げた。彼はニューヨークのロンドーナの銀行口座へ五十万ドルを払いこんだ。「糾弾」の内容が事実だったので、これを無視することができないばかりか、これから波及する悪影響を憂えたのである。たとえばイタリア国税局が脱税の容疑で動くとか、あるいは銀行法違反などで検察庁が動くとか、疑惑がヴァチカンに向かうとか、世論の非難が湧いて政府に対する野党の攻撃がはじまるなどといった大波である。

ロンドーナへの五十万ドルの送金が効いたのか、「糾弾」ビラはその後街頭に現れなかった。ロンドーナは五十万ドルを得て満足の意を表したのだろうか。

それともロンドーナとネルビの上にいる親分《ボス》のルチオ・アルディが、「もうそのくらいで、よせ」と制《と》めたのだろうか。

アルディはP2の創始者だ。戦後のイタリアに復活したフリーメーソンに入会した彼は、持ち前の才気と、それまでの経歴——戦争中は駐伊ドイツ軍との連絡将校をつとめたことがあるほどのファシスト党員で、その押しの強さでたちまちフリーメーソンの幹部になった。が、彼の新しい着想は、そのフリーメーソンに「プロパガンダ」という名の内部組織をつくることにあった。フリーメーソンの会員は届出制度により届出の義務があるが、「プロパガンダ部」（P2）の会員はそれを敢《あ》えてしない秘密組織である。

P2が膨張した一因は、アルディが戦前のファシストであったように、その組織が反共主義にあることだった。戦後に強くなった民主主義への反感と保守主義とがこの傾向にさせたのだが、それには曽《かつ》てのムッソリーニの栄光の日への憧憬《どうけい》がどこかになくはなかった。もちろんムッソリーニの亡霊そのものではない。かたちをかえた国粋主義であった。その裏には黒い財力が結びついていた。

性格からしてP2に初期に入会したのは旧軍人であった。かれらの多くは今では政界や財界で活躍していた。噂されるアルディの手口は、そうした情報網から得たスキャンダラスな材料で脅迫してはフリーメーソンの新入会員をふやしてきたというのだった。イタリアのフリーメーソンは、P2の支配下に置かれていることで特殊性をもつ。

一九八一年五月、シチリア島のパレルモにあるルチオ・アルディの豪華な別荘の金庫からP2メンバーの名簿を警察当局が押収し、閣僚二名までがその中に含まれているのがわかって、ときのフォルラニ内閣が倒れたのはもう知られすぎている話だが、そのメンバーには政・財・官界、企業界・マスコミ界などの大物が九百六十二人加盟していた。そのため議会は特別調査委員会を設け、現在でも事件の真相の糾明に当りつつある。

公表されたP2メンバーの数は約千人だが、じっさいにはその二倍半くらいの二千五百人に上るだろうといわれている。

その大多数は、P2に弱味を握られ、脅迫されて引きずりこまれた人々だと思われている。が、一度その組織に入った人はそこから脱けるのは困難で、もし勝手に脱出を図れば、裏切者としての復讐《ふくしゅう》が待っている。それもフリーメーソン＝Ｐ２の中世的宗教儀式による暗黒裁判によってである。

カトリック教会は長いあいだフリーメーソンを悪魔視してきた。十字軍の一つであるテンプル騎士修道会（これはアヴィニョン教皇派に弓を引いた宗教団体）の忌まわしい規約にこじつけた規定をもつ石工《マウラー》組合の後身たるフリーメーソンは悪魔の集団としてこれを呪詛《じゆそ》してきた。ところが、リストに載ったＰ２メンバーの半数以上がカトリックの教徒で、ヴァチカンの在籍者もいることがわかった。

もっとも入会したのは聖職者の中の反動派で、カトリック教会を中世の栄光に引き戻そうと企てる人々であった。

このことは、Ｐ２の性格をよく表わしている。戦後のイタリアに押しよせた民主主義、進歩主義への拒絶反応が、政治思想にも宗教思想にも国家主義的になっていた。イタリアはもともと保守性の強い国である。ルチオ・アルディのＰ２の組織はそのお国がらにも乗じて伸びた。

さて、ロンドーナがネルビを「糾弾」して間もなく、こんどはロンドーナ自身がイタリア検察庁から追われる身となった。彼は欠席裁判で詐欺罪により有罪判決を受けた。

イタリア政府はアメリカ政府に対し、ロンドーナの身柄引渡しを交渉したが、ロンドーナはニューヨークで弁護士を立てて法廷闘争を行ない、保釈金三百万ドルを積んで、依然としてニューヨークで羽振りをきかせた。

彼のメイフラワー銀行のあとを引きうけた銀行家ジョージ・ウィルコックは何者かに射殺された。ロンドーナが偽装倒産をかくすために「知りすぎた男」を消したのだという。

——こうしたことが八木のメモにある。

ローマの新聞記者や通信員仲間のほとんどの者が知っていることだ。そのほか各方面から聞いたことを書きこんだ取材手帖だ。ただ記事にできないだけであった。

それは他の新聞記者の場合でも同じである。イタリア紙になるととくに制約がきびしくなる。キリスト教民主党の与党、社会党・共産党その他小党の野党といった政党がらみの問題がある。政治家個人の問題がある。財界への思惑がある。眼に見えないＰ２の組織と、マフィアへの恐怖がある。

そしてなによりもヴァチカンに対する遠慮がある。この畏怖《いふ》は、地元のローマ紙だけでなくキリスト教国のヨーロッパ諸国ぜんたいの新聞に多かれ少なかれ共通するものだ。

日本の新聞は、ヴァチカンには興味がうすく、こうした関連記事を支局から本社の外報部に送稿しても、それがよほど目をひく出来事でないかぎり、掲載されることは、まず無い。よくしたものだ。載せたい新聞は制約があって載せられず、制約のない新聞は興味がなくて載せない。

だから、ヴァチカンに関係する次のような展開は、ローマでは限りなく広くて深い噂《うわさ》になっているのに、どの新聞も一行も活字にしなかった。

一九七八年四月、イタリア国立中央銀行がネルビのロンバルジア銀行にたいして強制査察を行なった。この銀行の株は値下りをつづけた。

ロンバルジア銀行のそれまでの怪しげなカラクリが暴露しかけると、ネルビはヴァチカン銀行に救済方を泣きついた。

ヴァチカン銀行総裁エイモス・ウォートン司教はロンバルジア銀行の株をどんどん買った。そこで、さしもの株価の下げはとまった。

ヴァチカン銀行がロンバルジア銀行の株価を買い支えるために支出した費用は莫大《ばくだい》な額であったろう。だれが見ても、疑惑に満ちたロンバルジア銀行を救済するために、貧者からの寄託されたカネをヴァチカンの財務担当が流用したとしか映らない。流用というものの、それがふたたびヴァチカン銀行の金庫に戻ってくる見込みは万分の一もなさそうだった。

しかもウォートン総裁は例の「慣例」でこの大支出をパウロ六世にはたして相談したかどうかは、はなはだ怪しい。

ローマの新聞記者や通信員仲間では、ネルビとヴァチカン銀行のウォートン総裁とは、すでに切っても切れぬ仲になっていると云っている。ネルビだけでなく、ロンドーナとも、アルディともウォートン総裁は切っても切れぬ間柄だという。

もしこの風評が事実なら、ヴァチカンの富が名うてのP2のボスや幹部どもの食いものにされていることになる。

イタリア国立中央銀行はロンバルジア銀行には査察の手を入れられても、ヴァチカン銀行には一指も染めることはできなかった。ヴァチカンは独立国である。

同様に、ウォートン総裁の身辺にどのような疑惑があろうと、イタリアの検察はそれに関して参考質問一つできなかった。

一九七三年の春ごろ、マフィアの贋造《がんぞう》グループが米国内で作った贋造公債千四百五十万ドルの現物をローマに送ったことがFBIの知るところとなった。それも第一回分にすぎず、最終的には九億五千万ドルもの贋造公債がイタリアあてに送られることになっていることもわかった。注文主はヴァチカンの財務担当ウォートン司教という疑いがいまだに残っている。

第一回分は一人の神父を受取名義人として送られ、マフィアの贋造技術が優秀だったため一応ローマ銀行で本物として換金されたが、同銀行が鑑定のために債券をニューヨークに逆送し、ニューヨーク銀行協会が贋造を見破った。

すでに逮捕されていた関係者の供述によると、ヴァチカンの財務担当者が贋造公債を発注した動機は、ウォートンとロンドーナとが組んで、不動産、鉱山、化学など多方面の事業をもつ企業を買収するためだった。贋造公債はまだ四百万ドルしか回収されていない。

FBIの係官はヴァチカンに行きウォートン司教に面会した。司教はいとも敬虔《けいけん》な態度でロンドーナとの関係を全否定した。ヴァチカンは独立国である。いくら容疑が濃いからといって、FBIはその独立国の主権を侵してまでウォートン司教を追及することはできなかった。FBIは、彼のあきらかに矛盾に満ちた、一方的な弁解を聞いただけで、平和な鳩《はと》が群れているヴァチカン広場を横切って、アメリカに帰国せざるを得なかった。

贋造公債事件捜査は尻《しり》すぼみに終った。

そのうちに、高齢だったパウロ六世が病死した。一九七八年八月六日であった。

ネルビは、新しいペーパー・カンパニーの設置先をさがしに南米を旅行中だったが、パウロ六世の訃報《ふほう》をブエノスアイレスで聞いたはずである。

パウロ六世の死去後、ヴァチカンでは世界各地から百十一人の枢機卿が寄り集まり、法王庁で後継者を決めるコンクラーヴェ（法王選挙会）が行なわれた。

四度の投票を重ねた結果、アルビーノ・ルチアーニ枢機卿が当選した。ルチアーニは北イタリアの山村の生れで、朴訥《ぼくとつ》な性格だった。けっして目立つような存在ではない。それが法王に選ばれたのは、法王になりたいという野心などさらに持ってない人柄にあった。

ルチアーニには自分でもまったく予期せぬ法王の三重の冠が天から舞い降りた。彼は自らヨハネ・パウロ一世と名乗った。カトリック教会二千年の歴史の中で、かつてなかったダブル・ネームである。

新法王の出現にカトリック世界が期待を集めると、さっそくにイタリアの経済誌「イル・

モンド」は公開状を掲載した。
《法王さま、こんなことでいいのですか》
という見出しである。
《ヴァチカンは、金融市場で投機家のような行為をしていいのですか。ヴァチカン銀行が、イタリアから外国へ不正に資本を移したりしていいのですか。脱税に手を貸したりしてもいいのですか》
《なぜ教会は、外国籍企業をはじめ利益のみを目的とする諸企業に投資するのですか。そのような企業は、新法王が最も心を寄せるという第三世界において、何百万という貧しい人々を搾取し、人権を踏みにじっているではありませんか》
《ウォートン司教は、利益を目的とする銀行の経営陣に名を連ねる唯一のカトリック司教であり、彼の銀行は資本主義が税金の逃げ場に使うタックス・ヘイブンに支店を持っています。カトリック教会は日ごろ公平を説いているが、税を脱《のが》れる行為は、公平な税負担を求める国家体制下で適切なものと思えません》
その他数カ項目がならべられてあった。
「イル・モンド」誌が就任したばかりの新法王ヨハネ・パウロ一世に誌上で提出したこの思い切った公開質問状は、とりもなおさず前法王時代のヴァチカンの財務的暗黒面をさらけ出したものであった。そうしてこれらの不正や歪《ゆが》みは新法王によって必ずや匡正《きょうせい》できるものという期待がこめられていた。

ヨハネ・パウロ一世は、その期待が寄せられるほど廉直な人格者であった。

ところが就任後一カ月で、正確には三十三日目に、新法王はとつぜん法王庁内の自室で急死したのだった。

ヨハネ・パウロ一世は就任匆々《そうそう》に法王庁幹部の人事異動のプランを極秘裡《り》に練っていたふしがある。とくに問題の多い財務担当兼ヴァチカン銀行総裁エイモス・ウォートン司教の解任を中心に。

ウォートンは長いことヴァチカンの財務を独裁してきた。歴代の法王がその方面を彼に任せきりにしてきたのをいいことにして、金融・財産管理・利殖などあらゆる面にわたって壟《ろう》断《だん》してきた。その手段がクノッソス宮のラビリンス（迷宮）のように複雑な道を作っているために、聖典儀式に詳しいだけの単純な高僧たちに経理のからくりが見抜けようはずがなかった。

ヨハネ・パウロ一世は一介の教区司教時代からヴァチカンのウォートン財務担当についてとかくの噂を耳にしていたので、禍根はここにあると直観して、本山の粛清を志したようだった。じっさい、そのために具体的に手を着けようとした形跡がある。

もしウォートン司教が財務担当ならびにヴァチカン銀行総裁のポストを法王から解任された暁には、噂のとおりロンドーナやネルビとの密接な関係が事実となって知らされ、「目立ちすぎるヴァチカンの富を分散する」という名目で、実は彼らのためにヴァチカンの財産がどれだけ彼らの手に渡ったか、そのおどろくべき額も明らかになってくる。

それだけでなくP２幹部のロンドーナとネルビとを背後で操っているのはP２のボスのルチオ・アルディであり、ヴァチカンを巻きこんでいる筋書もアルディが書いたものだ、ということもわかってくる。

ロンドーナがアメリカに設立したメイフラワー銀行はリラの値下りで倒産し、イタリアで買収した銀行も破産し、前者は破産前に連邦政府から二十億ドルの緊急融資を受けたくらいだが、それ以外にもウォートン総裁に頼んで、ヴァチカン銀行から融資させているはずだ。

だが、この倒産はロンドーナのまったくの偽装倒産だった。彼ほどの男が、まるハダカになるわけはない。彼は銀行の倒産を早めた理由の一つとして、部下らの拐帯《かいたい》を挙げているが、それは仲間と牒《しめ》し合せた彼自身の行金横領の隠匿であった。銀行を譲り渡した人間にその秘密を握られると、彼はマフィアにこれを殺させている。

ヨハネ・パウロ一世の急死で、これらが知られることなく済み、彼らは助かったのである。

ロンドーナやネルビなどを使ってカネをかせがせているのはP２のボスの座にいるルチオ・アルディである。しかし、アルディの場合、蓄財のためではなく、それを運動の資本にするためだ。

ルチオ・アルディによるP２の最終目的は何か。——

《議会を解散し、憲法を改正し、新しい絶対政体に変革することである》

――これは極秘調査である。

新しい絶対政体とは何を目ざすのか。黒シャツのファシスト党が北イタリアからふたたび蘇《よみが》えってきそうである。

八一年、アルディの別荘から見つかったP2のメンバー・リストには憲兵隊（カラビニェーリ）の将校五十二人、海軍二十九人、陸軍五十人の将校、財務警察三十七人、警察六人の幹部級の関係者が含まれていた。クーデターを探知すべき憲兵隊の将校が五十二人もP2のメンバーだったのはおどろくべきことであり、これでは陸海軍将校七十九人の会員とともに破壊活動の頂点たる武力クーデターに内部から呼応する態勢にあったとみられても仕方がない。

そのどこまでがルチオの「愛国的政体変革」に同意したのか、または個人的弱点を脅迫されて加入させられたかはわからないにしても、P2が軍部に浸透しているのは、組織の強化につながる。

一九七四年からイタリアでは地下破壊活動が活発になってきた。七四年五月には北部イタリアのブレッシア市内で開かれていたネオファシズム反対集会で爆弾が爆発し、百人近くが死傷した。レオネ大統領は「この大量殺人はごく少数の卑劣なテロリストがイタリアを混乱に陥れようとくわだてたものであることは明白だ」との声明を出すと共に、犯人追及に全力をあげるようルモール内閣に要請した。

イタリアでは前年にもミラノ警察署にも爆弾が投げこまれ警官約四十人の死傷者を出している。

両事件とも犯人は捕まらなかったが、P2の犯行と信じられている。

同年九月にアンドレオッチ国防相は右翼テロリストによる三件の謀略を告発したが、うち一件は「バレリオ・ボルゲーゼの謀略」と呼ばれる武力クーデター計画で、七〇年十二月に設定され、未遂のうちに発覚している。

こうして一九七四年から議会制度を否定する運動がひろがり、破壊活動を目的としたP2の「緊張の戦略」がエスカレートした。イタリアの経済危機と政治不安がこれを加速させた。

極右活動分子のP2に対し、極左テロ活動分子が「赤い旅団」(ブリガーテ・ロッセ)である。六〇年代の学生運動の挫折から極左化した集団で、イタリア共産党が平和的議会主義的手段による社会主義化を唱えたことに不満をもち、暴力を前面に押し出した。経済不況、ヨーロッパに於ける若者の失業率の増加などが背景にあり、七〇年に結成されてから、政治家、実業家などの殺害、誘拐、または建物破壊などのテロ活動を行なう。

七八年三月十六日朝、前首相でキリスト教民主党首アルド・モロがローマを車で通行中、武装ゲリラに襲われ、護衛ら五人は射殺され、モロは誘拐された。「赤い旅団」は、直後に自分らの犯行であると声明した。

捜査は難航して一カ月に及ぶ。有力な容疑者すら浮ばない。構成員二百八十名、うち警察に留置されている者百五十名という当局の推定だが、もっと数は多いようだ。捕われのモロ前首相からは、警察に拘置中の「赤い旅団」幹部との人質交換を手紙で捜査当局に訴えてくるが、当局は強制下に書かされたものとして無視する。「赤い旅団」は再三にわたって報道関係にモロの「宣誓文」を送りつけ、五月五日に「処刑通告」を届けたが、九日午後一時すぎローマ市内に駐車中の車の中からモロの射殺死体が発見された。

八一年末にはＮＡＴＯ（北大西洋条約機構）の南欧軍副司令官ドジャー准将が誘拐され、これはその後に救出されたが、やはり「赤い旅団」の犯行だった。

が、なんといっても「赤い旅団」の存在を世界的に著名にしたのはモロ前首相誘拐殺害事件である。

イタリアにおけるＰ２と「赤い旅団」。この極右と極左の破壊活動集団。

それなら、相反する両極の組織がテロ闘争しそうなものだが、そういうことはない。一つは、闘争力の上で、Ｐ２のほうがはるかに優勢である。組織力の上でも数の上でも。兵器の点では断然引きはなしている。「赤い旅団」はせいぜい建物破壊の爆弾くらいだが、こちらはその気になれば戦車でも軍用機でも軍艦でも出せるのである。軍のものを借りるのではない。自前で調達できる。これらはルチオ・アルディが「ビジネス」としてアルゼンチンに世話しているものだった。

アルディは早くから南米にコネをつくり、アルゼンチンの市民権を買い、二重国籍を利用して、アルゼンチン政府のための武器輸入の御用商人の商売もしていた。

P2が「赤い旅団《ブリガーテ・ロッセ》」に「好意的」なのは、かれら過激派が議会主義体制を否定し、暴力を前面に押し出して破壊活動を行なう結果、社会不安と秩序混乱がもたらされるからだ。これこそアルディらP2の運動をしやすくしてくれているものだという見解をとっていた。

モロ前首相の誘拐・殺害事件の捜査が長引いたのも、アルディが陰で捜査を妨害した形跡がある。アルディなら、警察にどのような影響力でも行使できる。

——そういう次第だから、ロンドーナやロンバルジア銀行のネルビ頭取、ひいてはアルディにとってあんまりうれしい存在とはいえないヨハネ・パウロ一世が在位わずか三十三日で急死したことについては、アルディの見えざる手が動いたのではないかという噂がとんだ。ヴァチカンの奥まった法王室という神聖な密室の中に、どうしてルチオ・アルディの手が及び得るだろうか、ちょっと考えただけでも常識はずれの風聞だが、ひそひそ話は旧約聖書に書かれたような奇蹟に似たものを信じたのである。

ましてアルディの持っていたP2メンバーのリストにヴァチカンの聖職者の名が少なからず載っていたとすれば、その奇蹟はずっとうすらぎ、ヴァチカンの一角に、罪悪の象徴であるソドムのぶどうの樹（申命記）がゆらいでいる。——そんな幻影さえ抱くであろう。

ヨハネ・パウロ一世の死後、現法王が選出されて後を継いだ。これによってヴァチカンは

国務長官はじめ閣僚以下官僚の人事異動は何もなかった。エイモス・ウォートン司教の財務担当ならびにヴァチカン銀行総裁の職に変りはなかった。

したがって、ヨハネ・パウロ一世によって改革されたかもしれないヴァチカンの機構から、P2の二つの財源（ロンドーナのニューヨークのメイフラワー銀行。ネルビのミラノのロンバルジア銀行とその海外子会社）に巻きこまれたヴァチカン銀行の大欠損が明るみに出ることなく済んだ。ロンドーナのメイフラワー銀行の倒産でも、「ヴァチカン銀行は一リラとも損していない」とウォートン総裁は内外記者団に言明できたのである。むろんこれが表むきであるのは、だれにでもわかっていた。

「イル・モンド」誌は「法王さま、こんなことでいいのですか」という公開状の特集を二度としなかった。ヨハネ・パウロ一世の死去後、新法王による現状維持があまりに明白なので、やってもムダだとさとったからである。

ロンドーナもネルビもひとまず危機を切り抜けた。

ヨハネ・パウロ一世の死去後の一九七八年十月、リカルド・ネルビは南米からミラノに帰ってきた。彼は中米のバハマなどの無税国にロンバルジア銀行の持株会社をつくったのをはじめ各地にペーパー・カンパニーを設立した。

そこでのカラクリで脱税して得たカネは、ルチオ・アルディの指示で、スイスの銀行にあるルチオの口座に振り込んでいた。しかし、ミラノに帰ったネルビは、破産寸前に直面したロンバルジア銀行の建て直しに懸命となった。

彼は一度は頭取を辞任したが、株主総会で再選された。そうして曽《かつ》ての同志ではあるが、いまは手強《てごわ》いライバルのロンドーナは、ニューヨークの法廷でイタリア政府からの犯人引渡しを求める裁判に勝った。ただし、メイフラワー銀行倒産事件などでは百項目近い横領、詐欺などで有罪とされ、毎日必ず検事局へ出頭する条件で、ようやく保釈を得た。その保釈金五十万ドルは、ロンドーナがローマとミラノの手下に命じてネルビの「糾弾ビラ」を市内に貼らせた結果、ネルビに払い込ませたカネであった。

そんな事情で、手ごわいライバルのロンドーナはアメリカから身動きができず、ネルビにとってイタリアは自由の天地に思えた。ロンバルジア銀行の再建も着々と軌道に乗って行くように思えた。

ところが、新法王によるヴァチカンの方針が変った。思いがけないことである。

八一年三月二日、法王庁弘報部は、

《フリーメーソンおよび類似の秘密結社に入会した者は教会法により破門になる》

という通達を、論評なしに発表した。教会法のこの条項は一七三八年の成立で、二百四十三年も前にできた法令である。

なぜ今ごろ黴《かび》くさいこんなものを持ち出したのか。というよりもこの教会法を無視して、あるいは存在すら知らないで、カトリック教会の聖職者たちはフリーメーソンに加入し、ヴアチカンの司教たちが暗号名《コード》や番号《ナンバー》でP２のメンバーとなっていたのである。

二百数十年間、死文になっていた掟《おきて》が現代にとつぜん或る日復活したのだから、江戸の「谷中」ならぬヴァチカンの「坊主びっくり御通達」である。（寺社奉行脇坂淡路守安董《やすただ》の槍の袋は貂《てん》の皮で出来ていた。在職中の寛政三年（一七九一）、谷中延命院事件を処断し、大奥女中と通じる法華宗坊主どもを退治した。「坊主びっくり貂《てん》の皮」は、その落首。）いや、それよりも驚愕《きようがく》したのは、ルチオ・アルディ、ガブリエッレ・ロンドーナ、リカルド・ネルビのP２三人組であった。

さしもの彼らにも下り坂がはじまった。

ロンバルジア銀行頭取リカルド・ネルビが、イタリアを脱出した背景には、以上のようなP２の追い詰められた状況があった。八木の手帖にはこの経緯が小さな文字で、びっしりと書きこまれてある。

「だが、したたかなP２だ。ルチオ・アルディだ。こんなことで参るわけはない。いまに必ず巻き返しに出る」

というのがローマのジャーナリスト仲間の一致した見方であった。

政財界のそれは恐怖につながっている。

（ネルビは中南米のどこかへ行く。彼はその地域にペーパー・カンパニーを数多くつくってきたからコネはある。しばらくそのへんに身をひそめてほとぼりがさめるのを待ち、機を見

てイタリアに戻ってくるつもりなのだ。すべてはボスのアルディの指令だ）

専門家筋はこうみている。

（だが、ローマから中南米へ直行するのは危険だ。すでにネルビ頭取からはパスポートが取りあげられている。出国するとなると偽造旅券である。すでに手配がまわっているから、密出国となると、迂回路《うかいろ》をとらなければならぬ。それには手引者が居るはずだ。アルディの指示だ。イタリアの官憲はそれを追っている）

ローマ市警のイゾッピとベッティが、どこから聞きこんだのかロンドンにやってきてヒルトン・ホテルに「オーストリア人」と「ブロンド姉妹」とを張り込み、かれらが隠れ家のネルビとそのボディガードに連絡をとっていると見てムダな尾行などをくりかえした末、ついに盗聴器専門のアンドレー刑事を新たにローマから呼びよせたのも、その方針のあらわれである。

せっかくの盗聴器も、発信するヒルトン・ホテルの部屋と、受けるカーゾン通りの「ローズ・ヴィラ」の間にある建物が電波を妨げてよく入らないので、新しい家を探すということだったが、あれからどうなったか。

八木がせまい机に脚をのせて、紗《しゃ》のカーテンごしにカーゾン通りのまっすぐな路地を眺めてぼんやりしていると、五十男が若い女と腕を組んでコーヒーハウスと見える一軒の家に入った。

そのとき電話が鳴った。

電話はイゾッピ刑事からであった。

八木が思わず受話器を握りしめたのは、一昨日の朝から連絡を絶って初めてだからである。

「いま、どこから？」

「サウス・オードリイ通り二七番地。イエロー・チェリー・インというホテルだ」

「サウス・オードリイ通り？」

「カーゾン・ストリートの端を曲ったところさ。ヒルトンの横だ。おれたちの部屋はその五階だ」

「そんなら今度はよく波が入るだろう？」

「まあな。……それについちゃ、おまえさんに話がある」

イゾッピの声はなんだか元気がなさそうだった。まる一日彼の声を耳にしなかったせいかもしれない。

「こちらも聞きたい。しかし、昨日も一日中ここでどこにも出ないで待っていたよ。何も連絡しないとはひどい」

「すまん、すまん。ちょっと、ごたごたがあってな」

「これからそっちへ行ってもいいか」

「いいとも。歩いて五分だ。わかりにくいからおれがヒルトン裏通りの果物屋の前に立っている。じゃあな」

最後まで声に力がなかった。

果物屋の前でイゾッピが片手をズボンに突込んでリンゴをかじりながら立っている。

「どうかしたのか」

八木が思わずきいたのはイゾッピの顔つきだった。イタリア人の眼球は大きいが、それだけにそれを包む上眼瞼《まぶた》も下眼瞼もふくれている。それがいま落ちこんだようになって眼の襞《ひだ》が皺《しわ》になってすぼみ、下も黒ずんでたるむ。顔色は濁り、いっぺんに年とった感じだ。あきらかに睡眠不足と疲労が重なっている。

「ここでは話せない。家の中へ行こう」

イゾッピは通りのうしろを振り返った。手にしたリンゴの白い果肉に歯形の筋がつき、そこから甘酸っぱい臭《にお》いが漂っていた。

カーゾン通りから右へ入る。サウス・オードリイ通りの南端。路地だから建物もカーゾン通りのつづきであった。イゾッピと肩をならべて歩いた。

「ミラノのロンバルジア銀行本店四階から、ネルビの秘書が二日前に、飛降り自殺をしたそうだね。聞いたかね？」

八木は往来で問うた。イギリス人の通行者ばかりだ。イタリア語がわかる者はない。

「ああ本署の連絡電話で聞いた。ネルビの女だったそうだな」

イゾッピの声は無感動だった。

「黄色いさくらんぼ《イエロー・チエリー・イン》」は名前とは違い、地味な外見《そとみ》で、焦茶色の煉瓦《れんが》壁に白のふちどりは、カーゾン通りの家なみに統一された色合いだが、中に入るとがらりと調子が変るのもこれまたこの地域のものである。

リフトを最上階の五階で降りたイゾッピは、右側通路のつき当りのドアをキイで回して八木を引き入れた。壁は淡紅色で、あいだに鏡が交互にはまっているところはカーゾン・マーブル・ホテルと同じである。ダブルベッドの部屋だから広かった。

窓に、ヒルトン・ホテルがまるで建築設計完成予想図のようにきれいに嵌《はま》っていた。これだと中間に邪魔な建物はなく、電波は空中を無碍《むげ》に流通しているはずだった。

ダブルベッドの広い部屋を取っているのも、ひろいスペースに受信機と直結する録音機を設置するためであろう。ただし、朝はホテルの従業員が掃除に入り、夕はベッドのメーキングなどにくるので、そのつどFM受信機と録音機のセットは場所をほかに移して隠しておかなければならない。広い部屋ほどその場所が多いわけである。

八木はその辺を一瞥《いちべつ》したが録音機は影も形もなかった。どこかにしまったままとみえる。しかし、こうしているあいだにも、窓に見えているあのヒルトン・ホテルの2701号室のスイートルームからは波に送られた声がいつくるかわからない。なのに録音機を片づけたままにしておいていいのだろうか、と八木は気になった。イゾッピは耳に受信機も当てていないのである。

ベッティとアンドレーの姿がない。すると、ここはイゾッピだけの部屋で、他の刑事二人の部屋は別なのか。とくにアンドレーは盗聴器専門だから、FM受信機と録音機は彼の部屋に設置してあるのだろうとも思った。

イゾッピは、まだ不機嫌な顔つきで、煙草をとり出して、煙を性急に吐いている。ここへ八木を呼んだのは盗聴の内容だが、よほど面白くないとみえて、すぐには話したがらない様子がありありとみえている。煙草ばかり吹かしていた。

さりとて八木をここへ呼んだからにはいつまでも無愛想にもしていられないと思ってか、

「どうだい、マーブル・ホテルは、千客万来かい？」

とはじめてうす笑いを浮べた。だが、この問いはどっちでもいい質問で、切り出しにくいことをあとまわしにするためのつなぎであった。

ヒルトン・ホテルの腹を霞《かすみ》のような小鳥の群れが舞い過ぎた。ハイド・パークの森から飛び立ち、また元の枝に戻る。

「カーゾン・マーブル・ホテルは見てくれがいいから、まわりの豪華ホテルの客を女どもが誘いこみやすい。居すわっているのは、ヤギくらいなもんじゃないのか」

「昨日の夕方、新顔が三人入った。おれの隣室からシングルの部屋を三つ。通路でちょっと見かけたが、黒いハンチングに青い服。赤毛の頬髯《ほおひげ》は三人とも同じで、三つ子みたいだった。

背の高さでようやく区別がつくくらいだ」

八木も気がなさそうに話す。

「ふうん。それはなんだ」

「風采《ふうさい》は旅行者のようだが、どうやら貨物船の船員のようだったな。話してるところをちょっと聞いたが、ドイツ語でもロシア語でもなかった。オランダ語かもしれない。アントワープあたりの小さな貨物船がロンドンにきてドックに入っているあいだに上陸した、という感じでもある」

「昨夜は女を買って騒ぎだったろう？」

「女は来なかった」

「あの界隈《かいわい》の女は気どってるし、高いからな。外に出て行ったろう？」

イゾッピはいつまでもムダ話をつづけるつもりでいる。ベッティもアンドレーも姿を出さなかった。

「その三人の連中は九時ごろからホテルを出て行った。外からだれかが迎えにきて、それといっしょにな」

午前一時ごろ、ホテルに帰った三人の酔った足音がドアの前を通った。八木はそれを半分眠りかけて聞いた。

「連中、今朝はどうしてた？」

「食堂にも出ないで、部屋に食事を運ばせて食ってたな。こっちは、ひとのことどころではない、おまえさんの電話がかかるのを待っていたからな」

「わるかったよ」

オランダ人の船員かどうかわからないが、とにかく昨夕《ゆうべ》マーブル・ホテルに入った三人組は、八木の隣室から一つ置いたまん中の部屋で朝食のルームサービスをとり、長いことひそひそ話し合っていた。

イゾッピは煙草を捨て顔を歪めて、両手を絶望的に上げた。

「ヤギ。われわれは盗聴に失敗したのだ」

「えっ、なんだって？」

「テキに気づかれたんだ。途中まではうまくいったんだがな。やられたよ、畜生」

「僧院《クロイスター》」


イゾッピ刑事の顔が一夜にして老人のように変ったのも、さきほどから無気力、疲労困憊《こんぱい》、苦渋満面といった体《てい》に見えているのも、ヒルトン・ホテルの二十七階の2701号室のスイートルームに仕掛けたせっかくの盗聴器が対手《あいて》に気づかれて破壊されてしまったのが原因だった。

そのドジを八木に云うのが気恥しいのと口惜しいのとで、マーブル・ホテルの客のことなど聞いたりして話をぐずぐずとさきに延ばしていたのだ。

が、クネヒトとネルビの電話内容などを盗聴器で聞かせてやると約束し、またそれを聴くのをひたすら待っている八木のことを考えるとイゾッピも逃げもできず、遂に格好の悪いこの告白とはなった。日ごろ付き合っているローマの日本新聞支局員にロンドンまで追ってこられ、義理に詰まったのである。

義理のほうはともかくとして、イゾッピとして何より力を落したのは盗聴器の失敗だ。ローマ市警からロンドンに派遣された彼らは、これにネルビの行方捜索の全力を傾けていたのだ。盗聴器の設置は、一度見破られたら、二度とやり直しがきかない。対手が要心深くなるからだ。

見るからに悄気《しょげ》ているのはそのためで、イゾッピが背中をまるめ、両手で頭を抱えこんでいる。イタリア人は陽気だが、それも身ぶりが大げさだからで、落胆したときは打ちひしがれたようになる。

「ベッティとアンドレーは、自分らの部屋に引込んでいるのか」

「あの二人は今朝からヒルトンの張り込みにやらせた」

イゾッピは憤《おこ》ったような声でいった。

「またまた張り込みか」

「こうなったら振り出しにもどって、やり直しだ。アンドレーの野郎を尻《しり》が腫《は》れるほどしごいてやるのだ」

「アンドレーがどうかしたのか」

「盗聴の名人だとぬかしやがって飛んでもねえ喰《く》わせ者だ。奴《やつ》のおかげでクネヒトに気づかれたようなものさ。受話器に仕込んだトランスミッターがゆるんでいたんだ。そいつがだんだんゆるくなって、話し中に雑音が入るようになったんだ」

「………」

「で、クネヒトのやつ、こいつはおかしいと思って、受話器のフタをネジまわしで開けて、細工を見つけたというわけだ。クネヒトのやつ、喚《わめ》くまいことか、盗聴器はほかにもセットしてあるぞ、あっちをさがせ、こっちをさがせ、とブロンド二人をかりたてている。そこまでが、天井のへこみに隠した盗聴器に入っている……」

「クネヒトに気づかれるまで、電話のやりとりが録音できたのは、どのくらいの分量だね？」

八木は、疲れた顔で頬杖《ほおづえ》をつくイゾッピにきいた。

「ほんのわずかさ。前の〝ローズ・ヴィラ〟がまったくの役立たずだったからな。やっと波が取れたのがこの〝黄色いさくらんぼ〟に移ってからだ」

疲れた眼を据えていた。

「クネヒトが盗聴器をはずしたのは？」

「昨夜の十一時ごろ」

「それじゃ、相当入ってるじゃないか」

「ところが電話はそうたびたびかかってるわけじゃない。昨日は午前十時二分から約三分間、午後五時二十二分に四十秒間、九時五十三分に五秒間の都合三回。そして最後が十一時四十一分からだが、これは二十秒間話してから調子のおかしいのに気がついた」

「電話のなかみをまともにとれたのは、三回と四回目のアタマか」

「そうだ。合計二百四十五秒だ」

「四分間と五秒だな。こっちの話し手はクネヒトだろうが、相手はリカルド・ネルビか」

「先方の声は二人だ。フォルニという名と、ボスコという名。クネヒトがそう呼んでいた」

「変名だな。どっちがネルビだ？」

「フォルニだ。ボスコとはボディガードのペロットだ」

「ネルビ頭取の声は録音に取れているか」

「むろん入っている」

「どんな声か、ぜひ聞きたいものだな」

——名にし負うロンバルジア銀行頭取のリカルド・ネルビ。というよりもＰ２の首領《ドン》ルチオ・アルディの下で、ガブリエッレ・ロンドーナと組んでヴァチカンの「富の分散」を担当した男。

ロンドーナは、その所有するニューヨークのメイフラワー銀行が倒産し、自身も詐欺罪と横領罪で州検事局から告訴された。ネルビは破産寸前のロンバルジア銀行がイタリア中央銀行の強制査察を受けることが必至の情勢になってイタリアを脱出した。法王庁八一年三月二日通達はヴァチカンからフリーメーソンを追放し、これと結託するヴァチカンの金力腐敗の駆逐にあった。ヴァチカン銀行総裁のウォートン司教の風評が高まりすぎたからだが、ネルビにもこのときから急激な暗影が襲いはじめる、遂にはこのロンドン逃避行となった。——その当人の声を八木は聞きたい。

「相手に気づかれるまでの盗聴した四分と五秒の部分でもな、せっかく録音してあるから聞かせてやるよ」

イゾッピはいった。

「そりゃありがたい。ぜひ、たのむ」

八木は頭をさげた。

イゾッピは寝台の下からボストンバッグを引きずり出し、鍵で開いて中から携帯用のテープレコーダー一つと、カセットテープ二個をとり出して、前に鏡を取り付けた机の上に置いた。

彼はカセットテープの一つを手に乗せ、そこに書き入れた「A」の印を八木に見せた。

「こっちのテープは、2701号室の電話機のレシーバーに装置したトランスミッターから送信したのをFM受信機が受け、それが直結された録音機でテープに取ったものだ。周波数は76MHz（メガヘルツ）に設置してある」

「うむ、うむ」

「こっちのカセットテープは」

イゾッピはもう一つのと手にとりかえて、印の「B」を八木に見せた。

「2701号室のスイートルームの居間《リビング・ルーム》にセットした盗聴器から発信したのを受信したものだ。その盗聴器は居間の天井の装飾的な引込みの内側、棚《テラス》になった上に乗せておいた。この周波数は89MHzさ。こうすれば、電話内容と居間との受信に混乱がおこる気づかいはない」

「なるほど。けど、電話でクネヒトがネルビと話し中で、同時に居間ではブロンド美人姉妹がしゃべっていると、FM受信機の針は、76にしたり89に動かしたり、また76に戻したり、忙しく移動させるのか」

「カセットテープは、なんのためにここに二個あると思うか」

「え？」

「われわれはFM受信機を二台用意しているのだ。一台は電話の盗聴用、一台は居間での会話の盗聴用さ」

「あ、なるほど。そうか」

「どっちのほうを先に聞きたいか」

「居間の会話というのは、クネヒトと、リディア、アグネス姉妹の三人か」

「そうだ。変った会話もあるが、ベッティが期待したほど面白いシーンはなかった。なにぶんにも短いからね。本番はこれからというところさ。どっちを先に聞くかい？」

「そりゃ電話だ」

「よしよし。待っていな」

イゾッピは「A」印のカセットテープをテープレコーダーに押しこみ、「再生」のボタンを捺《お》した。日本製だった。

八木は椅子を近づけて坐り直した。

イスに坐り直した八木の耳に、ジー、ジー、ジーと短い間隔をおいて八回ダイヤルをまわす音が聞える。

「これが昨日の午前十時二分だ。かけているのはヒルトン・ホテルの2701号室から。ロンドン市内の電話は局番が3ケタに番号が4ケタだが、八回ダイヤルをまわしたのは外線直通番号が一つ加わっているからだ。かけているのはクネヒト。いつもクネヒトだ」

電話がつながり、信号音が鳴っている。

信号音がなおも五、六回つづいたあと、受話器をとりあげたか、信号音がやむ。

だが、先方の声は出ない。

(Pronto Pronto) もしもし。

男の声が呼びかけている。太い声音《こわね》。

返事がない。しんと静まっている。電話機が置かれている部屋の位置がわかるような気がする。十秒経った。遠くで車が走りすぎる音がした。それからしばらく経った。

先方はまだ声を出さない。こっちの様子を耳で窺《うかが》っているようである。

(Pronto Pronto)

呼ぶ。

咽喉《のど》の太い声である。

先方は黙って聞いている。受話器を耳に押し当て、声を分析しているようにさえ思える。

(フォルニか。……わたしだ、クネヒトだ)

声を低めていった。

(クネヒトだよ。わかるか)

(わからないでか、ウソつき野郎の声をな)

いきなり罵声《ばせい》で返ってきた。

《ネルビの声だ》

イゾッピが走り書きのメモを横から出した。

(ウソをついてるわけじゃない、フォルニ。これにはいろいろと事情がある。第一に、向うからの指示が、くるくると変るんだ。わたしもそれで困っている)

クネヒトは低い声で弁解している。太い声だが、響きを含んでいる。マイクに乗りそうである。

(向うは決めたことをめったに変える男じゃない。間に入っているおまえが、何かコソコソやっているにちがいない)

これがネルビの声か。──圧《お》し殺した声だが昂奮《こうふん》があらわれている。金属性の勝った、張りのある声だ。

(わたしがむこうとの間に入って、どうこうできるわけがないじゃないか、フォルニ)

クネヒトの声は相手の昂奮をしずめるようにおだやかな説得調だった。

(うるさい、おまえの猫なで声にはあきあきした。もう、このクロイスターには電話をかけるな)

フォルニは、声を殺しているつもりが、怒鳴っている。

《クロイスターは Cloister だろう。英辞書では「僧院」》

イゾッピが八木の前にメモを出した。

(まあまあ、そう癇癪《かんしやく》を起さないでくれ。あんたが苛々《いらいら》しているのはよくわかっているがね。だが、ここまで待ったんだ、もうすこし辛抱してくれ。いつものあんたらしく落ちついてもらいたいね)

(むやみと落ちつけと云ったって、落ちつけるもんじゃない。いったい、その後の連絡はどうなってるんだ?)

(この前、伝えたろ、あれきりだ)

(五日前の話だったよ)

(それきりなので、わたしも困っている。どんなに手を尽しても連絡がとれない。むこうにも何かがあったようだな)

(むこうに何が起ったのだ?)

ネルビの声に不安な調子が出た。

《むこうがだれを指すかは不明》

イゾッピがメモを出す。

（わたしにも見当がつかぬ。だが、相手は大物だ。たいしたことはないだろう。そのうち、かならずむこうから何か云ってくる。待つことだ）

（いつまで待たせる？）

（そうだな、あと三日か四日）

（これで三度目だよ、そのセリフはね、クネヒト）

（すまない。事情をわかってくれ。わたしも一生懸命にやっている。あんたも千何百人という社員を使ってきた人だ。人間を見る眼はそなわっているはずだ）

（ああ、人を見る眼は持っているつもりだ。おまえを見る眼もな）

（そんなら安心だろう）

（そうはいかない。おまえはキツネのように油断のならない奴だと思ってる）

（ひどいなあ。だが、わたしは憤らないよ。あんたはちょっと平静を失っているようだからね）

（このキツネめ。おれのために一生懸命やってるといいながら、ヒルトン・ホテルでブロンド姉妹と、のうのうと乳くり合ってるじゃないか）

カセットテープ「A」はまわっている。八木はイタリア語の電話のやりとりに聞き入っている。

（ヴェラー姉妹とわたしとが乳くり合ってるって？　そりゃアあんたの大きな誤解だ、フォルニ。姉妹相手にそんなことができるかどうか、考えてみてくれ）

クネヒトの太いが潤《うるお》いのこもった声である。

（じゃあ姉妹づれでロンドンのホテルに泊まりこんでいるのは何だ？）

フォルニの変名で呼ばせているネルビ。イタリア随一の民間銀行頭取としては、ちょっと似つかわしくないきんきんした声だ。それがよけいに感情の苛立ちをあらわしている。

（人目をごまかすためだ。妹のように女二人を同行したほうが家族づれみたいで、わたしがひとりで居るよりも怪しまれなくてすむ。これも、むこうの指示だ。ヴェラーの姉のリディアはわたしの秘書だ。で、妹のアグネスをいっしょにつれてくるように云ったのだ。使い走りにもちょうどいいからな。だから、アグネスをクロイスターにも行かせた。あんたは彼女からも話を聞いたはずだが）

（アグネスはおまえと口裏を合せている）

（口裏合せじゃない。それが本当だからだ）

（おまえと話していると、こっちがおまえのごまかしにだんだん乗せられて行きそうだ。おまえは狐《きつね》だからな、クネヒト）

（疑ぐり深いな、フォルニ。あんたらしくもない）

(今日でなん日待たされていると思うか。疑い深くもなる。やい、こんなところにいつまでも檻《おり》の中のサルのようにしゃがませておくつもりか)

(あんたの言いぶんはもっともだ。わたしもむこうに連絡を取ろうと必死だ。もうすこし辛抱してもらいたい。……なんだったら、ミラノからマリーナをこっそりこっちへ呼びよせようか。ロンドンだけにして)

(マリーナだって？　地獄へ行けってんだ、あの女《あま》め)

イゾッピが出したメモ。

《マリーナ・ロッシ。ロンバルジア銀行の女秘書。ネルビの情婦。銀行の窓から飛降り自殺したことをネルビはまだ知らず》

(あんな女のことよりも、家内や娘や息子の身は安全か)

ネルビの声、ここで急に不安そうになる。

(大丈夫だ。わたしが、クロイスターへ説明に行ってもいい)

(おまえなんか、もう金輪際このクロイスターに寄りつくんじゃない。狐め)

相手が電話を切る音。

カセットテープは空《から》まわりをして進む。

「いまのが午前十時二分から約三分間のやりとりだ。このあとは午後五時二十二分にクネヒトから電話を入れている」

イゾッピが八木にいった。

「七時間と二十分、間があいているのか」

「そうだ。もちろんこのテープでは間隔を詰めて、一巻にまとめてある。アンドレーの細工だ。あと三分ばかりで次の電話の声が起きてくる」

「ネルビ頭取が、いきなりクネヒトを、ウソつきとか狐めとかいって罵倒しているのにはおどろいたな」

じっさい八木は聞いていてあっけにとられたくらいだった。

「ネルビ頭取は、いらいらしているのだ。クネヒトの云うことが信用ならないといってな。それというのも、クネヒトがむこうの云うとおりを彼に伝えるだけだから、むこうの云うことが変ってくると、クネヒトの言葉も狂ってくる。クネヒトとしてはどうしようもないわけさ。一方通行的な指示だからね。それをネルビが、間に入っているクネヒトが何か肚黒《はらぐろ》い策略をもって、ごまかしていると思っているようだ」

「肚黒い策略とは？」

「ネルビ頭取がかなりの大金を持ってロンドンにきているとクネヒトが睨《にら》んで、いまのうちにうまく立ちまわってできるだけその金をまき上げようと奸策《かんさく》を弄《ろう》している、こうネルビ本人はとって、クネヒトののらりくらりとした態度からかんぐってるわけだろう」

「真相はどっちだろうか」

「クネヒトは煮ても焼いても食えぬ男だ。ネルビ頭取に狐めと罵《ののし》られても、まだネコなで声を出しているところなんざ、頭取よりは役者が一枚上手《うわて》かもしれんな。一方の頭取のほうは、隠れ家で待ちに待たされて、じりじりしている」

それは三分間の電話の内容を聞いただけでも八木に想像できた。

「ネルビ頭取はクロイスターがどうだとか云ってるね。クネヒトが説明にクロイスターへ行くというのに対して、おまえなんか絶対にクロイスターに近寄るんじゃないと云っている。英語のCloisterは、Convento（コンヴェント＝伊・「僧院」）だからな。ネルビ頭取は、ヴァチカンのコネでロンドンの僧院を隠れ家にしておるのかもしれん」

電話の中でネルビ頭取が口にした「クロイスター」の言葉から、イゾッピはそのロンドンでの隠れ家をヴァチカンとの関係に推測したのだが、さすがローマ市警のベテラン刑事、鋭い洞察だと八木は思った。

ヴァチカン銀行総裁エイモス・ウォートン司教と、ロンバルジア銀行頭取リカルド・ネルビとは切っても切れぬ間柄だ。ヴァチカンの財政を握るウォートン司教の睨みは世界各国のカトリック寺院に対して利いているにちがいない。たとえ去年の「三・二御通達」が出ようとも、それは本山内部のこと、ウォートン財務担当の勢望は世界じゅうの支部に対していまだ衰えまい。ヤコブの子ヨセフは父からの偏愛ゆえに他の兄弟たちから嫉妬と憎悪《にくしみ》を買い迫害された（創世記三七章三〜二四）が、その章句は、ウォートン司教がイタリアの贋造《がんぞう》債券事件の疑惑でFBIの係官から質問を受けたとき「ヴァチカンの要職に就任しているアメリカ人はわたしがただ一人なのです。そのためヴァチカンの人々から嫉妬を買い、わたしを陥れようと企てる者が多く、わたしは有形無形に迫害されているのです」と答えたということに通じる。

ところで、「クロイスター」はたしかに「僧院」の意味だが、「僧院」といえば、八木はフリート・ストリートの総局を出てテンプル・アヴェニューの一角に亻《たたず》んだとき、日本の英文学者らしい老紳士と遇ったことを思い出した。ひょんなことから肩をならべて次の通りに足を入れたその名が「ホワイトフライアーズ・カーメライト」だった。

フライアーズも僧院。銀髪の新渡戸稲造博士に似た老紳士の話によると、イスラエルのカルメル山に由緒のあるカルメル会修道士会のことで、着衣が白かったので白色修道士会といった。ブラックフライアーズ通りは、黒い着衣の黒色修道士会があったからだという説明だった。

「ネルビ頭取が隠れている僧院は何処《どこ》だろう?」

八木はイゾッピにきく。

「そんなことはわからん。それがわかれば苦労はない」

イゾッピは不機嫌そうにテープの流れぐあいを睨んでいる。

「さっきの会話では、妹のアグネスが僧院《クロイスター》に行ってるようだが……」

「なにしろネルビ頭取はクネヒトを極端に警戒して会いたがらないからな。で、クネヒトはアグネスを僧院へさしむける」

イゾッピが電話の内容を八木に注釈した。

「アグネスなら会うのか」

「ネルビ頭取は女好きだ。面食《めんく》いらしい。とくに若い女がな」

イゾッピは、はじめて眼尻《めじり》に皺《しわ》をよせて唇から歯を見せた。

「僧院で女の子に会っても、つまらんだろう。それとも顔を見るだけで慰みにはなるのかな」

「顔を見るだけだって？　そんなことではおさまるまいて。何をやってるかわかったものじゃないさ」

「だって僧院の中だぜ」

「僧院の中でも個室があらあな。まさか寝るところまではゆくまいが、アグネスも、クネヒトに云われて彼を慰める覚悟で乗りこんでるんだから、ネルビを適当によろこばしたにちがいない。若いがあの女は相当なタマだぜ」

「居間に置いた隠しテープの声でわかるのか」

「まあな。けど、さすがにネルビだ。アグネスでさえ無警戒じゃない。クネヒトがヒモだというのは忘れていない。彼女ともそう頻繁には会わないらしい」

まわっているテープがとつぜん言葉を出した。
(Pronto Pronto)
クネヒトのささやくような呼び声。
返事が出ない。五秒。
受話器を取った相手は聴き耳を立てている。その様子がよくわかる。
(ボスコか)
(そう。今日は。クネヒトさん)
だみ声である。
《ボスコはペロットの変名。ネルビ頭取のボディガードだ》
イゾッピがメモを八木の前に出した。
(いまからわたしもここのホテルを出かける。場所はこの前のところでいいな?)
(ようがすとも)
(フォルニはどうしてる?)
(酔っ払って寝てますよ。さっきまで吠《ほ》えていましたがね)
電話が切れる音。
「四十秒だ」
イゾッピが時間を測っていった。

「ネルビ頭取はクネヒトを僧院に来させたくないもんだから、用心棒のペロットを代人にして外でクネヒトと会わせているのだ」

イゾッピは八木に、テープに出たボスコことペロットの言葉を説明した。

「両人は何処で会ったのだろう？　いつものところだといっていたが」

「わからん。クネヒトには、いつも途中でまかれる。ホテルの前からタクシーと地下鉄とを乗り換えして行くんでな。つい見失う」

それは刑事とクネヒトと両方のあとを尾行する八木の苦い経験でもあった。

「いまのが午後五時二十二分からの四十秒だったな。次は九時……？」

「九時五十三分からだ。いまに出る」

イゾッピの言葉が終らないうちに、テープから電話の信号音が連続して鳴った。

五度目に熄《や》む。

（プロント、プロント）

クネヒトの低いが、徹《とお》る声。相手は沈黙。

クネヒトはもう一度くりかえす。追従《ついしょう》じみた、女でも呼び出すような声音だ。

（うるさい！）

怒鳴り声。すぐ切る電話。クネヒトゆっくり受話器を置く。

「五秒間だ」

イゾッピが、はじめてニヤリとした。

「ネルビ頭取は、おそろしく機嫌が悪いな」

八木はまたむなしく回転するテープを眺めた。

「前の電話から四時間半経っている。その間に代人のペロットとクネヒトがどこかで会って話し合い、その結果をペロットは僧院に帰ってネルビに報告したわけだろう。それがネルビにとって面白くない話だった。で、クネヒトが様子をうかがいに電話したところ、あんなふうにカンカンになっている次第さ」

「相変らずむこうの指示が、はかばかしくないのかな」

「だろうな」

「むこうというのは、ネルビが頼りにしている方々か。誰のことかね」

「それよりも、彼が恐れている人間をまず考えたほうがよい。それ以外の者の中から、彼の頼っている者が浮ぶかもしれない」

「ネルビが恐れている人間とは？」

「ルチオ・アルディとロンドーナさ」

ネルビ頭取が恐れている男としてＰ２の首領ルチオ・アルディの名とロンドーナの名をイゾッピ刑事が挙げたとき、ネルビとライバルになっている在ニューヨークのロンドーナはさもありなんとしても、アルディがネルビに恐怖を与えているとは意外であった。Ｐ２の首領、アルディはネルビの親分であり、ネルビはP2の幹部であり、ロンバルジア銀行の金融網を通じてP2の金庫だったのだ。

しかし、それは八一年の法王庁、「三・二御通達」が出る前までの話であって、それ以後は情勢が変化してきている。ロンバルジア銀行にイタリア中央銀行の査察が入り、その乱脈経営ぶりが暴露した。それとともにアルディ自身も、預金を他の銀行口座へ移す手続きのためジュネーヴの銀行にあらわれたところを、イタリア政府の手配によって逮捕された。容疑は、詐欺、恐喝のほかに、八〇年八月にボローニャ駅で百人近くの死者を出したテロ事件「ボローニャ虐殺事件」にアルディが関与しているという容疑も加わった。

八一年三月二日の新法王による「坊主びっくり御通達」はたんにヴァチカン本山を震撼《しんかん》させただけでなく、じつにP2ならびにフリーメーソンのはびこるイタリアの政・財界に衝撃を与えた。

アルディは、しかし、すぐに身柄をイタリア側に引き渡されなかった。詐欺に関してはスイス金融界にも被害があったので、その裁判の判決後でないと引渡しは実行されなかった。しかもスイス側の裁判は審理中であり、そのあいだアルディは当然のことながらジュネーヴの郊外にある未決囚が入る拘置所に収容されている。

このシャンドロン拘置所はレマン湖の南岸にあり、そこは曽《かつ》ては情熱詩人のバイロン卿が住んだことがあり、げんにその旧居が保存されている牧歌的な別荘地帯の中にある。拘置所から南へ畑を三キロも隔たったところは、そこはもうフランス領である。アルディは独房で、悠々と「なに不自由なく」暮している。

ルチオ・アルディの秘密を最もよく知る男は、ロンバルジア銀行のネルビ頭取だ。会社の経理担当役員兼社長秘書室長が、社長の機密をもっともよく握っている如くである。もし、アルディがイタリアの法廷に立つ日が来るとせんか、検察官はかならずやネルビを証人台に立たせる。

だが、その前にアルディから殺されるだろう。だから彼はアルディがジュネーヴの拘置所に入ると一年後イタリアを脱出した。

外国の拘置所に収監中の者から殺される危険がなぜあるのか。

ネルビ頭取の怖れはあまりに妄想にすぎはしないか、というのはP２の実態を知らない者の言である。

ルチオ・アルディがこれまで組織のマフィアを使ってどれだけ多くの邪魔者や裏切者を処分してきたか。暗殺者のほとんどは闇《やみ》の中に消え、その指令者がアルディだとわかっていても、あらゆる証拠がそこに到達するまでには長い距離があり、アルディ自身は豪華なホテルのサロンで政財界の大物と談笑したり、モンテカルロの別荘に著名人士を招待して見晴らしのよい海浜側の庭で園遊会を催したりしているのである。

この条件は、アルディがジュネーヴのシャンドロン拘置所に放りこまれていても、それほど変りはない。彼ほどの大物になると、その未決囚の独房生活は信じられないくらい自由がきいていて快適をきわめていた。

彼はスイスの拘置所に居ようと、まるでわが家の居間から葉巻をくゆらしながら電話でマフィアの子分たちに命令を出しているようなものであった。その電話の役目になっているのが、毎日彼のもとに面会にくるお祈りの神父であった。

スイス国内にアルディの味方または同情者があってもふしぎではない。たとえば金融界などは、むろん一流銀行はそんなことはないだろうが、「きれいなカネに換えてやるクリーニング」業務を通じてボスのアルディとは暗黙裡の協力関係にあったはずである。そのような金融筋の一部が拘置所の幹部に手をまわしてアルディの待遇に特別配慮してもらうことは容易に想像がつく。

アルディに不安をもちはじめてからネルビは、ミラノの自宅とロンバルジア銀行本店との往復にも防弾ガラス入りのリムジンにした。ボディガード三人を傭《やと》ったが、ロンドン行に途中から参加したペロットと称する男はその一人である。ネルビは、レマン湖畔に近い拘置所に居るP2の頭目ルチオ・アルディに命じられた殺し屋に消されると恐怖していた。その暗殺から脱《のが》れるためにロンドンにきた。

が、ロンドンは中継地だ。最終の落ちつき先はどこか。その指示者はだれなのか。

派遣されたローマ市警の刑事と八木に現在わかっているのは、ネルビ頭取がこのロンドンで次の指示待ちで足踏み状態になっていることであった。

「ネルビ頭取が身の危険を感じている対手はアルディだ。次はロンドーナだな。こいつもニューヨークの裁判所からの保釈の身でニューヨークからは一歩も外には出られないが、子分の殺し屋を使って思うままに狙う奴を消せるのは、これまでの奴の実績が証明している。ロンドーナなら殺し屋をイタリアであろうと、イギリスであろうと、スイスであろうとさしむけるから、アルディ同様にネルビにとってはやばいぜ」

イゾッピはいった。

「すると、むこうとは、いよいよヴァチカン銀行のウォートンということになるか」

八木が答えた。

「頭取はウォートンのふところをずいぶん肥らせているはずだからな。ウォートンにしたって、ネルビに逃げ道の手伝いくらいしたって神罰はあたるめえってとこだ」

カセットのテープは回転している。

「チェルシー地区に僧院はないかな？」

「チェルシーだって？　そりゃ、どこだ？」

「西のほうだ」

イゾッピは、机の抽出《ひきだ》しから地図をとり出してひろげた。

チェルシーの名が八木に浮んだのは、アグネスがヒルトン・ホテル前からタクシーでチェルシーを往復したというバッグ・レディの張込み報告を、総局のローリイ・ウォーレスが電話で知らせてくれたのを思い出したからだった。

これまでは若いアグネスのこと、ヤングの街チェルシーのブティックにでも入り、おしゃれな買物でもしたのかと単純に考えていたが、盗聴したクネヒトとネルビ頭取の電話の会話、とくに、クネヒトが、

——アグネスをクロイスターにも行かせた。あんたはアグネスからも話を聞いたはずだが。

といっている言葉だ。

これがアグネスのチェルシー行と重なるのである。修道院は、もしかすると、チェルシー地区にあるのではなかろうか。

イゾッピはロンドン地図の西のほうに眼を這《は》わせていたが、

「チェルシー地区はハイド・パークの南の方角で、テムズが南へぐっと曲った北岸あたりだな。公共物や教会は朱色で出ているからわかるが、僧院《クロイスター》なんか一つもねえぜ」

「どれどれ」

八木もいっしょにイゾッピのひろげているロンドン地図を横からのぞきこんだ。その地図もこの前、チェルシー地区をさまよったときにさんざん眺めたものだ。

東西斜め通りのキングズ・ロード、ハイド・パーク南縁に沿うケンジントン・ロード、両者をタテに南北に結ぶスローン・ストリート、それがテムズ川を渡るチェルシー・ブリッ

ジ・ロード、テムズ北岸堤防道路のチェルシー・エンバンクメント、つづくグロヴナー・ロード、キングズ・ロードの斜行の北で並行するフーラム・ロード。

この地区、名士も多く住んでいる。サッチャー首相の私宅もある。建物は伝統的な高級住宅街。——陸軍博物館、チェルシー・ホスピタル（廃兵院）、カーライルの家などが名物。チェルシー・オールド・チャーチはあったが、修道院ではない。それにここはトマス・モアの地所であった。八木自身が足でこの前に歩きまわったところだ。イゾッピの云うとおり、チェルシー地区に学校、病院、役所、教会など公共物を朱色で示す建物は少なくないが、僧院《クロイスター》と名のつくものは一つもなかった。

違ったか。

アグネスがチェルシーに行ったのは、同じ地区でも若者の集まる界隈《かいわい》で、そこのブティックでのショッピングでもあったのか。

「この電話での通話中、車が一台走る音がかすかに入っていたね？」

八木はいった。

「ああ。窓が十分に閉まってなかったのかな。それとも防音装置が悪いのかもしれない」

イゾッピは気づいていた。

「それにしても、あんまり車が走ってない、静かな通りのようだな」

八木は赤煉瓦《れんが》建ての住宅街を眼に浮べて云っているが、

「ロンドンはピカデリー・サーカスでも、横丁や裏通りに入れば交通量はぐっと減るし、静かなものさ」

イゾッピは、車の音が少ないのは当然だという顔をした。

テープが録音部分の音を発した。信号が断続して鳴る。六回。

「最後の、午後十一時四十一分からのだ」

イゾッピが八木にいった。信号音やむ。受話器をとりあげる音。

(プロント、プロント)

女の声。甘ったるい。

(アグネスか。わたしだ。なにか用か)

ネルビ頭取の、抑えた低い声を、テープが再生する。

(いま、替るわ。ちょっと待って)

(早くしろ、アグネス)

(ふうん、せっかちね、フォルニ)

二秒と経たないうち、

(フォルニ。吉報だ！)

クネヒトの、いくらか上《うわ》ずった声が出た。低く抑えていたのがはずれている。

(なに？)

ネルビが聞き咎《とが》めた。

(むこうと連絡がとれた。いい報《し》らせだ。十八日に出発だ。明後日《あさって》の出発と決まった)

(明後日だって？　おれをいっぱい喰《く》わせる気じゃあるまいな？)

頭取の声は要心深いなかにも慄《ふる》えが出てきた。

(こんどこそ間違いない。十八日とむこうから日付を指定してきたのだ。明日じゅうに準備をしておいた方がいいと思うよ)

(十八日のなん時だ？)

ネルビが高い声を出した。喜びで、思わず金属性の地声がそのまま出た。

(時刻はまだわからない。追って知らせがくる)

(いつだ？)

性急になっている。

(今夜は遅いから、明日だろう。来たら、わたしが、あんたのもとにそれを届けにゆく。打合せをしよう)

二秒の沈黙。

(おまえはクロイスターにくるな)

(この期《ご》になっても、まだ、わたしを警戒しているのか)

(要心するのに越したことはないからな。明日の打合せには、ボスコをやるよ。会う場所は

ハイド・パークがよかろう。明日電話をくれ、明日の電話でその相談をしよう)

ネルビの喜びの昂奮が荒い息となって受話器に入れたトランスミッターを震わせている。

そんな状態でも、まだ「狐」のクネヒトには気を許していないのだ。

(しようがないな)

クネヒトの苦笑がテープから見えるようである。——

(ところで、クネヒト)

ネルビ頭取の声は昂《たか》ぶってつづける。

(十八日のわたしの出発がきまっているなら、家内と息子と娘とにこのことを報らせて……その……してから……だが……)

滝のような雑音が入る。震動する声が、跡切《とぎ》れ跡切《とぎ》れになった。

静かに回転するテープ。

(おや、ヘンだ。調子がおかしいぞ。……フォルニ。ちょっと話すのを待ってくれ)

(どうした?)

(調子が妙だ。盗聴されているのかもわからない)

(何かいったか)

(この電話は、これで切る)

激しい雑音を最後にとつぜんすべてが消滅。残り少なくなったテープは静かに回っている。

イゾッピは顔をくしゃくしゃにして回転を停止した。

「気づかれたのだ」

「惜しい。せっかくうまくいったのに」

八木も残念そうにテープを見つめた。

「もうすこしだがな、あと十秒でも気づかれなかったら、大事なところが聞けたのになあ……」

刑事は怨《えん》じた。

「いよいよ明後日ロンドンを発つ指令がむこうからきたと、クネヒトに云われて、ネルビ頭取の声は昂奮に震えていたが、無理はないね。修道院に閉じこもって、ひたすらその報らせを待っていたんだからね」

八木はいった。

「そうだ、ネルビはノイローゼ気味だった。それまでの電話での話しぶりは狂暴だったよ。クネヒトにむかっての毒づきぶりがね」

「さんざん待たされているから、彼は苛立っている。間に入ったクネヒトをますます信用しなくなるわけだな」

「クネヒトが、だいたい、いい加減な奴なんだ」

「けど、待たせるのをクネヒトだけのせいにするのも可哀想だ。クネヒトもむこうの連絡を待ってたらしいからな。いったい、先方からの連絡がどうしてこんなに遅れたのだろう？」

「む、む、むこうだって慎重さ。ネルビを逃がしてやるのは、命がけだろうからな」

チェルシーの水溜り

「で、クネヒトが云うには、やっとむこうからの連絡がついてロンドン脱出十八日オーケーの指示がきた。……そこまではっきりしてきても、ネルビ頭取はまだクネヒトを疑ぐって、明日、つまり今日の打合せには代理としてボディガードのボスコじつはペロットをハイド・パークに出させるといっている。吉報を聞いて、飛び立つ思いのはずなのにさ」

盗聴テープの録音部分が終ったあとも、いままで聞いた声がふたたびそこから起って八木の耳に届く。

「うむ。ネルビ頭取も必死だからな。ドタン場になって、クネヒトに背負い投げを喰《く》いやしないかと、飛び立つ思いの中で、臆病な兎《うさぎ》のように要心をしている」

イゾッピ刑事は久しぶりに煙草をくわえた。

「今日の打合せというのは、出発の方法とか、次の空港はどこで、そこへ到着すれば、どういう手筈《てはず》になっているとか、そういうことか?」

「だろうな。それに、頭取は、奥さんと息子と娘さんとを呼びよせたいと電話で云っていたな。その打合せもあるんだろう」

「家族は、やはりローマか」

「奥さんと娘はミラノ、息子はフランスのどこかの大学にいると聞いている」

「ネルビは最終の落ちつき先に家族を呼びよせるつもりか、それとも途中のどこかで合流するのか」

「盗聴をもうすこし気づかれなかったら、そのへんが会話で聞けたかもわからんのに、まったく惜しいことをしたよ、畜生《ペッカート》！」

イゾッピは煙草をかみ潰《つぶ》した。

「今日、ハイド・パークに行くクネヒトをホテルから尾行するつもりだろうが、またしてもまかれるよりは、いっそのことはじめからハイド・パークを張りこんでいたらどうか。そしてクネヒトとの打合せが終って帰るペロットを尾《つ》けると、ネルビ頭取のかくれている僧院が突きとめられると思うが」

イゾッピが八木を軽蔑《けいべつ》した眼で見た。

「今日の何時に会うと時間もわかっていないのに、だだっ広《ぴろ》いハイド・パークのどこにしゃがんで、張りこんでいろってのかい？」

「そうか、それもそうだな」

八木はいってから、はっと気づいた。ハイド・パークとチェルシー地区とが接近していることに——。

チェルシー地区は、ロンドンの西、テムズの北岸にひろがり、その北三キロにハイド・パークがある。間をつなぐのが南北の通りのスローン・ストリート。これは八木自身がこの前、スローン広場のロータリーに佇《たたず》んで東西南北の街路を眺めてきた。

ネルビ頭取が、自分の代理に用心棒のペロットをクネヒトに会わせるのにハイド・パークを指定したのは、彼の僧院がチェルシーに存在することをいよいよ推定させる。両者がきわめて近いからだ。

だが、地図がチェルシー地区に僧院《クロイスター》を記していないのは、イゾッピと何度も見たとおりである。で、八木はハイド・パーク面会と僧院との関係を黙っておくことにした。

「ネルビ頭取は、今後の落ちつき先へ妻子をつれて行くらしいが、頭取は愛妻家かな」

八木は、盗聴電話の最後の会話をいった。

「愛妻家のようにみえるが、じつは恐妻家だ。ネルビの奥さんはリーナといってな、なかなかのしっかり者だ。ウィーンの大学で教育を受けたとかで、頭がいい。ローマの法律事務所に働いていたときネルビに見染められて結婚したのだ。ネルビは浮気の尻尾をいつもこの賢い女房につかまれているので怕《こわ》いのだ」

イゾッピは両手をひろげた。

「二日前、ミラノのロンバルジア銀行本店四階の窓から飛降り自殺したというマリーナ・ロッシという秘書、彼女はネルビ頭取とはだいぶん前からできていたのか」

「ミラノのことだからよくわからんが、その秘書の噂《うわさ》はうすうす耳にしている。女好きのネルビのことだから、手をつけた女行員を秘書にしたんだろうな」

「リーナ夫人はそれを知っていたのか」

「むろん知っていたはずだ。だが、騒ぎたてないところがあの女房の利口なところだ。相手の女をバカにしていたのだろう。こっちは亭主の首根っ子を押えているんだから」

「女はなぜ自殺したのだろう？」

「ネルビ頭取に逃げられて悲観したのじゃないかな」

「遺書には頭取を呪《のろ》う文句がいっぱい書いてあったそうだが」

「女は遺書に裏切った男への恨みつらみや呪いを書くものさ」

「遺書をミラノ警察が押えていれば、ローマ市警はそれが見られないわけだな？　ネルビ頭取の秘密が書いてあるかもしれないのに」

イゾッピはカセットテープを録音機から抜き出したあと、テープ「B」を八木に見せた。

「これがスイート・ルームの居間で取ったやつだ。聞くかい？」

「クネヒトとブロンド姉妹と、三人の入り乱れた声か」

八木は少々たじろいだ。

「それほどでもない。というのは盗聴器をベッドに仕掛けてなかったからな。居間ではそんなふざけた行為はやれなかったのだろう。ポルノの声を期待したベッティはこれを聞いてがっかりしていた。面白くねえってな」

「クネヒトは、リディアとアグネスとをいっしょに可愛がっているのか」

「そうだ。姉妹いっしょにものにしている」

「どういうことになっているんだろう？」

「ベッドでは、姉と妹とをかわるがわる抱いているんだろう。リディアを抱いているときは、横でアグネスにそれを見せ、アグネスのときはリディアに見せているらしい。そのあいだはいっしょに酒を飲んでいる様子だ」

クネヒトは異常なのかと八木は訊きかけてやめた。乱交が普通になっている社会では、夜ごとの姉妹共有もその一種かもしれない。

「クネヒトは五十ぐらいだ。アブノーマルな刺戟《しげき》がないとダメなのかな？」

「とんでもない。奴《やつ》の顔と体格を見ろ。顔は脂《あぶら》ぎって、てかてか光ってるし、身体は犀《さい》みたいにがっちりとしている。精力絶倫てとこだな」

「姉妹がよく辛抱してるな？」

「カネだ、カネだ。クネヒトはカネを持っている。トーマス・クネヒトというのは偽名だ。オーストリアの実業家というふれこみだが、正体はわからん。けど、オーストリアかスイスか、そのへんで何か金融業のようなことをしているのは事実だろうな。これもヴァチカン銀行のウォートンにくっついているんだ」

「それでクネヒトはウォートンの意をうけてネルビ頭取の国外脱出に手を貸しているのか」

「そう睨《にら》んでいる」

八木にもはじめてその筋道がわかってきた。

「だからクネヒトはカネを馬に食わせるほど持っている。ヴェラー姉妹がクネヒトにくっついて彼の云いなりになってるのもカネのためだよ。女はカネの信者だからな。でなきゃ、あんなおじさんを相手にするものか」

「なるほどな。で、クネヒトは姉妹のどっちを可愛がっているのか」

「そりゃ、クネヒトが可愛がってるのは妹のアグネスのほうさ」

イゾッピはニヤリとし、

「若いだけに、ぴちぴちしている。尾けてみてわかるが、臀《しり》がしまっていて、身体が固肥《かたご》えだ。ああいう女の抱き味はたまらねえぞ」

唾《つばき》で唇を濡《ぬ》らした。

「それなのに、そのアグネスを僧院へやってネルビ頭取の慰め相手をさせるのは、どういうわけだな？」

「そこがああいう男の変った性格さ。もっとも一つには、そうでもしないとネルビの狂躁《きょうそう》状態をしずめることができないからな。ネルビは隠れ家の僧院に押しこめられた状態になっている。いつロンドンを出て次の目的地へ行けるかというあせりと、女っ気のない日々を送っているのとで、気が荒くなっている。女好きのネルビにはさぞかし辛いだろうからな。彼のノイローゼはその両方からきているのだ」

「で、その一方の治療にアグネスを看護婦役にさしむける？」

「そういったところだ。クネヒトにしても、ネルビにヘンに暴れられたら始末に困るからな。それでなくともネルビはクネヒトの云うことを聞かないのだから」

「ネルビ頭取がクネヒトを疑って『狐《きつね》め』などと罵《ののし》っているのは、アグネスを所有している嫉妬《しっと》もあるからか」

「アグネスがその姉のリディアといっしょにクネヒトのものになっているのは、さっきの電話で聞いたとおりネルビもとっくに知っているが、やはり嫉妬《やきもち》もあるだろうな」

「アグネスはクネヒトの云いつけだと、平気でネルビのもとに行けるのかな、抵抗もなしに」

「アグネスは割り切ったものさ。本来がそういう女なんだな。浮気なんかなんとも思ってねえ」

「あばずれ女か」

「あばずれじゃねえ。いかれてるんだ。そういう女がまたクネヒトには可愛いんだな」

「姉はおこらないのか」

「リディアは妹に悋気《りんき》しない。こいつは落ちついている。むしろ女房気どりだ。盗聴器に入る話の様子からそうとれる。クネヒトがネルビ頭取の持ち金を狙っているなら、それまでいっしょにまき上げようと考えてるのだろう」

盗聴器はクネヒトの寝室には仕掛けてなかった。そのため彼とヴェラー姉妹とが交わす奇態な嬌声《きょうせい》や秘語は聞けず、刑事らは少なからず落胆した。

寝室でなくても居間兼客間《リビング・ルーム》でも男一人女二人の縺《もつ》れた愛撫は絶えず起っているものと刑事たちは想定していたのだ。リビング・ルームには弾力のきいた柔らかいクッションがならべられてあり、床にひろがる絨緞《じゅうたん》は春の野のように深みをもつ。そこにマットを敷いて戯れるなら、たぶんに野性的な興趣も得られようというものだ。クネヒトは、ひととおりの刺戟では満足できなくなっているにちがいない。

彼には、リディアの2702号室も、アグネスの2703号室も、スイートルームになっている2701号室からの全部がいつでもベッドルームという観念だろうと推量したのはイゾッピ刑事らの思いすごしでないにしても、盗聴を電話とリビングだけに限定したのは手抜かりであった。

けれども、そこに隠した盗聴器の電波が伝えるクネヒトとヴェラー姉妹の話し声から三人相互の位置がそのようにわかって、イゾッピは八木に話したのだった。

「それにな、居間に盗聴器を置いたおかげで来客の声が聞けたよ」

イゾッピはいった。

「へえ、訪問者があるのか」

意外だったが、とうぜん考えられることだ。ネルビ頭取側との接触は、こちらから修道院へアグネスをやらせたり、外でペロットと会うとはかぎるまい。向うからだってこっちへやってくるだろう。

「それはペロットか」

「いや、ペロットじゃねえ。電話で聞くあいつの声とは違う。その男が一人で訪ねてきているのが一回と、あとの一回は複数の男たちだ。男一人の訪問は一昨日《おととい》、つまり十五日の午後二時ごろだ。複数のそれは昨日の午後三時半ごろだ」

「みんなネルビ頭取との連絡か」

「もちろんそうだろう。それ以外にクネヒトをホテルに訪ねてくる筋の者はいないはずだからな」

「録音を聞かせてくれ」

八木はカセット「B」のテープに眼をやった。

「ところが、残念ながらその声がよく入ってねえ」

「どうして？」

「話し声が低いうえに、ラジオのロック音楽を流してる」

客間の低い話し声の上にラジオのロック音楽をかぶせているとは普通でなく、よほど秘密な用談らしい。

「だが、ほかにはだれもいないホテル内の部屋で、いくら密談でも、そんな要心をすることもないだろうにな」

八木がいうと、

「クネヒトとしては、そのへんをうろうろしている姉妹を客が気にしているので、それに合せて、ひそひそ話にラジオ音楽ということにしたのだろうな」

イゾッピは録音機にセットしたカセットテープをのぞきこみながら答えた。

そこんとこを聞かせてやるよ、ほかの女どもとの話を聞いても時間がかかるばかりでつまらないからな、かんじんの部分を出すよ、とイゾッピは背をまるめて早回りするテープの目盛りを睨んでいたが、マークした数字が出たところで、再生のボタンを押した。

(どうぞ、こちらへ)

声は女の英語からはじまった。

姉のリディアだ、とイゾッピがいった。中年の感じ。すこしかすれた声。八木はリディアの声を初めて耳にする。

(へえ。どうもありがとさん)

男は礼をいっている。太い濁《だ》み声である。

イスにかける音。女出て行く気配。ドアを開ける音。次の寝室との境になっているドアのようだった。女と入れかわりに男の靴音が入ってくる。

(今日は。クネヒトさん)

(やあ。お待ちしてました)

盗聴電話ですでにお馴染《なじみ》のクネヒトの声である。

(立派な部屋ですな)

訪問者はまわりを見まわしているようだ。

(まあおかけなさい)

(どうも)

(すぐにここをいっしょに出ることになるから、何もサービスはできませんが)

(かまわないでください。それにご婦人には興味のねえ用談ですからね)

客は女が入ってくるのを婉曲《えんきょく》に断わっている。

(わたしもそのつもりです)

(ところで、クネヒトさん。これからチェルシー・パドルをいっしょに見に行きますがね、その前に、ちょっとその場所の話をしておきやしょう。……)

生粋《きっすい》のロンドン弁というのだろうか。どこか荒っぽい調子。それともイースト・エンドのアクセントというやつか。

イースト・エンドはロンドンの東端で、貧しい人々が住んでいた地区だ。シャーロック・

ホームズ物語ではイースト・エンドが貧民街になっている。十九世紀末とはちがって、現在のその地区はテムズ川の河岸《かし》に荷揚げする船の倉庫街になっているそうだが、八木はまだ見に行ったことがない。が、倉庫街ならその関係の労働者のアパート街でもあろう。

だが、男の声がはっきりと耳に入ったのはそこまでだった。

（ちょっと待って。小さな声で話そう）

クネヒトが制《と》めた。念入りにもラジオをひねった。つづきの会話はそのロック音楽に埋没した。しばらくは喧騒《けんそう》な楽器と唄とのがなり合いだけがつづく。

八木は、さっき男の声の中に出た「チェルシー・パドル」という言葉が気になった。たしかにChelsea puddleと云ったように思う。まさかロンドン訛《なまり》のために違った言葉がそのような発音に聞えたのではなかろう。そのとおりの意味なら「チェルシーの水溜り」である。だが、「チェルシーの水溜り」とは妙な言葉だ。

耳の間違いということもあるから、正確を期すならテープをまき戻して、もう一度聞き直してたしかめてもよい。

イゾッピにテープをまき返させてそのところをよく聞き直してみようと八木が思っているうちに、ロック音楽はつづいているものの、男二人の声はにわかに高くなった。

「では、クネヒトさん。これから出かけましょう」

イスから立ち上がったようだった。

「よろしく頼みますよ」

クネヒトが明るい声でいった。

「お任せください。時間さえ決まれば、手配はいつでも」

声と音の部分は終って、テープはまたしても静かな回転になった。

「これが十五日の訪客との会話だ」

イゾッピはいった。

「何を話し合ったか、けっきょくわからなかったな」

八木は首を振った。

「さっぱりわからんな。クネヒトも要心深いやつだ。かんじんな話のところは音楽を流しやがって」

「訪問者は自分の名前を云わなかったね」

「クネヒトも呼ばなかった。相手の名を口にしていない」

「クネヒトは盗聴されていやしないかとうすうす感づいていたのだろうか」

「いや、まさかそこまでは考えていなかったろう。むしろ女二人の耳にじぶんらの話を聞かせたくなかったのだろうな」

「どうしてだろう？　あの姉妹ともネルビ頭取のことはわかっているし、妹などはネルビの居る僧院へ連絡やら慰めやらに行ってるくらいじゃないか」

「だからさ、よっぽど秘密の打合せにちがいねえ」

イゾッピは「チェルシーの水溜り」には関心がないとみえてふれない。もっともイタリア人の彼には英語がよくわからないせいもあるようだ。

「じゃ次を聞かせるよ。これは翌日の十六日の午後三時半からのぶんだ。三人の訪問者との会話だ」

彼は回転するテープの目盛りをのぞく。

「ちょっと待ってくれ。いきなりあくる日の午後に飛ぶのか。その間にクネヒトと姉妹の会話は入ってないのか」

「入っているが、たいしたことはない。リビング・ルームだからな、やはり寝室とは違うんだな。盗聴器を三室ともベッドの天井に仕掛けておけばよかったよ。時間に追われて、そこまでできなかったのが失敗だった」

クネヒトが姉妹といっしょにホールの音楽演奏会《コンサート》に行った留守を狙っての設置工作だったが、三人がいつ部屋に戻ってくるかわからぬ懸念《けねん》が先に立ち、三個所にセットする余裕がなかった。そのことをイゾッピは口惜しがっている。

「では、三人の訪問者があったところからはじめるよ」

イゾッピは目盛りを睨んでテープを早送りにして、マークした数字が現れると、再生に切りかえた。

（お目にかかれて光栄です、クネヒトさん）

男の声は、はじめから低かった。

（お待たせしました）

初対面のようだが、クネヒトの声は鷹揚《おうよう》にきこえた。

テープに女の声は入ってなかった。クネヒトははじめから姉妹を中に入れなかった。

（おかけください）

クネヒトが客にイスをすすめた。次々と坐る気配。さっきの握手もすぐには終らなかった。

複数を三人とイゾッピは推定したのだ。

（立派なお部屋ですね、クネヒトさん）

潰《つぶ》れたような声だ。彼は巻き舌の英語を使ったが、癖がありすぎて語尾がはっきりしなかった。

（それほどでもありません。……みなさん体格がみごとですね）

どうやら初対面のようであった。

（図体だけはね。がさつ者ばかりでして）

（いやいや、けっこうです。なにか飲みものをさしあげたいが、話のほうを先にしましょうか）

（わたしらも昼間から酒はやりませんので）

(彼からおよその話は聞いていますか)

(おぼろげながらね。ですが、わたしらはあなたから、じかに話を聞きたいのです、クネヒトさん。わたしらが納得のゆくようにね)

話をするのは潰れた声の主である。ほかの二人は黙っていた。

(よろしい。十分に話をしよう。待ってください、その前に音楽をかけよう)

昨日の男の場合と同じようにロックが流れ出し、声がその中に吸いとられた。

二十分くらいつづいた。

(じゃ、そういうことで)

クネヒトの声がにわかに大きくなった。説明は終ったようだった。

(よくわかりました。クネヒトさん)

潰れた声も大きくなった。主客四人が立ち上がる気配がつづく。カーペットの深みで足音はない。

(わたしらは失礼します。これから、あの人にもう一度会わなきゃならねえもんですから。さしあたりチェルシー・パドルを見せてもらいにね)

(よろしくたのみます)

それぞれと握手する様子。ドアが静かに閉まる音。

「これで終りだ。十六日の午後三時半からのぶんはね」

沈黙にもどったテープの回転をイゾッピはとめた。

チェルシー・パドルを見に行く。潰れた声も云う。——

「こいつらも、やっぱりじぶんらの名を最後まで出さなかったろう？」

イゾッピの関心はこっちにあった。

「訪問者らは、クネヒトと打合せてネルビ頭取の出国を手伝うのか」

「連中は、ロンドンでの手伝い人だ」

「それにしては警戒が少々オーバーのようだが」

「ヤギ。それはおまえがＰ２の組織の恐ろしさを知らねえからよ。ネルビはロンドーナに狙われてるんだぜ。ネルビ頭取がロンバルジア銀行での背任罪や詐欺罪やリラの海外不法持出しの違反行為などでイタリア警察に逮捕される前に、頭取を消そうというわけだ。頭取が警察や検察当局にゲロを吐けば、ロンドーナだけでなく、首領のルチオ・アルディの首を絞めることになる。ネルビの自白が強力な証言になるからな。そればかりかヴァチカン銀行のウォートン総裁が危なくなる。そうなってみろ、ヴァチカンは大砲を撃ちこまれたようなものさ」

「Ｐ２側はネルビ頭取が警察に捕まる前に組織を使って消そうとする。ヴァチカンのウォートンはクネヒトなどを使ってネルビを逃がそうとする。両方とも自分のためだな」

「そうだ。ロンドーナもウォートンもネルビをめぐるシーソーゲームってとこだな。おもしれえぜ」

「そのシーソーゲームにはもう一枚イタリアの警察が加わっている。ローマ市警から刑事らがきてじぶんを血眼になってさがしているのを、ネルビはクネヒトから聞かされてるのじゃないのか」

「クネヒトからだって？　ふん、クネヒトはおれたちのことはぜんぜん気づいてないよ」

イゾッピは自信ありげだった。

「ネルビの要心深さはな、ロンドーナの一味に対してだ。ロンドーナ自身はニューヨークで身動きできねえでも、彼の命令をうけた配下が動く。こいつらはマフィアだ。殺し屋だ。僧院にかくれているネルビ頭取がノイローゼになるほど怖《こわ》がっているのは無理もねえ」

イゾッピが云う。八木はそれをおし返した。

「マフィアを恐れているだけではないだろう。クネヒトはホテルの電話や居室《リビング》に盗聴器がしかけられているのを気づいたじゃないか。してみると、イタリアの警察の手がネルビをめざして身近に迫っているのを知ったはずだがな」

「クネヒトはそれをイタリア警察とは思ってない。マフィアのしわざだと信じてるよ。やつらの組織だったら、部屋に忍びこんで盗聴器をしかけるくらいはいともやさしいからな」

「…………」

「ヤギ。それじゃ、クネヒトが居間の天井にしかけた盗聴器に気がついて、姉妹を呼び入れ、喚《わめ》きちらすところを聞かせてやろうか」

「ぜひ」

「待て待て。いま、そこんところを出す」

イゾッピはくわえ煙草で録音機のボタンを押し、テープのつづきが早まわりで回転する目盛りを見つめた。

「これはな、十六日の夜の十一時すぎのだ。つまりクネヒトが電話でネルビ頭取と話しているときに雑音が激しくなったので、おや、ヘンだ、調子がおかしい、盗聴されてるのかもしれない、この電話はこれで切る、とネルビに云ったあとにつづく」

「なるほど」

「お、出たぞ」

マークした目盛りの数字にきたところで、早回しを普通になおした。

ヒルトン・ホテル２７０１号室のリビング・ルームの天井にひそむ盗聴器が周波数89ＭHz（メガヘルツ）で発したのを受信して録音に取ったものだ。

（どうしたの、クネヒト？）

いきなり女の気ぜわしい声が出た。姉のリディアだ。

（何かあったの？）

高い声。妹のアグネスだ。

二人とも自室にいたのをクネヒトに呼び出されたところ。

（なにかあったどころじゃない。盗聴だ、盗聴だ！）

クネヒトが叫んだ。

（えっ、どこに？）

（電話機に仕掛けられていた。だからこの部屋にもレシーバーがかくされているはずだ。捜し出すんだ！）

（捜せといっても、どこを捜せばいいの、クネヒト？）

リディアの声である。おろおろしている。

（隠されていそうなところは全部だ。手当りしだいにやるんだ。おまえは、そこの植木鉢の中とか、隅のカーペットをひっぺがしてみろ）

クネヒトが怒鳴る。

（あたしはどこを捜せばいい？）

アグネスの甘えがかった声。

（イスでもテーブルでもひっくりかえしてみるんだ）

（あら、こんな重いものを。女の力でひとりじゃできないわ。クネヒト、手伝ってよ）

（できないなら、その下にもぐってみるんだ）

（たいへんだわ。これだけのイスの下にみんな入るの？）

(当りまえだ。盗聴器《レシーバー》がそこにあれば、かならず手にふれる。えい、早くしろ。こうしている間にもおれたちの話はみんなレシーバーに入って、どこかで聞かれているんだぞ)

(おおイヤだ。だれがこんな悪戯《わるさ》をしかけたのかしら?)

(悪戯だって? バカ《ドウムコプフ》。敵だ、敵だ。うかうかすると、こっちまでヤバいぞ。やい、早いとこイスの下へかがみこめ。ぐずぐずしていると、臀を蹴《け》るぞ)

クネヒトは喚く。アグネスが大仰《おおぎょう》に悲鳴をあげた。

(クネヒト。植木鉢にはなにも入ってないわ。カーペットの下に盗聴器がかくしてあれば、上から踏んづけてみればわかるわ。やってみたけど固い物が足に当らないわ)

リディアが息切れした声でいっている。

(それだけでは不十分だ。カーペットの端を剝《は》がせ)

(ホテルが文句をいうわよ)

(かまうもんか。レシーバーをさがし出すほうがこっちには大事だ。そうだ、テーブルにイスを積むんだ。おれはその上に乗って天井へ上がるから、おまえら、ちょっと手伝え)

がたがたと物音がつづいた。クネヒトがテーブルに乗せたイスの上に立つときなどは滝音《たき》のように激しい。女二人はクネヒトの身体を支えている様子だ。

しばらくガタガタと物音がつづく。つつく音、叩《たた》く音、かきまわす音。——

(見つけたぞ。こんなところにかくしてあった)

レシーバーをつかんだとみえ、彼の叫びとともに雷鳴のような雑音だった。
（こん畜生《フェルダムト》！）
クネヒトの咆哮《ほうこう》と同時に、すべての音響は熄《や》んだ。
――イゾッピが悲しそうな顔をして肩をすくめ、両手を挙げた。

また逢う

八木は「黄色いさくらんぼ」を出た。

疲れて、コーヒーが欲しかった。この界隈《かいわい》にコーヒーハウスがない。やはり近いヒルトン・ホテルのスナックに行くことにした。ひとつにはクネヒトかヴェラー姉妹かを見かけるかもしれない期待もあった。

カーゾン通りからは近いので裏出入口からはいった。テナントの売場を通り、リフトの前に歩いた。吐き出される客の群れを横から見たが、中にクネヒトも金髪姉妹もいなかった。

ロビーはいつも人間でごたついている。まわりのクッションにならんでかけている者、立ち話をしている者。広場《スクエア》の銅像のまわりと変りなく、ここではただ行儀のよい、静かな喧騒《けんそう》であった。

うつむきかげんに足を運んでいる八木は、前に人影が光を遮《さえぎ》ったので、はっとたちどまった。

「やあ、またお逢いしましたね」

眼をあげると、白髪をきれいに分けた日本人の紳士が、短い口髭《くちひげ》もまっ白な顔を莞爾《かんじ》とさせ、いくらか遠慮深そうに立っていた。国際聯盟事務局次長時代の新渡戸稲造の風丰《ふうぼう》に似た老紳士であった。

「あ、先生」

八木はその顔に叫んだ。

こんな場所で再会しようとは思いもよらなかった。チェルシー地区の文学者ゆかりの邸宅跡などを歩いたときはその期待はあったものだが。

そのうえ意外といえば、眼の前に立っている老紳士は、初対面のときとは印象が違っていた。この前テンプル通りで出遇ったときは、バッグを肩にかけた一人の観光旅行者然とした姿だった。じじつジョンソン博士記念館を訪れたといっていた。

ところが眼前の同じ人は、仕立下ろしのりゅうとした洋服を着こなし、一分の隙《すき》もない。のみならず老紳士のうしろにはいかにも洗練された物腰の日本人紳士三人が随《したが》っていた。

「どうもあの節は、名前を申しませんで失礼しました」

老紳士は名刺入れから名刺を抜き出した。

「こういう者です」

両手で頂くように受けとり、活字を読んだ八木は、相手が他人からもらった名刺を間違って呉《く》れたのではないかと思った。

《東邦証券株式会社副社長・国際本部長　白川敬之》

肩書と本人とが一致してきたのはやや経ってからである。当人の貫禄《かんろく》が現実味をもたせてきた。

けれども、テンプル通りの近くのコーヒーハウスで聞いたこの人のヨーロッパ宗教史に関する博学と証券会社の副社長とはイメージがまだ一致しない。「副社長」と呼びかけるよりも「先生」と呼んだほうがやはりふさわしかった。

八木は名刺をさし出した。

「ああローマからいらした新聞社の方ですか」

白川副社長は八木の名刺を眺めてうなずいた。さほど意外そうな顔ではなかった。だいたい職業に見当がついているようだったが、ローマから来たというのが想像にないらしかった。

「こちらは、わたしの社の国際本部次長です」

副社長兼国際本部長は身体を少し開いてうしろに控えている部下を紹介した。

額が広く、髪の毛のうすい、眼鏡をかけた四十すぎの男が前に出て、名刺を出した。

《東邦証券株式会社国際本部次長　福間貫一郎》

「よろしくおねがいします」

社交馴《な》れした態度のなかに機敏そうな動作があった。

《東邦証券株式会社社長秘書室次長　矢野達之輔》

長身を直立させて両手を後ろに組み、首を前に傾けるアメリカ式のおじぎだった。豊かな髪が額に乱れかかった。

名刺はいずれも東京の本社のアドレスが入っていた。うしろから五十すぎの小肥りの男が眼もとを微笑させて挨拶《あいさつ》を送った。名刺には《ロンドン東邦証券社長　小室恒雄》とあった。

「去年まで、わたしは母校の教壇に立っていました」

副社長は八木にある大学の名を挙げて云った。

「ですが、その二年前までは大蔵省の役人をしていましたよ」

この短い自己紹介で八木は、白川敬之という人が証券会社へ「天下り」の大蔵省役人だったのを知った。役人を辞めてからの二年間の教壇生活は、よくあることで、ワンクッション置いたのである。

シティのキャノン・ストリートとクイーン・ストリートの交差点の近く、狭い裏通りに目立たないレストランがある。

外観《そとみ》は地味でも、中に入ると格式ばった威風になっているのがロンドンの由緒ある店舗の特徴で、この料理店などは王立取引所が開設された十七世紀の後半からここに店をかまえているような錯覚さえ起しそうな古色蒼然《そうぜん》たるものと金色の典雅とが混淆《こんこう》していた。

昼食を一緒にということで八木は東邦証券副社長白川敬之の招待を受けたのだが、食事にはもちろん時間がかかった。相伴に国際本部次長福間貫一郎が同席し、小室社長と矢野秘書は、東京本社に連絡の用件があるからといって、すぐ近くのロンドン東邦証券会社へ帰って行った。ロンドン東邦証券は現地法人で、現地採用の英国人を含め総勢およそ九十人ということだった。

八木はふしぎな気がした。ロンドンのシティの一角のまがりくねった狭い道、道の半分は日蔭になっている裏通りに沿って、日興証券、野村証券、大和証券、山一証券、日本勧業角丸証券、東邦証券などの看板が建物に間断なく出ている。はからずも当の看板の証券会社の経営者からこうしてご馳走《ちそう》になるとは思いもよらなかった。

ヒルトン・ホテルのロビーで再会したときに、白川敬之は逸早《いちはや》く自己紹介したので、八木は東邦証券国際本部次長福間貫一郎とならぶ副社長の彼によほどイメージがはっきりしてきた。

副社長の手前、万事控え目で、つつしみ深い態でいるが、福間国際本部次長は生え抜きの証券マンである。そのことは、謙虚だが眼鏡の奥の落ちついた瞳《ひとみ》にあらわれている。

白川敬之は、母校の教壇に二年間立ったというほど学究肌の人のようである。大蔵省ではむろん高級官僚だったろうが、政治家肌の人ではなさそうだから次官にはなるまい。

ほとんどの証券会社は大蔵省の退職高級官僚を副社長とか顧問とかに迎えたがる。いうまでもなく大蔵省での人脈を重宝するからである。「天下り」は新聞・雑誌がいつも批判するとおりである。当人に二、三年「まわり道」させるのは大蔵省の見えすいた風除《よ》け策である。

白川敬之はその「まわり道」に母校の講師を択《えら》んだらしい。

白川敬之は、テンプル通りで会ったとき、自分は曽《かつ》てある大学で教壇に立ったことがあるといった。あれは証券会社副社長の身分をかくすテレかくしだったのだろう。十字軍遠征時代のテンプル騎士修道会の歴史を語り、その秘儀と掟《おきて》を述べ、パリの北郊にあるジゾール城の財宝の伝説を話し、旧約聖書の出典にふれるに及んでは、ジョンソン博士記念館を訪問した彼の帰りと合せて、学究の徒としておいたほうが、その場の興を殺《そ》がなくてよかったのだ。今となっては八木もそれがさわやかだった。

白川は東邦証券で自分が優遇されている理由をもちろんよく知っていたが、彼の性格として業務のことを練達な部下にぜんぶ任せきりにできる性質だろうか。どうもそのようには見うけられないのである。

大蔵省役人から天下った白川敬之は、複雑で厄介な、機敏を要する国際投資の証券業務を、その持ち前の向学心でマスターしようとしているのではあるまいか。というのは、白川敬之がこうしてロンドンに出張しているのも、それがたんなるうわべだけの「業務視察」ではないように八木に思われるからだ。白川は、天下り役人によくあるように順送り人事の飾りものに満足している人ではない。

「ねえ、八木さん」

白川敬之は三階のレストランの窓から外を指した。

「これがシティです。名にし負うシティです。わたしなどは身震いしますね」

白川は静かだが、感動的に云った。

「このわずか一里四方の中に世界のマネーを動かす銀行が集まっているんです。イギリスの銀行からいいますとね。ベアリング・ブラザーズ。一七六二年に創立された英国最古のマーチャント・バンクです。ベアリング一族が支配して、ロスチャイルドより古い歴史をもち、文字どおりの老舗《しにせ》です。世界の一流企業のSAMAの全額引受けの私募債の斡旋《あっせん》などを行なっており、同行が預かっているSAMAの資金が将来日本株に投資する可能性があります。……そうだね、次長？」

白川は本部長の資格で横の福間を見た。

「はい。さようでございます」

福間貫一郎は神妙に答えた。

「ですがね、そういう将来のことは別として、現在すでにシティの取引には対日株式投資にむかって活発な動きが出ています」

白川敬之副社長は八木におだやかな微笑をむけたが、声には昂《たか》ぶりがみえた。

「オランダのロベコ。これはロッテルダムに本拠を置く世界最大の国際投信で、運用資産は百億ドル以上に達しています。いまのところ松下通信工業四〇万株、大正海上火災保険七〇〇万株を保有していますが、対日株式投資には非常に積極的です。……そうですね、次長？」

「はい」

福間次長は軽く頭をさげた。

「やはりオランダのロリンコ。これはロベコの姉妹会社で、対日株式投資はロベコ同様に積極的です。いまのところ、東亜建設工業四二二万株、ナショナル住宅建材五五万株、タクマ一四四万株、美津濃六三万株、高島屋三三〇万株を保有しています」

白川は株式の銘柄と数字を暗誦《あんしょう》した。

「イギリスは、サミエル・モンタギューが西華産業七四万株、ヘンリー・シュローダーワッグ・アンド・カンパニーがサンテレフォンを二四万株、それからグリーン・ミルズがニッセキハウスを四一万株取得しています」

白川は視線を傍に走らせた。確認をとるためである。

福間次長は丁重にうなずいた。

「もっともこのグリーン・ミルズはノミニーズですがね」

白川はつけ加えた。

「ノミニーズというのは、なんですか」

八木はきいた。

「ノミニーは名義代理人と訳されています。ノミニーズは名義貸機関のことですが。ノミニー・サービスについては、次長、きみから説明してあげて」

「かしこまりました」

福間次長は頭を下げて、受けた。

「どうもうまくお話しできますかどうか」

次長は八木よりも副社長へ会釈した。が、その顔には自信が隠せなかった。

「では、申しあげます。どの投資家も自己の行動を隠したがります。理由としては、市場への影響を懸念します。次に税務当局に知られたくありません。第三にイギリスのばあいですが、ダラー・プレミアムをつりあげかねません。最後に企業買収のさかんなアングロ・サクソンの社会では企業買収の際、隠密裡《おんみつり》にできるだけ大量の株式を取得し、そのうえでテイク・オーバー・ビッド、すなわち株式の公開買付けをしたい狙いです」

福間次長は副社長を憚《はばか》って謙虚に八木にむかって話をすすめた。

「そのような次第で名義代理人となる名義貸会社ができるわけですが、たんにノミニー・サービスだけの企業は少ないです。株式の売買、配当受領、増資払込みなどの事務代行、これをまとめて、てまえどもはカストーディアン・サービスと申しておりますが、ノミニー・サービスとそのカストーディアン・サービスとを合せて業とするケースが多うございます。イギリスの大きなマーチャント・バンクにはノミニーおよびカストーディアン・サービス用の子会社をもつ企業が多うございます。シティの投資機関のノミニー利用度が高くなると、真の投資家の姿がわれわれ日本の証券会社にはまったくわからなくなります。まあこういったところでございます」

「次長さん。そうしますと、ノミニーとかカストーディアン・サービスとかいうのは、かんたんにいうと投資家の隠れミノで、金融機関はそれへの協力ですか」

八木はきいた。

「悪くいうと、そんな点もなきにしもあらずですね。内容はもうちょっと複雑ですが」

「いま次長が話しましたなかに、イギリスのばあいダラー・プレミアムをつりあげるという言葉がありましたね」

白川副社長があとをふたたび引きとった。

「これは戦後イギリスの国際収支がひきつづき苦しく、外貨の流出を押えるため対外証券投資を制限しました。対外投資をしたい人はバンク・オブ・イングランドなり為替銀行からではなく、ヤミ市場で外貨を調達しなければなりません。この政府公認のブラック・マーケットに滞留する資金がインベストメント・ダラーです。当然需要が強いからプレミアムがつきます。これがダラー・プレミアムで、……いま、八パーセント？」

国際本部長は次長をふりむいた。

「いいえ、一二パーセントです」

「ほう、そんなにか。とにかく大幅なプレミアムです。ひどいときは三〇パーセントにもなったことがあります。ねえ、そうだったね？」

「はい」

「ですからイギリスの対日株式投資はいまのところ微々たるものです。スイスのユニオン・バンクが千代田火災海上を三八〇万株持っています。スイスのリホールディングというのが同和火災海上を一三五四万株も保有しています」

「それは大きいですね」

「大きいけど、この会社は例のノミニーズです」

「フランスはどうですか」

八木はきいた。

「フランスもイギリス同様に対外投資が制限されていますから、対日株式投資ではパリバ銀行が地産トーカンを六二万株保有しているだけです」

白川はすぐに答えた。

「お話をうかがっていると、対日株式投資ではオランダが圧倒的に進出していて、アメリカの名はいっこうに出ませんが」

「いや、アメリカも対日株式投資にたいそう熱心です。ただし、ここはシティには通しません。でも数字はわかっています。ＡＤＲの名義貸機関《ノミニーズ》ナッツ・クムコは京都セラミックを一〇五万株、東京海上火災を三二九二万株保有し、やはりアメリカのノミニーズのバンカーズ・トラストが興亜火災海上を四〇七万株、同ジャパン・ファンドが住友海上火災を六一二万株、それぞれ保有しています」

——福間次長は白川敬之の話を傍で傾聴し、白川がちらりと視線をむけると、それに控え目なうなずきかたをするといった食卓での談話の進行である。

白川の側からすると、国際本部長として一日も早く現場の業務に通暁する熱意のほどが見え、当面は老練な次長を顧問格にしている気持であろう。

大蔵省高級官僚の行政的立場で今まで上から見ていたのと現場とでは大いに勝手が違う。ことに国際証券投資業務はコンピューターなど先端技術を導入しての日進月歩の革新である。

福間次長からすれば、白川のこまごまとした日ごろからの質問がうるさくてならないだろう。それをいちいち解説してやらねばならぬ煩《わずら》わしさ。年寄りだからいっぺんにはのみこめない。前に訊《き》いたことをまたたずねる。いい加減にうんざりとなるが直属の部下としてそれを顔色に出してはならない。憤懣《ふんまん》のやり場は他にあろう。

デザートになったときだった。

福間次長は、白川副社長へはあふれるような畏敬《いけい》の念を態度に示しながら八木に話した。

「副社長は、ヨーロッパ文化に通じられた非常に教養の高い方です。わが国の証券界に新風を送りこんでおられますよ。こんどロンドンにこられたご用件の一つは、かねがねご懇意なイギリスの貴族夫妻にお会いになるためです。……こんなことまで申しあげていいかどうかわかりませんが、それがたんに旧交をあたためられるというのではなく、じつはわが社のためという副社長の深遠なお気持から出ているのです」

「あ、次長、それは……」

白川敬之は珍しくあわて気味だった。

福間が洩らした英国の貴族夫妻に白川副社長が会うという話に当の白川自身が少々狼狽《ろうばい》気味に、

「いやいや次長、その話はまだ早いんだ。まだ海のものとも山のものともわからないんだよ」

「あ、そうですか」

福間は頭をかいた。

「どうも失礼しました」

恐縮して下をむいたが、上げた顔の苦笑は、見ようによっては、ひややかな微笑に変っていた。

「とにかく、そのように副社長は国際的な教養人ですから、たいへんわが社にとってありがたいと思います。証券マンといえば、がさつな存在ばかりでしてね、世間でもまだ株屋としか思ってくれていません。副社長はそのイメージを大いにチェンジしてくださると思います」

「そうでもないよ、次長」

「副社長からちょっとうかがったんですが、その英国貴族の奥方はイタリアの旧家の出身だそうです。その先祖は、ボニファティウス教皇時代の貴族コロンナ家とは浅からぬ関係だそうです。コロンナ家の広い所領と莫大な財産をボニファティウス教皇が没収して一族に分与したのは、有名な話です。……そうでしたね、副社長」

「うむ。まあね。……」

白川敬之は福間次長のいささか走りすぎを当惑気味だった。

――ボニファティウス教皇といえば、八木はあの裸ローソクがテーブルに燃える暗いコーヒーハウスで、白川敬之自身の口からその時代の講釈を聞いている。

百年戦争の戦費調達のため英・仏両国王とも教会領に課税したのに端を発し、ローマ教皇ボニファティウスはこれに激しく抵抗、フランス王フィリップ四世はクレメンス五世を拉して南仏アヴィニョンに教皇庁を開かせる。

クレメンス教皇は、またテンプル騎士修道会のモレー総長をフィリップ美王の命で異端者にし、王はモレーを火刑にした。ために、王もクレメンスもモレーの呪いを受ける。

裸ローソクがテーブルに立っているだけの暗い店の中で聞いただけに、このすさまじい怨《おん》霊《りょう》話は八木の印象に強かった。日本の御霊《ごりょう》信仰を連想した。まだ八木は白川敬之を「元教授」と思いこんでいたときである。

食事が終り、階下に降りた。

福間次長は車の手配をしにどこかへ消えた。

「八木さん」

白川敬之は光線の加減で頭の半分が白く輝く顔を近づけてきた。それは二人きりになる機会を待っていたようであった。

「あなたはこの前、わたしと行ったホワイトフライアーズ通りのコーヒーハウスのことをおぼえていますか」

「おぼえていますとも。いまもあのときにうかがったテンプル騎士修道会のモレー総長の怨念の話を思い出していたところです」

「それはどうも」

白川はちょっと云いよどむようにしていたが、次長がほどなくこっちへ引返してきそうなので、それにせかされたように口を切った。

「あのとき、店に日本人の男女客がきていましたね?」

「ええ、二組いました。一組はわれわれよりも先にきていて、これは奥のほうに席をとっていました。一組はあとから入ってきました」

「わたしは年をとってきて視力がだんだん弱ってきています。情けないことに、老人性白内障というやつですが、眼科医にはもうすこし経って手術してもらうよう頼んでいます。仕事が忙しいもんですからね」

「大丈夫ですか」

「まだ大丈夫です。しかし、夜はやはり無理ですね。とくにあの店は暗かったです」

「あのコーヒーハウスの暗さは、ぼくらでも人の顔がよく見えませんよ」

「あなたでもですか。奥にいた先客の日本人のカップルの顔はわからなかったですか」

「さあ」

八木は下をむいて思い出すようにした。

暗い店内では、カウンターやテーブルにすわっている客たちは影のような存在であった。船艙《せんそう》を思わせる天井の古ぼけた梁《はり》から下がった洋灯《ランプ》まがいの光は乏しく、テーブルの裸ローソクは逆光で手もとのみを照らし、反対側はよく見えなかった。

だが、向う側のテーブルにもローソクの火はあった。客の顔がそれにちらちらと赤く映えていた。しかし、じっとしているわけではなく、絶えず動いていた。それに、八木も「先生」の話に聞き入っていて、奥の男女に注意をむけているわけではなかった。だいいち白川敬之自身が自分の話に夢中になっていた。

それなのに、彼はいまになってあの男女の客が気になりだしたようである。いや、前から気になっていたのかもしれない。ということは、店内にあったその影のような茫乎《ぼうこ》とした二つの輪廓《りんかく》をどこかで意識していたといえそうだった。

それは男性のほうだろうか、女性のほうだろうか、それとも両方ともだろうか。

「婦人ですがね、年齢はいくつくらいだったでしょうか」

女性のほうだった。

「それはさっぱりわかりません。なにしろあのとおり暗いうえに席が相当離れていましたから。でも、感じとしてはひどく若い人ではなかったようです。よくわかりませんが」

「うむ」

白川は両の手の先に拳《こぶし》を組み合せ、額に当てて、八木のその断片的な言葉だけで何かの像を組み立てようとしているかのようにみえた。

「紳士のほうは、いかがですか」

「中年に近い感じでしょうか」

「タイプは？」

「体格ですか」

「いや、実業家だとか芸術家だとか学者とか……」

「その判断はむつかしいですが、ぼくの直観としては企業マンには見うけませんでしたね」

「人に会われるのがお仕事の新聞記者のあなたがいわれるのだから、間違いないでしょうね」

「いやいや、頼りないですよ。……そういえば、あのお二人は、帰りにぼくの前を通りました。白川さんが通路側の椅子に坐ってたからすぐうしろを通ることになったんですが、女性のほうが急いで先に店を出て、遠いところの暗がりに立っていましたね」

「そうですか。やっぱり婦人が先に出て、遠いところにいましたか」

白川敬之はなんとなく吐息をついた。

「女性がさきに店を出たのは、伴《つ》れの男性が会計を済ませるのを外で待つつもりでしょう」

八木は白川にいった。車の手配にいった次長はまだ戻ってこなかった。

「たぶんね」

白川は組んだ手を解いてポケットに入れ、黙って二、三歩往復していたが、

「あのとき、店のアンが、おやじの娘ですが、伝票の裏に描いてあったといってぼくの顔のスケッチを見せましたね」

と立ちどまって云った。

「ぼくが記念にいただいたスケッチでしょう。あれはよく描いてありました。たんなるアマチュアの画じゃないですね」

「あなたもいったようにデッサンがしっかりしています。専門家の画です。むろん伝票の裏に鉛筆でクロッキーするくらいですから、いたずら描きですがね、しかし、よっぽど画を描くのが好きな人だと思いますよ。眼にふれたもので興味をそそるものはその場で鉛筆が動くというタイプの人だと思います」

「ははあ」

「前にも話しましたが、岸田劉生がそういう型の画家だったそうです。ぼくの顔にとくべつ興趣が湧《わ》いたわけではなく、裸ローソクの炎が浮き出すハイライトの輪廓が面白かったんでしょうね」

白川敬之は手をポケットに入れて、じっとしていた。

それがいかにも思案げに、また、落ちつかなげに見えたので、八木はきいた。

「なにかあのご婦人にお心当りでも？」

すると、白川は、え？　といったように眼をあげて八木を見て、激しく首を振った。

「いやいや、なんでもないんですよ。顔がわからないんですからね。いっこうに見当がつきませんよ」

むこうから福間次長が急ぎ足できた。

「たいへんお待たせしました。なんですかハイヤーが混んでいて、やっといま参りました。八木さん、どうぞ」

「あ、ぼくはけっこうです。タクシーをそのへんで拾いますから。白川さんと福間さんをお見送りするつもりで、ここにいたんです」

「まあそうおっしゃらずに」

白川敬之が出てきて、八木に手をさしのべた。

「八木さん。ふとしたご縁で仲よくなりましたね。……こんどはローマでお眼にかかるかわかりません」

「ローマで？」

シティからホルボーンへ上がり、オックスフォード通りを西へハイヤーは高台を走る。

八木は白川敬之の人柄が忘れられない。はじめはまったくの偶然の行きずり。ロンドン総局の不親切のお蔭で途方にくれて、テンプル・アヴェニューに佇《たたず》んだばかりに白川と邂逅《かいこう》した。一分遅く来てもいけず、一分早く立ち去っても逢えなかった。再会のヒルトン・ホテルでも同じことがいえる。

最初は「退職教授」、二度目は元大蔵省高級官僚、証券会社の天下り副社長。いやはやである。が、その人間味は心にしみる。

国際本部次長を交えたレストランでの商売の話よりも、船艙のようなコーヒーハウスでのテンプル騎士修道会談義のほうが面白かった。

別れるとき白川は、次はローマで、と言ったが、あれはどういう意味か。次長が先走って云ったロンドンのさる貴族の夫人の家がイタリアの由緒ある旧家というのと関係があるのだろうか。そして「わが社のため」とはどういう意味だろうか。――

運転手は黙々とハンドルを動かしている。

その肩を見たとき、八木は、あっ、と、口の中で叫んだ。

わかったのだ。「チェルシーの水溜り」が！

チェルシー界隈《かいわい》を歩き回ったあげく、テムズの北岸の堤防道路に上ってタクシーを待った。チェルシー・エンバンクメントである。黒塗り箱型のタクシーがきて、東へ走ってくれた。チェルシー橋畔の四叉路《さろ》を左折して、右側に雑木と鉄柵《てっさく》に囲まれた工場のような広い施設があり、高い望楼のような白いコンクリートづくりの塔が立っていた。あれはなにかときいた。

「G・L・C、グレーター・ロンドン・カウンシルの水路作業所でさあ」

初老の運転手はいった。

――そうだった、あのタクシーの運転手が指して言ったことだった。このハイヤーの運転手の背中を見ているうちに思い出した。……「チェルシーの水溜り」とは、あそこではないか……。

八木はカーゾン・マーブル・ホテルの正面玄関へハイヤーを横付けにした。贅沢《ぜいたく》な車を裏の出入口に着けることはない。運転手にもみっともない。降りてきた八木を見てドアマンが眼をまるくした。

飾りの帽子のひさしに手を当てて、今日は、と愛想よく挨拶した。

八木は三階に降りた。うす暗い通路をわが部屋へと行く。左側がシングル。右側がダブル。その左側の自分の部屋の前にきたとき、次の部屋のドアが開いて、ボーイが出てきた。部屋の中から酔った女の声が喚《わめ》いて、ドアはすぐに閉まった。

八木はボーイの腕をとらえた。

「隣りから三室泊まっていた三人組の客はどうした？」

「午前中にお発ちになりました」

部屋に入って、はっとした。「三人組」と自分で言ったのに気がついたのだ。盗聴を録音で聴いたクネヒトの訪問客の声の潰《つぶ》れた男。あれは伴れがいたが、イゾッピ刑事は総勢三人と推量していた。

彼らがカーゾン・マーブル・ホテルに入ってきたのは昨日の夕方だった。通路でちょっと見かけたが、黒のハンチングに青の背広。三人とも赤毛の頰髯《ほおひげ》を生やし、人相が同じようで、区別がつかなかった。

風采《ふうさい》は旅行者だが、貨物船の船員のようでもある。話しているところをちょっと聞いたが、ドイツ語でもロシア語でもなく、もしかするとオランダ語かもしれない。アントワープあたりの小さな貨物船がロンドンにきて、ドック入りのあいだ上陸という感じでもある。

夜九時ごろ、外からだれかが迎えにきて三人はホテルを出て行ったが、午前一時ごろ酔ってホテルに戻った。

三人は食堂には出ない。部屋に食事を運ばせて食べていた。それも八木の隣室ではなく、一つ置いた中の部屋だった。なんだか人目を避けたように、こそこそとしていた。これは前にイゾッピ刑事にも話してある。

八木は録音された盗聴の声を蘇《よみが》えらせる。

(立派なお部屋ですね、クネヒトさん)

潰れた声は巻き舌の英語を使った。癖がありすぎて語尾がはっきりしなかった。

「彼」からおよその話は聞いていますか、とクネヒトがきく。

(おぼろげながらね。ですが、わたしらはあなたから、じかに話を聞きたいのです、クネヒトさん。わたしらが納得のゆくようにね)

ロック音楽がかぶる密談が終ったあと、

(わたしらは失礼します。これから、あの人にもう一度会わなきゃならねえもんですから。さしあたりチェルシー・パドルを見せてもらいにね)

やはり外国訛《なまり》の入った英語。語尾が不明瞭《ふめいりよう》に聞えるのは、こっちがオランダ語(?)を知らぬせいかもしれない。

が、それよりも重要なのはこの言葉だ。クネヒトが「彼」といい、男が「あの人」というのはだれをさすのか。いわずと知れたその前日の訪客、下町言葉を使う「イースト・エンドの住人」を思わせる男だ。男は、

(ところで、クネヒトさん。これからいっしょにチェルシー・パドルを見に行きますがね、その前に、ちょっとその場所の話をしておきやしょう)

とクネヒトも誘っているからだ。

男は、シェパード地区のレストランや飲み屋など水商売を地盤にする廃品回収業者だ。

これと、あのタクシーの運転手が指したチェルシー橋のそばにあった、白い塔のある鉄柵に囲まれた工場のような場所と関係があるのだろうか。

今日は十七日。――明十八日は、盗聴電話によると、ネルビ頭取をロンドンから脱出させる日だ。

が、なんだか無気味な、忌まわしい予感を含んだような空気だ。

ネルビはどこの僧院《クロイスター》に居るのだろうか。……

アパートホテル

ふと思いついて、八木は急いでマーブル・ホテルを出てカーゾン・ストリートを西へ歩き、ヒルトン・ホテルの前に出た。

案の定、バッグ・レディの姿があった。袋を背負った花模様のネッカチーフと毛布の肩掛けの老女は道路わきの柴垣《しばがき》に沿ってのろのろと足を運んでいた。

八木はうしろから声をかけた。

「今日は、マダム」

彼女は立ちどまり、とろんとした眼つきで横から見上げたが、先日ミセス・ウォーレス宛《あて》の手紙といっしょに気前のいいチップを呉《く》れた日本人を憶えていた。

「ああ、あんたか。……また彼女へラブレターかい？」

肉が落ちて鼻にくっついた口をにたりとひろげた。

「おねがいするよ」

「この前のことづけは、彼女にとどいたろ？」

「確実だったね」

金を手渡した。

「こんなにもらっていいのかい？」

皺《しわ》くちゃな黒い掌《たなごころ》の上に一ポンドコイン五つを乗せてのぞいている。

「その中から彼女に電話をかけてね、すぐに日本人のミスター・ヤギに電話するように伝えてほしいんだ。ホテルのテレフォン・ナンバーは彼女が知っている」

「オーケーだよ、ミスター・ヤギ」

ひろげた掌をぱちんと拳《こぶし》に閉じてカネを握りこんだ。

「ただし、当人でなければだめだよ」

「わかってるよ」

大きく合点してバッグ・レディは肩の袋をゆすりあげた。

八木はマーブル・ホテルに戻って、ひと息ついた。

——青い服をきた頰髯《ほおひげ》の三人男は、明日の「決行」の前にどこに隠れたのか。

電話が鳴った。八木は受話器をつかんだ。

「ハロー」

ローリイ・ウォーレスの声だった。

ローリイ・ウォーレスの声は、意外にも総局からであった。深沢総局長も辻本も早川もちょうど外出していて、だれもいないという。

「バッグ・レディからのコンタクトをもらいました」

八木からはローリイに電話できない。物乞《ものご》い女の通知さえうけとれば彼女は早目に連絡してくる。

「さっそくありがとう、ミセス・ウォーレス。ロンドンの地理について教えてもらいたいのです」

「どうぞ」

「チェルシーに水溜りがありますか？」

「チェルシーの水溜り？」

首をかしげている様子だった。

「知りません。まさか排水が悪くてできた水溜りのことではないでしょう。あのへんの土地の低いところは、小さな池があるかもしれませんね」

「それはチェルシーのどっち側ですか」

「南側です。テムズに近いほうですわ。むかしは、テムズからウエストミンスターの庭園へ水を引く運河がありました。途中で止めてしまいましたけれど、いまもそのあとがあります」

「そうですか」

テムズにかかったチェルシー橋北詰の角に鉄柵《てつさく》に囲まれた不景気な工場みたいなところが

あって、タクシーの運転手がGLCの水路作業所だと説明しましたよ、と電話でローリイに言おうとしたが、あまりくどくなるのでやめた。

「ミセス・ウォーレス。もう一つ質問があります」

八木は受話器を握りしめていった。

「どうぞ」

「チェルシー地区に、クロイスターがありますか」

「クロイスター？　カトリックの、あのう……」

「はい。日本語では修道院ですね。フライアーズとだいたい同じ意味の、カトリックの坊さんのお寺ですが」

「いえ、クロイスターとフライアーズとは、すこし意味がちがいます。フライアーズはモンク（托鉢《たくはつ》修道士）の宿所のことですが。……どっちにしても、チェルシーにクロイスターがあるとは聞いていませんけれど。……でも、ちょっと待ってください。クロイスターという名まえのつく建物は、チェルシーにあることはあります」

「なに、チェルシーに？」

そこだ。八木は思った。

「でも、それはシュウドーイン（修道院）のクロイスターではありません。……ホテルです」

「〝スローン・クロイスター〟という名まえのホテルがスローン・アヴェニューにあります」

「…………」

ホテルだったのか。――

「ヤギさん。ちょうどいいぐあいに、これからチェルシーの方に行く用事があります。ついでにそのホテルに寄ってみましょう。……あ、これで失礼。またね」

だれかが総局に戻ってきたらしかった。

電話が切れても、八木はしばらく受話器を握ったまま茫然としていた。

――なんということだ！「クロイスター」の名にすっかり欺《だま》されてきたのだ。どうしてそんな「修道院」にまぎらわしい名前にしたのか。

いまにして思いあたる。金髪妹のアグネスがヒルトン・ホテルからタクシーでチェルシーに行ったのはキングズ・ロードのおしゃれな店の買いもののためではなかった。「スローン・クロイスター」がキングズ・ロードの近くにあったからだ。

ネルビもクネヒトも、スローン・クロイスターと言わずに、〝クロイスター〟と略して呼んだところに、受けとるこっちの錯覚が生じた。「修道院」とばかり信じていた。

また〝スローン〟という通りの名もまぎらわしい。北のつきあたりがハイド・パーク、南の端がテムズ川にかかるチェルシー橋、まん中にロータリーのある大通りがスローン・ストリート。「スローン・クロイスター」があるのはスローン・アヴェニューだ。ロンドンの町名は面倒である。

受話器からの声はローリイ。彼女が前に電話をかけてきてからほぼ一時間経っていた。

「ヤギさん。ホテルへ行ってきましたよ」

「忙しいのにどうもすみません」

「地下鉄《チューブ》をサウス・ケンジントン駅でおりて、十分くらいです。ペーラム・ストリートというのを東へ行くと、フーラム・ロードとのクロスになります。そこを南のキングズ・ロードへむかう道がスローン・アヴェニューです。『スローン・クロイスター』は、そのしずかな通りにある九階建《フロア》ての中　級《ミドル・クラス》のホテルです。でも、入口をはいってそのホールの横を見たとき、それはふつうのホテルではなく、ファーニッシュド・リビングルーム（家具付の部屋）とキチンのついたアパート方式《システム》のホテルだとわかりました。というのは階下のフロントのとなりが食料品売場になっていて、パン、ミルク、タマゴ、チーズ、野菜、ハム、缶詰、ワイン、ウイスキーなどをならべていましたから。ロンドンには、そういう方式のホテルが多いのです」

つまりは「西洋自炊宿」というところだろうが、そんなうらぶれたイメージではない。

「その利用客は、どういう人たちですか」

脳裡《のうり》にはネルビ頭取があった。

「料金《フィー》がやすいので家族の長期滞在客《ロング・スティング》にはよろこばれます」

「家族の?」

「べつにご夫婦でなくてもいいです。カプルで」

ローリイはすこし笑って、つづけた。

「勘定《アカウント》は、一週間ごとのようです。……でも、それはオモテむきですよ」

「ウラがあるんですか」

またネルビをとりまく空気が頭をもたげた。

「わたしが行ったとき、フロント前のホールのつきあたりがロビーでしたが、そこには、すぐにそれとわかるプロスティチュートが男性といっしょにいました」

カーゾン街にならぶホテルは、パーク・レーン付近の高級ホテルの客を引張りこむ売春婦の根城だが、そこではショート・タイムか、せいぜいが一泊である。

ところがアパート式ホテルだと料金が安いので、女もそのぶん負担が軽くてすむから、客を長く留めておくことができるのだろう。それだけでなく、たとえば一週間のあいだ、女が部屋のキチンで手料理を作ってくれるのだから、そこに女房のような情愛も生れるのではなかろうか。いわば「擬似家庭」である。

「わたしも、興味があったので、申しこむふりをして、ルームをみせてくださいとフロントにいる管理人《キーパー》にいったのです。そしたら、あと三週間は、どのルームもぜんぶふさがっているからダメだ、とことわられました。ですから、人のいるルームをのぞくことはできませんでした。……チェルシーはそこからも遠くないから、あとは、ヤギさん自身の目でたしかめてください」

「どうもありがとう、ミセス・ウォーレス。本当にすみません」

「いいえ、お役に立ってよかったわ。これから、急いで総局へ帰ります」

ローリイは、スローン・クロイスターの近くの公衆電話からかけている様子だった。

「スローン・クロイスター」がアパート方式のホテルであり、一週間単位に中期滞在する「家族客」用ならば、ネルビ頭取にとって、こよなき隠れ家である。

一流ホテルに泊まっていると彼はあまりに目立ちすぎる。ミラノに本店を置きイタリアじゅうに支店網を持つ一流銀行ロンバルジア銀行の頭取だ。顔はひろい。イタリアだけでなく、とくにバハマや南アメリカにもその系列の法人金融機関を多く設立している。交際は、スイス、アメリカにもひろがっている。ロンドンの一流ホテルはいずれも一流の国際金融家や事業家が泊まっている。廊下、リフトの中、食堂、ロビー、フロントや、正面出入口の前、いたるところで顔を見られる。

そこでロンドン出発まで、ということはイギリス出国までのことだが、ネルビ頭取は「スローン・クロイスター」に、そのボディガードのペロットとともにもぐり、出国手配のクネヒトはヒルトン・ホテルに滞在となったのだろう。

イゾッピ刑事の話によると、ネルビ頭取は十月四日にピットルの車でローマを脱出、東の港町トリエステを経て北イタリアのウーディネのホテルに着いた。そこで頭取は二人の男に迎えられ、ピットル運転手はローマに追い返された。その二人がクネヒトとペロットだった。

ネルビ頭取、ペロット、クネヒトおよびヴェラー姉妹が七日にロンドンに現れるまでの足跡は八木にはわからない。イゾッピ刑事も説明しなかったから、ローマ市警もつかんでいなかったのだろう。とにかく市警の幹部は、ネルビと親しいクネヒトがヒルトン・ホテルに顔をあらわしたという情報を得ると、頭取もいっしょだと思って、すぐさま九日にイゾッピ、ベッティ両刑事の急派となり、そのあとをさらに岩野支局長が自分に追わせた。

いったいクネヒトはヴェラー姉妹をどこからロンドンへ連れてきたのか。ウーディネからの四日間のあいだだろうが、クネヒトのこの四日間の行動の謎《なぞ》は、金髪姉妹だけではなく、ネルビ脱出について「上からの指令」を仰ぐのと関連しているはずだ。彼はそのためにどこかへ出かけたかもしれない。その間はボディガードのペロットがネルビ頭取にぴったりだったろう。

在ニューヨークのロンドーナの代理人のもとにか。それともジュネーヴの拘置所にいるP2の首領ルチオ・アルディの名代《みょうだい》のもとにか。——

いずれにしてもロンドンでの分離滞在は「上からの指示」だろうが、これは巧妙な方針だった。げんにクネヒトがヒルトン・ホテルに現れた情報はローマの警察当局に入ったのだから。

八木は、地下鉄《チューブ》をハイド・パーク・コーナー駅から乗って、サウス・ケンジントン駅で下りた。ローリイに教えられたとおりである。

駅の南口に出ると道路が放射線形に出ている。ペーラム通りを一直線に三百五十メートルばかり歩くとフーラム・ロードの大通り交差点に出た。ここは、チェルシー地区を斜行する主要通路だから車の交通が多かった。

交差点をこえると、スローン・アヴェニューがはじまった。「キングズ・ロードへの近道」とでもいったような感じの道路で、急に静かになった。両側に紅がら色煉瓦《れんが》の古めかしい姿の家がならんでいる。まさにチェルシーの住宅街であった。十月の半ばともなれば家々の前の庭には高い樹の紅葉が朱の天蓋《きぬがさ》となっている。街路樹はみな黄である。車はいたって少ない。

スローン・アヴェニューを歩き進むと、一戸建ての住宅が少なくなり四、五階建てのアパートメントがふえてきた。これらは赤煉瓦ではなく、現代の白亜建築である。キングズ・ロードが近くなった証拠である。

交差点から歩いてほぼ四百メートル、左手つまり東側に一ブロックの半分近くを占める高層建物があった。

それはこのへんでは高層建築物といっていい。九階建てである。ただ、各階とも各室に出窓と普通のドアが付いていて、それが一戸建てのプランとなっている。アパート方式のホテルというのは、この外観でもよくわかるのである。

正面玄関に立てた大理石の障壁には、“SLOANE CLOISTER”の金属文字がはめこまれて光っていた。

この金属文字に、八木は恨みつらみがある。——

この「修道院」の名にいかに惑わされたことか。ネルビ頭取にしてもクネヒトにしても、上の「スローン」を省いて言ったばかりに、こっちの錯覚を深め、それにいかに引きずりまわされたことか。

平凡なホテルだ。ホテルというよりはアパートをホテル式にしたといったほうがよい。カーゾン・マーブル・ホテルでさえ金モール服のポーターが立っているのに、ここにはドアマンもいない。間口もせまい。

売春婦が利用するらしい「クロイスター」（禁欲生活の修道院）とは皮肉だが、これでアグネス・ヴェラーがこのホテルの部屋でネルビ頭取の無聊《ぶりよう》を慰めていたわけものみこめた。それは各室とも珍しい情景ではなかったのだろう。

クネヒトにすれば、ネルビの焦燥と猜疑《さいぎ》からくる怒りっぽさを鎮めるために、アグネスを遣ったのだろうが、ここにネルビに対して腫《は》れものにさわるようなクネヒトの態度がみえる。なだめ、すかして、女まであてがう。出国までは、とにかく頭取をホテルの外に勝手に出してはならない。おとなしくさせておかねばならぬ。これもクネヒトが「上」から受領した命令か。

クネヒトに言いつけられてネルビを「慰める」アグネスもアグネスだが、好きな男の指示なら平気なのであろう。このへんの観念はさばさばと割り切ったもので、いまの若い女の傾向か。しかもクネヒトは姉のリディアよりもこの妹のほうを可愛がっているらしいと盗聴のイゾッピ刑事がいっていたが、クネヒトには倒錯的な性格があるようだ。

もしかすると、今、そのアグネスがこのホテルに来ているのではないかと八木は思った。盗聴録音から聞える「打合せ」によると、明日の十八日がネルビの出国予定だから、今日あたりアグネスが頭取にクネヒトのことづけを届けるなり、頭取からロンドンでの最後の抱擁を受けに、こっそりと訪問しているかもしれない。

八木は「スローン・クロイスター」の中に入った。うす暗い。正面がリフト。その手前に目かくしのように鉢植えの観葉植物がならんでいる。左手は大きなドアで、これは各室の共用廊下に通じるらしい。右側を見ると、奥の突き当りがロビーになっていた。そこから通路がカギの手に曲っていた。

ロビーに人がすわっているらしいので、八木がそっちへ二、三歩足を動かすと、横で机を叩く音がした。

八木が音のしたほうをふりむくと、そこの小窓から肥った女が顔を出して、木札のようなもので前の机を小刻みに叩いたのだった。

白髪まじりの女、眼鏡ごしに咎《とが》める眼つきからして、ホテルのフロントというよりは管理人《キーパー》と知れた。

「どこへ行くんだね」

咽喉《のど》の太い声だった。

「あ、ごめんなさい」

八木は受付の窓口へ寄った。

この窓口の横にはキャンディやチョコレートやピーナツなどの賑《にぎ》やかな袋ものがならべられてある。このアパートホテルのフロントは駄菓子屋を兼ねていた。管理人の副業らしい。

「部屋は空いていますか」

「いま、みんなふさがってるね」

ローリイが電話で言ったとおりだった。

「それは困ったな。いつごろ空きますか」

「あと一カ月はだめだね。出る人があっても、各室とも予約が詰まっているから」

「たいへんな繁昌《はんじょう》ですね」

返事もせず、眼も笑わせなかった。

机の上には帳簿を立てかけ、伝票を積み重ねている。棚にはウイスキーとワインの瓶、それに煙草をならべていた。欲しくもない煙草を一つ買って、剰《つ》りは与えた。サンキュとはいったが、にこりともせぬ。カウンターに置いてあるパンフレットを手にとった。

——どんなふうにこの管理人に訊いたものか。

フォルニはネルビ頭取の偽名である。クネヒトとはその名で電話している。ペロットはボスコだ。フォルニさんとボスコさんというお客、泊まっていますか、と問うてみようか。

だが、泊り部屋さがしにきた者が、すぐにそう訊くのも奇異にとられそうである。

それにボディガードのペロットがこの受付の管理人に相当なカネを握らせて、おれたちのことを聞きにくる奴がいたら、そんな客はいないと追払ってくれと言いふくめているかもしれない。先方は警戒の上にも警戒しているのだ。

これはうかつなことは訊けない。

パンフレットに目をやった。細長形の小型で、表紙と裏表紙を除いて中が四ページであった。「栞《しおり》」といった感じだ。表紙は二色刷で、“SLOANE CLOISTER”の大きな文字と九階建ての建物の写真が出ている。

中を開いた。写真はなく、イラストのカット。宣伝文がはじまる。

《わたしどもの〝スローン・クロイスター〟は、ロンドンでもっとも伝統ある静かなチェルシー地区にあります。そのなかでも著名なキングズ・ロードとフーラム・ロードとの間を結ぶスローン・アヴェニューに沿うところの、ドレイコット・プレースの角に立っております。

ここは環境がまことに高尚でロンドンの十九世紀のたたずまいをのこしている一方、若者の町キングズ・ロードまではわずか五十メートルという近さであります……》

宣伝文はたいしたことはなかった。各室ともリビングは豪華な家具つきであり、ダブルベッド・ルームは快適であり、キチンの設備は便利この上なし。冷暖房完備、防音装置完全。付近の騒音なし。ちょっとした日常の買物は売店で間に合う。新鮮安価。キングズ・ロードまでは徒歩一分。

特別室、上級室、普通室に分れ、支払いは原則として一週間単位。前払い。ご家族は二人を基準。それ以上は一人につき超過料金をいただく。……ホテルに関することはそれだけで、あとは、付近の名所を列記。……

管理人はまだこちらを見ている。さて、どうするか？　煙草を喫いながら思案した。人は通らなかった。おばさんは黙って窓から手を出し、下をさした。灰皿の存在を強圧的に指示する。わかりましたよ。八木が一歩さがったとき、隣りの売店の中が見えた。瓶詰、缶詰、函《はこ》ものがならんでいる。

無愛想な、むしろ敵意をひそめていそうな管理人のおばさんを離れて売店へ八木が入って行く気になったのは、そこの売子にさぐりを入れてみようと思いついたからだ。

ここには宿泊客が食料品を買いにくるから、売子の話からネルビ頭取とペロットの手がかりを得られるかもしれない。ウイスキーのポケット瓶でも一つ買えば、聞き出せるだろうと思った。買物に入るのだから、管理人のおばさんもどこへ行くのかと咎めるわけにはゆくまい。

八木は売店の中に足を入れた。当座用の食料品がならんでいる。スペースがせまいだけに品がいくつもの棚にあふれていた。外装函のデザインの色とりどりがはなやかで、リフト前から通路にかけての暗さとは一変した賑やかさである。

だが、客は一人もそこにいなかった。買物の時間から外れているためかもしれなかった。店内はまたカギの手になっていて、つきあたりの商品棚は折れ曲った奥もつづいているらしい。売子はその中に居るようだった。

というのは、奥から女二人の低い話し声が聞えているからで、それも買物を終った客が品質のことで売子と会話していた。

その客が去ったら売子の女に近づくつもりで棚のウイスキーを眺めながら八木が待っていると、ほどなくレジの音がし、こっちへくる小さな靴音が聞えた。

商品棚の角から現れた女客を、横眼で見た八木は、はっとした。買物袋をさげて前にくるのは日本女性だった。

高級ホテルのロビーなどで日本婦人を見かけるのは始終だが、まさかこんなアパートで遇おうとは予想もしなかった。不意だった。

先方の女性もせまい店の中を曲ったとたんに日本人の男が出現しているので、びっくりして立ちどまった。それも相当におどろいたらしく、棒立ちになって眼をいっぱいにひろげている。いまにも手から買物袋を落しそうな様子であった。

出会い頭とはいえこんなにおどろく女を見て、八木は狼狽《ろうばい》した。

あわてた八木は、一瞬にその日本女性に頭をさげた。

わたしの不意な出現がこんなにあなたをおどろかして申しわけない、と詫《わ》びのつもりだったが、そんなキザな言葉は無器用で口に出ない。

で、おじぎをしたあと、

「すみません」

と頭に手をやった。「今日は」という挨拶でもこの場合はそぐわないように思われた。

それほど対手《あいて》のおどろきかたは大きく、なにか衝撃に襲われたような感じすらあった。

彼女はまだそこに立っている。心臓の動悸《どうき》をしずめるために足を停めているというふうにも見うけられ、白い顔を何秒か八木にじっとむけたままであった。

濃い紺のワンピースの上に、モヘアの白いカーディガンを着ていた。それには、うすいグレイの大きな横縞《よこじま》が入っていた。衿《えり》もとにはギリシア女神を彫刻したカメオのブローチが下がっていた。淡い珊瑚《さんご》色だった。

そんな服装のこまかな観察を八木がするのは、女性の顔を直視するのを避けたからだが、それでも遠慮がちに視線をむけた。

彼女の髪はやや長めのショートカットで、顔は、西洋人が表現する楕円形《オーバル》だった。頬《ほお》がやや高い感じで、頤《あご》は唇の下で形よく尖《とが》っていた。

ふだんでも濃い化粧をする外国婦人を見なれている眼には、日本女性のうす化粧はやはり好ましい。が、眼近だとその年齢におよその推測をつけさせる。

彼女はようやく立ち直ったようにみえた。

「ごめんなさい。すみません」

眼もとを微笑《わら》わせたが、顔はまだ硬直が十分に解けていなかった。

ふだんの服装だし、手にはこの売店の買物袋を提げている。彼女はここの滞在客に間違いなかった。

八木はとっさに内ポケットから名刺入れを出した。

彼女をおどろかせた自分がけっしてうさん臭い日本の男ではないことを示したかった。そうしてその上でネルビ頭取とペロットの様子を聞き出そうと思った。

彼女はむろんこのアパートホテルにひとりで宿泊しているのではあるまい。「家族」のような伴れといっしょの宿泊だったら、すでに一週間以上滞在しているあの両人を見かけているかもしれない。

「どうも失礼しました。ぼくはこういう者です」

八木は身体を折って、新聞社名入りの名刺を彼女にさし出した。

彼女は八木のさし出す名刺に、当惑したように、すこし眉《まゆ》をひそめた。彼女からすれば八木のこの行為は唐突だったのだろう。はい、と口の中でためらい気味に言ったが、それでも買物袋を傍の陳列棚の下にもたせかけて置くと、きちんと両手で八木の名刺を受け取った。礼儀正しいひとだった。

が、その名刺の活字に眼を落したとき、彼女はふたたび息を呑んだ表情になった。こんどは鋭い視線を八木に向けたが、その瞳《ひとみ》には動揺があった。彼女はカーディガンの前を合せるようにした。

八木は、名刺の新聞社名から彼女が取材記者にでも訪問されたように勘違いしたと知ってまた恐縮した。

話しかける順序としては、日本からいつおいでになりましたか、ロンドンにはこれから長く居られますかなどと雑談的なことからだろうが、それではかえって身もと調査のように聞えて、警戒もされ、不愉快にも思われそうである。

で、すぐに笑顔で訊《たず》ねた。

「じつは、このホテルに宿泊されているある人を尋ねてきたんです。フロントの管理人に訊こうと思ったんですが、訊きにくい気がしていたところに、日本の方をお見かけしたものですから」

「はあ」

彼女は困ったように眼を伏せた。

「いや、申しおくれました。ローマの名刺しか持ち合せませんが、いま、ロンドンにしばらくいます」

名刺には、連絡先として、ロンドン総局の電話番号がペンで記入してあった。

「わたくしたちも一週間前にここに入りましたので、どういう方がいらっしゃるのか、ぜんぜんわかりませんの」

彼女は下をむいていった。

思わず口から出たのだろう、彼女は「わたくしたち」といった。やはりひとりで居るのではなかった。

「ああそうですか。ぼくが尋ねているのはイタリア人の男性二人なんですがね」

「イタリアの方……？」

顔を上げかけたように見えたが、間《ま》をおいてからその顔が傾いた。

「ここには八十室以上のルームがございます。外国人の方ばかりです。わたくしたちには、とてもわかりませんわ」

わたくしたちにはわかりませんと答えた彼女は、八木に軽くおじぎをすると、傍に置いた買物袋を手に提げた。急いで部屋へ帰りたい様子が隠さずに見えた。

売店の中年女が奥から出てきて、こっちの様子を眺めていた。

「どうも失礼しました」

八木は上体を折った。

「ごめんください」

彼女は歩き出す格好で、顔も身体も斜めにして小腰をかがめると、売店を出てリフトのほうへ歩いて行った。暗い通路に小さな靴音が遠ざかる。八木が残ったのは、彼女のすぐあとを尾《つ》けているように思われそうだったからだ。

すこし間をおいて通路へ出ると、どこにも彼女の姿はなかった。

降りてきたリフトから男三人と女一人が吐き出された。男は年寄りが一人と、アラブふうな髭《ひげ》を口のまわりに群がらせた若い男二人。女は赤毛で、いびつな顔をしていた。

このへんでぶらぶらしていれば、ネルビ頭取と、そのボディガードのペロットらしい人物を目撃できるかもしれない。また、ネルビの部屋を訪ねてくるか、またはそこから帰る明い髪のアグネスを見かけないともかぎらない。

が、その偶然を期待していては、いつのことだかわからない。いまの日本婦人、たぶん日本人夫婦でこのホテルに滞在しているらしいが、彼女の話だと、この九階の建物は八十室以上もあって、隣り近所の宿泊客のことすらもよくわからないということであった。

日本人夫婦がここにいくら長期滞在といってもホテルの性質上、各部屋の主はたえず変っている。また、あやしげな職業女性の利用場所にもなっている。人の様子はわからないというのが当然だろう。

全宿泊人の名を掌握しているのは管理人だ。八木は窓口を見たが、肥えたおばさんのうしろに額の禿《は》げ上がった五十男がいつのまにか現れて、厚い胸の前で太い腕を組み、通路を睨《にら》んでいた。彼こそ管理人で、女房から変な日本人がうろうろしていると聞いたのだろう。

前を通りぬけて表へ出た。

「スローン・クロイスター」を出た八木は、道路を横切って、反対側の歩道から、このアパートホテルをあらためて眺め直した。

この九階建ては、このへんに高い建物がないだけにちょっとした偉容であった。各階とも出窓がならび、それがまるで鳩《はと》の巣のように見える。その巣の一つには、確実にネルビ頭取が居る。隣りにはボディガードのペロットがひそむ。……

何階かの巣の一つには、売店で立ち話をした日本婦人がいる。濃紺のワンピースの上にきたカーディガンの白さが浮び出る。年齢は二十七、八くらいか。言葉も控え目に、顔を伏せがちだった。たぶん人妻だろう。夫は何をする人かわからないが、夫婦してこっちへ観光にきたとは思えず、夫はロンドンで何かの勉強か研究でもしているのか。

キングズ・ロードを歩いた。

何かを見たように八木は急に足をとめた。見たのは、あの船艙《せんそう》のようなコーヒーハウスの暗い店内から出て行った日本人二人の影である。伝票の裏に描いた八木と対《むか》いあう証券会社副社長白川敬之のスケッチを残した男と、その伴れの女客だ。

シティのレストランで車を待つあいだ白川が八木にふと聞いたのは、その女性のことだった。白川はあのときは、よく見てなかったのだ。さあ、ひどく若い人ではなかったようですと八木は白川に答えたものだった。

アパートホテルの売店で遇ったあの日本婦人がそうだったのではあるまいか、という気がいま八木にしている。

出あいがしらの不意のことだったが、あんなにまで対手が驚愕《きようがく》したのは、コーヒーハウスのテーブルに立てた裸ローソクの明りで、彼女がこっちの顔を見おぼえていたからではないかと八木は思った。あのおどろきかたには、それがあったような気がする。

売店で彼女が顔を伏せがちにしていたのも、その場から早く離れようとしていた様子も、コーヒーハウスで遇ったことをこっちに気づかれたくなかったからだ。彼女は八木が白川敬之の知人だと思って、避けたようである。

その男女客はコーヒーハウスで白川の椅子のうしろをそっと通るようにして出口へむかった。そうですか、やはり婦人のほうが先に出て行きましたか。白川は八木の話を聞いて、なんとなく吐息をついた。その溜息《ためいき》も八木の印象に残っている。あのご婦人にお心当りでも、と問い返したときの白川の何とはなしの狼狽ぶりが眼にある。——

隣りの人

高平和子は部屋へ帰って一階の売店での買物をキチンの台に乗せたが、しばらくそこにじっと立っていた。ここに戻ってから動悸《どうき》がうっていた。

居間で本を読んでいた木下信夫がふりむいた。胸をしずめるようにうつむいて佇《たたず》んでいる和子を見て、

「どうした?」

と声をかけた。

和子の返事がこないので、信夫が本を机に伏せて椅子から腰を上げようとした。

「そっちへ行くわ」

和子から足を動かした。

寝室一、居間一、それにキチンの部屋で、「スローン・クロイスター」のNo.62–Sだった。Sは南館の意で、正面出入口の真上に九階まで伸びる各階リフト・ホールを中心にして建物の南側にあたり、その六階であった。出窓のある狭いベランダの床には鉢植えの観葉植物だけである。イギリスの秋は日射しが少ない。

和子は濃紺のワンピースのポケットから白い名刺をとり出した。

「遇《あ》ったの、この方に。下の売店で」

手編み毛糸セーター着の信夫が、名刺を受取る前に、横の椅子に坐る和子を見た。

「蒼《あお》い顔をしているよ。何かあったのかい？」

「びっくりしたわ。不意だったから」

信夫は名刺の活字に眼を落した。

《中央政経日報社ローマ支局　記者　八木正八》

彼の表情も変った。名刺を見つめる眼に狼狽が走った。

「どんな人だ？」

「年齢《とし》はあなたと同じくらい。眼が細くて、口髭《くちひげ》を生やしていたわ。——わたしたちのことでここへみえたのじゃないけど」

和子は安心させるように彼にいった。

「ローマ支局の日本人記者がわざわざロンドンのこのホテルへたずねてきたのは」

それでも信夫は唾《つば》を呑みこんでいった。

「ぼくらの居場所を高平さんが知ったからではなかったのか」

「わたしたちへ新聞記者が尋ねてくるようなことを仁一郎は絶対にしないわ。捜索願など出したら、それで万事終りだとあの人にはわかっているんですから」

信夫は苦しそうに黙った。広い額には三十五歳のうすい横皺《よこじわ》がある。眉《まゆ》の間の立皺が憂鬱《ゆううつ》そうに深まった。

「この方ね、ホテルに居るべつの人をさがしてるようだわ。訊かれたの。イタリア人ですって」

「イタリア人？」

「わたしは知らないと答えたけれど」

二人の眼が合った。

隣りは63号室だった。静まり返っていた。

「まだ帰ってこないの？」

和子は視線を壁に走らせた。上にはミケランジェロの画の複製が安物の額ぶちにおさまってかかっていた。

「一時間前に出かけたままだ。64号室の福助さんといっしょにね」

「珍しいことがあるわね。福助さんは別として、めったに外に出ないお隣りさんが」

「福助」は、その者の顔の特徴から二人でつけたアダ名だった。

信夫は低い声になった。

「で、この八木という記者がさがしているイタリア人というのはお隣りさんか」

「よくわからないわ。このホテルにはイタリア人が十人以上も泊まってるらしいから」

「妙だな」

「でも気味の悪い二人だから、もしかするとそうかもしれないわ」

「うむ。ローマから新聞記者がわざわざやってくるところをみるとね。……しかし、なぜイタリア人の記者がこないで、日本人記者だけが来たのだろう？」

「わからないわ。でも、わたしたちのことじゃないわよ。それは安心なさってね、あなた」

「うむ。しかし、きみがこの部屋に帰ったときの顔色といったらなかったよ。唇まで白くなっていたよ。胸を押えるように、入ったところでじっと立ったままでいたりして」

「動悸をしずめていたの。もう、どきどきして」

「新聞記者がそんなに？」

「それだけじゃないわ。ホワイトフライアーズ通りのコーヒーハウスで、白川のおじさまといっしょだった方なんですもの」

「あ、あのときの伴《つ》れの人？」

信夫の瞳《ひとみ》に、裸ローソクの赤いテーブルで語り合う二つの人影が浮び出たようだった。

「名刺を出される前に、その顔を見たんです。もうおどろいて、息がとまりそうだったわ。白川のおじさまが部下の方をここへおよこしになったのかと思って。そう直ぐ感じたんです」

「あ、そうか」

「自分でも顔から血が引くのがわかったわ」

「白川氏があの店でぼくらを見かけた、そこできみを日本へつれ戻すために話をしたい、その話合いの時間や場所を決めるために、まず部下をここへさしむけた。きみは、そう取ったのか」

「ええ。瞬間ね」

木下信夫は出窓に向かってベランダに立った。出窓は半円形をなしている。佇《たたず》んでいる場所も狭い半円形である。横は街路にむかって密閉されたドア。これが一部屋の区画である。出窓から半円形の視野におさまる南チェルシーの街があった。どんよりと曇って、すぐ近くから煙突をのせた赤煉瓦《れんが》の家々がかすんでいた。

「白川のおじさまはわたしの遠い縁戚《えんせき》なんです」

和子は、信夫の背中に言った。

「母の従弟《いとこ》にあたります。大蔵省のお役人で、学生時代はよく出入りしていたんです。ずいぶんかわいがっていただきました。結婚してからはお会いしていません。ですからもう七年以上もお眼にかかっていませんわ」

「先方では、きみを憶えてらっしゃる？」

信夫がそのままの姿勢できいた。

「いまはどうかしら？　それにしても、まさかロンドンで遇うなんて」

「きみはいつから白川氏だと気がついた？」

「あなたがスケッチをなさったときからだわ。それまでは気をつけて見なかったの。横顔の特徴を思い出してから、やはりお年を召したと思ったわ」

「どうしてぼくのスケッチをとめなかったの？」

「だって、そうわかったときは画ができてたんですもの」

「そうだ。クロッキーだものな。しかし、いい顔をしてらした。で、つい、手が動いた」

「習性ね。それを止めてくださいといったら、理由を話さなきゃならないでしょ？　だから黙ってたの。あのスケッチを描いた伝票、どうなったかしら？」

「いたずらだと思って、レジの女が破いたにちがいないさ」

「そうだといいけど」

「ところで、さきほどの話だけどね」

信夫は眼を窓外から外した。

「売店で新聞記者に遇ったのを白川氏の部下だと間違えて、白川氏がきみを日本につれ戻す話をしにくるかもしれないときみは瞬間に感じたと言ったね？」

「そう。――」

「白川氏もカトリックかい？」

「違います」

和子は首を振った。

「白川氏はいまでも大蔵省の役人をしてらっしゃるのかな？」

信夫は窓の風景を離れて、ソファにもどった。

「さあ、どうかしら。でも、お年のようだから退《や》められたんじゃないかしら。お役人の定年は何歳？」

和子はローソクの火影《ほかげ》の顔を浮べていた。

「六十だったかな。しかし、高級官僚だったら、定年ぎりぎりまで残る例はないから、その前にたいてい辞めて外部の縁故先の公団とか企業に再就職するね」

「ああ天下りね。おじさまもきっとそうかもしれないわ。ロンドンに遊びにいらしてるとは思えないもの。その天下り先の事業体がロンドンに関係があって、そこに出張ということだったかもしれないわ」

「そこまでの推測はいいけどね。では、あのコーヒーハウスで八木という中央政経日報ローマ支局の特派員と話しこんで、その八木君があきらかに隣りのイタリア人をマークしてここへやってくるというのは、どうつながるんだろう？」

「よくわからないけど」

和子は頤《あご》の下に指をあてていった。

「わたしの想像では、おじさまがコーヒーハウスで八木さんと話しこんでらしたことと、八木さんがイタリア人をマークしていることとは別だと思うの。八木さんはおじさまとは関係なしにローマからロンドンに来ていると思うわ。あのコーヒーハウスでお二人が話し合ってたのは偶然の知り合いからで、話の内容もまったく別な話題だったと思うわ」

「なんだかそんな様子だったね、見たところでは」

「いまになってそうわかったけど、下の売店で八木さんという人にばったり遇ったときは、てっきりおじさまのお使いがここに現れたかと思ったわ」

「白川氏が高平さんからきみとぼくの問題をお聞きになる可能性があるかな？」

信夫は視線も声も落してきいた。彼が高平さんというのは和子の夫の仁一郎である。

「仁一郎は絶対にほかの人には言わないわ」

和子は激しく首を振った。

仁一郎は妻和子のとった行動を親戚にも親友にも、また、むろん教会の司祭にも口外することはない。フィレンツェの木下信夫のもとにきたときからの和子の言葉だった。

仁一郎は皆にこういっているだろう。妻はヨーロッパに遊びに行っています、ミラノのスカラ座に付いたヴェルディ音楽院の聴講生になってオペラを勉強したり、パリの大学に短期留学してラテン語に磨きをかけています、などと口から出まかせなことを。——

和子の両親は死亡し、兄の良太郎が事業をうけついでいる。父順平の製紙業は大正期の創業で、準大手として社の基礎も社業も安定している。両親は熱心なカトリック信者で、良太郎も和子も生後三カ月目に洗礼を受けさせられた。

順平は死の三年前に財産を良太郎と和子に二分した。多額の税金を取られることは承知の上である。和子は独立した。家と事業を相続した良太郎に比して和子の配分は三分の一だったが、そのほとんどは不動産であった。

一年後に和子は水谷健太の次男仁一郎と結婚した。仁一郎は和子の高平姓を名乗った。いわゆる入り婿の養子縁組ではなかった。だから夫婦の財産は婚姻前からの名義のもので、別々の特有財産だった。が、仁一郎にはさしたる財産がなかった。

この結婚は高平家も水谷家もカトリック信者の家庭ということで、同じ信者の媒介で成立した。

その二年後に父順平が死に、翌年母が死んだ。――

ヨーロッパへ行きますと和子が言いに行ったとき、仁一郎は自分で設計した画室にモデルを呼び入れて窓ぎわに画架を立てていた。

モデルは、和子のノックしたのを聞き、ガウンをひっかけ衣類を抱えて、横のドアから逃げて行った。

(そうですか。どのくらい、向うに居るつもり?)

画架の向うに坐った仁一郎は、あわてずにパイプをふかしながらきいた。

(いまのところ三カ月です。都合では、もっと延びるかもわかりません。パリに落ちついて

から考えます）

和子は画架の傍に近づかなかった。行けば描きかけの画が眼に入る。モデルが仁一郎の最近の女だというのは、さっきの女の眼つきと動作で直観した。

（いいでしょう）

仁一郎は承諾を与えた。さすがに眉間《みけん》に曇りがあった。

だが、ほかのことは訊かなかった。同行者はあるのか、という当然の関心もないようだった。

仁一郎はパイプを口からはなした。画架にむけて眼を細めたのは遠いまなざしになって画の効果をたしかめているようだが、パリへ行く和子の言葉を宙で考えていた。

和子のほうからはカンバスの裏側しか見えないが、表には裸婦が描かれているはずだ。パレットには赤とバーミリオンと黄とその混ぜ色との絵具が泥濘《でいねい》のようにひろがっている。カンバスの裸婦は血まみれの肉塊で猛々《たけだけ》しく描かれ、塗ったばかりの絵具の光沢が動物の体液のようにかかっている。見なくともそれはわかる。

仁一郎は筆を壺《つぼ》に突込み、パイプの煙草をとりかえた。色が白く、濃い眉がさがって、口が小さく、頬《ほお》がふくよかで、頤がまろやかにくくれている。上品な容貌《ようぼう》だった。画家ふうな長髪にもカールがあり手入れが届いている。

が、三十四歳にしては相応の潑剌《はつらつ》さがない。皮膚の白さには混濁がある。ふくよかな顔の輪廓《りんかく》もどこか浮腫《むく》んでみえる。

煙草の詰め替えを終って仁一郎は、入口を背にしてイスにかけた和子をはじめてじっと見た。

(あなたは明和大学のラテン語の講座に出ていましたね)

ものを言うときに眉が下がり、細い眼をむける。これが柔和な人柄という印象を与える。が、その細い上瞼《うわまぶた》の隙間《すきま》からのぞいた瞳には、鈍いなかに一点の鋭い光があった。

(半年前から、週に二回、二時間ずつ、木下信夫先生のラテン語講座を聴講しています)

和子は、夫のその瞳を見返して答えた。声にも態度にも動揺はなかった。

(木下先生は明和大の助教授で、イタリアのルネッサンス美術史が専攻だと聞いたけれど、ラテン語は関係文献のラテン語を読まれる知識からですね)

(ラテン語の初歩的なことを、一部の学生の希望で教えてらっしゃるんです。ラテン語の正式な授業は神父さんがなさっておられますが、これは正規な学生でないと講義を聞けませんし、むつかしいんです。木下先生のラテン語入門といった講習は、一般の人にも聴講できるようになっているんです。ですから、わたしのようなのが十五人くらいおります。……そのことは聴講生になったばかりの半年前にあなたに申しあげましたけれど)

(聞きました)

仁一郎は静かに煙を吐いた。その煙を避けて眼を閉じたが、次の言葉を考えていた。

仁一郎の開いた眼の視線が画布の上に流れた。描きかけの、自分の女の裸体である。その眼線、手つき、仕事着は間違いなく画家のものだが、描くだけが趣味の人である。が、自分では趣味とも道楽とも思ってなく、そう言われるのを屈辱だとしている。画は売るべきでなく、理解者に与えるべきものと主張している。自作は友人知人に贈り、なお残ったのは倉庫にしまわれ、積まれてゆく。製作は続けられるからである。

個展は過去三回ひらいた。一流の貸し画廊でだ。反響は少しもなかった。後世に具眼の批評家を俟《ま》つ結果になった。

(ぼくも画をやってるのでね、木下さんにはいちど西洋絵画史のお話をうかがおうと思ってますが)

仁一郎はパイプを横啣《よこぐわ》えして、ぽつりといった。

(どうぞ。それはもう先《せん》おっしゃいましたわ。いつでもご紹介します)

この返事もなめらかに出た。

(そうだったな。うむ。だがね、どうも古典絵画とか中世美術というのがぼくには苦手《にがて》でね。いちおうはふりかえってみなければならないのですがね、つい、たいぎになっている。まあそのうちにね)

仁一郎は「抽象」から「新具象」と傾向を追っていたが、このごろは「心象展開」派と称して以前のフォーヴィスムまがいなものを、当人の言う「建築的構成」の手法で追求するが、これもキュービスムを利用したもの。これではルネッサンス絵画に興味がないのはそれなりに理由がわかる。

この理想的なアトリエの上下に幅広い書棚には、外国出版社からもとり寄せたオージャム、マルシャン、アルトゥング、シュネイデルなどの現代作家の画集や複製画がならんでいる。とくにシュネイデルがお気に入りで、その複製画が多い。

書棚の上方の幅もせまくケースのように区切ってある棚に大判の聖書が載っていた。黒革の聖書は採光のいいアトリエの光線に背の金文字を輝かせ、三方に朱色の厚みを見せていた。

仁一郎の眼の端にその聖書が映ったのか、

(木下さんは洗礼を受けておられるのですか)

なにげなさそうに妻にきいた。明和大学はカトリック教団の経営である。

(ちがいます。木下先生は明和の助教授ですが、カトリック信者ではありません。それもいつかお話ししたことがあります)

仁一郎は木下信夫の名を口に出すのをそれきりにした。

が、次に言いだしたのは再びラテン語の話である。

(パリへ行くんだったらね、せっかくだからむこうでラテン語の講習でもうけてみたらどうですか。短期のをね)

だれと一緒にパリへ行くのかとは問わなかった。「ひとり」と決めているような口吻であった。

が、それは口ぶりだけである。さりげない表情の下には、それとは違う彼の思案があった。

(ありがとう)

和子は礼をいった。

(パリ第八大学にはラテン語講座があって、一般の聴講生を受け入れていると聞いている。三カ月、六カ月、一年という期間でね。あなたのラテン語のブラッシュ・アップともなり、ラテン語の聖書が読めるようになります)

(どうもありがとう)

(パリだけですか)

(どうせヨーロッパのあちこちをまわることになると思います)

(スペインやイギリスにも?)

(はい)

仁一郎はイタリアの名を出さなかった。意識して言葉にしないようにも思われた。

(となると、ちょっと長いかな。どのくらいですか)

(三カ月のつもりです)

(なるほど……)

パイプをイーゼルの脚に軽く敲《たた》いた。動じなかった。まるきりの虚勢とも思えない。そのふくよかな頬にはむしろ安堵《あんど》の色が射した。

（広尾にはお話ししてありますか）

広尾は和子の兄良太郎夫婦のことだった。亡父順平の広尾の家を改築して住んでいる。

（まだです。広尾には、あなたのお許しをいただいてから話すつもりです）

妻は答えた。

（ぼくは承知しました。出発はいつだか知らないけど、行ってらっしゃい）

（ありがとうございます）

（広尾には、ぼくに言ったとおりにお話しするの？）

そうしますと答えると、仁一郎は新しい煙草をふかした。

（ぼくも水谷のほうにそう言っておきます。話に喰い違いがないようにね）

「水谷」は仁一郎の生家で、両親が居る。

（ぼくはどうでもいいけれど、一カ月に一度くらいは、広尾と水谷の家へあちらから絵ハガキでも出して下さい）

広尾よりも重点は水谷家にあった。仁一郎の話を、水谷の両親はヨーロッパからくる嫁の通信で確認する。彼はそう仕向けなければならない。夫婦仲がうまくいっているという証明だ。

水谷家を安心させるためだが、その安心には仁一郎にも水谷家にも打算的なものがあった。

離婚は宗教上からも容認されないと考える彼の計算からである。

すくなくとも三カ月はヨーロッパに居るつもりという妻の言葉を聞いて仁一郎の表情の底に水がみなぎるようにひろがった安心は、また別種の功利性だった。彼は妻の留守のあいだ真に心おきなく遊ぶだろう。複数の女がいつも居て、次々と変っているのを和子は知っている。眼の濁りも顔の腫《は》れぼったさもその不摂生な生活に因っている。干渉をいっさいしない和子だが、それでもその妻の長い海外旅行は彼に解放感を与え、彼自身の愉楽に輪がかかるにちがいなかった。

が、一方で、水谷家にヨーロッパから便りを出させることは、平穏無事な夫婦生活の仮装以外に、ヨーロッパでの妻の所在を報告させる効果があった。

ぼくはどうでもいいけれど、と寛大さを装いながら生家へ出させる通信で妻のヨーロッパでの居所、移動を一カ月ごとに押えておこうという狙いがひそんでいる。

仁一郎は和子が単独で行くとは思っていない。また伴れも女友だちとも考えていない。向うで逢《あ》う人物の影を想像している。ラテン語講座の聴講で木下信夫の名前がさりげないふうに出たのはその推測からである。また、それきり名を口に出さなくなったのも同じ心理からである。

しかし、仁一郎はこのことは広尾にも水谷家にも言わない。ましてほかの親戚には絶対に言わない。──

和子は明和大学で定期的に開かれる木下信夫のラテン語講座に通った。一家はカトリック信者だったが、彼女は信仰にそれほど積極的ではなかった。

しかし、その環境に育てられ、その教団経営の女子高校、女子大に学び、卒業しても教会との絆《きずな》が永久に切れないとなると、信仰に消極的になることで環境の重圧にひそかに抵抗した。教会での拝礼よりも「聖書を読む」ことへむかった。興味が湧いた。

聖書をラテン語で読みたくなった。明和大学の木下助教授との間は、その志望が因をつくった。

仁一郎は、その「逢引《あいびき》」を察していた。

和子は仁一郎との離婚を早くから望んでいた。

それは結婚して三カ月後にはすでに芽生え、半年後には明瞭な後悔となった。

仁一郎はだれに対しても丁重な物腰で接し、紳士的であった。一緒になって七年を経るが、妻にたいしてついぞ乱暴な言辞も横柄《おうへい》な言葉も口にしたことがない。つねにレディとして遇していた。なろうことなら、三度の食卓に彼は貴族のように妻の前でモーニングでも着たいくらいのようだった。

人と話しても、話題は芸術方面が多く、文学、芸術を語るが、話しぶりは知性に富み、教養の深さを思わせる。あまりに形而上学的な用語が出るのは気になるけれど、クッションに几帳面《きちょうめん》に落ちついて、ときどきパイプの煙を口辺に漂わせながらもの静かに語るところなどは奥床しいインテリに映った。

とくに現代美術は、自身が「画家」でもあるところから身を入れて語った。が、よく聞くと、その理念は美術専門雑誌に出ている諸家の理論や解説から多くかりられていた。もの柔らかで、如才がなく、知性があり、芸術家タイプというのが仁一郎にたいする一般の印象である。が、その裏に、彼の懶惰《らんだ》、享楽、射幸、狡猾《こうかつ》が存在しているとは思えなかった。

結婚後一年くらいすると、和子は仁一郎に女の居ることに気づいた。結婚する前からつづいているらしく、バアの女のようだった。彼は「画家」仲間の会合だとか集まりだとかいって銀座あたりのナイトクラブによく出かけた。帰りは遅く、午前零時を過ぎるようになる。車がとまったあと門の外で上着を脱いではたいたりして、そのバタバタする音が聞える。強い香水の移り香を払い落すためだった。女は何人もいて、次々と変るようだった。

ナイトクラブで彼はダイスの賭けもしているようだった。遊びとはいえない賭け金らしく、三カ月ごとに適当な口実で和子にかなりまとまった金を出させた。

水谷家ではいちばん出来の悪い次男を巧妙に高平家に押しつけたのではないか、と和子は疑いたくなるくらいだった。

かりにそうだとしても媒酌人までがその共謀者とは思われない。仲人《なこうど》は熱心なカトリック信者であり、人格の高潔で知られる財界人だった。父の順平とは同じ信仰の道で家族ぐるみの親交があった。この人が、先方の水谷家全員がカトリック信者だというので、縁談をとりもった。

水谷家ではこの縁談にたいそう熱心だった。高平順平夫婦にも異存はなかった。とくに順平は仁一郎に会ってから立派な青年だと賞めた。仁一郎は最近受洗していた。彼の打算からだ。

和子は両親が生きている間は、仁一郎と離婚したいと言えなかった。彼の相変らずの要領のよさに父も母もだまされていた。離婚の意志を伝えるからには、気に入った婿の本性を打ちあけねばならない。「性格の不一致」では納得してもらえないのである。だが、すべてを明かせば両親は憤り、慨歎《がいたん》する。それを見るのが和子につらかった。

仁一郎の怠惰は、もともと彼の性格でもあるが、それを助長しているのは妻の財産だった。仁一郎がそれを目当てにしていることは、和子との縁談がはじまってから急いで教会で受洗したことでも推定できた。

結婚は、和子が生前の父から財産分けをしてもらい、兄とは別に高平家を新しく創設したあとである。

民法第七六二条には「夫婦の一方が婚姻前から有する財産及び婚姻中自己の名で得た財産は、その特有財産とする」と規定してある。

和子の場合がこれにあたる。だからその財産は夫婦の共有財産ではない。夫の仁一郎は妻の財産に一指もふれることができない。仁一郎には婚姻中に自己の名で得た財産が一円も無い。働かないのだから無収入である。

和子夫婦には子がない。もし和子が先に死ねばその特有財産は配偶者の仁一郎の所有に移る。

和子は親からもらった不動産は、父の死後、兄の良太郎に登録印鑑や権利書などを預けて管理してもらっている。兄はそのために会社の顧問弁護士を付けてくれている。

それというのも、和子は仁一郎の居る自分の家の金庫に入れておきたくないからだ。ただ夫婦の生活費には兄の会社の株式配当金などを銀行の普通預金などにしておいた。この銀行預金だけは仁一郎名義のものをつくって彼の小遣いに宛てていた。相当な金額だが、仁一郎はそれでも足りない。

両親が死んだ。兄に仁一郎の本性をうちあけ、離婚の決意を言おうと思ったが、いざとなると、両親に言えなかったこととはすこし違った意味で、それが述べられなかった。

受洗者どうしの結婚にカトリック教会の掟《おきて》がある。これから解決しなければ、兄に言っても無駄だと自覚した。

良太郎は両親ほど熱心なカトリック信者ではないにしても、両親の希望で、教会で代父母を立てて、幼児洗礼を受けている。洗礼はキリスト教入信の「秘跡」の一つで、これにより神の生命に与《あずか》る。幼児洗礼は両親の宗教教育である。

和子は母から自分が生後三カ月に幼児洗礼をうけた話をよく聞かされた。それは「聖母被昇天の日」で、教会のミサ中、たくさんの信者の前で行なわれ、終ると司祭はじめ信者たちの祝福を受けた。信者の共同体の前で洗礼をうけ、何もわからぬ嬰児《えいじ》は以後死ぬまで信者の共同体に組み入れられる。神と信者との契約の場である教会との絆が一生つきまとうのである。

仁一郎との結婚式のとき、司祭は、新郎新婦が結婚の秘跡の恩恵を豊かに受け、信仰を深めるように努力しなければいけない、キリストが教会を愛したように互いに愛し合うようにせよ、そしてキリストが両人の結婚を祝福し、両人の愛を活かすであろうと述べた。妻たる者よ、主《しゅ》に仕えるように自分の夫に仕えなさい。夫たる者よ、キリストが教会を愛してそのためにご自身をささげられたように妻を愛しなさい。司祭は聖書の一節を引用して祝福した。

この人に自分は献身的に仕えることができるだろうか、と和子は横に立つ今日からの夫を眼の端に入れて思った。最初の危惧《きぐ》と後悔とがそのときに襲ってきた。

司祭はまた彼女の弱い心を見すかしたように同じ「エペソ人への手紙」を引いて述べた。主の偉大な力によって強くなりなさい。悪魔の策略に対抗して立ちうるために、神の武具で身を固めなさい。すなわち、立って真理の帯を腰にしめ、正義の胸当《むねあて》を胸につけ、平和の福音の備えを足にはき、その上に信仰の楯《たて》を手に取りなさい。それをもって悪《あ》しき者の放つ火の矢を消すことができるであろう。……

比喩《ひゆ》は信仰的に勇壮で、章句は厳粛美麗であった。思わず朗々と誦《しょう》したくなる。それだけに司祭の言葉は上《うわ》すべりし、和子の頭上を通過して行った。

三年経って、和子は教会へ行って神父に悩みを告白した。わたしは夫を愛することができません。どのように努力しても駄目です。それはなぜですかと初老の神父はおどろいてきいた。父の代から知っている人である。

だが、仁一郎の行状をあからさまに打ちあけることは和子にできなかった。まして彼が妻の財産を目当てにし、それに寄食した遊民であるとはとうてい言えなかった。告白は夫婦間の一般的な問題、すなわち「性格の不一致」のように抽象化された。

「主へのひたすらなる祈り」を、と神と人との仲だちたる神父は和子を諭した。祈れ、祈れ。ひたすら神の愛の意志をうけるように祈れという。

無私になれ。いっさいの我執を捨てよ。寛大たれ。憎しみは罪である。憎しみに代えるに愛をもってせよ。苦しいときは教会にきて祈りなさい。夫から離れている妻の心は罪だというのに気がつきなさい。教会は神があなたを許し、慰め、そして鼓舞する場ですよ。

パロの戦車

夜十時すぎであった。

和子はキチンの食卓の上にスケッチブックをひろげている。木下信夫は居間の机で書きものをしている。傍に参考書が三冊あった。『イタリア・ルネッサンス期フィレンツェ派の画家たち』『シエナおよびウンブリアの画家』『ボッティチェルリ研究』。イタリア語で書かれた評論である。信夫がノートにボールペンを走らせているのは論文のメモだ。

和子が見ている信夫のスケッチブックは、フィレンツェの寺院や美術館にあるルネッサンス期絵画の写生だ。ボッティチェルリの「ユーディットの帰還」、「受胎告知」、アンジェリコの「カヤパの前」「聖衣剝奪」など。

だが、それらは全体図ではなく部分ばかりだ。顔、手、脚、持物、背景。顔でも眼と鼻、口と顎《あご》。手は指先、手首、肘《ひじ》。脚は足指、脛《すね》。持物は槍、剣、壺、旗など。背景は建物、山岳、森林、泉、舟などだ。

鉛筆で模写した部分図は、しぜんとデッサンになっている。たしかな線で、専門の画家が描いたのとあまり違わないくらいである。

信夫は小島佐喜雄という美術評論家を尊敬していた。西洋美術史の権威だった人で、後進に大きな影響を与えた。小島佐喜雄はT大教授だったが、助教授のころフランス、イタリアに留学したときミケランジェロなどルネッサンス期の名作を模写してまわった。小島によると、原画を丹念に見るだけでは十分ではない。模写することによって対象の精神も技法も確認できるという。複製などは論外である。小島の方法が部分模写だった。小島は画家としても一家を成すほどの腕があった。彼のスケッチはまるでミケランジェロの習作デッサンと思われるほどだった。ルーヴルの高所に掲げられているプーサンの「ルツとボアズ」の背景を模写するときなど、館長が彼を画家かと思って天井まで届く脚立《きやたつ》を貸してくれたという話がある。

信夫は傾倒する小島佐喜雄の方法に倣《なら》ったのだが、彼も画を描くのが好きであった。青年のころは、画家を志望したくらいである。いまでも写生にしぜんと手が動く。和子とうす暗いコーヒーハウスの中で見た新渡戸稲造に似た顔を、伝票の裏にスケッチしたのもこの癖からだった。

いま、スケッチブックの中ほどで紙をめくる和子の手がとまった。

和子が指をとめたのは、そこが模写の最後になっているからでもあるが、そのマザッチオの「貢《みつぎ》の銭《ぜに》」の鉛筆写生が運命の画であったという想いで眼を据えたのである。

その画もやはり部分で、信夫は居ならぶ四人の男の上半身を写している。彼らは祭司長や律法学者らのまわし者で、キリストにむかって、ローマ皇帝に貢の銭（税金）を納めるべきかどうか意地悪い質問をしているのだ。その三人の顔が斜め左に向き、一人が右へ向いている。信夫の画は右側にある髭《ひげ》の顔の二人までで、あとの顔は輪廓《りんかく》だけになっている。描きかけのままになっているのだった。

模写している途中何か急用ができて、中止したといった感じである。

和子はそのときのことが心に蘇《よみが》えってくる。

フィレンツェのサンタ・マリア・デル・カルミネ聖堂に入って、ブランカッチ礼拝堂をのぞくと、この壁画の前に信夫の写生する姿があった。

和子はフィレンツェに着いてホテルに入ると、すぐに信夫の滞在しているアパートに電話した。管理人の声が出て、彼は美術館か寺院をまわっているはずだと教えた。和子のイタリア語は通じた。

フィレンツェは丘に囲まれた美しい古都だ。ベージュ色の壁と朱色の屋根の家が密集し、そのあいだあいだに寺院のドームと高塔が灯台のようにそびえている。市街をアルノ川が横切る。

ホテルの場所の関係で、サンタ・マリア・デル・カルミネ聖堂にさきに行ったのが幸いだった。でなかったら、宮殿だの大伽藍《ドウオーモ》だの寺院だのおよそルネッサンス美術のならんでいる場所をいちいち見てまわらなければならなかった。

和子はブランカッチ礼拝堂で観光客の一群のうしろに立って、「貢の銭」を鉛筆で模写している木下信夫の後ろ姿を見つめていた。

だれかわからない視線を背中に感じたと信夫はあとで和子に話したが、スケッチブックに動かしている彼の手がとまり、ふとこちらをふり返った。

日本人の女が人の列のうしろに立っていた。信夫はじぶんの眼が信じられないような顔をしたが、和子がほほ笑むのを見ると、写生帖を勢いよく閉じた。

四人の人物の模写が二人未完成で残っているのは、信夫が壁画をはなれて和子の前に飛んでくる動作に変ったからだ。

和子は、最初からフィレンツェをめざしてイタリアにきたのではなかった。ローマで数日を送ったあとミラノに当分落ちつくつもりだった。ヴァチカン詣《もう》では最初から避けた。

ミラノでの手筈《てはず》もしてあった。東京在住の知り合いの女性声楽家に依頼して、スカラ座の指揮者に紹介してもらい、ヴェルディ音楽院のようなところに入って臨時聴講生になってみたいという希望だった。教授はとくべつにそういう計らいもしてくれるというのである。

その女性声楽家は、ミラノでの留学生時代の経験を語ってくれた。

宿舎では朝九時に朝食。発声の勉強をする。十時半に宿舎を出て、十一時から正午までレッスン。宿舎に帰り、一時から四時まで整理やレコードの鑑賞、午睡など。五時から九時まで夕食をはさんで勉強。九時からスカラ座でオペラの鑑賞と勉強会。午前零時宿舎に帰り、軽く練習。一時ごろに就寝。レッスンは発声の先生と音楽の先生についた。厳格なものだった。

和子はこういう規則的な生活で自分を律したいと思った。音楽は趣味だったが、それよりも「留学生」生活を短期でも経験したい。カトリック修道会経営の学校生活の宗教的厳しさとは違う意味でだ。

その学校では、受洗した生徒は他の一般学生とは区別して、真の信者として扱った。たとえば礼拝堂では最前列にならばされ、白布を頭に被《かぶ》って、司祭からパンとブドウ酒の聖体を拝受する。秘跡に参与することで自らの堅信を確かめる。

幼児洗礼は両親が行なったもので、当人の意志ではない。分別がついたころにそのことを言い聞かされるが、すでに信者の共同体の中に入っていた。それに反撥《はんぱつ》を覚える時期もあったが、環境の力におさえこまれていた。そのうち、しだいにその環境に同化させられた。

和子はローマからミラノ行を変更してフィレンツェへの航空券を手にしたとき、主に救いを求めた。主よ、われを加護し給えと祈る気持になった。

信夫と会ったあと、すぐにミラノへ向かう決心であった。その決心に自信はあったが、それでも神の救いを求めねばならなかった。そこに意志のもろさがあった。「ダビデと人妻」(不貞)の危機から脱する意志を、偶然の逃走に頼っていた。

信夫のスケッチブックの「貢の銭」が半分しか描かれず、残りの空白部分の中に彼女の崩壊が含まれ存在していた。信仰共同体からの脱落であった。

秋の静かなロンドンの晩であった。下の道路を過ぎる車の音は少ない。

和子は編物をしている。信夫は机で書きものをつづけている。

《十三世紀に於けるフィレンツェの市民階級の政治的勝利が、十四世紀に金《かね》の支配を確立したとのアシール・リュシエールの言葉はルネッサンス前期の、したがってその発生の本質を言いあてている。ルネッサンスをギリシャ、ローマの古典芸術の復興という人文的立場からみたサロモン・レナックの言いぶんが誤りであるのは通説となっている。十字軍遠征の失敗にともなう相対的な教会の権威失墜、各国君主の経済的破綻《はたん》と勢力衰退が、イタリアの商人層の勃興《ぼっこう》となり、教会と武士階級への勝利となった。商人の利潤追求の精神は個人主義であり、現実主義である。ルネッサンスの個性尊重とリアリズムがこうして生れる。古代ギリシャ・ローマへの回帰は宗儀的な教会美術の打破として利用したにすぎない。絵画、彫刻は聖書物語の絵解きではなく、描かれた人物に人間性を与え、個性を強調したというが、それも町人の「金《かね》」の威力のあらわれである。

市民階級の美術とよくいわれるが、じっさいは町人の美術だ。ジェノヴァ、フィレンツェ、ヴェネチアなどの交易都市からルネッサンス文化が興ったのはこのためだ。しかし、これらの都市で町人はけっして平等でなかった。交易商人、銀行家などの上流市民が金のない下層市民を抑圧した。このために両者のあいだに闘争が起り、下層市民層の「革命」は一時成功するがけっきょく敗北する。ルネッサンスは真の「町人文化」ではなかった。フィレンツェの銀行家メディチ家の歴史がそのままフィレンツェのルネッサンスの歴史といわれるのは、ボッティチェルリを旗手とする有能な画家たちが同家に召しかかえられていたからである。そのボッティチェルリは……》

木下信夫は今、そういった文章を書いているのであろう。和子が信夫からその「フィレンツェの画家論ノート」の腹案なるものを聞いているからだ。

わき眼もふらずとでもいうようにペンを動かしている信夫の横顔を見ていると、和子には彼の苦悩が伝わる。

信夫の主張でフィレンツェからロンドンに来たのは、一時の逃避であった。高平仁一郎からの直接の追跡はないだろうが、やはり日本からの眼をおそれた。

フィレンツェに二人して居るのはあまりにも大胆すぎるというのが信夫の言いぶんだった。とくに自分の止宿するアパートに和子と同居するのは仁一郎に対して申しわけないといった。

ロンドンは一時の逃避先であり、さがしあてて入ったホテル「スローン・クロイスター」No.62–Sの2DKの部屋は避難場所であった。「愛の巣」という感じには遠かった。

信夫はフィレンツェの大学教授についている。教室でも聴講し、二、三の教授に直接講義を受けている。明和大学に提出した二年間の留学計画はそのまま許可された。フィレンツェに着いて一カ月くらいでロンドンに逃げたのは、信夫にとって二重に良心の呵責《かしやく》だった。彼は苛々《いらいら》している。すこしでも勉学の継続をしたいというのが、スーツケースの底に当座の参考書をしのばせて持参し、このノートつくりとなった。

が、それはまた同時に心の責苦を忘れるための作業でもあった。和子の夫の仁一郎と自分の妻に対してである。彼は和子の前では、仁一郎にはなるべく彼からふれないようにしている。妻子のことはいっさい口に出さない。そこに夫の苦痛があった。

文章を書きつづける信夫の顔は憑《つ》かれた表情になっている。眼は疲れているが、狂ったような光があった。苦痛を忘れるためとしかいいようがなかった。

《アンジェリコは修道院で暮らす画僧で、その戒律きびしい生活から聖母に夢想を求めたといわれるが、ボッティチェルリの師のリッピも同じく画僧で、やはり聖母を描いた。アンジェリコは天上界的に、リッピは写実的に描いた。

画僧ではなかったがボッティチェルリも聖母をよく描いた。彼は写実性から装飾性へと移っていったが、それには工芸都市フィレンツェの環境が影響している。画家たちはテンペラ画や水絵具の特徴をもっとも駆使した(油絵具はまだなかった)。こうした水絵具の使用が彼の画を東洋的に見せる。シナや日本の画も水絵具である。ルネッサンスの画家たちのパトロンは武士に代る富裕商人といったが、その仕事場は依然として教会であった。……》

――とつぜん隣室の大きな声が壁を通して聞えた。

信夫はノートから眼をあげ、編物の手をとめた和子と顔を見合せた。

“Knecht, sei proprio sicuro?”（クネヒト、こんどは間違いないだろうな?）

ホテル「スローン・クロイスター」は、アパート式に建てた安普請のうえに、かなり古くなっている。そのため防音装置が十分でなかった。隣り63号室の大きな声が壁をくぐって入ってくる。

イタリア語だった。電話で言っているのだ。静かな夜だから声がよく聞える。

だが、叫ぶようにいったのはその一語だけで、あとは聞えなかった。声を急に低くしたのである。電話の通話はつづいているらしかった。

63号室に滞在の男はイタリア人である。和子と信夫が一週間前に62号室にきたときにはすでに隣りに入っていたが、毎日部屋の中にこもっていて、めったに外出しない。ひとり住いだが、廊下を隔てて前の64号室に伴れの年下の男が泊まっていた。この部屋は普通室の2DKである。これもイタリア人で、63号室の召使といったふうの世話役だった。

63号室は3DKになっていて、普通よりは広く、「特別室」になっていた。

和子は、たびたびではないが、隣室の男を廊下などで見かけた。

彼はうつむき加減に歩くが、そのかわり頭のほうはよく見えた。額から頭頂部まで禿《は》げ上がり、頭の両側部に白髪まじりの黒い髪を残していた。額の皺《しわ》は少ないが、眼の下がたるんでいた。口髭《くちひげ》はなかった。わりあい上品な容貌をしていた。六十歳を二つか三つ出ているように思われた。

肥ってはいないが、がっちりとした体格で、丈はあまり高いほうではなかった。肩のあたりは女性的にすら見え、歩を運ぶにも貴族ふうだった。

が、落ちつきがなく、たえず前後に注意しているような様子であった。

その彼がときどきかかってくる電話にイタリア語で高い声を出す。激情にかられて怒鳴るのである。

イタリア人は情熱家で昂奮《こうふん》しやすいが、イタリア語でわめくのはそのせいだけでなく、ロンドンのこんなホテルでイタリア語がわかるはずはないとの気やすさかららしかった。

彼の風丰《ふうぼう》とその言葉づかいとは違いすぎる。和子が管理人のおばさんにほかの用事のついでにきいてみた。

「名はカルロ・フォルニさん。パスポートにもそう記入してある。ピサの実業家です」

というのが答えだった。

フォルニ氏のこれまでの電話応対は罵声《ばせい》に近かった。

これまで隣室から洩れるカルロ・フォルニの声を信夫は和子に訳して聞かせていた。

(わからないでか。嘘《うそ》つき野郎の声をな)

これが最初に聞いたフォルニの罵声だった。癇高《かんだか》な、きんきんした声である。

(……向うは決めたことをめったに変える男じゃない。間に入っているおまえが何かこそこ

そやっているにちがいない）

（……うるさい、おまえの猫なで声にはあきあきした。もうこのクロイスターには電話をかけるな）

（……いつまで待たせる？　……これで三度目だよ、そのセリフはな、クネヒト）

（……おまえはキツネのように油断のならない奴だと思ってる）

（……うるさい！）

（十八日の何時だ？）

（……ところで、クネヒト。十八日のわたしの出発がきまっているなら、家内と息子と娘にこのことを報らせてくれ。そのほうの手配をしてからだが、落ち合う先を決めたいのだ。おい、どうした？　クネヒト、クネヒト、どうした？　聞えないのか？）

　これが電話の対手《あいて》への声であった。

　電話はいつも先方からかかってくるようだった。クネヒトという名の男らしい。別のホテルに泊まっている模様だった。

　隣室にいるピサの実業家カルロ・フォルニ氏がクネヒトの手引きでどこかへ行く計画らしいが、クネヒト氏がその期日を延ばしてきたので、フォルニ氏は苛立っているといった様子であった。そのためクネヒト氏が信用できないとして、おまえはキツネだと正面から罵倒していた。

それからすると、クネヒト氏はフォルニ氏の後輩か配下にあたるようで、フォルニ氏に罵倒されても下手《したで》に出て、彼をなだめているらしかった。フォルニ氏が対手を一方的に怒鳴っているようだった。

フォルニ氏の世話をする年下の男は三十二、三歳、豊かな黒髪が均衡を失っているくらい大きい頭の鉢を蔽《おお》い、眉濃く、眼玉太く、唇赤く、典型的なイタリア人であった。向い側の部屋にいるのだが、始終フォルニ氏の部屋にきていた。フォルニ氏はボスコと彼を呼んでいた。

ボスコはフォルニ氏の食事も作っていて、63号室のキチンで立ち働いているようだ。和子は一階の売店で二人分の料理材料を買いこむボスコを何度も見かける。

隣室のイタリア実業家がふしぎな雰囲気を持っていることに、和子よりも信夫に関心があった。

信夫は廊下を通るフォルニ氏を垣間見《かいまみ》ると、ありあわせの包紙を破ってその裏にすばやくスケッチした。興味の対象にはすぐに鉛筆を握って手が動く癖からである。

頭の上から眉の上の額にかけて地滑りを起したような禿げぐあい、両側に残って耳のうしろを蔽う髪の形、少ない毛の眉、すぼんだ眼とその下にたるんだ皮膚、先の尖《とが》った鼻、薄い唇、高い頬《ほお》、画はその特徴をよくとらえていた。

64号室のボスコ。頭が大きく、おでこが出て眼が引込んで、福助の顔に似ている。隣室に始終出入りする。廊下でもよく遇う。「福助さん」と二人は蔭《かげ》で呼んでいたが、これも信夫のクロッキーに写実的に描き出された。

信夫がするルネッサンス絵画の部分鉛筆模写は、彼の私淑する小島佐喜雄のあとを歩くのだが、その習練も画を描くのが好きなことから出発している。

そのスケッチには女の顔があった。ブロンドの若い女性だ。細面で、背がすらりとしている。垂れ下がった金髪が片方の眼を隠しているが、顕わした眼はつぶらかである。まだ稚《おさ》ない線が頬から頤にかけて残っている。歩きかたがきびきびしている。彼女は63号室の二回にわたる訪問者だった。

彼女がどのような用件で隣りの実業家を訪ねてくるかは、もちろん62号室の和子たちにはわからなかった。彼女の訪問をカルロ・フォルニ氏が歓迎している様子は、最初の挨拶《あいさつ》であるフォルニ氏の高い英語で察せられた。だが、あとはひっそりとしている。彼女がそこに居る一時間くらいのあいだ、福助さんのボスコが自分の部屋から出てこないのはたしかだった。

いまわしい想像がないでもない。というのは、この「スローン・クロイスター」はホテルではあるものの長期滞在契約を主にしている。滞在客は自分の手で室内のキチンで食事を作る。アパート式で、料金は格安である。利用者はそこを見込んでいる。和子と信夫もそうだった。が、中にはいかがわしい女が男客と一週間くらいの契約で泊まっている。これも売店や廊下などでよくみかけるので、全館ではかなりの数らしい。

隣りの実業家を訪ねてくる金髪の若い女もはじめはその職業かと思った。彼女はイタリア人ではない。

「クロイスター」は修道院または僧院の意味である。このホテルがどうしてその名をつけたかよくわからない。むかし、ここに僧院でもあったのだろうか。

中世の僧院は、ローマ法王庁に統轄された全教会の権威主義、世俗主義、金儲け主義に抗して、清貧、戒律、禁欲に徹した托鉢《たくはつ》僧団がその修行道場として創設された。僧団建設者には聖フランシスや聖ドミニクスの名が有名だ。

が、世間の共鳴がこの托鉢僧団に集まり、僧院に寄進がふえるにつれて、富を得た僧院内部の腐敗が皮肉にもはじまる。修道士は教会の司祭に代って異端者の裁きをする権力をもつまでになり、修道院の壁の中は破戒堕落した生活が秘められる。

いかがわしい売春婦《プロステイチユート》らが利用しているこの「スローン・クロイスター」の中にいると、同名の意味から和子はそんなことを考えたりした。

だが、隣室の実業家のもとに来る可愛いブロンドの女は、そうした種類の娘ではなさそうである。

というのは、壁ごしにフォルニ氏の激した声が、

——アグネスはおまえと口裏を合せている。……おまえは狐《きつね》だからな、クネヒト。

と聞えたことがあったからである。

これであの金髪女性がアグネスという名だとわかったし、彼女がクネヒトの使いでフォルニ氏のもとに来たことも知った。ただ、フォルニ氏はクネヒトに対してよほど不信感を持っているらしく、使いのアグネス嬢まで共謀者だと思っているらしい。

アグネスという名のブロンド娘が隣室にくるたびに一時間もひっそりと居たのは、フォルニ氏に嫌疑をかけられた彼女が根掘り葉掘り訊問を受けているためか、それともあの娘がその疑いを晴らすために何か男を籠絡《ろうらく》するような手段で弁解を試みているのか、そのへんはさだかでなかった。しかし、その間、ボスコが遠慮して63号室に入らなかったところをみると、あとの想像に傾かせた。

——とにかく隣りは奇妙な奇妙な人間である。

「クネヒト、こんどは間違いないだろうな？」と言ったままで黙っていた電話の沈黙が、いま、破れた。

「十八日の午後十時三十分だな？　おい、十時三十分だな？」

きんきんした声だった。

十八日の午後十時三十分だな、と電話で二度聞き返した実業家のイタリア語は高かった。大事な確認なのである。

そのあと、また声が聞えなくなった。

木下信夫が机の前を立った。手洗いにでも行くのかと思っていると、壁ぎわに身を寄せて耳をすりつけたのである。

眼を宙にむけ、聴覚を壁の向うに集めている。静かな夜だし、車の音はめったに通らない。実業家の電話はつづいているらしい。

彼のとつぜんのこの動作と、机に載った書きかけの「フィレンツェの画家論ノート」とには、断絶がある。興味の急旋回だ。

壁に神経を集中させていることおよそ三分間ばかり。やがて信夫は緊張を解き、弛緩《しかん》した表情で和子を見た。壁から離れ、てれ臭そうにかすかに笑って机の前に落ちるように坐った。

信夫は煙草をすこし乱暴にとった。偸《ぬす》み聴きしたうしろめたさがその素振りにあらわれていた。信夫は味わうでなく、ぼんやりと煙を吐いていたが、ふいと和子にきいた。

「隣りの人は、電話でcurrus Pharaonisと言っていたよ。ラテン語の『パロの戦車』だ。旧約聖書の言葉だったと思うが、旧約のどこにあったか、きみ、知らないか?」

煙草をふかしながら信夫が考えていたのはそれだったのだ。

「それは『出エジプト記』だったと思います。モーセがエジプトからイスラエルの人々をひきいて海を渡ってイスラエルへ向かうとき、海の水が右と左にわかれて垣となり、まん中が乾いた道となり、モーセ一行はそこを歩いて渡った。エジプト王のパロがその戦車と軍勢であとを追ってきたが、主《しゅ》は水の流れをもとのとおりに戻されたので、パロの戦車と軍勢は海の中に入ってひとりも残らなかった。あの有名な話のことだと思うけど」

「そうだったね」

信夫はうなずいてからいった。

「お隣りは、パロの戦車は大丈夫か、と電話で聞いていたよ」

「どういう意味かしら？」

「明日の晩十時三十分に行くが、パロの戦車、つまり、追手はこないか、ということなんだろうね」

「………」

「フォルニ氏の声は、心配そうに、おろおろしていたよ」

「そうすると、フォルニさんは海外へ脱出するということかしら？」

和子は編物の手をやめた。隣りの人に日本語がわからなくても声をひそめた。

「紅海を渡海するモーセの『出エジプト記』からすれば、そうなるね」

信夫は煙草が短くなるのも気がつかないくらいだった。

「エジプト王パロにあたるのは誰かしら？」

「さあ。パロはエジプト王歴代の称号のファラオのことだけど、それに匹敵する対手となると、よっぽどの大ボスらしいね。フォルニさんは生命の危険にさらされているのかもしれない」

「生命の危険に？」

「あの声の脅《おび》えかたは異常だよ」

信夫は煙草を灰皿に捨てた。

「フォルニさんはピサの実業家ということだが、どうもふしぎな人物のようだな。実業家なら もっと一流ホテルに泊まって取引先の相手と会ったり、こっちから出かけたりするはずだが、こんなアパート式ホテルにひっそりと滞在して、どこにも出かけない。取引先らしい訪問もない。まるで隠れ家に忍んでいるようだ」

「そうね。ここの管理人には実業家といっているけれど、フォルニさんの実態もはっきりわかってないのじゃないかしら」

「うむ。イタリアにはあいまいな人物が多いからな」

「でも、フォルニさんはそれとも違うように思うわ。あの人は、ほんとうのお金持で、社会的地位にあるという感じよ。わたしは廊下で二、三度ちらりと見ただけなんだけど、そう直感したわ。たしかに暗い影はあるけど……」

和子はフォルニの風丰を思い浮べていた。

「そんな地位のある人が、なぜ、まるでギャングに狙われたようにこんなホテルにかくれているのだろう？」

「それはわからないけど、イタリアでは騒ぎになってるかもしれないわ。ロンドンの新聞には出てないわね」

「出てないね」

信夫は毎日外に出て新聞を買っていた。

「イタリアの新聞には大きく出ているかもしれないわ。……ねえ、八木さんがこのホテルのフロントに来たのも、そのことだったんだわ。わたしにイタリア人は居ませんか、と訊いたんだもの。……」

「八木君が売店できみに遇ったのは、フォルニさんをさがしにこのホテルに来たのかもしれない。だが、なぜ八木君はそれを管理人に訊かなかったのだろう？」

信夫は和子にいった。

「管理人に正面から質問すると、フォルニさんに聞えて、まずいと八木さんは考えたからじゃないですか」

和子は想像をいったあと苦笑した。

「それをわたしは、てっきり白川のおじさまが部下の人を差し向けられたと早合点して、どきどきしちゃったりして」

「新渡戸稲造氏……」

信夫は呟《つぶや》いた。コーヒーハウスでのスケッチだ。それから八木がきたのをその部下と和子が思い違いした。彼はそれを振り切るように言った。

「八木君がこのスローン・クロイスターにたどりついたのはフォルニさんのことで何か有力な情報を耳にしたのだろうね。彼は、けっきょくあきらめてしまったのかな？……こうなると、きみのいうとおり、イタリアの新聞が読みたいね。フォルニさんをめぐって、どういう事件がイタリアで起っているか。……」

「前後の事情を考慮しなかったら、簡単なんですけどね。八木さんに電話してここに来てもらい、話を聞けばすぐわかるわ。フォルニさんの部屋番号を内緒に教えてあげれば、八木さん大よろこびですわ」

「きみは何を言い出すんだ？　そんなことがぼくらにできるか」

「ですから、前後の事情を考慮しなかったら、と仮定の前提条件で言ってますわ。事件の内容が知りたいとなると、そんな気も起ります。でも、それは、たとえ見ず知らずの人でもお隣りの方に対して背信行為になります。ご近所への裏切りですもの」

「……」

「それに、フォルニさんのまわりは危険がいっぱいだわ。どういう事情だかしらないけど、フォルニさんはパロの戦車のようなギャング一味に追われて、イギリス国外逃亡を実行しようとしている。しかも明日の晩十時半よ。そんな危険に捲きこまれることはないわ」

和子は力をこめていった。

和子が、隣りへ興味を持つ信夫をとめたのは、彼にその様子がいちじるしく見えたからである。

信夫の書きかけの「ノート」はそのままだ。

《フィレンツェのルネッサンスは、ギリシャ、ローマへの回帰という言いふるされた芸術上の出来事ではなく、フィレンツェの町人文化、とりわけ貿易商人や金融資本家らが「金《かね》」で咲かせた美術である。

銀行家メディチ家の当主はフィレンツェの市長としても政財界に君臨したが、こうした人によくある趣味として哲学者、詩人、画家などをその別荘のサロンに集めていた。ボッティチェルリの師リッピも同家の庇護《ひご》を受け、サロンに出入りしていた。メディチ家をスポンサーに持ったボッティチェルリの古典的な写実性、細密画のような装飾性、愁い顔の女の情緒性などは、まったくお抱え主である金持の趣味にぴったりである。……》

興味は、ルネッサンス論からもボッティチェルリ論からもはなれ、隣りのフォルニ氏へ傾いている。

またもや煙草をとってくわえているが、思案している眼は「パロの戦車」だった。

――和子には信夫の心理状態がわかっていた。「ノート」を書き綴《つづ》っているのはフィレンツェ「留学」を忘れないためではなく、和子との現実苦悩を忘れるためなのだ。論文にうちこむ間だけはそれに集中できる。それへ逃げこめる。一心不乱といった形相でペンを運んでいたのはそのあらわれだった。

だが、それにいつまでも耐えられるものではない。忘れるために書く。その書くことが重圧になってくる。息苦しくなる。狂おしくなる。

隣室のフォルニが彼にその転換路をつくってくれた。重圧からの脱《のが》れ道だ。机の上での鬱《うっ》陶《とう》しい思索とちがって、他人の行動を追ってみることだった。学問よりは単純明快だ。ルネッサンス論を書くのも、フォルニ氏の動静を穿鑿《せんさく》するのも、信夫においては心理は一つである。「現在」を忘れるためなのだ。それよりほかにない。

和子に言われるまでもなく、フォルニなるイタリアの実業家が奇体な人物で、その周辺には怪奇な空気がとりまいているのを信夫も知っている。うかつに手出しすると、災害に捲《ま》きこまれそうな危険のあることも感じている。だが、冒険こそは忘我の意地ではないか。信夫はそう考えているようである。彼の顔は昂奮で血の気がさしてきていた。

もうとめられない、と和子は思った。

「ぼくが壁に耳を寄せて、フォルニさんの電話の声を聞いたところ」

信夫は和子にいった。

「明日の十八日の午後十時三十分、ヴィクトリア・エンバンクメントのブリストル・ホテルに行く、そういう予定だな、と言っていた。イタリア語で。例の調子で、ホテルの名を二度くりかえして、たしかめていた」

「電話の相手は、いつものクネヒトという人？」

「だろうね。クネヒトがそのホテルを指定したらしい様子だった。ブリストル・ホテルというのは、どんなクラスのホテルかな」

「ここに『ロンドン・ガイドブック』がありますから、ちょっとさがしてみます。……あ、一流ホテルだわ、古典的なデコレーションの……」

ロンドン・ガイドブックによると、「ブリストル・ホテル」はテムズ川畔のヴィクトリア・エンバンクメントに沿い、ストランドのテンプル・プレースWC2にある。四つ星の「超一流」と出ていた。客室一九六。

「地図を見よう」

信夫がスケッチブックの上にひろげた。

それはすぐにわかった。テンプル・プレースは西のウォータールー・ブリッジと東のブラックフライアーズ・ブリッジの中間に位置している。ここは街路がヴィクトリア・エンバンクメントから大きくコの字形に引込んでいて、ブリストル・ホテルはその底辺にあるらしかった。

「また急にこんな一流ホテルに明日の晩移るというのはヘンだな」

信夫は口の中でいった。

「いままで、こんな貧乏臭いアパート式のホテルにしゃがんで辛抱してたんだから、出国する最後の晩くらいは、豪華なホテルに泊まりたいんじゃないかしら」

和子が微笑した。

「しかし、それはおかしいよ。そもそもこのホテルに滞在しているのは、フォルニさんが人目を避ける目的だと思うんだ。ホテル代の倹約のためじゃない。カネは持っている。クネヒトという人物との電話のやりとりを聞いていても、要心深いあまりに対手を警戒して、キツネだのなんだのいって疑っては怒鳴っている。クネヒトはフォルニさんを国外につれ出す協力者らしいのにね」

「その人、どこかのホテルに泊まって、フォルニさんと電話で連絡をとっている様子ですね」

「フォルニさんが警戒して、クネヒトといっしょのホテルに居るのを嫌《いや》がっているからだ。おまえはここへくるな、と大声でいっている」

「そこでクネヒトさんは金髪の可愛い娘さんを使いにフォルニさんのもとによこすのね？福助さんはいいんですか」

「あれはボディガード兼世話役だからフォルニ氏は身内だと信用するしかない。ところが、明日の夜十時半にブリストル・ホテルに入るときまって、フォルニ氏もようやくクネヒトを信用しはじめたらしい。ところが、腑《ふ》に落ちないのは、一流ホテルとなれば、まず一流の客が集まると思わなきゃならない。フォルニ氏はそこで知った人間のだれに遇うかわからない。いままで隠れていた彼の態度からすると、どうもおかしいよ」

「でも、一方では、フォルニさんがブリストル・ホテルに午後十時半に入ることで、知った顔に遇わないで済むということもあるわ」

「そうかもしれないな。夜十時半のチェックインというのは、同じロンドン市内からは遅すぎるよ。わざとフロントやロビーに人の居ない時間をねらったとみえるね」

隣室の電話はそれっきり絶えたが、ドアに低いノックがした。開閉の音も靴音もなかった。

「福助さんが来た。明日の打合せだろう」

むろんボスコとフォルニの話し声は聞えなかった。

信夫は指を頤に当てて考えていたが、和子にいった。

「管理人室にはまだ誰か居るだろう。階下《した》に降りて行って、ちょっと聞いてくれないかね、63号室と64号室は明日の何時ごろに空《あ》きますかって」

「………」

「夜の十時半近くまでここにねばっているとは思えないからね。引き揚げる時間しだいでは、ブリストル・ホテルまでの行動を推測してみようというわけさ」

三十分ばかりで和子は戻ってきた。

「管理人のミセス・パーマーは、63号室も64号室も、明日のお昼までの契約だといってましたわ」

「やっぱり、明日の昼には、ここを引き揚げるつもりなんだな。そうすると、夜の十時半まではどうするんだろう」

信夫に刺戟《しげき》された昂《たか》ぶりの顔色が見えてきた。

「ぼくらも明日の晩、ブリストル・ホテルへ行ってみよう」

「えっ」

「対手がそこに泊まるとはかぎらない。何かトリックがありそうだな。知らぬ顔をしてのぞいてみよう」

信夫に制止が利かなかった。

「明日、レンタカーをヴィクトリア駅前から借りることにしよう。ぼくらも追跡に機動力を持つ必要がある」

ルネッサンス論はたちまち飛び散った。静かな晩は、淵のように深まった。

電話が鳴った。夜十一時。カーゾン・マーブル・ホテルの312号室。

「八木君か」

岩野支局長の声である。

「何度もそっちに電話したんだけどな、きみ居なかったね」

不機嫌そうだった。はじめから様子が変だ。

「すみません。一日中、外を飛び回っていたものですから。なにか?」

「そっちの様子は？」

「報告がちょっと遅れましたが、まだ進行中なので区切りのついたところでまとめるつもりだったんです。ヒルトン・ホテルのクネヒトの部屋に仕掛けた盗聴器は、途中でクネヒトに気づかれて失敗に終りました。ぼくはイゾッピ刑事に録音を聞かせてもらいましたが、クネヒトとネルビ頭取の電話のやりとり、クネヒトを訪ねてくる頭取脱出工作組らしい連中との会話などは、なかなかいい線をいきかけているんですが、惜しいことに……」

「話は聞いているよ」

「え？」

「今日の夕方、ローマ市警に行って捜査課長に聞いた」

「ああ、イゾッピ刑事がロンドンから報告したんですね？」

「イゾッピ、ベッティ、それにアンドレーの三刑事はロンドンからローマに呼び返されたんだ」

「なんですって？」

「尾行も失敗、盗聴も失敗。連中を置いても役に立たず、と捜査課長は見切りをつけたわけだ」

八木は涙を溜めたイゾッピの顔が浮ぶ。盗聴失敗で「黄色いさくらんぼ」ホテルでの絶望落胆、椅子に動物のようにうずくまっていた姿が眼に灼《や》きついていた。

「替りの刑事は至急にこっちにくるんですか」

「替りは派遣しない」

「えっ、どうしてですか」

「ぼくは知らん。捜査課長がそう言った。必要がないんだろう」

「支局長もイゾッピが持ちかえった録音を聞いてるでしょう？」

「いや、聞かせてもらえない」

「盗聴器にはネルビ頭取が十八日、つまり明日です、明日中にロンドンを脱出する計画の実行の話が入ってるんですよ。替りの刑事を寄越さないなんて、そんな、バカな話はありませんよ」

「ぼくは、その録音を聞いていないからわからないけどね。とにかくローマ市警の捜査課長が、これ以上捜査員を二名も三名もロンドンに置いても、貴重な外貨ばかりムダに使ってもったいないというんだから仕方がない。ドル高はつづいているからね」

「………」

「ローマ市警の捜査員が引き揚げたロンドンにきみがいても仕方がない。きみもこっちへ帰ってこいよ」

「………」

「あとでなにかの情勢変化があったら、ロンドン総局に頼んでおくから」

八木は頭に血が上るのを覚えたが、抑えた。ロンドン総局にあとを頼むとは、岩野はどういう神経で言っているのか。

「岩野さん。いや、支局長。あなたは録音された盗聴の内容を聞いてないからもう一つ実感が起らないでしょうが、ぼくには非常な緊迫感があるのです。お願いですから、あと二日、つまり十九日までロンドン滞在を延ばしてくれませんか」

ほんとうは五日間といいたいが、それは岩野が認めてくれまい。

「じゃ、捜査員が引きあげても、きみが独力でネルビ頭取の所在をつきとめるというのかね？」

「その努力をします」

「努力とか意気込みとかだけではダメだよ。いくらか手がかりのようなものはあるのか」

「まだヒントていどです。これが形になるかどうか、明日がんばってみます」

「無理するなよ。頭取の脱出のまわりにはマフィアが眼を光らせて出没しているぞ。尾行のローマ市警の捜査員らも命がけだといっていた」

「要心して、危険な線からはいつも一歩も二歩も下がっています。わたしも支局長の指導でP2の組織やマフィアの怕《おそろ》しさは、これでも普通の人以上にはわかっているつもりですからね」

「日本の電車のホームと同じだね。危険ですから白線の内側にお下がり下さい、か。冗談ではなく、万一のばあいを考えて、ロンドンの深沢さんに頼んでおこうかね？」

「いい加減にしてください」

語気に思わず憤《いきどお》りが出た。が、それでは圭角《かど》が立つと思ったので、

「万一、これがうまくいったときは手柄がロンドンと半分半分になって、ローマの特種《とくだね》には
なりませんからね」

といってみた。

が、岩野支局長はひややかに笑い、

「きみに万一のことがあってみろ、ぼくが申しわけないじゃないか」

と自分の責任を言った。

どうにか承諾をとりつけて、八木は受話器を置いた。

ローマに呼びかえされた刑事連は意気銷沈《しょうちん》しているにちがいない。ベッティも、盗聴技術担当で途中からロンドンに参加したアンドレーも、悄気《しょげ》かえっているだろうが、なんといっても最大の打撃は主任格のイゾッピだ。思わぬ失敗から、捜査課長に「強制召還」を命じられたイゾッピの無念は察するにあまりある。

ロンドンで「待命」ならまだ名誉回復の機会はある。しかし、ローマに戻されてしまえばチャンスとはまったくの絶縁だ。イゾッピらが受けるのは無能、ぐうたら、愚鈍という周囲の屈辱的な視線だけである。

だが、ローマ市警の捜査課長は、なぜイゾッピらにもうすこし辛抱しなかったのだろうか。八木はイゾッピをよく知っているが、彼はけっして凡庸な捜査員ではない。むしろ市警ではベスト3に入る刑事である。これまでに検挙率は高い。難事件も多く解決している。だからこそロンドン行きにも選抜された。

またもし仮にイゾッピが不適任として呼び返すなら、なぜに直ちに交替者をロンドンに派遣しないのか。この処置は捜査課長の一存だけではない。

――何かがありそうだ。ローマ市警の方針にはあきらかに転換が起っている。幹部の考え方が変ったのだ。何だろう。……

落ち合う

信夫がレンタカーを運転してブリストル・ホテルの前に着いたのは十八日の夜九時五十分であった。

このホテルは昨夜地図で見たとおりヴィクトリア・エンバンクメントからコの字形に引込んだ道路に沿った奥にあった。コの字形に囲まれているのは遊歩道のある木立の多い公園であって、これはテムズ川沿いにところどころ見かける小公園である。

その公園前の駐車場に茶色のレンタカーを入れた。大衆車のヴォクソールである。ホテル宿泊客用のパーキング場は地下にあるらしい。それでもここにジャガーやローバーが十台ばかり置いてある。信夫は和子とホテルの前に要心深く立った。

まず地形だが、堤防上のヴィクトリア・エンバンクメントからはここは低くなっている。したがって川面《かわも》は見えず、木立ごしにサウス・バンクのナショナル・シアターなどの高い建物が、折から雲間を出た新月の下にある。国立劇場は黒い影だがロイヤル・フェスティヴァル・ホールの窓にはまだ灯があった。

ブリストル・ホテルの正面は見るからに貝殻の白い裏で出来た王女の小さな城館といった

感じであった。前はウォータールー・ブリッジ、近くに繁雑なチャリング・クロス駅、その世俗の塵《ちり》を寸尺の隠れ地に避けたといったところ。

もっともそれをよけいに身に覚えたのは、午後十時に近い時間が時間だからで、あたりはだれも歩いていない。堤防上の道路を車の音は通るが、木立にさえぎられて遠く、回数も少なくなっていた。

正面の回転ドアを押した。長身のフロックコートがリセプションの前から恭々《うやうや》しく近づいた。背景に中世の光景があった。

「ここで人を待ち合せる約束をしています。それまでお茶が飲めますか」

かしこまりました。含み声で軽く頤《あご》を動かし、ロビーを先導した。すべての照明が大理石のフロアにさかさに映じ、フロント・マネージャーはまるで水の上を歩いて行くようであった。大きな黒っぽい石の円柱があいだあいだにあって、宮殿《パレス》の通路は曲折していた。

落ちついたのはつきあたりの窓ぎわで、そこにはテーブルが八つならべられてあった。ロビーは見通しである。

あらためて紅茶をたのんでから信夫がきいた。

「フォルニさんという方と、ボスコさんという方とが今夜このホテルにお泊まりではありませんか。どちらもイタリア人ですがね」

ミスター・フォルニとミスター・ボスコでございますね、少々お待ちください。

ロビーに客の姿はみえなかった。信夫も和子もそこからゆっくりと眺められた。謁見室の広間《フォイヤー》といった感じであった。天井からの逆円錐形の大シャンデリアが無数の燭台《しょくだい》を蒐《あつ》めて光り、壁間フリーズの照明は映え合って、古典的な装飾と柔かい色彩とを広間に浮び上がらせていた。

斑《ふ》のある黒マーブルの円柱は中ほどにふくらみのあるエンタシスになっており、上がコリント式装飾だった。高い天井から一段さがって、各柱間に楣《ひさし》をつくり、入口をしつらえて、複雑さと奥行きを見せていた。手前に半円形の大理石階段があり、この昇降口の左右に二本ずつコリント式円柱が立つという威厳ぶりであった。

レストランはこの二階のようである。というのは、ちょうど白いコートをきた中年婦人が山高帽を胸に持った紳士につき添われてその階段を降りてきたからだった。

そのカップルを回転ドアのところに見送ったフロックコートのフロント・マネージャーが、紅茶の銀盆をささげたボーイを従え、日本人客のところに近づいてきた。

ただいま受付を調べましたところ、フォルニさまも、ボスコさまも当ホテルにはお泊まりになっておりませんし、ご予約もいただいておりません。はい。

紅茶を飲みながら時計を見た。十時を三分過ぎていた。玄関の回転ドアは動かなかった。

《当ホテルは英国十八世紀の典型的な装飾を再現し、偉大なるチュダー宮殿の伝統を継承したものでありまして……》

卓上のカードを和子はぼんやりと見ている。

外に車がとまる音がした。回転ドアが動いた。信夫の眼がそっとむけられる。山高帽の男一人にソフト帽の二人、それにブロンドの女二人。クロークの前で帽子を脱いだ。削《そ》げたように額が禿《は》げ上がった男はいなかった。五人は宮殿の階段を上ってレストランへ行く。

その階段からは女づれ四人が降りた。

「レストランかもしれないわ」

和子が言った。

「ぼくもそれを思っていたところだ。のぞいてみよう」

フロントでは常連の女客四人のおしゃべりの相手をつとめている。二人は威厳の階段をのぼった。ひろくて、ゆるやかな螺旋《らせん》。サルヴィアーティ描く「ダビデ宮殿の不貞の螺旋階段」(一五三五年ごろ)を彷彿《ほうふつ》させる。

レストランは広くはなかった。せいぜい二十数テーブルくらいだった。それがいかにも宮廷の「陪食用」らしかった。

和子と信夫は入口からそれとなく眼をのぞきこませた。客はテーブルのほぼ八割。一瞥《いちべつ》でわかるくらいだが、それでも後ろ姿には熟視を要した。

入口のボーイが客かと思って迎える姿勢をとった。

「ちょっと知り合いの方をさがしているのです」

和子はあわてて断わった。

フォルニもボスコもいなかった。ボーイたちの怪訝《けげん》そうな眼に送られて離れた。間の悪い思いを、わざとゆっくりと階段へむかった。

壁にパネルがあり、ポスターが貼られてあった。一枚はロイヤル・フェスティヴァル・ホールの音楽会だが、一枚は「文化集会」のポスターだった。

それが風変りだったので、忙しいなかだったが、和子は思わず足をとめた。

「精神武装」世界会議！

物質文明、機械の先端技術の発達は行きつくところを知らず、ついに人類の滅亡に到達する。これを救うには「精神武装」による対抗しかないというのが趣旨だろうが、文句は煽動《せんどう》的である。それにモンテカルロで行なわれるのに、ロンドンまで宣伝している。——

時は、十一月三日から五日までの三日間。

参加する文化人らは、英、仏、西独、伊、米、日、南米諸国から。

フィレンツェにある「パオロ・アンゼリーニ文化事業団」とは、何だろう？

階下に降りた。だれもいない。十時十八分になっていた。

「しまった」

信夫が小さく叫んだ。

「どうしたの？」

「ぼくらは思い違いをしていた。フォルニさんはブリストル・ホテルに行くとは言ったが、ホテルの中に入るとは言っていなかった。それをぼくはとり違えたのだ」

「どういうこと？」

「フォルニさんが待ち合せる場所はホテルの中でなくともよかったんだ。外でよかったんだ。ブリストル・ホテルという目印さえ決まっていればね。この超高級ホテルの中に入らなければ、フォルニさんは知った顔に遇う気遣いはない。外の駐車場だよ。われわれがレンタカーを置いてきたあそこさ。先方も車で落ち合うにちがいないからね」

「わかったわ」

「すぐに行こう」

フロントのレジで勘定を払うのも大急ぎだった。回転ドアを水車のように回して外へ飛び出した。フロックコートのいまいましそうな顔があとに残った。

暗い外に出ると、信夫は和子に注意した。

WORLD CONFERENCE ON SPIRITUAL ARMS

High Technology Will Destroy Mankind.
Let's Buckle on Our Spiritual Armor
to Battle Such "Progress".
Participants include cultural celebrities from the United Kingdom, France, Federal Republic of Germany, Italy, the United States, Japan, and Latin America.

Date:November 3-5, 1982
Place:Hotel Hermitage, Monte Carlo, Monaco
Paolo Anzellini Cultural Foundation
(Florence, Italy)

普通の足どりで、というのだった。ヴォクソールまで腕を組んで歩いた。

和子が座席に横たわり、信夫は運転席にうずくまった。灯は点けなかった。まわりはホテルで食事している客の高級車が十台だった。十時二十五分になった。

前の公園の木立は黒々としている。それを近景に遠見《とおみ》はサウス・バンクの高層建築物に灯がならんでいる。中景が陥没しているのは、高いヴィクトリア・エンバンクメントのために見えないテムズ川である。空は雲が霽《は》れて月がかかっている。その堤防道路を車の光芒《こうぼう》が走らなかったら、舞台の書割りにしていいような夜景である。

信夫がハンドルの上から眼をあげた。

黒い木立の左側から黒い車が一台、ヴィクトリア・エンバンクメントからはずれて走りこんできた。ホテルの正面に着けるかと思うと、そのまま過ぎて、駐車場にも入らず、そこでライトを消した。

十時三十分。――

フォードだった。ドアを開けなかった。車内を暗くしている。うしろの木立が遠くの灯を遮って、人影の数をわからなくしていた。

三分経った。三分は長かった。

その間、ホテルから二人の男と三人の女が談笑しながら出てきて、駐車場の赤いジャガーのドアを開けた。ヘッドライトをつけた。黒いフォードは、それを避けるようにバックした。

ハンチングの運転手の姿が瞬間の光に浮んだ。

ジャガーが走り去ると、フォードはそのままとまっている。パーキング場の茶色のヴォクソールを客の食事中の駐車だと思っているらしい。信夫は、ハンドルの下に伏し、和子は座席に身を縮めている。

堤防上道路の左からライトが下りてきた。公園のふちに沿って左折し、ホテルの前へむけて直進になる。あまりスピードを落さずにこっちへくる。三十メートルの位置にフォードがいる。その前を通過した。黒塗りのローバーだった。

その赤い尾灯《テイル》がホテルの前を素通りし、堤防上へ道路を曲りかけると、フォードはヘッドライトをつけてエンジンを鳴らした。ローバーのあとを追った。

フォードが木立の角に消えるのを待たずに信夫が車を発進させた。

ゆるやかな、短い坂を上ったところが堤防上のヴィクトリア・エンバンクメント。ここに信号がある。さいわい赤になって、前のフォードがこっちに尻《しり》をみせて待っていた。

横の道路は車のライトの流れ。その明りで後窓にうつる人の輪廓《りんかく》の影がわかった。

「フォルニさんだわ。右側のは」

後ろ姿だが、体格の特徴で知れる。

「やっぱり、待ち合せはブリストル・ホテルの中じゃなくて、外だったのね」

「ブリストル・ホテルは有名だから、マークにしたんだね」

「あとからきた車が、フォルニさんをどこかに案内して行くんですね？」

「らしいね。なんだか、いやにものものしいな」

「パロの戦車を警戒してるんだわ。フォルニさんといっしょに乗っている左側の人は誰かしら。あれが電話で話してるクネヒトという人かしら？」

「そうかもしれない」

「あんなにキツネだのなんだの悪口いってるのに、仲よくしてるんですのね？」

「こういう際だ。協力者だから仲よくするしかないだろう」

「福助さんは？」

「ボスコは運転だろうね」

フォードはヴィクトリア・エンバンクメントを西へ向かい、ウォータールー・ブリッジの袂《たもと》を過ぎ、ハンガーフォード鉄橋の袂を過ぎ、ウエストミンスター・ブリッジ通りからパーラメント広場を半周してヴィクトリア通りを西へ走った。その突き当りが信夫の運転しているこのレンタカーを借りたヴィクトリア駅前である。

フォードはその先行車のローバーに導かれている。あまりに接近しても尾行を気付かれそうなので、間に二、三台の車をはさんでおくことにした。交通量が減っているので見失うことはなかった。それに広い一本道である。ときどき信号で停まりもした。

「チェルシー方面のようね」

和子が前を見つめながらいった。

「方角としては、スローン・クロイスターだが」

「フォルニさんはあのホテルをもうチェックアウトしたはずよ。それに、そっちへ行くんだったら、道案内の車は要らないはずですわ」

「そりゃそうだ。おや、やっぱり方角が違った」

ヴィクトリア通りは、ヴィクトリア駅の北側に出て、バッキンガム・パレス通りに合し、この通りは南のエバリー・ブリッジ通りになってテムズ川方向へ下る。フォードはローバーに引張られてその道を走った。

エバリー・ブリッジ通りを下ったところに信号がある。三叉路《さんさろ》になっていて、もう一つは北から南下してきたチェルシー・ブリッジ通り。その合流点の北側が広い構内になっている。大学の寮のような赤煉瓦《れんが》造りの棟が夜の静寂に黒々とならんでいるが、チェルシー・バラックスという近衛連隊の宿舎である。

信号が変った。トラックが流れる。フォードの尾灯が動く。

だが、多いトラックや少ない乗用車の列はそこから左折して、やや上り勾配《こうばい》の橋のほうへまっすぐに向かっているが、めざすフォードの赤いテイルは左折しても橋のほうへは行かず、三叉路を五十メートルばかり南へ行ったところで左に曲った。その前には先行車ローバーの赤い尾灯が誘導するように瞬いていた。

それきり二台の車の影は消失してしまった。

信夫はレンタカーをチェルシー・ブリッジ通りの片側に寄せて停めた。これ以上の追跡は無理である。たしかにこの大通りから岐《わか》れた道路はある。が、それは工場の専用路だった。ヘッドライトを消す前に光芒に映ったのは、工場の鉄扉が閉じられていることだった。ローバーとフォードとを中に迎え入れたあとは閉門したのである。

これも広い構内をもつ工場のようである。チェルシー・ブリッジの袂からエバリー・ブリッジ通りの端まで目測で五百メートルだ。もしこれが五百メートル四方の敷地だとすると広大なものである。

だが、工場にしてはそれらしい建物が一つもない。煙突も見えない。煙突以上に高い塔が一本、夜空に黒い影をそびえさせていた。まるでイスラム寺院のミナレットのように上部がふくらみ、高さ十メートルくらいもあるように思われた。

工場の外観は、鉄柵《てっさく》の塀が囲《めぐ》らされ、その内側には植物が繁茂していた。そのために中の設備の眼かくしの役目をしていた。

その木立の塀が端から端まで五百メートルにわたって延びていて、ところどころにある外灯の乏しい光が木々の黄ばんだ色をわずかに浮び出させていた。

「いったい、どういう工場だろうな」

信夫は向う側をうかがった。

「降りて、看板を見てこよう」

門の黄の鉄柵に白い板《ボード》がかかっていた。

信夫のあとから和子もついて降りた。

《G.L.C. WATERWAY WORKS》（GLC水路作業所）

へええ、と思った。

GLCはグレーター・ロンドン・カウンシルの略。ロンドンは地方行政都市制だから、いってみれば東京都制のようなものである。「東京都水路作業所」とでもいった施設に近いらしいが、その名称からは何をするところか、実体が浮び上がってこない。

信夫と和子は鉄柵につかまって、中をのぞきこんだ。

柵の内側は植物がもつれているが、近いところは疎《まば》らなので、隙間は十分にあった。中の広い構内には照明灯の柱がほうぼうに立っていて様子がかなりよく見られた。

それは一見して、水路というよりも船渠《ドック》といった風景であった。

構内のまん中が川のような水路になっていて、そこに底の平たい荷役船のような舟が二艘《そう》ならんで両岸にもやってある。何も積んでいない。舟というよりも大型のボートに近い。水路の両岸から奥にかけて建物がとりまいていた。

これがなんとも古色蒼然としている。

船が何艘もとまっているからドックであることはたしかだが、人影はひとつもなかった。

そういえば照明灯の数も減らしているようだった。

その中に浮び出た風景がまるで十九世紀の亡霊のようである。建物はただ古くなったというのではなく、低い工場は重々しくも厚い茶色の煉瓦壁で、間々を壁がひろく仕切って小さな窓がのぞく。その窓も桟の枠が多く、上の切妻の壁には紋章が抉《えぐ》られている。これが五棟も六棟もつづく。

奥なる三階建ては、黒褐色の煉瓦造り。一つ一つ破風《はふ》をもつ窓は白ペンキのふち取り。屋根は青色、四隅に巨大な煉瓦造りの煖炉《だんろ》用煙突と、屋根をつきぬけたまん中に同様のものを乗せている。奥まっているため表からは見えなかった。

いまどきこういうものは、北部のランカシャー州はブラックバーンあたりにある紡績博物館保存の旧紡績工場でもないと見られないように思われた。

時計を見ると、十一時十五分である。

こんな時刻だから、工場が寝静まっている状態になっているのは当然だが、それでも宿直の人間ひとり歩いていない。

水路の行きどまりがドックになっている。ドックは三つばかりある。その両岸につながれた赤い平底の舟は、ろくに掃除もしてないくらい汚れている。その舟が岸よりずっと下のほうの谷間のようなところに落ちこんでいるのは、察するところ、干潮のために水路の水位が下がっているとみえた。

ドックには短い橋が二つかかっていた。左の岸も右の岸も同じ構内だから建物も同じ、旧《ふる》さも同じである。

トラックが五台か六台、建物の間にばらばらに放置してある。これだけは十九世紀の銅版画の世界を破っているようだが、そのトラックもまたおそろしくきたない。横腹に「G・L・C」と白ペンキで書いてあるのだが、それが黒くなって読めないくらいで、まわりの荒廃に義理を合せているようだった。

ドックのまわりのコンクリート床は、清掃は翌朝にするためか、仕事が終ったあとの乱雑がそのまま残っている。古タイヤ、鉄片、小石、煉瓦の破片。——

この十九世紀の廃墟《はいきょ》のような夜景に、和子は気味悪くなった。

「それにしても、あの二台の車はどこへ入ったのだろう？」

信夫はなおも鉄柵にしがみついて、凝視の眼を配っていた。

「これだけ多い建物ですもの。どこかへ消えたんだわ。もういい加減にして、ここを離れましょうよ。あのタワーが見張り台で、あそこの上から、だれかがこっちを見てるかもしれないわ」

ミナレットのような高塔は、ドックの横にある細長い工場のような建物のうしろに立っていた。

信夫もようやく鉄柵からはなれた。

振りかえり振りかえりして車にもどった。

「GLCの水路作業所という看板だが、水路という概念にはほど遠いね。奥が行きどまりだ。ドックならわかるが」

「そうね」

「フォルニさんは、このドックから舟を出させて、国外に脱出しようというのかな?」

「まさか。あんな小さな平底の舟で?」

「この水路はテムズにつづいている。だから道路の下が水路のトンネルになっているはずだ。ほら、ドックの舟がいやに低い位置にあったろう? あれは干潮のためだと思うね。してみればテムズと道路の下の暗渠《あんきよ》でつながっている」

「そうね」

「だから、あのボートにフォルニさんを乗せて、テムズを下り、イースト・エンドの河岸あたりで、もっと大きなボートにのせかえて、親船へつれて行くんじゃないかな。つまりパロの戦車の追手の眼をくらましてさ」

「それは無理だわ」

「どうして?」

「だってGLCはロンドン政庁の施設でしょ。東京都庁みたいなものですわ。そのお役所が、そんな非合法な手段に協力するはずはないわ」

「うむ」

信夫は詰まった。

しかし、フォルニの乗ったフォードが案内役のローバーといっしょにこの水路の門の中に走りこんだのは確実である。そのあと鉄扉が閉じられたのも事実だ。「ＧＬＣ水路作業所」とはいったい何だろうか。それを知りたいと信夫は言った。

「この辺にものを聞くところはありませんよ」

「わかっている」

信夫はアクセルを踏んだ。

チェルシーもこのあたりは昼間は林間地区だが、夜間はことのほか寂しい。ロイヤル・ホスピタル（廃兵院）、陸軍博物館、チェルシー・バラックス（近衛連隊宿舎）など広い敷地の陸軍関係の施設がならび、あとは公園と、離れては高級住宅街がある。

十一時半ともなれば、どこも窓は消灯して閉じられ、少ない車は猛スピードで走り抜けるばかりだった。

「こっちがダメなら橋を渡った向う側はどうかしら？」

橋とはチェルシー・ブリッジである。

「向う側は、もっと寂しいだろう。が、とにかく、すぐだから行ってみよう」

テムズの南岸バタシーとなると同じ道路でもクイーンズタウン通りと名が変って、右側も左側も曠野《こうや》の闇《やみ》のようであった。すぐに引返した。

チェルシー橋を元のほうへ渡り切ろうとしたとき、助手席の和子が叫んだ。

「あそこにトンネルの出口が見えるわ」

信夫は右窓に眼を走らせて、すぐに車を片側に寄せてとめた。

二人でコンクリートの欄干にならんだ。

堤防上の広い道路をヘッドライトの光芒が疾駆している。その下が堤防の斜面。斜面の下がテムズの水ぎわだが、そこに赤ペンキ塗りの平底舟が二艘もやっている。空《から》である。ドックで見たのと同じだ。

その舟の横が四角い暗渠《あんきよ》（トンネル）の出入口になっていた。距離があるし、夜なのでそれ以上の細部はわからなかった。道路の下が暗渠になっているのは確認できた。

「あなたの推定どおりでしたわ。ドックは、テムズとつづく運河だったのね」

「舟の低さから干潮と判断したんだけどね」

「そういえば、テムズの岸の水位も下がっているみたいね。あの鉄橋の脚も高く出ているような気がするわ」

すぐ次に見える下流の鉄橋のことである。

「地図を見よう。懐中電灯を点《つ》けて」

チェルシー地区をひろげた。

「うむ。地図でも南北に細長い中広の水路のようになって、道路の下が切れている。そこがトンネルなのだ。この堤防上の道路がグロヴナー・ロードだ。西すればチェルシー・エンバンクメント、東すればミルバンクからヴィクトリア・エンバンクメントにつながる。……」

「だったら、どうして二台の車はブリストル・ホテルからヴィクトリア・エンバンクメントをまっすぐに近道をとって、この水路作業所にこなかったのかしら？」

「ヴィクトリア・エンバンクメントからまっすぐにこのグロヴナー・ロードにこずに、フォルニさんを乗せたフォードを誘導するローバーが回り道をとったのは」

信夫は和子の言葉をうけていった。

「追手のパロの戦車の眼をごまかすためだろう。してみると、フォルニさんの援助者たちは、なかなかやり手のようだね」

「やり手過ぎるような気がするわ」

和子は感じたことをいった。

「どうして？」

「だって、あの二台の車を尾行するのは、わたしたちだけだったわ。ほかに追跡者も尾行者もいなかったわ」

「見えないところから監視していたのだろう」

「車は走ってるんです。監視する側も尾行して走ってなきゃならないわ。それがわたしたちの眼にふれなかったんです」

「どういうのだね？」

「フォルニさんの仲間は、はじめからフォルニさんをあのドックの施設につれこむつもりだったのですわ」

「それでもいいんじゃないかな。追跡者はいつも近くにいるとはかぎらない。大きなアミをひろげているからね」

「じゃ、なぜ、最初《はな》からこの施設の近くで落ち合わなかったのかしら？　ブリストル・ホテルからここまで五キロくらいは離れてるでしょ。しかも迂回してくるなんて、おかしいわ。この近所だって、落ち合うのにわかりやすい目印の建物はいっぱいあるわ。公共施設ばかりだもの」

「それもそうだな」

「わざとブリストル・ホテルの前を択《えら》んだり、遠まわりをしてここへ来たりしたのは、追跡者の眼をまくというよりも、フォルニさんの眼をまどわすためじゃないかしら。イタリアからきたフォルニさんはロンドンの地理がよくわからないから」

和子の言葉は重大な意味を持っていた。

「すると、フォルニさんの護衛者たちは、じつは敵だったということか」

「まだそこまでは言いきれないけど、様子がヘンですよ」

「はじめから様子がヘンだったよ、隣りの部屋の空気はね。フォルニさんは、おびえていた。それをいままでは彼の追跡者に対してかと思っていたが、まさか味方とはね。フォルニさんが電話で話していたクネヒトという名の男が、フォルニさんを誘拐したのかもしれない。前のローバーにはクネヒトが乗って誘導したのだ」

信夫は、ぶるっと身震いした。

「フォルニさんが誘拐されたとなると、ボディガードのボスコ、あの福助さんもいっしょに拉致《らち》されたにちがいない。彼は運転をしていたから」

信夫は、堤防の下でテムズにむけて開けている黒い穴と、堤防上のグロヴナー・ロードに沿って横にひろがる鉄柵の森を見くらべながら言った。

「まだ誘拐と決めるには早すぎるわ」

和子は信夫の昂奮《こうふん》を抑えた。

「とにかくここをはなれましょう。なんだかあの望楼からこっちを見られてるような気がするわ」

地上十数メートルの白い細長い塔は上部に監視台が付いていた。中には灯はなく、真暗だったが、その暗い監視室の中から人の眼が下界をのぞきこんでいるような気がした。月の淡い光が望楼のふちをうす白く浮ばせていた。車を急いで発車させた。

北へ伸びる道路はチェルシー・ブリッジ通り。途中ですこし折れてからスローン通りの名になるが、その道路の四叉路の右側にいかめしい煉瓦造りの門があった。同じ煉瓦造りの長い塀は、南のエバリー・ブリッジ通りと合した三叉路の端からのチェルシー・バラックスのものである。

いかめしい装飾付の鉄柵の正門だが、小門が付いていて、入ってすぐ横に警備員詰所のようなボックスがあり、灯がついていた。

「ここで、ドックのことを尋ねてみよう。すぐ裏側にある施設だから、わかるだろう」

信夫は車をとめた。

小門の鉄柵に手をかけると、なんなく開いた。

その音が聞えたか、詰所から出てきたのは軍服の大男だった。チェルシー・バラックスが近衛連隊の宿舎だというのにあらためて気がついた。

一喝されるかと思ったら、何か用事かね、と嗄《しわが》れた声だった。中の灯の逆光と、正門上の鉄輪の中にある外灯の光に当てられたのは帽子の下にある皺《しわ》の顔と、半分白い口髭《くちひげ》であった。退職軍人の守衛であった。

「すみません。うかがいたいことがあります」

和子が前に出ていった。

「道に迷われたのかね？」

退職軍人は、二人の顔と道路にとめた車とを見くらべていった。やさしいようだ。

「道に迷ったのではありません。このチェルシー・バラックスの裏側といいますか、東側に大きな施設がありますが、あれはどういう工場なんでしょうか。わたしたちは日本からロンドンの観光にきた者です」

「ああ、隣りの『ウオーターウエイ・ワークス』ですか」

退役軍人は帽子の庇《ひさし》の下で眼の皺をよじらせた。

「あれはね、ロンドンじゅうからトラックで集めたゴミを一時保管するところじゃ」

「えっ、ゴミの集積場ですか」

「集積したゴミを舟に積んでテムズを下り、ゴミをどこかに捨てに行く。その舟が出発する水路作業所ですな。水路というのは、給水施設のあったころの昔の呼び名で、いまは運河《カナル》です。テムズにつづいとります。ゴミを運搬する舟は平底になっとる」

運河も、平底の舟も、それからドックのまわりの広場にきたないトラックが放置してあったことも、その説明ですべて合点がいった。

「あれはGLCの管轄ですか」

信夫が代ってきいた。

「いまはね、シティ・オブ・ウエストミンスターの所有です。けど、これはグレーター・ロンドン・カウンシルを構成する三十二の特別区《バラー》の一つじゃ。だから、GLCといってもいっこうにさしつかえない」

守衛は、夜間勤務のヒマでもあったが、親切だった。

「いつごろ運河ができたのですか」

「一七二六年じゃ。当時は北寄りの高台になっているケンジントン・パレスや付近の住民たちにテムズの水を供給するための水路です。飲み水や、野菜、植物の灌漑《かんがい》用にな。それからあと、いろんな工場ができると、それへの給水をやっとりました。それが発展して一八二三年にはグロヴナー運河会社ができてな。テムズからバッキンガム・パレス・ガーデン近くまで九十エーカーも掘りすすめて、それがさらに発展して十九世紀末にチェルシー・ウオーターウエイ・ワークス会社になりました。その趾《あと》をGLCがゴミの集積場と運搬舟の水路に改良したのですじゃ」

年寄りだけにもの識りのようだった。

古色蒼然たる構内の建築物は、給水施設はなやかなりし十九世紀当時の運河会社のものなのだ。

「では、あそこの運河には、なにか特別な施設はないのですか」

と、信夫が年寄りの守衛に質問したのは、フォルニの「誘拐」が頭にあってのことである。

「いや、わしも詳しいことはわからんがな。垣の外からのぞくと、運河の中には水門があるようですな」

退役軍人はいった。

「水門ですか。すると運河の奥と出口のほうとは水位が違うのですかね？」

「どうもそうのようじゃ。水門で調節してるような気がする。あそこに、見張り台のようなタワーがある」

「ええ、あります、あります」

「あれも運河の建設当時のもので、そのころはテムズから運河へ出入りする船を見張っていたものだが、いまは運河の水位の調節にしたがってゴミ舟の通行を制限する役目のようじゃな」

気味の悪いミナレットは、そういう役目であった。

「いまは干潮のようですね」

「干潮で水位が下がって夜は仕事をしてない。そのため水門の調節も必要がない。こっち側のドックに舫《もや》っとる舟も、水門の手前じゃからな」

「仕事は何時から何時までですか」

「朝七時から午後三時まで。朝は早うからゴミを積んだトラックが続々とやってくる。またゴミを満載した舟があとからあとから運河を出て行く」

「道路の下がトンネルですね」

「さよう。グロヴナー・ロードの下がね。およそ七十メートルの長さかな。そこをくぐればテムズじゃ」

「夜間は作業がないというと、構内には当直者だけですか」

「そうじゃろうな。外からのぞいても人が居たのをめったに見たことがない。構内はあれだけの広さですから、どこかの建物に引込んでいるのじゃろうな」

「夜間は外部の者は出入りできませんか」

「お役所じゃからな。公務員以外には出入りできんはずです。午後四時には門がぴたりと閉まる」

「四十分くらい前に、その正面から二台の車が入るのを見ましたが」

「そりゃ、なんじゃろう、GLCの職員じゃろうな。なにかの急用で夜間にやってきたのでしょう。それ以外には、絶対に、外部の者は中に入れません」

「どうも、いろいろありがとうございました」

和子もいっしょに礼を述べた。退役軍人はきっちりと踵《かかと》を揃えて庇に白い手套《しゅとう》を当てた。

「いま、何時？」

車に戻って信夫は和子にきいた。

「零時十二分です」

和子は腕時計の夜光針を見て助手席で答えた。

「十九日になったか……」

信夫が呟《つぶや》いた。その意味が和子にはわかる。「脱出は十八日」と彼が隣室のフォルニの声を聞いているからだ。イタリア語である。まさかイタリア語のわかる日本人が隣室に居ようとは、フォルニも知らなかったにちがいない。で、彼の昂奮した電話のやりとりの声が高かったのだ。

「一日延びたのかしら？」

「いや、十八日だ。フォルニさんが電話であれほど相手に確認していたのだから間違いなかろう。十九日に入ったとはいっても、午前零時十二分だったら、まだ十八日のつづきのようなものだ。もういっぺんあそこへ行ってみよう」

「水路作業所、いえ、ゴミ集積場の門前ですか」

「門前ではない。チェルシー橋だよ。あの橋の上から暗渠の出口を見張ろう。もしフォルニさんを構内の舟に乗せてテムズに出ようとすれば、舟はかならずあの道路下の暗渠から出てくるはずだからね」

信夫は車を南へむかってまっすぐに発進させた。

チェルシー橋までは五分とかからなかった。

左側通行だから橋をいったん渡り切ってUターンし、下流に面した橋の道路わきに車をとめた。前に来て眺めた位置である。

コンクリートの欄干に凭《よ》りかかった。よそ目には、アベックが深夜ドライブにきて、ここで蜜語を交わしているように見えた。

橋上を通る車は少ないが、堤防上のグロヴナー・ロードにはまだヘッドライトが断続して走っていた。背景は「水路作業所」の灌木《かんぼく》の茂り。その長い影が延びている。堤防道路の直下、土堤の斜面がテムズに落ちこんだところに暗渠の出入口が四角い真黒な穴を見せている。その横には依然として平底の赤い舟が二艘つながれていた。

「何時？」

「零時三十三分です」

四角な出入口に変化は現れなかった。

ミナレットのような望楼は夜空に立っている。月の位置が変っていた。上部の監視台にだれもいないとわかった今は、前ほど無気味ではなくなっていた。

「ここでじっと待とう。あと一時間くらいはね」

「一時間くらいかしら？」

「もっとかかるかもしれないね。こうなったら、何かが起るまで見とどけたいよ」

信夫は武者震いした。

吊しを見る

堤防下の暗いトンネルの穴に変化はあらわれなかった。

堤防上のグロヴナー・ロードに沿うGLCの施設は灌木の茂みを闇《やみ》の底に沈ませている。その先の東のほうは、これは夜空がまるで異《ちが》ったようになっていて、テムズ下流に沿った高層建築物が延々とつづいて、それには下から投光器が当てられたのがあり、窓々にはまだ灯さえついていて、かくれた中心街の灯が空の下半分くらいを明るくしていた。

「あの光のあたりがブリストル・ホテルだろうな」

信夫はその空を眺めていった。

テムズはウォータールー・ブリッジのあたりで大きく東へ彎曲《わんきよく》しているので、ここからはその先のヴィクトリア・エンバンクメントは見えない。

「そうね。ちょっとのぞいただけだけど、優雅なホテルだったわね」

暗渠《あんきよ》の出口に変化があらわれるのを待つ間のムダ話だった。川風がもう寒かった。

「あのホテルは、この前の晩、ぼくらがコーヒーを飲みに行った店と、そう遠くないのじゃないかな」

「そうね。近いようだわ。あのコーヒーハウスはホワイトフライアーズ通りでしたわ。あなたが白川のおじさまのお顔をスケッチなさった店ね」

「うむ、そうだった。妙な因縁だったね。あのときは、なんにも知らなかったが」

「人の顔を見ると、つい、手が動くのね。あ、そういえば、フォルニさんや福助さんのボスコのスケッチは、どこかにしまってあるんですか」

「スケッチブックにはさんである。それと、フォルニさんを訪ねてきた可愛い金髪娘の顔もね。だが、ああいうスケッチは帰ってから破ろうと思ってる。取っておいても仕方がないからね」

「破るのは待ったほうがいいわ」

「どうして？」

「もしフォルニさんがほんとに誘拐されたとなると、あの似顔画が手がかりになりそうですよ」

「警察に出したら、手配写真のかわりにしてもらえるかな」

「怖《こわ》い。そんなことをなさると」

「じゃ、破らないで、もうすこし持っておこう。警察に出す出さないは別にしてね」

うしろを、窓から吹く口笛といっしょに車が過ぎた。若い連中が乗っていた。

「何時？」

「一時です」

変化なし。

午前一時を過ぎたが、暗渠の出口に変ったことは起らなかった。その入口に杭《くい》がならんでいるのが見えたのは夜目にだいぶ馴れてきたからである。

「さっきよりも、また川の水位が下がっているようです」

和子は斜面の下を見つめていった。水から草がよほど上に出てきている。

「今が干《ひ》き潮のさなかかもしれないな」

二人して欄干にもたれ、暗い水面をぼんやりと眺めた。

「ブリストル・ホテルのあったところはなんという場所だったか、憶えてらっしゃる？」

和子は、ふと問うた。

「ヴィクトリア・エンバンクメントの何番地とかいうんじゃないのかな」

「地名があったわ。たしかテンプル・プレースと道標に書いてあったと思います」

「そうだった」

「なぜ今ごろそんなことを思い出したかといえば、わたしたちが入ったコーヒーハウスの通りがホワイトフライアーズ・ストリートだったからです。フライアーズとテンプルと名前の上では関係がありそうです」

「………」

「フライアーズは修道院、テンプルは聖堂騎士修道会のテンプルですわ」

「なるほど、どちらも十字軍に関係がある名前というわけか」

「そう。もしかすると、テンプル・プレースはロンドンのテンプル騎士修道会と因縁があるかもわかりませんわ」

「そのへんはきみのほうが……」

「いいえ、学生のころよく白川のおじさまの本をお借りして読んだことがある程度です。テンプル騎士修道会はヨーロッパの各国にあったのだけど、フランス国王のフィリップ四世はアヴィニョンの教皇クレメンス五世をおどしてテンプル騎士修道士や信者たちに異端者の烙《らく》印《いん》をおさせ、火刑にして、修道会を根こそぎ潰滅《かいめつ》させました。ほんとうの狙いはテンプル騎士修道会が十字軍遠征の金融で得た莫大な財産の横取りにあったそうですけど。そのとき、各国王もフランスに見ならって国内のテンプル騎士修道会をつぶしたんですが、あのテンプル・プレースに付いたテンプルの名もその名残りでしょうね」

「一三〇九年のクレメンス五世から七代の約七十年間、アヴィニョンでの教皇の暮しを、『教皇のバビロンの捕囚』というんだってね」

信夫はぽつりといった。教会大分裂時代は、彼が専攻するイタリア・ルネッサンスの前史である。

十四世紀のアヴィニョンでの教皇七代を「バビロンの捕囚」というのは、もちろん前六世紀にバビロニアに敗北してバビロンに強制移住させられたイスラエル人の故事をもじったものだが、この言葉が信夫の口から出たとき、和子は、いま関心を持っている隣室の人フォルニにそれを当ててみないではいられなかった。

「もしかすると、フォルニさんは『スローン・クロイスターの捕囚』かもしれないわ」

和子はいった。

「ああ、なるほどね。フォルニさんが味方だと思ったのが敵で、お為ごかしにあのホテルにかくまわれたつもりが、じつは捕虜になっていたというわけだね」

「そうなると、『福助』さんのボスコもフォルニさんの世話役やボディガードじゃなくて、看守役ね」

「そういうことになる。『スローン・クロイスターの捕囚』とは、うまい比喩《ひゆ》だな」

「いったいフォルニさんの正体はなんでしょう？　偽名だと思うけど、ほんとうはイタリアの有力な政治家で、政争に敗れて身の危険を感じ、海外亡命をねらってるのかしら。それを政敵側が先まわりして手下を使い、誘拐させて連れ戻そうとしてるのかしら」

「そんな政治上の争いだったら、なにも身の危険まで冒して亡命することはないと思うけどね。イタリアに革命騒ぎが起りそうなことは聞いていない」

「でも、フォルニさんは外国の逃亡先で奥さんやお子さんと落ち合うつもりにしてるんでしょ？」

「電話の話しぶりだと、本人はそのつもりにしているらしいが」

「それも周囲がそう思わせている謀略かもしれないわ。フォルニさんが海外で妻子と落ち合うというのは、政争に敗れたという単純なことではなさそうね。なにか、もっと暴力的なものがあるわ」

「それは、たしかにある。フォルニさんが恐れてびくびくしているのは、その暴力だろうね」

「こういう想像ができないかしら。フォルニさんの誘拐者たちは、はじめは彼の味方だったけれど、途中で気が変ってユダになった、ということを」

「フォルニさんを相手側に売って、カネにしようという企らみか……」

「忌まわしい想像だけど」

「いや、この際、どんな想像でも……」

信夫の声が和子の合図で断たれた。

暗渠の出口に変化が現れたのだ。

グロヴナー・ロードが走る堤防の下、暗渠の闇から赤い色がテムズの水面に出てきた。平底舟の舳先《へさき》である。

和子と信夫は、橋の手すりから身を隠した。その隙間からトンネルを見つめると、舟はそこからゆっくりと全身をあらわした。

上の自動車道路には街路灯が点々と立っている。光は堤防下の水辺まで落ちている。舟はその灯を受けて逆光になり、黒い影となっている。

鉄製の舟は全長八メートルばかり。舳先と後部とを残して、中央をくり抜いたように底を深くしているのは、ここにゴミを積みこむからである。機関部は舟尾に付いている。使い古したおんぼろ舟で、塗った赤ペンキも黒ずんでいる。

ゴミを積載していない今は、その一段と落ちくぼんだ平底には何もないはずだが、そこには少なくとも四、五人の影がうずくまっていた。

この舟を堤防上の自動車道路であるグロヴナー・ロードから眺めると、中央部が陥没しているので、そこに人がしゃがんでいれば、舟べりの高さにかくされる。

だが、チェルシー橋上からは、ほとんど直下に近い位置なので、平底に身体を伏せようとしている人影がよく眼に入った。もっとも黒くかたまっているのが見えただけで、それ以上の動作まではわからなかった。舟は灯火をつけていないのである。

発動機の音はなかった。よくみると、舟の後部を人間が三人、暗渠の中から両手で押してきているのである。その連中は、あきらかに腰の下まで水に漬《つ》かっていた。

和子と信夫は息を詰めて舟を凝視した。押されてきた舟はテムズの流れに乗った。押した一人は、舟尾に飛び乗り、あとの二人は暗渠の出入口の横にある浮きブイに飛び移った。浮きブイは繋留《けいりゅう》用でもあった。

舟は弱く発動機を始動させた。それにつれて舟体が方向を変えるために回転しはじめた。舟尾に水が白い泡で波立った。舳先を下流に向けていた。

信夫は和子の手首をつかみ、ドアの音をたてないようにして車の中に入った。

「あの舟の中にフォルニがいる」

信夫はハンドルを握って言った。

「あの舟を追跡してみよう。舟はテムズを下る。こっちは川に沿ってグロヴナー・ロードからヴィクトリア・エンバンクメントを走る。あの舟を見ながらね。ライトをいま点《つ》けるのは早い。急に点けると向うに怪しまれるから」

車は静かに動いた。寒くなってきた。

チェルシー橋の北詰が四叉路である。信夫はライトをつけてハンドルを右に切った。グロヴナー・ロードはここからはじまり、堤防上を東へとつづく。左側はＧＬＣのゴミ処理作業場、鉄柵と灌木の長い塀、右側はテムズである。

ライトをつけた車は自動車道路の暗渠の上を通過し、鉄橋の下をくぐった。鉄橋はチェルシー橋のすぐ次の鉄道専用のグロヴナー・ブリッジ。ここから先はしばらく橋がない。

窓から川を見ると、ゴミ運搬舟も鉄橋の下を出て、かなり先へ行っている。それでも速力を犠牲にして、発動機の音を低くしているのである。月の光がうすい。小さな舟が黒い影となって走り、跡に水尾《みお》が扇状に川面《かわも》にひろがってゆく。ほかに航行する船とてはなかった。

「いま何時？」

「一時二十五分です」

助手席は右側で、和子は川を行く舟を監視する役目になる。冷えてきた。自動車道路もこの時刻ではさすがに車が少なく、速力は自由自在だった。

「舟に並行《へいこう》して走ると、向うの人に気づかれるかもしれないわ」

和子は舟を窓から凝視しながらいった。

「その懸念《けねん》があるから、先へ行ったり遅れたり、並行したりして変化をつけているんだけどね。この道路を走ってる車はほかにもあるから大丈夫とは思うけどね」

信夫もハンドルを動かしながら窓をのぞいていた。

気温が下がって、川面が白くなってきた。舟までかすんできそうである。

「ちょうどいい、霧が出てきた。こっちの車がむこうの舟から見えなくなる」

信夫がよろこんだ。

「そのかわり、こっちも舟を見失うかもしれないわ」

「なに、大丈夫だ。いまの時刻走っているゴミ舟はあの一艘だけだからね。この先の橋の上へ出てたしかめればいいよ」

グロヴナー・ロードは次の橋畔で終り、ミルバンクと名が変る。ここで信夫は急に車のスピードを上げて走り出した。

「どうしたんですか」

「この先に国会議事堂《パーラメント》があって、道路が川から離れる。だから先まわりをして、ウエストミンスター・ブリッジの上から舟を迎えよう」

ヴォクソールは疾駆する。パーラメント広場《スクエア》を回って、ウエストミンスター・ブリッジの上にかかったとき、月がかくれているわけがわかった。霧が空を流れているのだった。

空が暗くなった。

ロンドンの霧は初冬からはじまる。なのに、もう川面に霧が湧いていた。今は十月十九日午前一時三十五分。季節的にはすこし早いが、深夜だし、それだけ気温が下がっているのだろう。霧はまだうすかった。

信夫はヴォクソールを橋上に駐めて、和子と降りた。この深夜の駐車違反を咎《とが》めるパトカーの巡回もない。このあたり、昼間だと車と歩行者でごった返しになる。向う岸のザ・クイーンズ・ウォークに渡って、テムズを隔てて国会の建物の偉容を眺めたりカメラに収めたりする人々である。

二人は橋の中央の手すりにもたれ、肩を低くして、上流を見つめている。

議事堂の荘重なゴチック建築のシルエットが白い闇の中にぼやけている。反対側をふり返ると、ザ・クイーンズ・ウォーク側のすぐ近くにイタリア・ルネッサンスの古典的な建物があるが、GLCの本庁カウンティ・ホールである。その長大な建物の半分も消えていた。

川面から霧が湧く。水は見えない。ミルクのような水蒸気はゆるやかな渦をつくって上り、空に流れる。

二人は上流の彼方に耳を澄ませた。

霧の中から発動機の音が低く聞えてきた。まるい灯火が滲《にじ》んでくる。舟の警戒灯だ。無灯ではすまされなくなったのであろう。水にかすかに反響している。

和子が身震いした。

「寒い？」

信夫が肩を押えた。

和子は黙って首を振った。緊張のあまりだった。

灯と発動機の音が霧の下から橋へ近づいてくる。波立つ音も聞えた。

信夫が和子の手首を握って、車に入れた。舟の音響は下流へ進んでいた。橋畔を右へ。ここからヴィクトリア・エンバンクメント。堤防上の自動車道路はテムズを縁どったように沿っている。

チャリング・クロス駅から出た鉄道専用鉄橋の下をくぐった。ここからテムズはぐっと弓なりに東へ曲がって、その彎曲《わんきょく》部に架かった橋がウォータールー・ブリッジ。

発動機の音は、その橋の先を行っていた。

「ゆっくり行くようでも、舟は速いわね」

「うむ。霧はあるけど、ほかに船が通ってないからね」

信夫は舟の音に耳を傾けていた。

ヴィクトリア・エンバンクメントを東へヴォクソールは走る。

「あら、テンプル・プレースの前だわ」

信夫が運転する左側の窓をのぞいて和子はいった。小公園の木立があって、横から奥へ下りる白い路がある。木立の後ろがブリストル・ホテルである。

「ここで車で落ち合って、チェルシーのGLCのゴミ処理作業場にフォルニさんを引張りこんでゴミ舟に乗せ、運河のトンネルからテムズに出て、もう一度この前を逆戻りして行くなんて、手間のかかることをするわね」

「うむ。パロの戦車の追跡をまく意味か、それともフォルニの護送者が誘拐者か、それがわかるのは、いよいよこれからだ。……おや」

「どうかしたの？」

「舟が灯火を消したよ。それから発動機も止めたよ。音がしなくなった」

霧は川面を蔽《おお》っていた。さっきよりは濃くなったようである。それ以外に何も見えず、聞えない。

昼間だと、貨物船の群れが上下し、白い船体の瀟洒《しょうしゃ》な遊覧船が往復する活気あるテムズ川なのだ。

「どうするのかしら。あの舟、こっちの岸に着けるつもりかしら？」

「接岸するつもりだろうが、すぐ近くではないだろうね。機関を止めて、余力で走らせているのさ。灯を消したのは接岸地が遠くないからだろうね」

「こっちの車もヘッドライトを消したら？　外灯がこんなに明るいから、大丈夫でしょ？」

「なに、この霧だから、舟からはどの車のライトだかわかりはしないよ。ほかの車も走っているんだから、ライトを点けないと危ないよ。そのかわりゆっくり走ろう。その窓を開けておくれ。霧が中に入ってもやむを得ない。発動機を停止しても、舟が川を切って行く波の音は聞えるはずだ。それを聞こう」

和子は川側の窓を開けた。濡《ぬ》れた空気が浸入した。車内も外もいっしょに白濁した汁を混ぜたようになった。

信夫はヘッドライトをダウンにし、三十五キロに減速した。

和子は窓に身を乗り出し、耳に手を当てた。

「聞える？」

「聞えるわ、舟が水を切って行く音が。……あ、男の声もしてるわ」

「なんと言ってる？」

「わかんないけど」

「それじゃ、もうすぐ舟をどこかに着けるつもりなんだ。……」

橋畔にきた。

インターチェンジになっていて、北すればニュー・ブリッジ通り、南すればブラックフライアーズ橋からテムズを渡って、ブラックフライアーズ通りをまっすぐにセント・ジョージ・サークルにつきあたる。インターチェンジを東へ直進するとテムズ沿いのアッパー・テムズ通りへ。

和子が夜光時計をのぞくと一時四十七分だった。

霧が出たために、車がしきりとクラクションを鳴らして通る。みんなのろのろ運転だった。夜会好きの英国人は、このメイン・ロードに車の通行が遅くまであった。

クラクションがしきりで、霧の川面からの舟の音が耳に入らなくなった。

和子がそれをいうと、信夫はすぐ決めた。

「それなら車をとめて、橋の上に出よう」

ゆるやかな勾配《こうばい》のカーヴを上れば橋の上である。中央が広い車道で、両側が歩道になっているのは、どこの橋も同じだ。舟のいる方向はどうせ下流だと思うから、ヴォクソールのヘッドライトを消し、橋の手前の道路わきにある楡《にれ》の樹の下に車をとめた。

ブラックフライアーズ・ブリッジは最近架け替えた橋で、すごく新しい。欄干はパイプで、横の太い手すりにタテの柵がこまかに詰まっている。街路灯は三メートルばかりのポールの先にオレンジ色の照明。これが十メートルおきに立っていた。連続二重鋸《きよ》歯形文様のモダンな意匠であった。

しかし、その橋も、ここから見ると、南の先端が夜の中に流れこんで黒と灰色の混合する茫《ぼう》とした中に隠れている。

和子も信夫も橋を三分の一ほど進み、パイプの手すりに身を乗り出して霧に閉ざされた川へ聴覚を研ぎすました。

舟の音がしている。が、それは水を切って行く音ではない。停止している舟の底を水が小刻みに叩いている音である。舟が波に揺らぎ、揺らいでいる舟の舟べりを水がぴたぴたと舐《な》めているような音でもある。

あきらかに向うの橋詰の下から聞えていた。

それだけではない。短いが、人声が低くしていた。短いが、間をおいて、物音もしている。光はない。なにか作業をしているようでもある。

しかし、ここからは、それがよくわからなかった。

「何か荷を降ろしてるみたいだけど、ヘンね」

和子がささやいた。

信夫と和子は顔を見合せた。霧の向うにあるらしい危険な目撃に踏みこんで行くべきか、それともなにも見ないで引返したほうがいいか、安全の度合いを互いが測っていた。

決心は、闇を照らす街路灯の点々とした光を巻きこんでかぼそくも淡くしている灰汁《あく》の流れに助けられた。この霧のなかだったら、橋の手すりの下に身をかがめれば相当な距離まで先方に気づかれずに近づくことができると思った。

橋上の照明灯は支柱が高すぎて、そのオレンジ色の光が霧にぼやけている。テムズの両岸の灯は遠すぎるし、これも茫とにじんでいる。湯気のように霧が立ちのぼる川面の下は水が黒々と流れている。次の鉄橋もかすんでいる。

ロンドンの本格的な霧の季節は十一月中旬に入ってからだが、気温の下がる深夜、今からでもテムズに、まだ薄いけれど、霧の先駆が見える。

橋の上を車が通った。来る車は霧の中からヘッドライトがあらわれる。行く車は霧の中に消える。いずれにしても、光芒《こうぼう》は中央の車道を通過するので、歩道の端、それも手すりに寄った二人の姿に光を当てることはなかった。運転者は白いまん前を見つめるのに神経を集めている。

二人は橋の三分の二のところまできた。全長二百三十メートル。南橋詰まで残り約八十メートルである。むろん灰色の壁であった。

音は近かった。舟に小波が打っている音。その舟の上を人が歩きまわる靴音がしている。鉄板を張ってあるので、よく響く。言葉は聞えなかった。が、言葉にならぬ短い声はときどき出ている。たとえば掛け声のようなもの。しかし、押し殺した声。

「舟をとめて、何か作業のようなことをしているらしいな」

信夫が和子の耳もとにささやいた。

和子もそれは感じていた。

「もうすこし先へ行ってみよう。舟の連中は作業に熱中しているようだからね。この霧のなかで橋の上からのぞかれているとは気がつくまい」

「どこまで行くんですか」

「この橋には突出しのテラスがところどころに付いている。テムズを真上から展望するようにね。向う岸にいちばん近い突出しテラスに忍んで行って見れば、舟がはっきり見えるよ」

「………」

「舟の中のフォルニが連中にどうかされているんじゃないかな。あの作業は、ただごとじゃないよ」

信夫の声はうわずっていた。

「あんまり近づきすぎて、向うの人たちに気づかれたらどうします？」

和子は不安だった。

「なに、そのときは早く逃げ出すさ。対手《あいて》は舟の中にいる。たとえ追いかけてくるにしても、岸に上がってここへくるまでの時間がかかる。そのあいだにこっちは車で一目散だ。とてもかないっこない」

信夫は、和子を見て小さく愉快そうに笑い、

「行こう。あのテラスのあるところまで」

彼女の肩を押した。

——探偵的な冒険が信夫を燃え上がらせていた。この単純な熱中は、あらゆる苦悩を忘れるための瞬時の転換であった。不倫の責めからの、学業放棄の非難からの、忘我的な逃亡であった。

信夫が先になってスチール製パイプの手すりに沿い、腰をかがめて橋をすすんだ。

さらに三十メートルも進むと、川面へ直角に屈折した二平方メートルばかりの突出しテラスがあって、手すりで囲われている。展望台だった。

夜の中の灰色がうすくなっていた。霧が霽《は》れたのではなく、岸が近くなって建物が見えてきたのである。橋を渡った広い道路（ブラックフライアーズ・ロード）の先は霧の白い膜に入っている。

どこの橋畔も道路に接して高く、川岸に沿ったところは低い。河岸には橋詰からコンクリートの螺旋《らせん》形の階段を降りなければならない。ちょうど架橋の裏側を見る位置になる。北詰がそうなっているから同じ構造のはずである。

サウス・バンクとよばれる低い岸壁に接した橋のすぐ横にゴミの運搬舟がとまっていた。ほとんど橋の下といってもいいくらいだった。岸壁は水面から二メートルくらいの高さはある。舟の上に複数の人影が動いていた。

停止している舟までは、三十メートルくらいの突出しテラスからだったので、霧がうすくて、場面はかなりよく見えた。その霧も流れが切れたときは、その隙間から河岸の街路灯の光に、普通なみに情景が映し出された。

眼を凝らすと、赤塗りの舟は岸壁にじかにつながれているのではなかった。その手前なのである。うすい街路灯の光で識別できたのだが、そこには、水面下からの無数の鉄柵が不揃《ふぞろ》いにつき出ていた。ちょうど工事現場の足場といった感じであった。舟はその鉄柵の一つにロープでつながれ、揺られていた。

和子は、舟の作業を瞬きもせずに見つめた。橋上の突出しテラスからすると、舟の位置は三十メートル離れていても、斜め上から見下ろすので、舟上の人影の動きはよくわかった。舟の中央部の平底に三人ばかりが中腰でしゃがみこんでいる。一人が舳先《へさき》に立っている。ハンチング帽をかぶり、レインコートをきている。着ぶくれたようになっているのは下にジャケツを着こんでいるのか。上をむいて片手で何か指示している。言葉は出さない。

上は、工事現場の大きな鉄パイプの柵である。水面から出てならんでいる。岸壁にはあまり接していないようだ。水面から出た鉄パイプの高さはおよそ二メートルばかり。横に二本の支柱のパイプがあって、これも鉄パイプのテラスが張ってある。工事用足場である。

水から空に突き出た数本の鉄パイプの上に、男の影が二つ、太いパイプに足をからませて乗っていた。それが舟中の人影の真上にあたる。下の舟では三つの影がより集まって何かにかがみこんでいた。

何をしているのか。

「もうすこし先まで行ってみようか」

信夫が和子の耳もとに小さな声でいった。

和子の耳も頬も氷のようになり、髪は濡れていた。彼女は眼を据えて、頤《あご》を引いた。

二人は突出しテラスをふたたびはなれ、橋上の手すりに沿って身をかがめた。これ以上先に行くのは危険だった。だが、ここにとどまっていてはよくわからない。せっかく来たのだ。もっと見届けたい。まだ、もう少しは、大丈夫だろう。カタツムリのように前へ進んだ。

霧は前にうすくなり、後ろに厚くなった。橋ぎわまで二十メートルのところまできた。そこが限界である。

そこから二メートル先は河岸に降りる螺旋階段となっている。階段には照明灯が付いて河岸通りにつづいている。

カタツムリは這《は》うのをやめて、手すりにへばりついた。

鉄パイプの柵の上にまたがった二つの人影が力を合せてロープを下から引張り上げている。

舟の三つの人影が寄り集まって何かを抱え上げている。

舟の中に立つ三人の頭の中から一つの細長い人形の影が抜け出て、するすると上がった。クレーンに吊るされた荷のように。

舳先に立つハンチングにレインコートの男が無言で手を振った。

すると、荷はとまり、ぶら下がって宙吊りとなった。

宙に動かない人影は男の黒い形である。輪廓がぼやけて、信夫と和子の踞《かが》んでいるところからは、まだはっきりと見えなかった。

だが、仕事師のようにパイプ柵の上に足をからませて乗った鉄柵上の二つの影は、両の手で活動をさっそくに開始した。両脚を鉄棒にからませ、上体を動かしての手さばきが、とんと日本の鳶《とび》職に似ている。

一人が吊るされた男の上半身をすこし持ち上げるようにし、一人はその首のあたりに捲《ま》いたロープを手でさわった。何かそこを手直しするような具合に見えた。

それはすぐに済んだ。二人が手を放すと、吊るされた物体は元どおり伸びた。

川面に風が出てきた。これが濁った灰汁の流れを吹き払い、わずかな間にしろ、正常な夜景を現出したのだった。

大通りに通じる橋畔には高い照明灯がむらがっている。低い河岸通りには街路灯が横に並んでいる。

が、その河岸通りの街路灯は、高い支柱ではなかった。河岸のアーケードのコンクリート通路は片側に壁がつづき、共同便所が一カ所あるだけだ。この通路の行先はコンクリートの螺旋階段となって、上の自動車道路のわきへ出られるようになっている。

通路の天井下の灯、螺旋階段の照明灯のほかに、もう一群の灯が川寄りにあった。路面に昇降する階段の下から小さな栈橋が付き、栈橋には小屋がある。窓に灯はないが、横長の栈橋には照明灯が四、五本立っている。テムズを航行する船舶のために点けているようだった。

このように、橋の上からも、河岸通りからも、螺旋階段からも、また栈橋からも、照明が三方から来ている。だが、橋裏は表側の三方の照明からは完全に盲点に入り、暗黒のスポットをつくっていた。工事が未完成のためである。そして夜間工事は休んでいる。

和子と信夫は橋から身を乗り出して工事場をのぞきこんで、よく眼を凝らした。霧のうす白い中に黒い影が浮び出ていた。パイプの先から宙吊りになっている人影は、膝から下が水の中に浸《つか》っていた。

まるで水の上に立っているかのように。

次に舟の連中は、レインコートの男の命令で、水面に立っている男のズボンの両ポケットに何かをしきりと詰めこんでいた。ポケットはふくらんでゆくように見えた。

この間、川を上下する船はまったく絶えていた。

鉄棒の柵を背負って、テムズの水面に立たせられている一個の人影が、フォルニの身体の輪廓だと知った瞬間から、信夫と和子の逃走がはじまった。

「な、何時？」

「二時二分三十秒」

二人とも声が戦《おのの》いていた。

舟が鉄柵の前を離れて行くまで見届ける余裕はなかった。ぐずぐずしていると、こっちが対手に見つかりそうな気がした。

また霧が流れてきた。

橋の手すりに沿って身をかがめたのは前のとおりだったが、こんどはカタツムリにはならなかった。霧にまぎれて向う側の歩道へ駆け出しかけた。

突然、クラクションが高く鳴った。

はっとなって、飛びのいた。

赤い尾灯が灰色の闇に消えて行った。霧の前を人が走るのをライトで見て警笛を鳴らしたのだった。

いまのクラクションで、舟の連中が目撃者のあったことに気がつかないだろうか。

うしろを振りかえった。

霧は濃くなっている。ライトは現れない。迫ってくる靴音もなかった。

「走らないで」

信夫はいった。

「急ぎ足で歩こう」

肩を組んだ。

いま目撃したばかりのことはいっさい口にしなかった。恐怖で声が咽喉《のど》につかえていた。霧が顔の前を巻き、息ができないくらいだった。心臓が激しく搏《う》つ。

ブラックフライアーズ・ブリッジは長かった。肩を組んで大股《おおまた》で歩いた。

向うの灰色の壁から滲《にじ》んだ光芒が現れる。

「顔をそむけると、かえって車の人に怪しまれる。キッスをしよう」

信夫がいった。こっちの流儀である。抱き合い、顔を腕の中に埋め合った。

あと百メートル。四十五秒だ。

橋詰にはレンタカーのヴォクソールを駐車させてある。

北側の灯が近く見えてきた。インターチェンジに配列された渦巻のような照明灯、大通りの直線並列、高層建築の窓の明り。霧のなかを、光線は形象よりも透徹していた。

北の橋詰に来た。

橋にならぶオレンジ色の街路灯が夜の灰色の中に高い。交差点を渡る信号が停止になっている。赤い光の前を霧が流れている。

信夫は和子の肩を寄せて待った。

信号が変った。渡った。

横の鈍い灰汁の壁から急に太陽のような耀《かがや》きが出現した。

「危ない」

信夫は和子と前へ滑り込むように倒れこんだ。転んだうしろを、車が風を起して通過した。すぐに歩道へ上がった。

「クラクションを鳴らさなかったわ」

和子が肩で呼吸《いき》をした。泥だらけの服を気にするゆとりはなかった。

「意図的だったのかもしれない」

信夫は尾灯も見えなくなった先を凝視していた。

「やっぱり、わたしたちに気がついていたのね」

「………」

「あとから車で追ってきて、轢《ひ》き殺すつもりだったんだわ」

「まさか、と思うけど」

まさか、というのは信夫が和子の怯《おび》えを鎮めるための一時の言葉だった。その証拠に、彼の声はかすれていた。

「一刻も早くわれわれの車へ」

ヴォクソールはインターチェンジへ下りる台地の楡の樹の下に置いてある。その木の形はここからもぼんやりと影絵のように見えている。ボロ車のレンタカーがこれほどたよりに思われたことはなかった。

もし、いまの車が轢殺《れきさつ》を狙った追跡車だとすると、それに失敗したとなれば、どこかでひと回りして、ここに引返してくる惧《おそ》れが十分にあった。

その前にヴォクソールでここを脱出しなければならない。狙いに失敗した対手の車が、ここへ戻ってくれば、こんどはレンタカーを尾行される気づかいがある。車へ歩いて行くときだった。

霧の中からとつぜん人の影が現れた。それが、すうと信夫の前に近づいてきた。

「失礼ですが」

信夫も和子も、ぎょっとなった。

「……火を拝借できませんか」

男はハンチングを眼深にかぶり、レインコートの襟を立てていた。

火を貸してください。男の口のききかたは紳士的だった。声が嗄《か》れているのは年齢を思わせたが、咽喉が潰《つぶ》れているようでよく徹《とお》るのは、舟の荷役仕事に携わる人間を想像させた。

黒っぽいハンチングをうつむけている。その先に白いシガレットが一本突き出ている。それを囲うようにレインコートの襟を耳の上まで立てていた。ずんぐりとした体格だ。顔を伏せていた。

あの男だ。ゴミ運搬舟の舳先《へさき》に立って、手で合図をしていた同じ服装の影の人物。いまはじめて間近にその身体を見た。

信夫がいつも右ポケットに入れているライターを左のポケットに探したのは、やはりあわてていたのだ。とり出した安物のイタリア製ライター。赤い点火に、ハンチングの庇《ひさし》から出たシガレットの先が近づいた。

帽子の庇に遮《さえぎ》られて彼の顔は見えない。帽子の下で煙草をくわえたまま、口をぱくぱくと動かす。湿った空気に火が移らないのをあせっているようにみえる。が、視線は炎を出しているライターがイタリア製であるのに注がれている。

信夫よりも、和子が先にこれに気がついて、思わず二人の横に立った。

フォルニを橋裏のパイプ柵に吊るし、膝から下をテムズの水面に漬けた男がここに居る！

彼は煙草の火を借りる口実で近づき、そのしぐさで何をするかわからない。レインコートの中には凶器が握られているかもしれない。さっき霧のなかから襲いかかった車の中には、きっとこいつがいたかもしれない。レインコートの手が動けば抱きつくつもりだった。

ハンチングの庇が和子のほうへ動いた。同時に、白いシガレットの先が赤く呼吸《いき》づき、口の前から煙が上がった。

「どうもありがとう」

男は庇に、指三本を揃えて当てた。潰れた声で礼を述べたのは和子へむかってだった。

しまいまで顔を見せず、くるりと背をかえすと、信号が赤になっているのもかまわずに、向う側へ渡って行き、ずんぐりとした背中を霧の奥に消した。

和子は、黒灰色のまわりに眼を据えた。新しい人影は出現しなかった。が、どこかにひそんでいるのは間違いない。車を置いた樹蔭へと走った。

頭取の「縊死」

霧のなかに置いていたので、冷えた外気とガソリンとの混合を調節するためチョーク弁を締め、エアを少なくする。それには、手動式のノブを引く。一九六〇年式のヴォクソールは八二年のいまもロンドンのレンタカーに使われていた。信夫はそのノブを何度も引くが、音は鳴っては止まり、また鳴っては止まりする。

この音を聞きつけていまにも対手《あいて》の仲間がそのへんから湧き出てくるか、ヘッドライトが突進してくるかと、二人は気が気でなかった。で、車が動き出したときは、ほっとして肩から力が脱けた。

二人はヴィクトリア・エンバンクメントから西へ向けて走った。来た道の逆走。テムズに沿ったのは、川の霧から離れてはならないからだ。これある限りは、たとえ追跡されても振り切れると思った。

対手は、舟の運搬人のほかに、見張り人がいたのだ。ハンチング帽にレインコートの男は両方の指揮者であろう。フォルニを橋下の鉄柵《てっさく》に吊《つる》したあと、舟をおりて河岸にあがり螺旋《らせん》階段を一歩ずつ昇り、南側橋畔にひそんでいる警戒の見張り連中のもとに行ったにちがいない。

なにか変ったことはなかったか。ハンチングはきいた。

ちょっと気になることがあったね。

車の蔭から出た一人がいった。

なんだい、それは。

カップルだよ。橋の上から川のほうを見ていたね。

川の夜景が見えたのか。

見えやしない。真白だ。

どんなカップルか。

こっちも見えやしない。ただ、橋の出張りのところに影法師のように立っていたり、あとは手すりを伝って這うようにして河岸が見えるほうに歩いていた。そして途中でとまってな、河岸通りを見下ろしていたよ。

舟を見ていたか。

見ていた。ちょうど霧の霽《は》れ間があったからな。

よし。車でそいつらを追え。捕まえるんだ。

——こういう会話がとり交されたにちがいない。

霧の中のヴィクトリア河岸を西へかなりなスピードで走った。

建物もなく、十字路もなく、人も通らない。車がくれば先の方からヘッドライトで知れる。バックミラーをのぞいたが、光芒《こうぼう》は追ってこなかった。

霧が霽れてきた。

道路がテムズを離れた。いやでもはなれないわけにはゆかなかった。ヴィクトリア・エンバンクメントはウエストミンスター橋の西詰でその端が尽きる。前面は例の議事堂《パーラメント》の黒い偉容が立ちふさがる。ビッグ・ベン（時計台）の上には月さえ出ていた。川との間にはさまった高い建築物に、まだ出るに早い霧がさえぎられたのである。

パーラメント・スクエアを半周してヴィクトリア・ストリートへと信夫がハンドルを切ったとき、和子がバックミラーに眼をあげて叫んだ。

「来たわ！」

霧がないので後方からのヘッドライトは二つの光源そのものを拡大したような強さだった。橋畔から広場のロータリーにかかっているが、もうこっちの直線コースに距離を縮めている猛スピードだった。時刻が時刻、さすがにほかの車も絶えていた。

向うは新車のフォード、こちらは中古のヴォクソール、しかも手入れのよくないレンタカーで、たちまち追いつかれそうであった。

「もっとスピード出ない？」

和子は身体がはね上がりそうだったが、それでもうしろを見返らずにはいられなかった。

「ダメだ。これ以上は無理だよ」

信夫は前方を必死の形相で見詰め、ハンドルを懸命に切っている。

どうしたらいい、どうしたらいい？

右側に、窓に明りをつけた大きな建物が近づいてきた。眩《まぶ》しいくらいな光。門が開いている。

「あれ、なに？」

「わからん」

眼を向ける余裕はなかった。

和子は文字を眼に入れた。

“New Scotland Yard”

「スコットランド・ヤードだわ。ロンドン警視庁よ」

和子は声を上げた。

「その門の中に走りこんで！」

「えっ」

「ぐずぐずしてるときじゃないわ。車ごとよ。あとの言いわけはなんとでもなります」

門衛のポリスのけたたましい警笛《ホイッスル》を聞いて車は門の中にすべりこんだ。警官四、五人が横飛びにとびのいた。

追跡してきたフォードは前を通りすぎた。

「汝《なんじ》ら両名のパスポートを本官に提示せよ」

ニュー・スコットランド・ヤードの門衛当直巡査部長は憤懣《ふんまん》やるかたなき表情で、深夜の無法な東洋人男女の闖入《ちんにゅう》者を取調べていた。

「ワタシタチノ『パスポート』ハ、『ホテル』ニ置イテアリマス」

和子が答えた。

「汝らは英語で話すべし」

「………」

「汝らは英語を解せざるや」

「何ヲ言ワレタノカ、サッパリワカリマセン」

「パスポートとホテルと申したではなきや」

「『パスポート』ト『ホテル』クライハ、日本語デモワカリマス」

「いかなる仔細《しさい》で、我が警視庁の門を無断で突破したるや」

「ワカリマセン」

「汝の名は何というや」

「ナントオッシャッテイルノカワカリマセン」

「その男性は汝の夫か。名前を申すべし」

「言葉ガ、ワカリマセン」

巡査部長は怒りから困惑の表情になった。この両名はどうやら中国人よりも日本人のようだが、いつも嘱託で頼んでいる日本人通訳は昼間しか顔を出さない。日本大使館の宿直には数名が居るはずだから、電話をかけてここへ来てもらうように協力を要請しようかと部下とこそこそと話をした。

この内緒話のジャパニーズ・エンバシー云々《うんぬん》というのが女性の耳に入ったかどうか、彼女は巡査部長に、大きな身ぶりをした。

「ワタシタチノ、『ホテル』ネ」

自分と彼との胸を指した。

「『ホテル』ハ『チェルシー』ノ『スローン・アヴェニュー』ネ」

「なに、汝らのホテルは、チェルシーのスローン・アヴェニューにてありつるか」

女はこっくりとうなずいた。

「ホテルノ名ハ『スローン・クロイスター』デス」

「なに、ホテル・スローン・クロイスターと申すか」

女はにっこりと笑った。

「して、何故にそのホテルにまっすぐに汝らは帰らざるや」

巡査部長が怪しむと、女は手でぐるぐると渦巻を描き、頭を抱えるしぐさをした。巡査部長が莞爾《かんじ》とした。

「やあ。汝らは道に迷いしなるか。誰《だれ》ぞ、パトカーでホテルまで先導してとらせ」


朝、九時に眼がさめた。

和子も信夫も泥のように眠った。それでも今朝ベッドに入ったのがシャワーを浴びたあとだったから三時半だった。

部屋の中は夜明け前のように暗い。出窓も普通の窓も全部カーテンを閉めきっている。掛け金をかけた上に、丈夫な紐《ひも》で結いつけた。

ドアにはテーブルを押しつけ、椅子を積んだ。廊下からの闖入者を防ぐためだった。

――今朝の二時四十分、ブラックフライアーズ橋畔から追跡のフォードは、警視庁の前を素通りして走り過ぎた。まさかこっちの車がスコットランド・ヤードの門内にいきなり飛びこむとは対手も思わなかったろう。これにはあわてたにちがいない。

あのときは夢中だったが、あとで考えて即妙の緊急避難であった。殺人目撃の通告はしなかったのである。

とっさに働いた理性だった。証言者になればこちら両名の身もとを警察に明かさなければならない。それはとうていできなかった。名も身分も最後まで秘匿しなければならぬ。こればかりは外国の警察に絶対に言えぬ。

「証言者」として、刑事裁判事件にまきこまれでもしたらどうなるか。二人のあいだが一挙に日本に知れ渡る。――

英語がまったくわからず、ホテルに帰る道に迷って困っている、と、口実を思いついた知恵は追いつめられてのことだったが、いまから考えてまさに天啓のようなものだった。

親切な当直の巡査部長は、ロンドンの地理も英語も知らない日本人男女のために、両人のレンタカーを誘導するパトカーをチェルシーのホテル・スローン・クロイスターまで付けてくれた。

おかげで、いったんは警視庁の前を何くわぬ顔で通過したフォードも、遠くのもの蔭で身をひそめこっちの様子をうかがっていたろうが、パトカーの警護つきでは手出しができずに終ったようである。

しかし、尾行は手抜かりなくやっているはずである。そうしてヴォクソールの入った先がホテル・スローン・クロイスターの裏手にある駐車場と知ったとき、追跡の指揮者ハンチング帽にレインコートの男も驚愕《きようがく》したにちがいない。

テムズ川の鉄柵に「吊し」たところを見られた目撃者が被害者と同じホテルに住んでいたのだから。

対手はどう出るだろうか。

「このホテルの管理人からわたしたちの名前を今日にでも聞き出すかもしれないわ、パスポートが記録してあるんですから」

テーブルも椅子もドアの前に積んでいるので、二人はベッドの端に腰かけていた。

「ここのフロントにこなくても、レンタカーの事務所に行けばすぐにわかるよ。ぼくのパスポート・ナンバーと名前とこのホテルとがカードに記入してある。追跡の連中はヴォクソールのナンバーをメモしているはずだ」

信夫は髪を掻《か》いた。

「でも、わたしたちに手出しをするかしら」

「なんともわからない。ぼくらがスコットランド・ヤードに飛びこんだのを、対手は通報に行ったと思っているかもしれない」

「わたしも今まではそう考えないでもなかったけれど、対手は警官の行動を見て、違ったと思ったんではないかしら。だって、もしそうだったら、警官隊はなにをおいてもブラックフライアーズ・ブリッジへ急行するはずですわ。そんな出動はちっとも見られなくて、わたしたちの車をパトカーでここへ送ってくれただけですもの。対手はそこまで見とどけて安心したんじゃないですか」

「そうか。……それもそうだな」

信夫は立って、洋服ダンスの中の上着から煙草をとり出し、灰皿をベッドの上に運んだ。

表情が柔らかくなっていた。

「ぼくらは少々ノイローゼ気味になっていたようだ」

煙を長く吐き出して言った。

「あとからきた車は、果してぼくらを追跡していたのだろうか」

「えっ？」

「ヘッドライトしか見てないね。霧の中でさ。それも、とぎれとぎれだった。車が代っていても、ライトだけがうしろからくるので同じ車のように見えたのかもしれない。あのコースはメイン・ロードだ。深夜まで車がひっきりなしに走っている」

「……………」

「ぼくらは強迫観念にとりつかれていたんだよ。警視庁の前を素通りしたフォードまで追跡車だと見た。……あまりに異常な場面を目撃したので、こっちの神経がすっかり怯《おび》えてしまったんだ」

信夫は、煙とともに肩から息を吐いた。

「でも、ハンチングにレインコートの男が霧の中から現れました」

「ぼくに煙草の火を貸せといった男か」

信夫は、それも関係ない他人だと言った。

「ゴミ舟の中に立っていたのはハンチング帽にレインコートをきていたけどね。ぼくに火を貸してくれと霧の中から現れた男はブラックフライアーズ・ブリッジの北詰だった」

舟をつないだ工事現場のような鉄柵は橋の南詰である。舟から岸壁に上がってくるには鉄柵を這い登って岸壁に飛び移るか、舟を横に動かして桟橋に着けるかしなければならない。そうして河岸通りを走ってコンクリート階段を駆け上り、橋上に出る。橋の長さは二百三十メートル。どんなに速く走っても、舟から上がるときからの所要時間を入れると、十分以上はかかる。霧の中の動作だから、もっと時間をとるだろう。

「その間に、われわれはとっくにヴォクソールに乗って、ヴィクトリア・エンバンクメントを西へ突走り、パーラメント広場あたりにさしかかっているはずだ。だから、あの人は絶対に違うよ。霧が立った晩だからね、ハンチング帽にレインコートの人はほかにも歩いていたんだよ」

時間的にはたしかに信夫の言うとおりであった。

「あそこでフォルニを鉄柵に吊した犯人たちの心理とすればだよ」

信夫はつけ加えた。

「一分一秒も早く現場を立ち去りたいのじゃないか。われわれは逃げるのに気をとられたけれど、霧の中から舟の発動機の音がしていたはずだ」

「そう。……」

「霧のといえば、あの濃い灰汁《あく》をかぶせた中で街路灯の照明もかすんでしまい、人の顔なんかわかりはしなかった。人相はまったく知れなかった。影絵がちらちらしていただけさ。そんなのは目撃されたのでもなんでもない。むこうはそう思っているだろう。だから、危険を冒してまで、われわれを追いかけるはずがないよ」

「でも、ああいう犯行をするくらいだから、やっぱりどこかに見張りを配置していたんじゃないかしら。そういう考えが捨て切れないんです」

和子はつぶやいた。

「はじめはそう考えたがね。そう大仕掛けな犯行計画じゃないと思うな。実行は舟だけにかぎっている。われわれが見たところでも、向うの河岸通りにも、橋の上にも、見張りの人間はいなかったじゃないか」

「………」

「さあ、ドアの前からテーブルも椅子もとり除こう。窓のカーテンを開けて、朝の日光と空気とを部屋の中へいっぱいに入れよう」

信夫はベッドの端から勢いよく立ち上がった。

「きみはまだ神経がおびえている。無理もないけどね。部屋を明るくして普通どおりにすれば、気分がよくなるよ」

信夫がドアの前からテーブルを押してもとへ戻し、椅子をならべた。和子がカーテンをひらき、窓枠の紐を解いて開けた。眩しい光線はなだれこみ、爽快な空気が吹き抜けた。暗黒は逃げた。霧に現れたレインコートも光芒の追跡も昨夜の闇がつくった末梢《まつしょう》神経の過敏であったか。

「熱いコーヒーがほしいな」

「わたしもいただきたいとこだったの」

「腹が減っちゃった」

「無理ないわ。昨夜から何もいただいてないんですもの。いますぐなにかつくります」

信夫は快活になった。

不安は去った。しかし、その不安はなんら理由のないもので、じぶんの神経過敏が作ったようなものだった。過ぎてしまえばなんでもない。

ドアの前にテーブルや椅子を積み上げたり、窓という窓を紐で結束し、外敵の侵入に備えたりして、朝の光線でそのものものしさを見ると滑稽《こっけい》である。これでも昨夜は恐怖のあまりの防備構築だった。

ひとり相撲だけにおかしくなる。が、今でもなお、危機が救われたという気持はあった。気分がはずむのは当然だった。

信夫の勢いづいた快活が和子にはわかる。和子をあの場に連れて行ったのを彼は後悔している。口には出さないが、とんだ目に遇わせたと詫《わ》びている。

その努力がわかる。和子も彼に心配させたくない。彼の快活には快活で応えたい。

コーヒー・ポットにスイッチを入れ、トースターにパンをはさみ、冷蔵庫の中からソーセージを取り出した。この買物を下の売店でした際に遇った八木正八というローマから来た新聞記者の顔を、ふと思い浮べた。

和子は名刺を取り出して見た。《中央政経日報社ローマ支局　記者　八木正八》。横に《同社ロンドン総局気付》として電話番号がボールペンで記入してある。

売店で初めて彼に遇い、和子を滞在客とみて彼は話しかけてきた。

当時店内にほかに客もいなかったので、彼は、けっして怪しい男ではないという自己証明にこの名刺を呉《く》れたのだ。そのときこのホテルにイタリア人は泊まっていないかと彼は質問した。

すぐに隣室のフォルニと、その対《むか》いの部屋のボスコの顔が浮んだが、和子は、このホテルは八十室以上のルームがあり、わたしたちにはわかりませんと答えた。そして急いで買物袋をさげて、リフトのある通路へ逃げるように行ったのだった。その理由が、八木の顔がこの前の晩、テンプル通り近くのコーヒーハウスで見かけた白川敬之の連れだったため、てっきり白川が部下をこのホテルにこっちの様子をさぐらせによこしたと思ったからである。

そのことは蒼い顔をして部屋に戻ったとき、信夫に話し、八木の名刺も見せたのだった。

いま、二人はトーストとソーセージとを食べ、コーヒーを飲んでは、まん中に置いた八木正八の名刺に眼を落している。

「わたしは八木さんのお顔が白川のおじさまのお伴《つ》れという先入観があるもんだから、誤解が先に立って、大事な点をうっかりしてたと思うの」

「どんなことを？」

「八木さんはこのホテルにイタリア人は居ないかと最初にわたしに訊いたわ。それをわたしたちに接近するためのいい加減な口実くらいに思っていたけど、あれはフォルニさんがこのへんに監禁されているのをかぎつけてきたのね。いまから思うと。……」

「いま何時？」

「九時四十五分です」

「八木君の名刺にペンで書いてある中央政経日報社ロンドン総局へ電話しよう。彼を呼び出せば、ブラックフライアーズ・ブリッジのあたりで何が起ったかわかるだろう。われわれが今朝の未明、霧の中で見たものが幻でなかったら」

信夫がナプキンを捨てて電話のほうへ立った。

貸テレビは、断わって、置かなかった。「駈落者《かけおちもの》」はニュースを見るのが怕《こわ》い。娯楽番組を見る気もしなかった。

ダイヤルすると女の声が出た。生粋《きっすい》の英国婦人の発音だった。

「ハロー。こちらはキノシタという者です。ヤギさんとお話ししたいのですが」

「ヤギさんは、こちらにきていません」

「何時ごろ社に出てきますか」

「時間はわかりかねます」

「申しわけないですが、どなたか日本人の方と話したいのですが」

「少々お待ちを。ミスター・キノシタ」

六秒待たされた。和子が傍で見上げている。

「もしもし」

塩辛《しおから》声が出た。

「あ、お忙しいところをすみません。ぼくは木下といいますが、八木さんは何時ごろに出社するでしょうか」

「さあ。今日、何時に顔を出すかわかりませんね」

中年の声は、せかせかしていた。

「八木君はですな。ローマ支局からこっちへ取材にきていましてね。ぼくの掌握下にないもんですから、彼の行動がつかめないんですよ。ぼくは総局長ですが」

「総局長さんですか」

「深沢といいます。そうですな。八木君にどうしてもお会いになりたければ、ブラックフライアーズ・ブリッジに行かれたら、遇えるかもしれませんな」

「あ。ブラックフライアーズ・ブリッジで何か?」

和子が息を呑んだ顔になった。

「あれ、ご存知ないんですか、今朝からテレビのニュースがひっきりなしにがなりたてているのを」

「あいにくとテレビが故障してましてて」

「ブラックフライアーズ・ブリッジで今朝首吊り自殺死体が発見されたんです。それが意外な大物で……」

首吊り自殺。――意外な大物？

「だれです、それは？」

「バンコ・ロンバルジアの頭取リカルド・ネルビです。イタリア民間最大の大手銀行のボスが、こともあろうにロンドンのテムズ川の橋の下にきて工事現場の鉄柵にロープをかけて首吊りをやったんですからね。てんやわんやの大騒ぎです。ウチの総局なんぞも、わたしと、ここにいるミセス・ウォーレスだけで、みんな橋のほうへ出はらっていますよ」

深沢総局長の塩辛声も早口になっていた。

信夫は眼の前がぼやけた。あのフォルニはそんな人物だったのか。

「イタリア金融界の大物でしたが、問題があって、二週間前にイタリアから逃亡していたんです。それだけに騒ぎは大きいんです。ローマ支局の八木君は、ネルビ頭取がロンドンに潜入したという情報をとったらしく、こっちへ来ていたんです。ぼくらにも内密でしたがね」

深沢総局長の電話内容を信夫は和子に伝えた。

「わたしたちが見たのは事実だったわ。霧が生んだ幻影じゃなかったわ」

和子はテーブルに顔を伏せた。

「われわれの目撃は正確だった」

「あのフォルニさんが、そんなイタリアの大きな銀行の頭取なんて知らなかったわ」

が、これは新聞もテレビも見ていないので、事件のこれまでの経過を知らない。

ただ、目撃の正確な主張は、ネルビ頭取の首吊りが絶対に自殺ではないことである。あんな「自殺」があろうか。――

午前一時すぎ、GLC施設の運河からゴミ運搬舟に少なくとも六人の男によってネルビ頭取は乗せられ、暗渠《あんきよ》を通過してテムズ川に出《い》で、舟は下流へ航行。この時刻から川面《かわも》に霧が発生した。街路灯の照明は、かぼそくぼけた。舟はブラックフライアーズ・ブリッジの南の橋下すれすれに着く。河岸の手前に工事現場の鉄柵が水面の上に組んである。

舟から二人の人影が鉄柵の上によじ登る。舟の中から一個の人影がロープによって無抵抗に吊し上げられてゆく。ロープは頸《くび》のまわりに結ばれている。それを指揮する男。下から見上げる舟の連中……。

あれほど明白な絞殺行為を、どうして「自殺による縊死《いし》」と決定し、そう発表されたのだろうか。

「ブラックフライアーズ・ブリッジへ行ってみよう。昨夜の現場へ行ってみよう」

信夫はすぐに着更えをした。

「そうね。犯人側が、偽装自殺を企んで、警察がテレビや新聞に発表したというんだから成功したわけだわ。そしたら、たとえ昨夜の目撃者がわたしたちだとわかっても、もう手出しする気づかいはないわね。うかつに手出しすると、向うのほうが、破綻《はたん》するんですもの」

「そりゃそうだ。やつらとしては万事知らん顔をするにこしたことはない。もう何も心配することはないよ。平気だよ。どれ、どんな様子か、早くブラックフライアーズ・ブリッジの現場に行ってみよう」

「またレンタカーにしますか、それとも地下鉄にしますか」

「そうだな、こんどは地下鉄にしよう。車だと混むし、ヴォクソールにしないほうがいいよ。八木君を探したり、現場をよく観察したりするには歩いたほうがいい」

和子は昨夜と服装をかえた。ブラウスとパンタロン、上にうすいコート、頰をネッカチーフで包む。みんな地味な色だった。

「パスポートをお忘れにならないで」

肩にかけたショルダーバッグを手でも抱くようにして和子は信夫に注意した。昨夜のことをまた思い出す。昨夜は実際にパスポートをこの部屋に置いて出た。

今日からは、留守のあいだに、何者がこの部屋に忍びこんでくるかしれないという予感がふと起った。

金は、ほとんどがトラベラーズチェックにしてある。そのほか重要なものは、信夫の「ノート」四冊だが、これはルネッサンス美術論だし、日本文で書いてあるので、他人にはまったく興味のないものだ。ほかにフィレンツェの寺院で模写したスケッチブックが二冊。

部屋の中をひととおり見まわして、ドアをロックして二人で共通廊下に出た。

隣りの部屋から五十すぎの半白の紳士と、三十前後の赤毛の髪の長い女とが手を組んで現れた。フォルニのあとに入ったアメリカ人の夫婦者で、向うから陽気に挨拶《あいさつ》した。むろん「福助」も入れかわっているはずだ。

フロントの小肥りのミセス・パーマーは、眼鏡をずらせて和子を微笑で見送った。ここにも変化はなかった。

地下鉄はスローン・スクエア駅にきた。ホテル「スローン・クロイスター」から歩いて十分である。

駅に入ってスタンド売りの新聞の見出しを和子と信夫の視線は撫《な》でた。炭鉱労働組合のスト宣言の大見出しが一面トップ。ブラックフライアーズ・ブリッジも、イタリア銀行頭取縊死の活字もない。これは当然で、遺体発見は夜が明けてからだ。夕刊紙が賑《にぎ》やかに報じることだろう。

この駅から出るのはディストリクト線。西はリッチモンド、東はアップミンスターの直通で、途中駅にブラックフライアーズがある。至極便利。

車輛《はこ》は空《す》いていた。二人ならんで掛けられた。こっちをじろじろ見る者はいない。ロンドンの地下鉄はよごれている。きたないというのではなく、老舗《しにせ》の使い古した道具といったようによごれている。頑固なよごれである。

だが、和子が眼をむけると、車内の広告枠の中の紙もうすよごれている。同じ広告が長いこと変っていないことを示している。高い料金の長期継続契約ではなく、枠を空欄にしておくのはみっともないので、広告主へのサービスで塞《ふさ》いでおくという地下鉄側の苦肉の策であろう。

その証拠に、サービスにも限界があるのか、枠ばかりで、下の裏板だけが出ているのがいくつかあった。そこにチョークで落書きなどがしてある。

そのかわり真新しい広告もあって眼を見張るのがあった。アラビア文字なのだ。なんとパリの化粧品広告。

オイル・マネーの進出はすさまじい。迎賓館用のクラリッジス・ホテルの客の大半はアラビアの富豪というし、ロンドンの一流ホテルのいくつかもかれらの資本に吸収されたというゴシップがこっちの雑誌に出ていたのを思い出した。炭鉱ストといい、イギリスの将来はどうなるのだろうか。……

ヴィクトリア駅。セント・ジェームズ・パーク駅。ウエストミンスター駅。次のエンバンクメント駅では他の線との乗換えで車内がざわめいた。べつに妙な者は乗りこんでこなかった。

その次はテンプル駅。テンプル・プレースのブリストル・ホテルを思い出す。フォルニの乗った車が、このホテルをマークに連行車と落ち合った。それとは知らずに、ホテルの中で待っていて、二階のレストランまで様子を見に行った。

そのとき壁にかかっていたポスターの文字が和子の眼に残っている。

《ハイテクノロジーは人類を滅亡させる。対抗するには、精神武装を！　パオロ・アンゼリーニ文化事業団》

地下鉄ブラックフライアーズ駅南口を上がったところが、橋の北詰近くであった。

テムズを境にしたロンドンの北地区と南地区、その北地区からまっすぐにきたブラックフライアーズ通りというのがそのまま川に架かる橋となり、橋を渡るとニューブリッジ通りとなって南への大通りに伸びる。地下鉄駅はニューブリッジ通りの涯《は》て、インターチェンジが西へむかって花弁形に開くところと貨物駅との中間に位置している。

地下鉄駅の階段を昇り切るとすぐに和子の前に展開したのが、未明の霧の中のぼやけた風景が午前十一時前の、どんよりとした曇天の下にある陰影のない形象であった。そこには今朝午前二時ごろの幻影といちいち一致するものがあった。

「ハンチングにレインコートの男が霧の中からあらわれたのは、このへんでしたわ」

橋の袂《たもと》にさしかかる歩道で和子は、信夫にその位置を言った。

信夫はいっしょに彳《たたず》んでいる。火を貸してくれませんか、と帽子の庇《ひさし》が近づいてくる影を見ているようであった。

「あそこに樹があるわ。あのそばにレンタカーを駐《と》めてたわ」

楡《にれ》の樹はインターチェンジの分岐点に立って秋の枝をひろげていた。昼間はもちろん駐車禁止。樹のまわりで子供たちが遊んでいる。それが消えて、ヴォクソールが浮んだ。

「行こう」

早く現場を見に、と信夫が促した。

橋を歩いた。前と同じに下流に面したスチールの手すりに沿って。こんどはカタツムリの這い方ではなかった。

展望用に突出しのテラスがある。ちょっとそこへ出てのぞいた。これも未明にしたときと同じだった。

橋の下をくぐって貨物船が次々と出て行く。入ってくる。みんな河川用に船底が浅い。真白な船体の遊覧船が姿をあらわす。総ガラス張りの客席から人々が手を振っている。

橋の上は交通が激しい。トラック、乗用車、二階バス、タクシーなど。歩道も人の往来がつづいている。山高帽にコウモリ傘という姿があるのは、シティが近いせいか。

だが奇妙にも、イタリアの銀行頭取が首をくくった現場へ駆け出していく人の姿を見なかった。ブラックフライアーズ橋上の風景は平日と異ならなかった。

和子は信夫とならんでスチールの手すりから身を乗り出し、南河岸を斜めに見下ろした。岸壁があり、それにさしかけて川に鉄柵が組んである。未明、霧の切れ間に見た光景が、いま天日の下にある。

やはり群衆はきていた。アーケードの河岸通りに集まっている。細長い通路だが、群衆がいるのは橋の下に近いほうである。

通路の一方の突き当りは、階段で、上の路面に出られるようになっている。途中に公衆便所がある。ここに灯がついているのを霧の中で見た。路面に上る階段の反対側が川につき出た桟橋で、鋼鉄製の床になっている。傍に小屋があった。霧の中ではよくわからなかったが、いま見ると、四角な造りの、窓のない、機械室みたいである。これは階段を路面側とは反対に下りて行けるようになっている。

いまは鉄柵だけで、そこに吊された物体は何一つ見えない。官憲によって撤収されたにちがいない。群がっているのは、今朝のテレビやラジオのニュースを聞いて首吊りの現場を見にきた弥次馬ばかりだった。

信夫は和子を促した。今朝は、ここで逃げ戻ったが、こんどは何も恐れることはない。河岸へ降りる階段は二段に屈折。橋は架け替えたばかりで、すべてが新しく、ロンドンには珍しくモダンである。

スチール製の階段を降り切ったところがすぐに河岸通りのコンクリート床の通路。テムズ川側とは一メートルの高さの障壁がつづく。通路の長さは約五十メートル。

そこは岸から川へ組み立てた鉄柵が橋の裏側からはみ出している。橋の裏側にあたる工事が一部残っているために工事用の足場の鉄柵組みも残されているのだ。

鉄柵は、簡単なヤグラ組みで、作業員が岸から橋裏の工事現場へ往復できるようになっている。突端まで十メートルくらいだ。脚部はテムズ川の底に没している。工事が終って、用済みになった足場が撤去寸前といったところであった。

「あの突端の鉄柵で首をくくったんだ」

果物屋の前掛けをした男が話している。

和子は八木正八の顔を探した。そこに集まっている中に日本人はいなかった。近くの住人ばかりのようで、それも中年の主婦が多い。若い者がいない。

深沢総局長は、ブラックフライアーズ・ブリッジの現場へ行ったら八木がうろうろしているだろうから遇えると言ったが、その姿はない。

もっとも遺体が運び去られたいま、現場に彼が残っていても仕方がないのであろう。げんに警官の姿が一人もない。現場保存のロープ張りもとり去られている。八木はスコットランド・ヤードに行っているか、または死体解剖が行なわれる法医学の病院でも取材しているのかもしれない。自殺でも、場合によっては解剖にして疑問点の残らないようにすると聞く。

「首吊りを見つけたのは牛乳配達の子供でさ」

果物屋のおやじは大声を張り上げている。五十ぐらいのその男は、皆の視聴を集めて、いい気分になっていた。

「その子供は、いつものように橋の上から下りてこの通路の便所に小便をしに行きかけたのでさ。というのは、この上の通りといったら小便するところもねえんでね。大人《おとな》だって、ここをよく利用しにくる。この通路は、これで繁昌《はんじよう》しとる」

くすくす笑いが群衆の中に起った。

「で、その牛乳配達の子がなに気なしに川のほうをみると、妙なものが眼に入った。鉄柵の先に古服が浸してあった。ところが、よく眼を凝らして見ると、古服の上に人間の頭が乗っかってるじゃねえか。首をうなだれてよ。いや、小便どころじゃなくなって、すぐに一目散にこの階段を駆け上がり、通りがかりの車に手を挙げたもんだ」

その車がスコットランド・ヤードに電話で通報したのか、と聞き手の中から栗色の縮れ毛の女がきいた。

「そのとおりでさ、マダム。それからお巡りがここへ来て、あの鉄柵から首吊りのホトケをどのようにして下ろすか相談したあげく、岸からではどだい無理だとわかって川にボートを浮べ、それに鉄柵にかけたロープの首吊り男を写真にしつこく撮った末に、やっとこさ鉄柵のロープをはずしてホトケをボートに入れて、あそこの桟橋の床に横たえたね」

そりゃ、なんのためだね。親方？

「検視というてな、お巡りの医者が首吊り人を診《み》るためでさ、マダム。わしは、通路から見ていたがね、ホトケはきちんと外出着をきていたけど、胸のあたりから下は、テムズの水でびしょ濡《ぬ》れだったよ。牛乳配達の子供が、はじめて見たときに、古服が水に漬かっていたと思ったというのは無理ねえさ」

現場再び

イタリアのロンバルジア銀行頭取リカルド・ネルビの死体発見の様子は、いまの果物屋のおやじの群衆に対する説明でわかった。

このとき話を聞いていた和子がふしぎな表情をした。そうしてテムズの川面《かわも》を見た。いま白亜のスマートな遊覧船が白い川波を裂いて勢いよく走って行くところだった。そのあとから赤茶色の舟が三艘《そう》つながって下流へくだって行く。発動機の音が単調にひびく。

和子は信夫に言った。

「あのゴミ運搬舟が通り抜けた水面と橋の半円形の頂点との間がなんだか詰まっている感じがしない？」

信夫は画家のように眼をすぼめて、じっと見た。

「そうだな。満ち潮なんだろうな。それで川の水が上がってるんだろう」

「満潮なんだわ。いまの説明でもそうだったでしょう。首吊りの遺体は胸から下が水につかっていたって」

信夫は、すぐには意味をとりかねる顔だった。

「わたしたちがチェルシー橋の上からＧＬＣの水路作業所とテムズ川に通じるトンネルの出口を見ていたのは何時ごろだったかしら？」

「午前零時半ごろからだったかな」

「そう。あなたがたびたび訊くから、わたしはこの夜光時計をのぞいて答えたのでおぼえているわ。午前零時三十三分。一時。一時十五分ごろ暗渠《あんきょ》から男たちの乗った舟が出てきたわね。今にして思うと、ネルビ頭取を乗せた舟が」

「うむ」

「その舟は男三人が膝《ひざ》から下を水につかって歩き、舟尾を押してトンネルを出たわ。それくらい水位が低かったんです」

「あ、そうか。干潮だったのか。……」

「グロヴナー通りの堤防斜面、その下がトンネル。そのトンネルの出入口の繋留《けいりゅう》用のブイに、二人の男がひょいと腰から下を現わしてとび乗ったじゃありませんか。そんなに水がなかったんだわ」

「そういえば、施設の中の運河でもそうだった。つながれている舟がみんな低い位置にあった。そうか、あのときが干潮時だったのか」

「いまが午前十一時ね。満潮が終って、また干潮に移るころだわ」

「満潮は何時だ？」

「かりに第一次の干潮が午前一時だとすると、満潮は七時から八時ごろになるわ」

「牛乳配達が首吊り人を此処《ここ》で見つけた時刻だ」

信夫が叫んだ。近くの主婦が、この日本語にふり返った。

あっちへ行きましょう。和子は人の群れからはなれた。

アーケードを、二人は東へぶらぶら歩いて立ちどまった。左はテムズ川につき出た箱のような小屋と栈橋がある。栈橋の対岸には病院のような大きな建物がある。

新装なった通路だが、イギリス人も公徳心が欠けている。公衆電話は修理ができていない。修理が追いつかない。この通路でもTOILETと掲示の出た壁面に化粧タイルの美しいものが、上部の飾り金具の栈は外されてある。紳士用、淑女用とも、入口は閉鎖されている。掃除の時間までだろうが、それとも知らず、ここをアテにしてきた連中によって工芸的な鎧戸《よろいど》の前は垂れ流しの水溜りができている。

二人はその前を通りすぎ、上部路面に出る階段の端に腰を下ろした。通路だからベンチを置いてない。さいわい階段は横幅が広いので通行人の邪魔にはならなかった。

ここに居れば八木が戻ってきても姿がわかると思って、眼は油断なくブラックフライアーズ橋裏の「現場」からはなれないでいた。

そこでは果物屋のおやじがまだ「事件」の説明をしている。新しい聴衆のためだ。イギリス人は演説を聞くのが好きで、名物ハイド・パークのスピーカーズ・コーナーはいわずもがな、ヒッチコック監督の映画の冒頭は、テムズ川をきれいにする市民運動を起そうと熱弁をふるう弁士を聴衆がとりまいているが、その背後のテムズの水面に女の他殺死体が浮んでいる場面だった。――

「テムズ川の一日二回の満干の正確な時間は、こっちの気象台に聞くか書物にあたるかするほかないけど」

信夫はテムズの川面を眺めて言った。

「第一回の干潮が午前一時だとすると、だいたい六時間後に満潮になるから七時ごろが満潮のピークだったな。それから徐々に干潮に移って十三時ごろが二度目の干潮になるのか。すると、いまが満潮から干潮に移るときで、学校で教わったことがあるが、落潮《おちしお》というんだな」

「わたしたちが、その橋の上で、霧の断《き》れ間に見たとき、鉄柵の鉄パイプに吊された人の脚はテムズの水面にちょっとかくれていた程度だったわ」

和子は「ネルビ頭取」という個人名を口にするのが怖しかった。

「うむ。鉄パイプにロープで吊されていたけど、脚はまるで水面に立っているようだったよ」

信夫は眼に浮べるようにしていった。

「あのぶんでは、踝《くるぶし》の上あたりまで水の下だったかな」

彼は目測していった。

「そう。そのくらいでしたわ」

「満潮によってテムズ川に潮流がおしよせてきて水位が上がる。それがこんどは落潮によって逆流する。干潮で水位がいちばん低くなる。このへんのテムズの水位で、満干の差はどれくらいだろうな？」

信夫は膝に肘《ひじ》を立てて言った。

「さあ。わたしにはさっぱりわかりませんわ」

和子も通路の階段に腰かけて頬杖を突いた。

「ネルビ頭取がここに吊された時刻が二時ごろだったね。干潮のピークが午前一時だとすると、それから一時間経っている。そのときは、頭取は、踝の上くらいまでが水の中だった。吊されたときのネルビさんの身長はどのくらいと見た？」

「さあ、二メートル弱かしら。足先までを推定して」

「そのくらいだ。ところで、あの足場の突端にある鉄パイプの位置から、現在の水面までの距離は？」

「二メートル四〇くらいですわね」

「そのくらいだ」

信夫は腕時計を見た。

「いまが十一時三分。第二回の干潮が始まったんだ。してみると、ネルビ頭取は、第一回の干潮がピークになったころにＧＬＣの施設から道路下のトンネルをゴミ舟に乗せられてテムズ川に出たのだね。そのときは、まだ人がトンネル内を歩いて行けるほど水が浅かった。高《たか》潮《しお》ではなかったんだ」

「どうして満潮のときにトンネルから舟を出してはいけなかったのかしら？」

「発動機を使わないためだろうね」

信夫は考えてからいった。

「発動機を使用すると、大きな音響がする。それでは深夜にあたりに響きわたる。そうしないためには人が手で舟を押すしかない。満潮の水の深いときでは人間が下に立てない。そこで水の浅い干潮時を狙った」

「それじゃ、ＧＬＣの職員たちが殺人の共謀者ですか」

前からの疑問だった。

「まさか。ロンドン政庁の公務員が殺人の共同犯人とは考えられない。けどね。ネルビ頭取を狙っている組織が、ＧＬＣの労働者の一部を誘惑して、便宜をはからせたということは十分に考えられるね。殺人の実行班までには加えなかったが、施設の隠れ場所とか、その手引とか、ゴミ舟の使用とかね。なにしろパロ王は黄金と権力を持っているからね。貧乏な労働者は、その誘惑に負けるよ」

「では、では、殺人はどの場所で行なわれたのですか」

ネルビ頭取は、どこで殺されたのか。——

「二人で考えよう」

信夫は言った。

「この経過の真相を見て知っているのは、犯人以外にはぼくらだけだ。その知識で推測してみよう」

「こわいわ」

和子は唾《つば》を飲んだ。

「できるだけ冷静にね。今朝の夜明け前のように怯《おび》えないで」

「ええ」

「警察では、いまのところネルビ頭取を自殺と発表しているらしい。検視の結果だ。いまもあそこで雄弁をふるっている果物屋のおやじさんの話によると、あの鉄パイプからおろした頭取の遺体を、そこの桟橋の鉄板床《フロア》に横たえて検視したそうだ。むろん首に巻きつけたロープと、その端が鉄パイプに結び付けられていたのは、そのまま保存された状態で遺体に付いていたはずだ。で、その検視で『自殺』と判定されたのだから、ネルビ頭取はそこでロープで首をくくり、絶息したと診断されたわけだ」

「よそで殺されて、ここでロープに首をかけられて吊されたというわけではないのね？」

「そういう犯罪は偽装自殺というのだが、そういう見せかけの自殺は、法医学が発達している現在、見破られるらしい。もっとも今は検視の所見によるロンドン警視庁のとりあえずの発表らしく、詳しいことは解剖の結果待ちということのようだな」

「解剖の結果が、検視の所見をひっくりかえすことがあるかしら」

「それはたびたびある。なんといっても検視は外見だけを調べるんだからね。解剖は内臓の異状部分や細胞の変化まで徹底して分析する。しかし、首吊りの偽装自殺となると、解剖と検視とは結果は違わないと思うよ。単純だからね」

「この場所で自殺となると、本人はこの場所に運ばれてくるまで、生きていたということになりますわね」

「そのとおりだね。あの鉄柵のパイプにロープをかけ、その一端の輪に首を入れてぶら下がる瞬間までネルビ頭取は生存していたのだ。そうしないと、検視でも、解剖でも、きびしい法医学上の検査から『自殺』との判断は得られない」

「じゃ、ネルビ頭取は、あのGLCの水路作業所の施設から、おとなしくゴミ舟に乗って、黙ってここまで、ついてきたのかしら？」

通路の向うから中年男が一人、ふらふらとこっちへ歩いてきていた。

その中年男は、痩《や》せて、背がひょろ高かった。よれよれのジャンパーを着て、うすい髪を乱していたが、その細い身体のために、まるで重心がとれないようによろけるような足どりで通路をこっちに歩いてきていた。両手はジャンパーのポケットに突込んでいた。

はじめは酔っぱらいかと思った。彼の眼はすわり、首を小さく振っていた。青白い顔色であった。麻薬患者らしかった。ロンドンにはこういう浮浪者がかなり多い。

男は、歩道階段に腰をおろしている二人を見下ろし皺《しわ》を動かして笑い、よろよろしながら段を昇って上の路面へ向かった。すれちがいに降りてきた婦人が気味悪そうに階段の隅に悚《すく》んでいた。

「たぶんネルビ頭取は水路作業所の施設に車で連れ込まれたときには、いまの男のような状態にさせられていたんだろうね」

信夫は浮浪者が去ってから言った。

「ネルビさんは睡眠薬の量を加減して飲まされたのかしら？」

「そういう脱力感の効果ある薬を飲まされた可能性はあるね。われわれが見ている前で、頭取を乗せた黒い車は、ブリストル・ホテルの前で落ち合ったローバーに先導されてGLCの水路作業所の門内へ入って行ったが、おそらくそのときまでネルビ頭取は、出国の連絡所へ協力者によって案内されていると思って安心していたはずだ」

「そうでしょうね」

「連れこまれたのが深夜の施設。操業は午後三時限りだとチェルシー・バラックスの門衛さんの話だから、むろん深夜は従業員は一人も居ない。宿直は犯人が手なずけていたと見るほかはないね。おそらくあの施設に日ごろから出入りする連中の一人か二人かが頭取を誘拐するグループに加わっていたんじゃないかな」

「そうすると、ロンドン市内のゴミを集める仕事に携わる人ということになるわね」

「その可能性が強い。ロンドンじゅうの厖大《ぼうだい》なゴミを集めるんだから、全部が『都庁』の公務員ではないだろう。どうしても下請《したう》けを使っているにちがいない。怪しいのはその下請業者のボスだな。ボスともなれば、宿直の公務員をたやすく抱きこむことができる」

「それでは頭取に睡眠薬を飲ませなくてもいいと思うけど。宿直者と共謀なら」

「頭取が欺《だま》されたと気づいて、大声を出して喚《わめ》いたり、叫んだりしたら困るからさ。深夜のことだからね。まわりに聞える。われわれも見たように、構内は、まん中に運河があって、だだっ広い。施設のまわりは低い垣一つで道路だ。車が走っている。そこへ頭取の叫び声が届いたらたいへんだよ……」

ブラックフライアーズ橋上にはなにごとも知らぬげに車の群れが走り、橋下の穹窿《きゆうりゆう》形を貨物船や遊覧船が通り抜ける。橋梁《きようりよう》がさっきよりは高くなった。干潮がすすんでいる。

歩道階段の端に居る二人の横を通行人が昇降した。

「ネルビ頭取を睡眠薬で、完全に睡《ねむ》らせてはいけなかったのかしら？」

もう犠牲者の名前を口にしないわけにはゆかなかった。

「それは、まずかったんだろうな。ぼくが思うに理由は二つある」

信夫は額に手を当てて言った。

「一つは、完全に頭取が睡ってしまうと、動かすのに骨が折れるよ。建物の中から舟へ運びこむのに抱えて行かないといけない。半分眼がさめていれば、肩を貸すだけで十分だ。当人が手足を使えるからね。さっきの麻薬中毒の男のように、ふらふらと歩く。それと、吊すときも、本人を支えて立たせることができる。ぼくらが目撃したとおりだ」

和子は顔を蔽《おお》った。

「意識のない、完全に睡った状態では、ああいうことをするのは、まわりの者が手を焼く」

「………」

「もう一つの理由はだね、睡眠薬をあまりに多量に飲ませると、解剖の際、血液の検査で反応があらわれるのを犯人はおそれたんじゃないか。これで解剖結果が、検視と同じに、自殺と決定したら、犯人の思惑《おもわく》どおりだな。事件はロンドンで起きたから、捜査はこっちが当るわけだが」

川面からは上下する船の発動機の音が聞えていた。単調な眠くなるようなリズムである。だが、今朝の一時半から二時の間、霧の中で聞えた、一つの速力を落としたエンジンの低い音ほど耳に鋭いものはなかった。

「もし、自殺として当局が発表するとなると……」

和子は目前の風景を見つめながら言った。

「ネルビ頭取は、じぶんで舟を操ってテムズ川をここまで来て、あの鉄パイプにロープをかけ首をくくったと当局に判定されるのでしょうか」

「いや、ひとりで舟でくるのはとてもできない。陸上を一人で歩いてきて、あの岸からさしかけられた鉄柵の足場を歩いて突端の鉄パイプにロープをかけた、と当局は推定すると思うよ」

「でも、歩くにしては、足場が危ないですわね」

撤去前の工事足場は、そのヤグラが半分くらいとりはずされていた。

「うむ。たしかに足もとは危ない」

信夫も眺めて言った。

「ネルビ頭取が、一人でそこまで歩いてきたとすると、それまでの足どりを警視庁はどのようにしてつかむのかしら」

和子は、まだしきりと群衆にむかって説明をしている果物屋のおやじを見ながら信夫にきいた。聴衆はたえず入れ替っている。

「足どりはつかめないよ」

ゴミ舟で運んだものを、陸上の行動で探し求めても徒労なのだ。

「でも、それでは警察も済まされないでしょう。名もない人ならともかく、イタリアの有名な大手銀行の頭取だと」

「国外へ逃走中で、イタリアだけでなく、ヨーロッパじゅうに騒ぎを起しているバンカーだそうだからね。ロンドン警視庁でも頭取のホテルとか利用した交通機関とかは懸命に聞き込みするだろうね」

「それでもわからないときは、その点でも頭取の自殺説に不審が持たれてこないかしら？」

「さあ、状況判断よりも、科学的判断が優先すると思うよ」

「結局はどうなるのかしら？」

「他殺説が出てきても、自殺説は法医学上の所見など科学の援軍でそれをしりぞけるだろうね。しかし、他殺説はあくまでも状況証拠から頑張るかもしれない。ほら、日本にも似たような事件があったじゃないか、自・他殺不明というのが」

「ああ、戦後の国鉄総裁事件のことですね」

「あれと同じになるかもしれない」

「でも、これは他殺というのがはっきりしてます。げんにわたしたちが……」

「あ、声が大きいよ、いくらまわりに日本語のわかる人が居ないからといっても」

和子は首を縮めた。

信夫は声をひそめて言った。

「……知らない者には、自殺と発表されると、それでも通る」

「お気の毒に、ネルビさんの奥さんとお子さんは、外国のどこかでネルビさんを待ち合せておられるんでしょう？」

「隣室から聞えてくるネルビ頭取の電話の相手、クネヒトなる人物とのやりとりでは、そう言ってたね」

「クネヒトも、ボディガードの福助さんも完全にパロ王の軍隊の一味だったのね」

「ネルビ頭取はワナの中に仕組まれていた。ときどきやってきていた金髪娘もその手先だろう」

和子は、ここにこれ以上長く居るのが無用に思われてきた。

八木を待ったけれど、彼は来なかった。期待はできなかった。

ここに来て知るだけのことは知った。あの午前二時、闇と灰汁《あく》とをつきまぜたような晦冥《かいめい》におぼろな影で見たものを、いま、白日の下に確かめた。潮の満干のことまで含めて。

長居は必要でない。だけでなく、そろそろ危険だった。歩道階段に日本人の男女がいつまでも腰かけて、首吊りのあった現場を眺めては仔細《しさい》らしく話し合っている、そういう姿は人々の注意を惹《ひ》かずにはおかないだろう。

さらにまた、あそこで果物屋のおやじの演説を聞いている群衆の中に、犯人の仲間がまぎれこんでいないとはかぎらない。犯人側にとっても、この「首吊り」が完全に「自殺」と決定されるまでは、安堵《あんど》していないはずである。英国では、検視法廷が自・他殺の決定を行なうしくみになっている。

安心していなければ、彼らの一味が現場の様子を見に来ているかもしれないのである。かれらとしても気にかかることなのだ。

自分たちの犯《や》ったことに手抜かりはなかったか、何か証拠をうっかりと残しはしなかったか、といったことを点検に来ているのだろう。同時に現場の空気を偵察している。当局の動き、人々の噂など。

現場での意見は圧倒的に自殺説であった。首吊り人を見にきたのはほとんどテレビを聞いて駆けつけた人々であった。現場的には果物屋のおやじの説明によった。

イタリア最大の民間銀行バンコ・ロンバルジアの頭取の逃避行。疲労と責任感から死をえらぶ。——

テレビもそのように「と見られる」と原因の観測を伝えたはずである。

犯人側には万事調子よく運んでいるけれども、かれらは細心だ。「決定」をみるまでは警戒心をゆるめないだろう。

「行きましょう」

和子は信夫を低声《こごえ》で促し、ともに歩道階段を上った。

このとき、右手の桟橋にならんだ白い箱のような小屋からはじめて人が出てきた。

窓の少ない、長方形の建物の出入口はテムズ川のほうにあるらしく、建物の角から現れた男は、これも白い作業服をきて、長い脚で歩道階段を上ってくると、二人の傍を通り抜けて道路へ出て行った。

横を通るときに日焼《ひや》けした顔の頤《あご》を軽く動かして「失礼」といった。そのとき作業服に付いたマークが眼についたのだが、「G・L・C」の縫取りがあった。

この小屋も桟橋もロンドン市政庁の施設だったのか。

その眼になってよく見ると、長方形の白い小屋はコンクリート造りではなく、鋼鉄製に白ペンキを塗ったものであり、しかも太い鉄管《パイプ》が四本ばかり、川へむかってつき出ていた。どういう目的の施設だか、ちょっと見当がつかなかった。

もしも今日未明午前二時ごろにこの建物の窓から人がブラックフライアーズ橋のほうをのぞいていたら、橋下にゴミ運搬舟が着いて、そこの工事足場で何が行なわれていたかを、桟橋の灯で見たであろう、と和子はふいと思った。が、その時刻には窓を閉めて人は眠っていたにちがいない。霧が流れていた川面だったのだ。

対岸にならぶ建物にしてもそうだ。正面が十階建てで、しかも後方から中央に高層ビルの上部がタワーのように出ている。横は一ブロックを占める広さである。その両隣りの高い建築物もそうである。もしもあの窓の一つからでもこっちを見ていた人がいたら、と思う。もしそれが昼間だと、対岸では人が妙なことをやっていると見咎《みとが》めて、さっそく望遠鏡を持ち出したことだろうが、午前二時では仕方がなく、たとえ起きている人があっても、あの霧では一物も見えやしなかった。

二人は路面に出た。

すぐに車道とならぶ道路かと思ったが、ここはそれとは一段と高い芝生や植込みの緑地帯で分離された遊歩道だった。その車の通る道路もハイウエイなみにひどく幅広く、公共施設らしい建物もはるか後方に展開していた。この辺、北岸と違って堤防《バンクメント》通りというのがなく、アッパーグラウンドと呼ばれる公道も川岸から相当離れている。

信号のある場所まで行くつもりで、老人夫婦などが憩《やす》んでいるベンチの前を通って狭い遊歩道を歩いていると、左側からクラクションが短く鳴った。

和子がふりむくと、はるか向うのアッパーグラウンドにタイヤが軋《きし》ってタクシーが停まり、その窓から八木正八が顔を出していた。

向うの車道に黒の箱形タクシーをとめ、その窓から顔を出した八木正八が、遠くから和子のほうにむかい、頭をさげた。

「あら、八木さんだわ」

和子は急いでおじぎを返し、信夫にも教えた。

八木は窓から手を出して、あっち、あっち、と指さしている。その方向は横断歩道までは行かなくても、分離帯のグリーンベルトの切れ目であって、そこへ出るには、かなり高い遊歩道の障壁を這《は》い上がり、さらに垣を跨《また》がねばならなかった。その間、タクシーも徐行して位置を移動してくれた。

ようやく出口があって、タクシーのドアに近付けた。車は駐められないので、二人が乗ると、

「二十分前に、総局に電話すると、深沢総局長が、木下さんという人から電話があり、いま仕事でブラックフライアーズ橋に行っていると答えておいたよ、と言われました、で、先日、スローン・クロイスターの階下売店でお眼にかかってぼくの名刺をさし上げたお方だとすぐに見当がつきましたから、さっそく、こうして参りましたが、やっぱりそうでした。いや、あの節はどうも失礼いたしました」

八木ははにかむように笑《え》んで頭をさげた。

和子は八木に名を言っていない。が、ロンドン総局に電話をかけてきた日本人というだけで名刺の相手と八木は察したのだ。ローマ支局から来た八木が名刺にペンで〝C／O（気付）ロンドン総局〟と書き込む数はきわめて少なく、渡した日本人は一人だけであった。

「こちらは……」

和子は、信夫のことを八木にどう紹介していいか、とっさに困った。

「じつは、ぼくが電話をしたんです」

信夫が察して横から引き取った。

「あ、そうでしたか……」

八木はそれ以上は何も訊かなかった。

――コーヒーハウスのうす暗いテーブルにいる白川敬之の影法師のような姿が和子に浮ぶ。白川は母の従弟にあたる。信夫といっしょだったところを、和子は、はなれた席にいた白川に見られたように思う。だから八木とスローン・クロイスターの売店で顔を合せた瞬間も、白川が部下の八木に様子を見にこさせたと和子は錯覚して色を失ったものだった。

その八木に、「あのとき」の信夫をどうひき合せてよいか。名前も、その間柄についても、和子の舌は動かなかった。

「ブラックフライアーズ・ブリッジへたのむ」

八木は運転手に言って、二人の同乗者にほほ笑みかけた。

「たいへんなことになりました。イタリアのバンコ・ロンバルジアのネルビ頭取がそこのブラックフライアーズ橋の下の工事足場の鉄パイプで首吊りをやったんです。あなたがたは、今朝のテレビかラジオのニュースを聞いてこられたのですか」

「ラジオを聞いただけです」

木下信夫が先に答えた。

「ぼくたちはただの旅行者ですが、旅行先で何か変った出来事があれば通信してくれと東京の出版社から頼まれているもので、新聞社の八木さんに聞けばもうすこし詳しい話がわかるだろうと思ったものですから」

「なにかルポのようなお仕事をなさっている方でしょうか」

「いや、ルポライターなんかじゃありません。出版社の編集をやっている友人がいるものですから。……失敬しました。ぼくは学校の教師をしています。名刺を持ち合せませんが、木下信夫と申します」

「八木です。失礼しました」

八木正八は長い髪をかき上げた。

信夫が本名を名乗ったのは、総局にかけた電話ですでに「木下」と言っているからだろう。和子は胸が詰まった。八木は、コーヒーハウスで信夫と自分とがいっしょに居たのを気づかなかったのだろうか。信夫は伝票の裏に白川敬之の横顔を鉛筆でクロッキーした。離れたテーブルから裸ローソクの下でのスケッチだった。あの伝票で出がけに信夫は現金を支払った。白川のスケッチのついた伝票は、ブロンドの女が仕舞いこんでいる。あの伝票はどうなったか。——

暗い店内を信夫と自分とは先に出て行ったが、白川と八木はそれを見ていたろう。そのとき、白川が愕然《がくぜん》としなかったはずはない。とすれば、八木は白川からそれを聞いている。

「それでは、ぼくの知っているかぎりのことをお話ししましょう」

八木は、何も知らぬげに磊落《らいらく》に言った。すこしもひっかかりのない、晴々とした顔だった。

「いまも、ぼくの泊まっているホテルでローマ支局に宛てて電話で送稿を済ませたばかりなんです。これで三回目なんですよ。第一回と第二回は速報と続報ですが、第三回はスコットランド・ヤードの係官とか、遺体発見の牛乳配達の少年の話とか、この付近の人の聞き込みとかね、いろいろ材料を揃《そろ》えて送稿したんです。ぼくはネルビ頭取がローマを逃げてロンドンに来てから、ずっと追っていましたからね」

タクシーは道路をテレビ・センターの前まで行き、そこで方向を変えて逆戻りした。ブラックフライアーズ・ブリッジの南橋畔にさしかかったところで八木はタクシーをとめ、ここで降りましょうと信夫と和子に言った。

「橋下の現場は見物人の群れでうるさいようですから、橋上の張出し台から下をのぞきこみながらお話ししましょう」

八木は先頭に立って歩いたが、張出し台というのが、霧の午前二時に二人で立った下流側の同じ突出しテラスであった。

「ほら、見えるでしょう」

八木は、右斜め下に橋の下からはみ出している鉄柵を言った。岸壁にさしかけた工事の足場。岸壁のすぐ傍が通路で見物の群衆が居る。例の果物屋のおやじはもう姿を消していた。さすがに雄弁家も疲れたのであろう。

「ラジオのニュースを聞かれたならご存知でしょうが、ネルビ頭取が首をくったというのは、ほら、いちばん前の右から三番目の鉄パイプですよ」

彼は指さした。

「ロープを鉄パイプの上部に結いつけて、一メートルばかり下のところに輪をつくってネルビ頭取は首を突込んだのです。工事足場が跳躍台でしてね。そこを足蹴《あしげ》にすると身体がぶら下がり、その重量でロープの輪が前頸部《ぜんけいぶ》を圧して窒息死させたのです」

鉄パイプの影を川の水が静かに映している。影が動かない。ふと見ると、川面は湖のようにさざなみも立っていなかった。干潮から満潮へ移る間の「憩流時」現象であろう。

「死亡時刻は何時ごろとされているのですか」

信夫がきいた。

「検視した警察医の判断では、今日の午前一時から三時の間です」

いい推定だった。

「その時間、このテムズには霧が出ましてね。まだ十月中旬ですが、川だから霧が早いのだそうです。ネルビさんは霧の中で自殺を決行したというわけですね」

「遺体を見つけたのは、牛乳配達の少年だそうですね」

「そうです。十一歳の子でしてね。ぼくも会って話を聞きましたが。その鉄パイプに服が干し忘れたままに水浸しになっていると思ったそうです。橋の工事に従っている作業員の服がね。それが八時ごろでした。で、警視庁からきて自殺者をパイプから下ろして、そこの給水室の栈橋に横たえて検視したのです」

「給水室ですって？」

信夫は聞き咎《とが》めた。和子も、その白い四角な小屋に眼を上げた。

「そうです。あれはGLCの施設でしてね、テムズを航行するロンドン政庁所属の船舶に給水するための施設なんです。栈橋が付属しているのもそのためなんです」

八木の説明で、その小屋から出てきた人の作業服に「G・L・C」のマークの縫取りがあった意味が和子にわかった。

「検視の際、ネルビ頭取は、牛乳配達の少年の言ったとおり、全身ズブ濡れだったんですか」

信夫は、突出しテラスの手すりに八木とならんで凭《よ》りかかりながらきいた。

「全身ではありません。鳩尾《みずおち》のあたりから下が水でびっしょり濡れていたんです。警察医の話だと、遺体を引きあげた九時ごろは、満潮のピークがすぎたころで、ネルビさんは第一回の干潮がすぎたころに首を吊って鉄パイプに下がっているときに満潮になり、川の水位が上がってミズオチまで濡れたのだと推定しているのです」

和子はこれをじっと聞いていた。

「で、いまネルビさんの遺体は？」

「鑑識にまわされています。専門家が検査するのですが、あまり時間はかからないということです」

「自殺ということがはっきりしているからですか」

「そうでしょうね。英国では検視法廷というのがあります。日本人には耳馴れませんがね。この検視法廷で審問するのです。必要な証人もそこに呼び出します。そして自殺の決定もその法廷に出た陪審員がするのです」

「しかし、ネルビさんの場合は、証人となるとそのほとんどはイタリア人でしょう。イタリアからロンドンの法廷の呼出しに応じてくるでしょうか」

「たいへんいいご質問です」

八木は息をはずませた。

「おそらくイタリアからはだれもロンドンの法廷にはこないでしょうな。そうすると、どうなりますかね。だいたいがね、ネルビ頭取は、危うくカルロ・フォルニ氏として処理されるところだったのですよ」

「え、なに、フォルニ氏ですって？」

「というのは遺体のポケットにはカルロ・フォルニの偽《にせ》パスポートが入っていたからです。しかし、スコットランド・ヤードにはネルビ頭取の顔があまりにもよく売れていました。このイタリア金融界の大物の顔、Ｐ２の名士の顔がです」

「………」

「ぼくはロンドン警視庁の捜査課に行って、このネルビ頭取の首吊り事件を担当しているノーウッドという刑事に会って話を聞いたんです」

八木は、その首吊りの工事足場に視線を定めて言った。

「刑事の話によると、頭取のポケットには偽造パスポートのほかに、ふくれあがった財布が入っていました。それには一万五千ドル相当の現金が詰めこんであったそうです」

「一万五千ドル」

信夫は小さく叫んだ。

「そうです。さすがにバンカーだと刑事は言っていました。豪勢なものだとね」

「つまり、その、それだけ多額のカネが無事にポケットにあるのをみても自殺だというわけですか」

「そうです。強盗に襲われて、首吊りにされたのじゃないというのですな。本人が覚悟の自殺というのです」

「覚悟の自殺ですって？　ポケットから遺書が出てきたのですか」

「いや、遺書は発見されません。そのかわり、ズボンの両ポケットに煉瓦《れんが》の破片を詰めこんでいました」

「煉瓦の破片を、ですか」

和子が思わず、おうむ返しに問うた。

「そうです。刑事の話だと煉瓦の破片だけでも四ポンド半はあったといいます。二キログラムですね」

「………」

「それに、バンドをゆるめて、ズボンと腰の間にも小石を詰めていたそうです。それと煉瓦の破片との重さを入れると、ネルビさんは六ポンド近い重量を自らじぶんの体重に加えていたことになります」

「鉄パイプにロープを結いつけて首を吊った人がどうして、じぶんの身体に重みを付ける必要があるんですか。投身の場合、水泳のできる人は浮き上がるのをおそれて身体に重しを付けることはありますがね」

「ネルビさんは、万一ロープの結び目がゆるんで解け、水中に落ちた場合を要心して、ズボンに煉瓦の破片や小石を詰めたのだろうとノーウッド刑事は言っていました。……ロンドン警視庁の捜査課では、ネルビ頭取の首吊りをはじめから自殺扱いのようですね。ぼくの印象ですが」

八木は話した。

「ほかにどういう理由があるのですか」

信夫はたずねた。

「それはですね。かりに他殺だとすると、車で頭取を現場に運んできても、あの岸壁からさし出た工事足場に梯子《はしご》で下ろされるか、テムズ川を舟で運ばれ、その舟から足場に持ち上げられ、首吊りにされたかしなければならない。……」

「その推定は、どうなんですか」

信夫は弾みそうな声を抑え、和子は息を詰めた。

「ダメです。両方ともあり得ないというのです。そのようにするためには大仕掛けな犯行になるというのです。殺人はなるべく目立たないようにしなければならない。大がかりな計画は目撃者の眼にふれやすいから、そんなことはしないという捜査課刑事の意見です」

「しかし、深夜なら……。検視の推定死亡時刻は午前一時から三時の間でしたね」

「ぼくもそれをノーウッド刑事に言ったんです。すると、ロンドン市内はどんな深夜でも車が通っている。とくにこのブラックフライアーズ橋の河岸には浮浪者がうろついている。麻薬の中毒患者がね。それからヴィクトリア・エンバンクメントになると、ご婦人の前ですが、夜の女が立ったりしているというんです。ネルビ頭取は睡眠薬も飲まされてないし、麻酔剤も注射されてないので意識は正常だった。だから暴力で吊されようとしたら大声で喚《わめ》いたり叫んだにちがいない。だれもそれを聞いた者がないというのです」

「なるほど」

「これまでの警視庁の鑑識課員の話によると、胃の内容物、肝臓、尿、血液を調べたところ、アルコールや薬物を服用した痕跡はないとのことです。なお精密検査中だそうですがね」

「そうすると、ネルビ頭取は、午前一時ごろにひとりで河岸まで歩いてきて、あの危なっかしい足場を、乏しい明りの中を渡って、先端の鉄パイプにたどりつき、ロープをかけたというわけですか」

和子がきいた。

和子の言葉に、八木は足場に眼をやった。橋上の突出しテラスからは斜めに見下ろす位置になり、こよなき俯瞰《ふかん》となった。

八木は和子の言う意味を知っていた。

「捜査課でも、その見方が無理だという意見はあるのです。あなたと同じ疑問ですね。とても、危なくて足場を歩いて突端まで行けたものじゃない。初めて来た人間がね。しかも六十一歳の男がですよ。体重だって七十五キロあるんです」

八木は指さした。

「あのとおり、工事は終りかけで、足場のヤグラも半分はずされているんです。一歩踏みはずしたら川の中に転落です。照明は暗いときている。立っただけで足がすくみます。それでも、勇を鼓して危ない足場を渡り、先端の鉄パイプにネルビは飛びついたとします。彼はそこでまた軽業《かるわざ》を演じなければならない。というのは片腕で鉄パイプを抱いて身体の安定を保ち、その手の先と一方の手とを使って長いロープの端を鉄パイプに結ぶ。このロープにしたところで、たぶん腰に巻きつけていたのでしょう。そしてロープの一方の端に、じぶんの首を入れる輪をつくったというわけですよ。いったい、そんなアクロバットまがいの首吊りをする必要がどこにあろうか。自殺するなら、一気にテムズ川に身を投げればいいし、どこのホテルに泊まっていたか知らないけれど、その高層の窓から飛び降りればいいわけです。あるいは服毒という居ながらにして楽な方法もある。どうしてそんな深夜、わけのわからない場所へ出かけて橋の下の危ない足場で首吊りをするという手のこんだ自殺をするだろうか、というのが、自殺説への疑問です。と同時にそれが他殺説になります」

「他殺説の根拠はあるのですか」

「ネルビ頭取がロンバルジア銀行の経営が行き詰まって自殺したといわれる理由の十倍もの理由がありますよ」

下から遊覧船の白い舳先《へさき》が出た。機関の音だけでなく、ガイドのマイクの声が流れる。デッキの客が、天井のガラス張りの下の客が、橋を見上げて手を振る。待っていると、通過するまで長い時間に思われた。

「ぼくがネルビ頭取をローマからロンドンに追ってきたのも、ローマ市警の捜査員のさらに後追いのかっこうでした」

遊覧船が下流へ遠ざかってから八木は言葉をついだ。

「そのころからネルビ頭取はP2の組織にあるマフィアに命を狙われていたのです」

「その原因はなんですか」

信夫は八木にきいた。

橋下の足場の人だかりはふえはしても減りはしなかった。噂《うわさ》を伝え聞いて遠くから、首吊り現場の見学者が参加するからだった。

「かんたんにいうと、仲間喧嘩《げんか》です。ネルビもP2の幹部で、そのためにロンバルジア銀行の頭取にもなれたような男です。一方、ヴァチカン銀行というのは、世界各国のカトリック教会なり神父なりを対象にした金融機関で、『神の銀行』という名でよばれています。このヴァチカン銀行総裁である司教が、だぶつく『神の銀行』の手もち資金を目立たないように海外分散するためと、利殖のためと、一石二鳥をねらって投資に手を組んだのがバンコ・ロンバルジアです」

八木が空を見て言った。厚い雲がひろがっていた。

「法王はそれをご存知なのですか」

「はじめは知らなかったでしょうが、そのうちに気がついたと思われます。が、もう手おくれです。外国に対しては彼を擁護するしかありません。最高責任者としてね。十一世紀の後半にはドイツ国王ハインリヒ四世を法王グレゴリウス七世が破門にし、法王にその赦免を乞《こ》う国王を北イタリアの山中にある、カノッサの城門の外に三日間も雪の中に立たせました」

「カノッサの屈辱ですね。さすがによくご存知で」

「有名な事件ですからね。カノッサの旧跡にはピサから観光バスが出ています」

八木はすこし笑って、

「しかし、ヴァチカンの法王も内部にはきびしい態度に出たということです。イタリアの検察がロンバルジア銀行に強制査察を断行したのも、ヴァチカンの変化と関係があります。そうなると神の銀行の責任者とネルビ頭取とP2の親分と三者共同で銀行のカネをいいようにしてきたことが、だんだん暴露《ばくろ》されてきます」

「P2の親分は？」

「イタリアのフリーメーソンからP2を創始したルチオ・アルディです。いまジュネーヴの拘置所につながれています。もう一人はニューヨークで詐欺、横領、それと殺人教唆の嫌疑で起訴され、多額の保釈金を積んで仮釈放されているP2のナンバー2のガブリエッレ・ロンドーナです。ネルビ頭取もP2の幹部ですが、つかまると口が軽いから、すぐにしゃべってしまうとみて、その前に殺《や》ってしまおうとアルディもロンドーナもそれぞれ狙っていたようです」

「一人はスイスの拘置所に入っている。一人はニューヨークで裁判所によって厳重に行動の自由を束縛されているわけですね。それなのにどうしてネルビ頭取の生命が狙えるというのですか」

「親分がスイスの監獄に居ようと、ニューヨークに裁判所の監視付で軟禁状態で居ようと」

信夫の不審に八木は答えた。

「彼らは指令さえ組織に出せばいいのです。あとは組織が動いて、マフィアに行動の命令を与えます。マフィアには、殺し屋として熟練の職人集団が各地にいますからね」

「拘束されている身のボスが、どうして指令を部下に出せるのですか」

「そりゃね、P2の大ボスともなればどんな方法でもやれます。ジュネーヴの拘置所の独房に居るルチオ・アルディなんかは未決囚だけに気ままに暮らしているし、とくにスイスですからね、外部とどんな連絡をつけているかわかったものじゃありません。P2とスイスの銀行とはかねてから裏取引によるコネがあるんですから。つまりP2のブラック・マネーをスイスの銀行に持ちこんできれいなカネに換える、いわゆるクリーニングするという暗黙の相互関係なんですよ。スイスの銀行屋はスイス国内の勢力家に近いですから、そのコネを動かして、拘置所内のアルディを優遇させることもできるわけです」

「では、ネルビ頭取の命をねらっているのはアルディですか」

「アルディだけではありません。ニューヨークにいるロンドーナもネルビを狙っています。むしろロンドーナのほうがネルビに敵意と憎悪を燃やしています。いろいろないきさつから」

「ではアルディとロンドーナとが共謀で？」

「いや、それはないです。あくまでも二人は別々の行動です。さらにもう一つ加えられる人間がいます」

「誰です？」

「ヴァチカン銀行総裁の司教です」

「まさか司教が暗殺者とは？」

信夫は声を上げた。耳にした和子もびっくりした。

「動機の点だけでいえばそうなります。彼もネルビ頭取に万事をしゃべられたら身の破滅ですからね。ただし、ヴァチカンはマフィアの部下を持っていません。敬虔《けいけん》な坊さんたちですからね。万人のために神の恵みを祈る主の使徒ばかりです。しかし、神の銀行を司《つかさど》る司教はおカネを持っています。法王さまもご存知ない秘密資金を。マフィアはボスの命令のほかにもカネでいうとおりになりますからね」

「ネルビさんは、三方からの暗殺者の手がせまっていたことを自覚していたのですか」

「ネルビは十月四日にローマのホテルを車で出て、トリエステ経由でウーディネに行き、そこのホテルに入りました。ウーディネは北部イタリアの都会で、交通の要衝です」

川の水が上がってきたようだった。

八木はつづけて話した。

ウーディネの「ホテル・ヴェネツィア」の前で運転手ピットルは用済みとなって返されることになった。ピットルは小悪党で、ネルビからカネをしこたまもらったが、その前にちらりとロビーを見ると、ネルビに近づいたのは年齢五十歳くらい、額が広く、頬高く、ワシ鼻を持った、典型的なドイツ系の顔だった。もう一人は三十すぎの背は低いが、がっちりとした体格の男で、おでこが張り出していた。これはイタリア人の顔だった。どうしてこういうことがわかったかというと、ネルビがピットルの運転でローマのホテルを早朝に脱出したことが、ローマ市警にわかり、翌日の夕方ローマに帰ってきたピットルを市警がつかまえて締めあげたからである。そこでさっそくウーディネの警察に電話連絡したところ、その朝、ネルビはホテルを引きあげたあとだった。

それから先の三人の行先がわからない。コモの町から車でスイス国境を通ってキアッソに入ることも考えられる。これはイタリアの「きたない」リラをスイスの「きれいな」スイスフランに大量にクリーニングしに行く密輸ルートでもある。だが、イタリア、スイス両国税関のきびしい眼をごまかすことはできない。

あとは偽造パスポートの使用である。北イタリアには偽造パスポート専門の「職人」が居る。それが密輸組織につながっている。リカルド・ネルビが偽造旅券を得たのは、たぶんこの地域であろうとローマ市警は推定した。ウーディネのホテルでは、本名で泊まっているのだ。

ウーディネのホテルのロビーでネルビ頭取と話していた五十年配のドイツ系の男と、背の低い三十すぎのイタリア人は、そのホテルに泊まらなかった。どこかに巣があって、そこへ泊まり、翌朝ネルビをタクシーで迎えにきた。これは「ヴェネツィア」が一流ホテルなので、ドイツ系の男はパスポートを、小男のイタリア人は身分証明書をフロントに提示しなければならないのをきらったものとみえる。つまり、偽造パスポートは、このときはまだ出来ていなかったと警察では見た。

――ネルビの偽造パスポートはフォルニになったのだ。

信夫は隣室の住人の名を思った。

――そして、おでこの出た、背の低い、三十すぎのイタリア人は、じぶんたちが福助さんと呼んでいるボスコだ。また、ネルビのフォルニが受話器にむかって、イタリア語で狐《きつね》め、と怒鳴っていた対手《あいて》のクネヒトがそのドイツ系の男にちがいない。八木の話を聞きながら、信夫はひとりでうなずいた。

十月四日にウーディネに一泊したのを最後にネルビ頭取の消息はぷっつりと切れた。ローマ市警が捜査員二名をロンドンへ急派したのが九日である。それを岩野支局長が市警の幹部から耳打ちされて、その日の夜、八木に捜査員の泊まっているヒルトンへ行かせた。刑事のイゾッピともベッティとも知った仲である。ただし、ヒルトンにはネルビは泊まっておらず、クネヒトという名のオーストリア人が、リディア・ヴェラー、アグネス・ヴェラーというやはりオーストリア国籍のブロンド姉妹と泊まっていた。

ネルビ頭取がロンドンに潜入し、その仲間がヒルトンにいるとはローマ市警が入手した情報らしい。だれがタレこんだのかわからない。とにかくそれは正確だった。

してみると、クネヒトとペロットはオーストリアに入り、オーストリアのどこかでクネヒトは金髪姉妹を連れ、ロンドンへ向かったのだろう。それが五日のウーディネ以後のクネヒトらの行動であったろう。悪党運転手のピットルが「ホテル・ヴェネツィア」のロビーで見かけた五十くらいのドイツ系の男がクネヒト、三十くらいの背の低いイタリア人がフォルニつまりネルビの電話を取次ぎするボスコつまりペロットにちがいない。二人の声は電話盗聴の録音に収められている。——

これは八木正八がひとりで考えていることで、眼の前にいる二人に、そんな詳しい内容まで話すわけではなかった。

「ローマ市警が捜査員をロンドンに出したのは、ネルビ頭取が海外に逃げる前に取り押えようとしたのですか」

ゴミを積載した平底の舟が三艘つながって橋の下から出て行った。赤茶色だったペンキ塗りは黒くなり、ところどころ剝《は》げている。どれも廃棄寸前といった老朽舟だ。ゴミの山の両端、舟首《へさき》と舟尾《とも》に青い帽子、青い作業服をきた男が二、三人立っている。もり上がった肩に帽子の首がめり込んでいる男、ほそ長い男。三艘とも同じような作業員である。マドロスパイプをくわえて、小犬を抱いているのがいる。

信夫の質問はゴミ舟に視線を追いながらだった。

「いや、まずネルビ頭取の居場所を探し出すことだったでしょうね、すぐには動かないと見て。そういう情報だったんでしょう。ネルビの居場所がわかれば、ローマ市警の本隊がやってきてロンドン警視庁に仁義を切ったうえ、彼を逮捕するつもりだったのです。ネルビ頭取の偽名はカルロ・フォルニ、そのボディガードがボスコという名もわかっていて」

ローマ市警には早くもネルビ頭取の偽名がカルロ・フォルニで、そのボディガードがボスコとわかっていながら、ロンドンでの隠れ場所をつかんでいなかった。

和子は話をする八木から視線を逸《そ》らした。怯《ひ》け目を感じたように橋の下に眼を投げた。水位が上がってきたようである。

「ネルビ頭取には、ほかにも味方がいたのです。クネヒトと名乗るオーストリア国籍の人物でしてね。ホテル・ヒルトンのフロントに登録した旅券ではそうなっていました。これも偽造パスポートくさいですが」

八木は、和子の様子にちらりと眼を投げていった。

「え、クネヒトという人はヒルトンにいたのですか」

信夫は思わずきいた。

(おまえは信用ができないから、もうここにくるな。おまえは狐のようなやつだよ、クネヒト)

隣室のネルビ頭取がイタリア語で電話で罵《ののし》っていた対手はホテル・ヒルトンに居たのか。電話はヒルトンとの連絡だったのだ。

八木は八木で、おや、と思った。クネヒトという人はヒルトンにいたのですか、という木下の問いかたは、いかにも前からクネヒトを知っていたかのような口吻《くちぶり》である。

だが、彼はそれにはふれなかった。黙って、こっそりと木下と、その伴れの女性の表情をぬすみ見た。木下の顔には自分の言葉の走りすぎに気づいたか、やや狼狽《ろうばい》の色が通過した。

「クネヒトはネルビ頭取を南米へ出国させる目的で各方面との連絡係であったようで、そのためにヒルトンに陣どっていたようです」

八木はさらりと言った。

「だが、かんじんのネルビさんの居所が知れない。ローマからきた刑事二人もロンドン市内を懸命にさがしたんですが、どうしてもわからなかったんです。そのうちにネルビさんの南米行がせまってくるので、たいそうあせっていました」

「なぜ、ネルビ頭取は南米行をめざしたのですか」

「彼はロンバルジア銀行のペーパー・カンパニーを南米につくったからです。アルゼンチンとかウルグアイとかはイタリアからの移民が以前から多くて、もともとイタリア人の経済的勢力の強い国です。ネルビさんは自分の銀行のペーパー・カンパニーをつくっていることだし、友人も多いので、そこへ逃げこもうということらしいです。そのほか西インド諸島の無税国バハマなどにもダミー会社をね」

足場に大声が聞えた。果物屋が戻ってきたのだ。

「ネルビ頭取のこの首吊り事件で、ローマ市警はどうするのですか」

信夫は八木にきいた。果物屋が首吊り足場の見物人の群れにガイド口調で説明していた。

「さっきローマ支局長と電話で話したんですがね。市警では、せっかく派遣していた刑事を呼び戻したのを残念がっているようです。それで、ロンドンの検視法廷の結果待ちだということです。自殺という決定が出れば、ローマからは行かないだろう。他殺と決定して、ロンドン警視庁からの招請があればだれかをやる、しかしその場合は法廷の証人としてであって、捜査にはタッチできないだろうということでした」

「ははあ」

「事件はロンドンで発生しましたからね。ご承知のように捜査権は主権国のイギリスにあるわけです。前にローマ市警の捜査員がネルビ頭取のかくれ場所をさがしにきたのは、ロンドン警視庁には内密にした行動だったんです」

「そのロンドン警視庁では、ネルビさんの首吊りは、はじめから自殺の線でやっていると八木さんが言ったら、支局長はどういっていましたか」

「支局長は、自殺とはおかしい、他殺の疑いが強いよ、と電話でいっていました。前からの状況を考えてそういっているのです。ところが、かんじんのローマ市警の反応ですがね。支局長が市警のお偉《えら》いさんに電話を入れると、煮え切らない返事だったそうです。むしろロンドンで自殺と決定してもらったほうがいいような口ぶりだったそうです」

「どうしてですか」

「善意に解釈すれば、手間が省けていいということでしょうがね。しかし、その言葉の奥にはイタリア政財界や警察幹部などがP2との腐れ縁をまだ持っているから、自殺にすれば、その面倒から脱《のが》れられるというニュアンスがあったと支局長は言うのです」

「……」

「そんなばかなことはない、ネルビ頭取の首吊りは絶対に自殺ではない、他殺だ、というんです。つい四日前に、ロンバルジア銀行のミラノ本店の四階の窓から、頭取の女秘書が飛降り自殺をしたんです。ネルビさんを呪詛《じゅそ》する文句の遺書を書いて。彼女はネルビさんの愛人だったのです。ところが、支局長の話だと、きのうわかったことだけど、飛降り自殺にしては現場の状況にいろいろと不自然なところがでてきた。どうやら彼女は、他の者の力によって窓から街路へ投げ出されたという疑いが濃くなってきた。彼女もまた頭取の秘書として、銀行とP2と『神の銀行』との関係をよく知っていたそうですから」

「なるほど」

「うちのローマ支局長はね」

八木は昂奮気味になってつづけた。

「ネルビ頭取の女秘書さえ偽装自殺で殺されたふしがある。まして頭取本人の首吊りを、あっさりと自殺でかたづけるべきでない、あくまでも他殺の線で追え、とぼくに命令するんです。もとよりぼくもその気です」

果物屋が大声でしゃべっている。あの先に見える鉄パイプに首吊り人はロープを巻きつけて……。

「ぼくは、ロンドン警視庁で、ネルビさんの現場検証写真を一枚だけ見せてもらいました。鉄パイプからおろして、ほら、あそこにある給水桟橋の鉄製床に仰向けに寝かされている写真で、鑑識課員が撮ったのです。さきほどノーウッド刑事の話を聞きに行ったと言いましたが、じつは、そのノーウッドがその写真を見せてくれたんです」

和子は息を詰めた。

「ネルビさんの顔には苦悶のあとはなく、おだやかな表情でした。ノーウッドは覚悟の自殺者にはこんなふうに平和な顔をしているのが多いと説明しましたが、ぼくにはまるで睡眠薬を飲まされているように見えました。髭《ひげ》のない口をすこしばかり開けていました。ふだんは口髭をはやしていたそうです」

「口髭があったんですか」

隣室の「フォルニ」の顔を隠れてスケッチした信夫がきいた。

「濃い口髭だったそうですが、イタリアを出てからその口髭を剃《そ》り落したんですね。変装のためでしょう」

「………」

「ロープの輪が首に食いこんでいました。シャツの上のボタンをはずして、その下からね。顋《あご》の下の前頸部《ぜんけいぶ》の表皮が剝《む》けていたが、足をパイプからはずした瞬間に身体の重量が急に前頸部のロープにかかったためにそこの表皮が剝落《はくらく》したということでした。むろんそのロープの前頸部圧力による窒息で、ほかに外傷はありません。……」

ＧＬＣの給水施設についた桟橋の鉄板床には、係員が一人出て、川に向かい煙草を吸っていた。風で煙が彼の頰を流れた。上流へ向かう遊覧船が白波を立てていた。

「その写真では、ネルビさんの胸骨の下まで濡れていて、足の膝関節《しつかんせつ》から下はもっと濃く濡れていました。うすく濡れている部分は乾きかけたところです。つまり、はじめ首吊りで鉄パイプから身体が下がったときは第一回の干潮時で……」

八木はテムズに眼を投げて言った。

「このテムズの水位が下がっていた。そのためにネルビさんの首吊り死体は踵《かかと》の上ぐらいしか水に浸ってなかった。これは死亡時刻と満干時とを合せての警察の推定だそうです。そのうちに干潮から第一回の満潮になる。そのピークが午前六時ごろ。鉄パイプに吊り下がったネルビさんの位置と身長からすると、それが彼の胸骨の下まで水の中に入ることになる。濡れている部分と一致するというのです」

和子は聞きながら、自分たちの想像とだいたい一致していると思った。

信夫は黙って感心したように聞いていた。

「それから第二回の六時間の干潮が徐々にはじまります。テムズの水位も少しずつ下がってゆく。牛乳配達の子供が首吊り死体を見つけたのが今朝の八時ごろです。そのときはまだすっかり干潮の頂点にはなってなく、ネルビさんの膝関節部分以下がまだ水の中に入っていたろうから、遺体の検証と合うそうです」

「仮に他殺だとすると、どうもふしぎなことをやるものですね」

信夫は腕組みして八木にきいた。

「首吊りを川の水に浸《つ》ける何かの理由があるのでしょうか」

和子は動悸《どうき》が速くなった。さっきからその疑問を、あることに結びつけて考えていた。

「首を吊ったのが橋工事の足場になった鉄パイプ。そこはテムズのそばだった。そういう偶然からだとノーウッド刑事は言うだけです。他殺は考えていないですから……」

和子からすると、警察は常識的な判断であった。

「ネルビ頭取のズボンのポケットや腹の間には煉瓦の破片や小石が詰まっていたとのことですが」

和子は八木に訊《たず》ねた。

「その煉瓦はこの辺に落ちている煉瓦だと刑事さんは言っていましたか」

「いや、この辺のものとは違うそうです」

八木は、ひさしぶりに声を出した和子の顔を見ていった。

「ノーウッド刑事は、ネルビ頭取のズボンのポケットに詰めこんであった煉瓦の破片と同じものをこの付近でさがしたけれど、見つからなかったといっていました」

八木は和子に言った。

「そんなに珍しい煉瓦ですか」

和子はきいた。

「ぼくも、そうノーウッドに訊いたんです。すると彼は、珍しいといえば珍しいが、それは値打のある、凝《こ》った煉瓦というのではなく、旧式の、時代おくれの煉瓦だというんです。といって骨董《こっとう》品的価値があるようなものではなく、ガラクタもいいとこ。だから破片なんでしょうがね。とにかく、日本流にいえば古色蒼然《そうぜん》たるしろもので、そんなものはこの辺に落ちているはずはなく、ネルビさんがどこかで拾ってきたのだろうといっていました。けど、いくらロンドンでも、いまどきこんな煉瓦を使っているところはあるまいということでした。ぼくはロンドンにはうといし、煉瓦のこともよくわかりませんが」

煉瓦の破片はチェルシーのGLC水路作業所の構内に落ちていたものにちがいないと和子は思った。あの十九世紀の古めかしい運河の建物と、古い煉瓦とは合致する。げんに灌木《かんぼく》の茂る垣根の外から覗《のぞ》いた夜の構内は、鉄片の屑《くず》やゴミとともに煉瓦の破片が散乱していた。

ネルビ頭取を運河構内からゴミ運搬舟に乗せ、テムズを下り、ブラックフライアーズ橋下に運んできた一味は、煉瓦の破片まであの運河から持ってきたのだ。

しかし、和子は煉瓦の出所を八木に言えなかった。それを口に出すことは、今朝の午前二時にこの橋の工事足場で何を見たかの証言につながる。運河からこの橋の現場までネルビを乗せた舟を追跡してきた行動を含めてだ。

自分たちの身もとがわかるのを、和子も信夫もいちばん恐れていた。二人の秘密はどのようなことがあっても守らねばならなかった。

「奇妙なことがあるんです」

八木は、新装の橋を見まわして言った。

「……これがブラックフライアーズ・ブリッジですね。フライアーズは修道院ですね。正確には、托鉢僧《たくはつ》の道場ですかね。ところが、ネルビ頭取の隠れ家が『クロイスター』というのです。これは、ロンドンに派遣されたローマ市警の刑事が、ある方法でさぐり当てたんですがね。『クロイスター』も修道院です。じつに奇妙な暗合ですね。偶然かもしれないけど、この事件は宗教、ローマ・カトリック派に関係がありそうにも思えます」

「そうですな」

信夫はぼんやりと答えた。あんまり深くも考えていないといった口調であり様子であった。

「そのクロイスターのことでは、木下さんにはご迷惑をかけました」

八木はまた和子へむかって言った。黙って、何ごとか或る一点を考えていた和子は、われにかえった。

「いや、その、なんです、ネルビさんのアジトがクロイスターだという情報をローマから来た刑事がつかみましたからね。ぼくはぼくなりにクロイスターの名のつく修道院をさがしたんです。すると、知り合いの者が、クロイスターの名の付いているアパート式ホテルがチェルシーにあると教えてくれました。スローン・クロイスターというのだそうです。チェルシーと聞いてぼくは、はっと思いあたることがあったのです。で、そうか、クロイスターは修道院ではなかったのか、その名前のホテルだったのか、と自分の思い違いに気がついたんです。そこで、さっそくスローン・クロイスターに出かけたところ、一階の売店であなたにお眼にかかりました」

八木はここで頭をかいた。

「あのときは、このホテルにイタリア人が宿泊していますかなどとヘンなことをいろいろ質問して、ごめんなさい」

「いいえ、どういたしまして。わたしのほうこそ失礼しました」

和子はうつむくように頭をさげた。

「いやいや、それがきっかけで八木さんの名刺をいただき、またその名刺のおかげで新聞社の総局へ電話して、こうして来ていただき、お話がうかがえたんですから、ありがたいですよ」

信夫はいった。

「ローマ支局から出張しているぼくにはロンドン総局は連絡場所でしてね。こちらの総局は忙しいし、取材の段階では応援がなかったのです。こうしてネルビ頭取の首吊り死体が発見されても、その点は変らないでしょうね」

「どうしてですか」

「総局はネルビ頭取を自殺と考えているようです。警視庁の発表どおりにね。しかし、ぼくは自殺ではなく、他殺だと思っているんです。考え方が違うのです。けど、これも総局には黙っています。意見をいっても取りあげてもらえないでしょうからね」

和子は腕時計にそっと眼を落した。促されたように信夫が八木に微笑をむけた。

「八木さん。どうもありがとう。おかげで興味のあるお話をうかがうことができました。お忙しい時間なのに長いことお引きとめして申しわけありません。ぼくらもこのへんで失礼します」

「いや、ぼくのほうこそ、つい話しこんでしまってお時間をとらせました。失礼しました」

八木はほほ笑み返して上体を折った。

「いろいろとありがとうございました。お忙しいところをお呼び出しなどしてご迷惑をおかけしました」

「どういたしまして。ぼくもちょうどここへ来るところだったんです。この現場をじっくりと見ておくためにね。それに、いま、あなたがたにお話ししながら思ったことですが、話をすることで頭の中の整理ができましたね。ごちゃごちゃしてた考えが整理されて具体性を帯びてきたように思います。これまでの相当複雑な経緯がね。単純化されて、はっきりとみえてきたような気がするのです」

人に語ることによって自分の考えが整理されるのは、よくある経験だった。

「それにね、しゃべっているうちに自分の気がつかなかったことや考えの矛盾にも気がつきました。ぼくのお話し相手になっていただいて感謝します」

八木は快活にいった。

「そうおっしゃられると恐縮します。言葉もありません。では、ご機嫌よう……」

「あなたがたもご機嫌よう。よいご旅行を」

「ありがとう」

「もしローマにおいでになるのでしたら、どうか支局にお立寄りください。なんでしたら、もう一枚名刺をさしあげましょうか」

「いえ、前に頂戴《ちょうだい》したのがございます」

和子がいった。

「ぼくはあと二日もこっちに居たらローマに帰るつもりです。あなたがたはまだロンドンにご滞在ですか」

「はあ、もうすこし」

「そうですか」

八木は和子の顔に瞬間だったが凝視をあてた。

「どうか、くれぐれもお気をつけください」

コーヒーハウスを信夫と共に出るところを、八木が白川のテーブルで暗い中から見送っているのを和子はまた感じた。

川面に観光船のマイクの声が流れている。

和子と信夫は、地下鉄ブラックフライアーズ駅へ入った。

スローン・スクエア駅までの区間キップを自動販売機で買った。三十ペンス専用機の前にくると、中年婦人が二人、もたついていた。十ペンスのコインが一枚足りないので、二人して財布の中を探している。すると和子のうしろに立っていた労働者ふうの肩のたくましい男がつと前に出て、瘠《や》せたほうの婦人にコインを一枚さし出した。

婦人ふたりはおどろいて辞退したが、あごに無精鬚《ぶしょうひげ》を伸ばした男はコインを、筋張った婦人の手に押しつけ、ちょっと騎士のように腰をかがめた。二人の婦人がなおも辞退しようとするのを、男はふり返り、うしろにキップ買いの行列ができていることを告げた。それで婦人らも諦《あきら》め、男も自分のもとの場所に戻ったが、その後ろを見返ったときに、和子と信夫の顔にじろりと一瞥《いちべつ》をくれた。十ペンスの手助けを利用して、わざと間近にこっちの顔を眺めたようでもあった。

和子と信夫はディストリクト線のホームで電車を待った。半円形の天井を支えている壁は鼠色《ねずみいろ》になり、下のほうがうす黒くよごれている。その暗鬱《あんうつ》な壁に色鮮やかな印刷物が貼られていた。

装身具のポスター、サッカー開催のポスター、南海岸ブライトンの観光ポスター、ロイヤル・オペラ劇場の公演ポスター。

ブライトンのポスターはロイヤル・パヴィリオンの写真で、丸屋根《ドーム》とミナレットを持つビザンチン風な宮殿の上にはマジックペンで、

「ポーランドの『連帯』万歳！　ワレサを釈放せよ！」

と、荒々しく書きなぐってあった。ポーランドでは軍政下の反体制運動が、自主労働組合「連帯」委員長ワレサの逮捕によって、またもや燃え上がり、軍政府による弾圧も激しくなっている。

ポーランドは東欧の中でも古くからのカトリック国だ。ギリシャ正教のソ連とは古いロシア時代から宗教・思想上の相違がある。カトリックの西欧はポーランドに宗教的な紐帯《ちゅうたい》意識があり、「グダニスクの反乱」以来、「連帯」に支持と声援とを送っている。

ここにもカトリックがあった。

電車がきた。乗りこむとき、さっき婦人に十ペンスを提供した鬚の男が後ろにいたようだ

ったが、座席にすわって見ると、その顔はいなくなっていた。

乗客に日本人は一人も乗っていなかった。電車はそれほど混んでいなかった。二人は四人がけの座席にならんでかけた。前は母娘《おやこ》づれである。

和子の昂奮はさめていなかった。それはブラックフライアーズ橋での八木の話に受けた衝撃からはじまっていた。うつむいて唇をかみ、眼を地の一点に据えるようにして考えこんでいた。動悸が激しくうって、顔から血の色が引いていた。

車内は外国人ばかりだ。前の母娘は話をしている。和子は耐え切れずに隣りの信夫へ身を寄せてささやいた。

「え、なんと言った？」

信夫は頭を傾けた。地下を走る電車の音響に消されて、その日本語が聞きとれなかった。

「八木さんの話を聞いて、中世の宗教裁判の処刑を連想したんです」

和子はすこし大きな声を出した。

信夫は黙ったまま眼をみはった。

「裏切者や異端者に対する処刑と似ているわ。とくに裏切者への見せしめの刑罰として……」

車輪の音響が高くなった。次のテンプル駅に近づいたのだった。

和子は話をやめた。信夫は駅で買った新聞をひろげた。

テンプル駅でも新しい乗客に日本人はいなかった。電車はすぐに出た。

「中世の宗教裁判では、異端者にたいしては火あぶりの刑です。けれども、ローマ・カトリックから異端宗教とされている二世紀起原のグノーシス派とか、のちのテンプル騎士団には、内部の裏切者にたいする処刑があることを入団の儀式の際に新しい加入者に言い聞かせたということだわ。史料がないのでよくわからないけれど、その処刑というのは……」

和子はここまでいって、これから口にするのが恐ろしいように、ごくりと生唾《なまつば》をのんだ。が、信夫が待っているのを見ると、ようやく言葉をつづけた。

「裏切者は水の上で首吊りにされる。そして死体は日に二回、流れに洗われる。そして、石打ちか去勢を行なう。……そういうことを入団儀式のさいに言い聞かせて誓わせたということだわ」

車輛《しゃりょう》が動揺し、音響が高くなった。

電車はエンバンクメント駅に走りこんだ。信夫は新聞を顔の前にひろげているが、眼は動いていなかった。和子の言葉に全神経が撃たれたようになり、硬直していた。

ここは乗換駅なので、車内がざわめいた。

前の母娘が立って出口へ移った。すぐに中年の婦人がとび込むように来て坐った。

——ネルビ頭取はブラックフライアーズ橋下の工事足場の鉄パイプに結んだロープに首吊りにされた。ゴミ舟でテムズ川を運ばれ、七人の人影がその首吊り作業を行なったのをこの眼は、和子といっしょに現実に見ている。

——死体は日に二回、流れに洗われる。潮の満干がそれではないのか。満潮と干潮は十二時間に一回起る。満潮が六時間、干潮が六時間、日に二回である。

目撃では、ネルビ頭取を乗せたゴミ舟はチェルシーのGLC水路作業所の運河から、グロヴナー・ロード下の暗渠《トンネル》を通ってテムズに出たのが午前一時十五分だった。干潮は午前零時ごろが頂点だったろうから、それから一時間を過ぎると満潮がはじまっている。だが、干潮から満潮に移るのは急激ではない。その間に憩流時というのがあるからだ。だから道路下のトンネルを出たときの舟は干潮のままで、水が少なく、連中は水の中に入って舟のうしろを押していた。水位は下がっていた。

——ネルビ頭取がブラックフライアーズ橋下の鉄パイプに吊り下げられたのが午前二時すぎであった。霧の中で満潮は徐々にはじまっていた。満潮の頂点は六時ごろである。テムズの水位は最も高くなっている。ネルビの死体が胸の下まで濡れたのはその時だ。

——牛乳配達の少年が、鉄パイプに下がった死体を発見したのが八時ごろだったという。第一回の満潮は終り、干潮がはじまって二時間後だ。テムズの水位がふたたび下がっている。現場で死体検視が行なわれたのは九時だったと八木はいった。発見時から一時間おくれただけ水位はまた低くなっている。検視時のネルビの衣服の濡れ方に差があったのはそのためだった。

――すべてが宗教的処刑と一致するではないか。グノーシス派だとかテンプル騎士団と和子に言われて、その異端キリスト教の秘密儀式による（裏切者はかく処刑さるべし）の誓約とまったく同じではないか、と信夫は思った。

「それだけではないのです」

エンバンクメント駅を出てから和子が信夫にいった。

「儀式では、裏切者の下部に石を置く、ということです」

処刑者の下部に石を置く。――

和子の言葉に信夫は息を呑んだ。

それもネルビ頭取の首吊り死体に見られた現象と同じだ。八木の話によると、ネルビのズボンの両ポケットには煉瓦の破片が詰めこんであった。また、バンドをゆるめて、ズボンと腹の間には小石が押しこんであったという。

煉瓦の破片が「処刑者の下部に置く石」の代りであり、その秘儀の象徴をなすものではなかろうか。

「それはなんという宗派の処刑だといった？」

「言い伝えではテンプル騎士団の掟ということになっています。聖堂騎士団ともいうけど」

和子は電車の音にかき消されないように言った。

「十二世紀のはじめ、十字軍時代の三大騎士修道会の一つなの。この騎士団はイスラエルに遠征中に東方の異教徒と接触して、その神秘的で過激な宗儀の影響をうけたと学校で教わったことがあるわ。その過激な異教徒というのが、マルコ・ポーロの東方見聞録にも出てくる山の長老のアサシンだというけど」

「ああ暗殺教団か。……イスラム教徒の急進分子のイスマイル派だ」

「そのアサシン派とテンプル騎士団とが接触を持っていたことは、同騎士修道会の密儀から推測できるというだけで、史料がないから確実なところはわからないそうです。その密儀というのは、テンプル騎士修道会がお金持のためにその財宝を狙ったフランス王フィリップ四世のために滅ぼされたあとも、残党によってひそかに組織は守られ、その秘密組織を固く守ってゆくために、信者の入団には秘密の儀式が行なわれ、その場で裏切者に対する処刑の誓約がなされるということです」

「それが首吊り刑。身体を日に二度水の流れに浸すこと。それに石打ちと去勢。儀式ではそれを象徴するために身体の下部に石を置く、そういうのだね？」

「聞いた話はそうです。テンプル騎士修道会というのは今はないけど、それとそっくりな密儀と規約とをつくっているのがフリーメーソンだときいたことがあるわ」

「なに、フリーメーソンが！」

信夫が思わず高い声を出したとき、まわりの乗客の眼が一斉に信夫に向かった。

日本語の会話の中に出たフリーメーソンの語を聞いたときの人々の惘然《きょうぜん》とした表情。嫌悪を示す顔つき。忌まわしげな視線。男も女もそれが露骨だった。なかには陰険そうに眺めるのもある。

和子は思わずうつむいた。

――もし、和子と信夫があの船艙《せんそう》のようなコーヒーハウスにいたとき、八木正八と白川敬之の会話を聞いていたら、テンプル騎士団の厳格な規律と体制が、その滅亡後にも各方面によって応用復活され、体制的には軍隊組織となり、秘儀的方面ではフリーメーソンとなり、後者の秘密結社はその掟を中世キリスト教に則《のつと》り、異端者、裏切者に対してはあたかも「魔女裁判」の如き刑に処するという白川の話を聞いたはずだった。

地下鉄電車はセント・ジェームズ・パークとヴィクトリアの間を走っている。

信夫も和子も黙った。フリーメーソンの語がまわりの耳に聞えて、予想もしなかった反応を起したのに、こっちのほうがびっくりした。ある女は顔に好奇心を浮べ、ある男は敵意を見せ、ある女は不吉な眼《まな》ざしをこっちへ送った。

反応がありすぎるのは無理もない、と信夫は思った。ロンドンはフリーメーソン発祥の地だ。フリーメーソンは一七一七年にロンドンで結成されたのである。もともと、その母体となったのは、中世の大規模な教会建築と結びついて発展した石工たちのギルド（職人組合）である。

かれらは特定の教会に所属せず、まったく自由《フリー》であった。そのかわり組合は相互扶助を目的とし、信仰あつい彼らは加入のさいには聖書を用いる儀式を常とした。また友愛による団結と秘密保持のために符牒《ふちょう》をつくり、合言葉をつかった。

このフリーメーソンの宗教的秘儀、階級制的な組織、絶対服従性が十四世紀に弾圧で滅びたテンプル騎士修道会のそれをとり入れているという説が以前から強い。ローマ教会もフリーメーソンを危険視し、カトリック諸国は「陰謀」の組織としてこれを弾圧した。それでもフリーメーソンはそのコスモポリタン的な性格から世界各国にひろがり、国際連繋を持つようになった。

ロンドンに生れたフリーメーソンを英国民が嫌悪するのは、当初の石工組合としてではなく、その後に組織的に変質した反カトリックの、世界陰謀集団としてである。

英国は十六世紀ヘンリー八世のときローマ法王から離脱するのに成功した。イギリス国教会と呼ばれる新教の一派だが、妥協的処置の必要から旧教と新教の中間的な信仰形式によった。宗旨も数多くさまざまである。したがってカトリック国ほど国民は宗教にかたくなな考えをもってなく、かなり自由であり、またそれだけに信仰心も他にくらべて篤《あつ》くはない。フリーメーソンに対して邪悪視しているのはそれが反カトリック的であるからではなく、陰謀組織という暗いイメージからだ。

八木も、ブラックフライアーズ橋下のネルビ頭取の首吊り現場を指して、イタリアのフリーメーソンからＰ２を組織したルチオ・アルディの話をした。アルディがジュネーヴの拘置所にいるという話だった。イタリアのＰ２は、フリーメーソンの邪悪をさらにヨーロッパじゅうにひろげている。

ヴィクトリア駅に着いた。乗換え駅。車内がざわめく。

信夫は顔の前に新聞をひろげている。

「壁」のつもりだったが、左側の隅にある「イタリアの将軍、シチリアでマフィアに殺さる」の見出しが眼についた。

《パレルモ（シチリア）十八日、AFP。――マフィア一掃の特命を受けてシチリアに派遣され、検挙の陣頭指揮に当っていたイタリア治安警察のカルロ・ダラキエザ将軍（六二）は、十六日夜パレルモ市内で襲われ射殺された。事件後、メッシナの新聞社に電話があり、ゲリラ団と名乗るグループの犯行声明があった。同乗の夫人とボディガードも射殺された》

ダラキエザ将軍の写真が出ている。額の禿げ上がった、ふくれた頰の、眉の濃い顔である。信夫は急いで次のページをめくった。

――フィレンツェで彼はマフィアについて聞いたことがある。大戦の末期、アメリカ軍がシチリア島に上陸したとき、土地の暴力団のマフィアがこれに協力して、米軍のナポリ上陸からローマ進撃の道案内をつとめた。ローマなど北イタリアのドイツ軍は米軍に敗退した。マフィアは米軍をバックに勢力を伸ばし、独立後のイタリアに根を張った。この頭目が、P2を創始したルチオ・アルディで、P2がイタリアの政財界、マスコミ界など各界に威力があるのは、この因縁によるマフィアの暴力があるからだというのだった。あきらかにマフィアの犯罪とわかっていながら犯人が検挙できない殺人事件が数えきれないほどある。

イタリア陸軍当局は苛立《いらだ》って、マフィアの本拠でもあり故郷でもあるシチリアにかれらの一掃の目的でダラキエザ将軍を指揮官にしてさしむけたのだが、かえって将軍は彼らに暗殺されたらしい。

霧のテムズ川をゴミ運搬舟にネルビ頭取を乗せ、ブラックフライアーズ橋の工事足場の鉄パイプに吊りさげた七人の影も、マフィアにちがいない。

ネルビ頭取はすでにイタリアからロンドンに着いたときからマフィアにつきまとわれ、誘拐されたのだ。

八木が言ったようにP2組織がネルビ抹殺を計画したとすれば、ネルビが電話でやりとりしていた相手のクネヒトなる人物と、ネルビのボディガードの福助とはマフィア実行班の命令者、そして舟の中で首吊りを指図していたハンチング帽にレインコートの男は連中のボスにちがいない。

ヴィクトリア駅の停車は長かった。車内は混んでくる。ヴィクトリア線、サークル線などからの乗換え客が加わる。

ようやく発車。信夫は新聞をたたみ、席を立つ。次がスローン・スクエア。和子も信夫のうしろから立った。空《あ》いた席に老夫婦がかけた。

電車は徐行。二人は立っている乗客の隙間を出口のほうへそろそろと移動し、そこのバアに手を支えた。穹窿《きゅうりゅう》形の天井に向かって両側の広告窓が傾斜している。この車輛も広告は不景気で、枠が空いている。

デパートの広告、喫煙具の広告、装身具の広告など、いずれも長いこととり換えていない。

紳士服地の広告の上に黒のマジックインキでなぐり書きがあった。

《旧植民地も英国民の同胞だ。無条件に移民を！》

旧植民地からの移民を拒否する英政府への抗議である。とくにジャマイカなどカリブ海諸島からの移民希望者が殺到している。イタリアなどEC加盟諸国からの出稼ぎは認めるくせに、言葉の障害のない旧植民地の移民を許可しないのは怪《け》しからぬというのだ。

「ポーランドの連帯支持」とか「もっと移民を認めろ」とかの落書は地下鉄には珍しくもないのだろう、乗客はだれ一人として見る者もない。

電車は最後の徐行に入った。動揺が強くなる。

和子が信夫の腕を強く引いた。信夫の視線が、その空《くう》の広告枠に導かれた。

色刷りの広告の入るべき場所には下の台地、そのジュラルミン地にはナイフで文字が彫りこんである。

“AVETE VISTO LA COSA CHE NON DOVEVA VEDERE”

ナイフの彫り跡は新しかった。たった今、彫ったといったところだった。大急ぎで彫ったので、字体は乱暴だ。判読しなければ読めないくらいだ。

信夫の足がよろめいた。電車が停まった動揺だけではなかった。

和子の肩を抱くようにして開いたドアから人の流れについて出た。うしろもふりかえらなかった。左右も見なかった。まっすぐに地上へ出る階段のほうへ。

「イタリア語だったわね？」

和子が唇を慄《ふる》わせてきいた。

イタリア語だから英国人の乗客にはわからなかったらしい。

ナイフの落書。ジプシーの若者の悪戯《わるさ》にしても度がすぎる。それにイタリア語だ！

「どういう意味の文字があれに彫ってあったの？」

出口の階段へ向かいながら和子は信夫にぴたりと寄り添ってまた訊いた。地下鉄電車の広告枠にイタリア語で落書がしてある。それもナイフで彫った新しい文字の跡なのだ。気味の悪いことが書いてあるにちがいない。

げんに信夫の顔色が変っていた。和子を保護し、逃げるように足早にホームを歩いている。後方も周囲も見ない。眼を配ることさえ恐れているようだった。

和子の催促に、信夫は遂に言った。

「おまえたちは見た、見てはいけないものを。……ナイフのイタリア語は、そういう意味だった」

低い声だったが、和子には耳に轟《とどろ》きわたって聞えた。

――おまえたちは見た、見てはいけないものを。

ネルビ頭取の首吊りを目撃したことだ！

マフィアの一味だ。彼らに尾《つ》けられている。広告枠にナイフで刻んだイタリア文字は、連中の「警告」だったのか。

どこから尾けてきたのか。おそらくブラックフライアーズ橋からだろう。ネルビの首吊り死体が下がった工事足場を見ていた時からか。果物屋のおやじの説明を聞く群衆の中に一味がまじって、こっちの様子をうかがっていたのかもしれない。

ネルビ頭取が足場に吊された今朝の二時、霧の中で目撃している日本人男女を、やはり横から見張っているのがいたのだ。はじめの予感は当っていた。レンタカーを追跡してきたのもその連中だったのだ。

目撃者は確認のために、現場に二度来る。対手《あいて》はその心理を読んでいたといえよう。そこで、一味を張りこませていた。はたして目撃の日本人男女がふたたび現場にやってきた。しかもこんどは日本人の男が新しく一人ふえた。その男は橋の上で現場を指しながら男女づれと長いこと話していた。

男女はその男と別れて、橋を北へ渡って地下鉄ブラックフライアーズ駅へ入った。尾行した。自動販売機は緑色のディストリクト線の三十ペンス専用出札口の前。前列の中年婦人が二人、十ペンスコイン一枚足りず。後列から労働者風の顎鬚《あごひげ》の男がつと前に出てコインを献じた。そのさい、鬚はふり返り、こっちの顔にすばやい視線を走らせた。

乗換えのヴィクトリア駅は人で混雑し停車時間も長かった。広告枠にナイフの文字が大急ぎで刻まれたのはそのときだろう。――

こうした想像が和子の頭の中をかけめぐっている。遁《に》げる脚と同じに過去を駆けている。地下鉄の階段を昇った。

うしろをふりむくな。横を見るな。まっすぐに歩け。彼女は自分の心に命じた。階段の上のせまい空がしだいにひろがってくる。電灯の暗い照明に、自然の陽光と風とが上から流れ落ちる。人々は肩をすれ合せて階段を昇る。

地上に出た。円の中に横棒。大きな地下鉄のマークが立つ下を、人々が穴の中に吸いこまれたり流れ出たりしている。前が広々としたスローン・スクエアの風景だ。建物の列が正面に遠く、並木は近く、四方に岐《わか》れた道路の交通は激しい。

歩くつもりではじめて周囲を見まわした。視野が展《ひら》けているのに安心したのである。べつに変ったこともない群衆だ。生活的な動きである。疑えばきりがない。

十メートル向うに花屋がある。小さな建物だが、その外壁にロイヤル・オペラ劇場のバレエ公演のポスターが貼ってあった。演《だ》しものは「くるみ割り人形」他。踊り子の重なる脚が画面いっぱいに斜めに伸びて、迫力があり、色気がある。

その脚線美を無残に横切る黒マジックインキの落書。

“AVETE VISTO LA COSA CHE NON DOVEVA VEDERE, DOBBIAMO FARVI SPARIRE!”

荒々しい、乱暴な文字だ。インキの色も乾いてないくらいに艶《つや》やかに新しい。

「急ごう」

信夫は和子をせきたてた。

広場を西へ渡り、キングズ・ロードのもう一つ北通りのドレイコット・プレース通りに入る。

「あのポスターのイタリア語の落書は、前の半分が地下鉄内の広告枠のナイフの文句と同じだったようだけど」

「ああ同じさ」

「おまえたちは見た……？」

「そう」

「あとの半分は？」

「ドッピアーモ　ファルヴィ　スパリーレ」

信夫はその意味を答えなかった。青い顔をしていた。悪い言葉にちがいないと和子は察した。

二人の足は「スローン・クロイスター」ホテルへ向かっていた。和子はうしろを見返った。年金生活者らしい老夫婦が二組歩いて来ている。キングズ・ロードと違って、若者の姿はない。車を運転しているのも年金生活者だ。いかにもチェルシー地区に入ったという感じだった。

信夫は、まだ後半部の意味を言わなかった。

とうとう信夫の答えを聞かれないうちに「スローン・クロイスター」の前に来た。

正面出入口で街路の左右を見渡した。歩行者に不審な者はいない。年寄りが三組。子供づれが二組。車が十台ばかり通っている。これはどういう人間が乗っているかわからない。二人はすばやく中に入った。

フロントの前では普通の足どりになった。肥った女が四角な枠から顔を出し、眼鏡に指を当ててこっちを覗《のぞ》いた。

「今日は、ミセス・パーマー」

和子が管理人に挨拶《あいさつ》した。

「おやお帰り。……あ、ちょっとちょっと」

パーマー夫人は呼びとめた。二人が傍へ近づくと女管理人は太い両腕をカウンターの上に組んで乗せ、まるい背中を前こごみにし、顔を顰《しか》めた。

「あんたがた、聞きましたか、ブラックフライアーズ橋でイタリアの銀行の頭取が首を吊ったという話を？」

がらがら声を低くしているので、かすれて聞えた。

「はあ。街に出て、なんとなく人が噂《うわさ》しているのを聞きましたけど」

知らないとも言えないので、和子はあいまいに答えた。

「あたしは十一時のテレビのニュースで聞いたんですよ。ところが、そのイタリアの銀行屋さんはポケットにニセのパスポートを持っていて、その偽名はカルロ・フォルニとなっていると放送したのを聞いて、あたしゃびっくりしましたね、もう。カルロ・フォルニさんといえば、ウチの63号室に今月七日夜から宿泊していた人じゃありませんか。64号室のアンジェロ・ボスコさんといっしょに」

パーマー夫人は宿泊人名簿《レジスタードカード》を持ち出して二人の前に開いた。その宿帳には外国人のパスポートの番号、国籍、住所、氏名が明記してある。まさに「カルロ・フォルニ」および「アンジェロ・ボスコ」のサインになっている。

「こうまではっきりした証拠があるからには」

女管理人の低い声は大きくなった。

「いくら自殺者でも、ニセのパスポートでウチに十日以上も宿泊したとわかっては、警察がうるさいですからね。あたしは、さっき警視庁に電話して、そう知らせてやりましたよ。そのうち刑事が調査にやってくるでしょう。63号室といえば、ミスタ・キノシタ、あなたの62号室の隣りですが、もしかすると刑事が首吊りしたイタリアの銀行屋さんのことで何か事情をあなたがたに聞くかもしれません。まあそんなことはないとは思いますけどね……」

眼鏡をずり下げて、二人をじろじろと見た。笑顔をつくって。

和子はハンドバッグからとり出したキイをドアにさしこんでまわした。スムーズに開いた。

ロックに異状はなかった。

部屋には信夫が先に入った。スイッチをつけないで暗い部屋の中を、入口近くに立って眺めまわしている。眼で確かめているだけではなく、留守中に閉じこもっている空気を嗅《か》いでいた。

「部屋を明るくしよう」

信夫が言い、和子と二人して、厚いカーテンを押し開いた。日光が部屋いっぱいに流れこんだ。部屋の中が眩《まぶ》しいくらいにいちどきにかがやいた。

信夫はそこに彳《たたず》み、見渡した。

せまい部屋だ。ひと目でわかる。出て行った時のままだ。机上の本の積み方も、ノートの置きぐあいも、原稿用紙も、ペンも鉛筆もそのままの位置だ。辞書は斜めに置いたとおりになっていて、寸分も動かされていない。本立てにならべてある二冊のスケッチブックの形にも異状はなかった。

机の抽出《ひきだ》しを全部開けてみた。いままで外出から帰っても、ついぞこういう点検をしたことはなかった。こんどはやってみた。が、変りはなかった。盗まれるような値打のある品はなかった。

要するにどこもかしこも異状はなかった。信夫と和子の荷物、大型トランク二つ、スーツケース二つ、アタッシェケース一つ、化粧ボックス一つ、といったものを開けてみてもである。

窓を開けた。風が入ってくる。二人は外の空気と雑音で神経を鎮めようとした。

和子がキチンで湯を沸かし、紅茶をいれてきた。十二時半だった。

「教えてください」

和子は紅茶を膝の上にのせて、信夫をまっすぐに見て言った。

「ロイヤル・オペラ劇場のポスターの落書にあったイタリア語のあとの意味を」

信夫は眼をつむって熱い茶を一口すったあとで言った。

「あの文句ね、おまえたちは見た、見てはいけないものを……」

「それが前文ね」

「……われわれは、おまえたちを消さねばならない」

「おまえたちは見た、見てはいけないものを。われわれはおまえたちを消さねばならない。

……」

和子は全文をつないだ。

二人の間に沈黙が落ちた。受け皿のスプーンが鋭い金属性の音を立てて滑った。

地下鉄ブラックフライアーズ駅から尾けられているだけではなく、対手は先まわりをしていた。自分たちの帰るさきを「スローン・クロイスター」ホテルと知っているのだ。だからスローン・スクエア地下鉄駅を上がった花屋のバレエのポスターに、逸早《いちはや》く落書して待ち受けたのだ。

イタリア語で書かれているため一般の英国人にはその脅迫文が読めない。かりに読める者がいても、オペラ劇場公演のポスターに乱暴にマジックインキでなぐり書きの落書だから、若者のイタズラとしか思うまい。

その真の意味を知っているのは当事者だけである。また、それによってのみ脅迫者の目的は達する。

いまにして思い当る。——今朝未明三時すぎ、警視庁のパトカーの先導で「案内」されてきたレンタカーのあとから彼らの黒いフォードがこっそりと尾けてきて、この「スローン・クロイスター」を突きとめたにちがいない。黒いフォードが送り狼になったのだ。

彼らとしても、まさかネルビ頭取と同じホテルに「目撃者」が宿泊していようとは思わなかったろうから、ことの予想外にはおどろいたにちがいない。また、それだけにこの「目撃者」の比重が彼らに大きいにちがいない。

「とくにネルビさんとわれわれとは隣りどうしの部屋、ボディガードになりすました誘拐班のボスコとは向い合せの部屋だとわかれば、ぼくらの目撃が偶然ではなく、わざわざブラックフライアーズ橋へネルビ殺しの現場をのぞきに行ったと、対手は取るよ」

信夫は言った。

だが、結果からふりかえって、ブリストル・ホテルやGLC水路作業所運河いらいのこっちの行動が、対手にそう見られてもふしぎではないのである。

ただ向うがそれと気づいたのは、霧のブラックフライアーズ・ブリッジだった。なん度も考えたようにやはりあそこに見張りがいたのである。

「でも、すこしヘンだわ」

和子は首をかしげた。

「わたしたちは外国人です。何を見たからといって、それをロンドン警視庁へ通報したり証言したりするわけではありません。それなのに、なにをそんなに怖れて、消すなんて脅してるのかしら？」

疑問が湧いたのは、それだけ落ちつきが出たのだった。

「わかったよ」

信夫が閉じていた眼を開いた。

「いまきみの言ったことで、連中がぼくらにいやがらせをしているわけがわかったよ」

信夫は眼がさめたような顔でいった。

「どういうこと？」

和子は聞く。

「ぼくらが目撃したことを警視庁にすぐには通報しないと向うは思っている。それは、今朝警視庁に飛びこんだけど交通係のパトカーにこのホテルに道案内させただけという事実だけでも、連中には分っている。しかし、彼らにとって怖いのは、やがて開かれる検視法廷だ。八木君も言っていたね、ネルビ頭取の自殺が正式に決定するのは検視法廷だって」

「そう。日本では耳馴れないけど、陪審員たちが証人らの証言を聴いて自殺、他殺の判断を下すんですってね」

「そうだ。そのとき、ぼくらが検視法廷に証人として召喚されるだろうと連中は信じている」

「あらどうして？　警察も検事局もわたしたちがネルビさんの首吊りを目撃したとは知っていないのに」

「ところがわれわれは、ここのネルビ頭取の63号室の隣りの62号室に宿泊していた。一週間もね。福助さんは共通廊下を隔てた対《むか》いの64号室だ。だから、連中は、ぼくらが滞在中にネルビさんから何か秘密に関することを聞いてやしないかと疑ってると思う」

「まさか」

「むろん連中の疑心暗鬼さ。ところが、連中もネルビさんが要心深く、疑い深いのを知っていたからね。電話をかけてくるクネヒトだって信用してなかった。この狐め、おまえなんかにだまされるかなんてイタリア語で罵っていたからね。そこで、ネルビさんはじぶんの運命を予感して、隣室のわれわれに万一の場合に備えて、犯人を暗示するようなことを洩らしていたのではないか、というのが連中の疑心だ」

「…………」

「検視法廷は、とにかく隣室の宿泊人だったわれわれを証人として呼び出す可能性が十分にある。そのとき、われわれにうかつなことを証言されては、ネルビ頭取の自殺がたちまちひっくりかえって、他殺になってしまう。他殺になるだけでなく、目撃した犯行の一部始終が話されるとなると、犯人側にとってたいへんなことになる。かれらにはそういう危機感だろうね」

「だから、犯人側はわたしたちを殺すというの？」

「いや、消す、というのは脅し文句だ。ほんとは、消えろ、という意味だろうね。ぼくらは外国人旅行者だからね。早くイギリスから立ち去れ、ということなんだ。検視法廷に呼び出されないように」

――何処《どこ》へ行く？

「ぼくらも早くここを引きあげねばならない」

信夫は椅子から立ち上がって言った。

和子は、信夫の青い顔を見上げ、どうして、ときいた。

「考えてごらん、もし連中が恐れているように検視法廷にぼくらが証人として喚《よ》び出されるようなことがあったら、きみの名前とぼくの名前は日本の新聞に出てしまうよ。イタリア最大の民間銀行の頭取がロンドンの橋で首吊りしたというだけでも、外電を日本の新聞は載せているだろうが、その検視法廷に日本人男女の目撃者が証人となって出廷した、しかもそれによってネルビ頭取は自殺ではなく他殺の可能性が強くなったとなると、これは大きいニュースだからね。外電だけでは済まされなくなる。日本の新聞、通信社のこちらの支局がぼくらに話をとりにくる。それが東京の新聞に出る。ぼくらがいっしょにロンドンに居ることがいっぺんにわかってしまう」

検視法廷に証人として出るのを恐れているのは、ネルビ頭取を吊ったマフィアの連中のみではなかった。その恐怖者は実は、自分ら自身だった。

とりわけ信夫の場合だ。彼は学校教師としてフィレンツェに二年間留学の予定でいる。まだ同地には着いて匆々《そうそう》である。そんなときにロンドンに居て、しかも女性づれで深夜のブラックフライアーズ橋に彳《たたず》んでいたことが検視法廷の証言記事から日本の彼の大学に知られる。

同伴していた婦人の名もわかる。高平和子。……人妻である。大学ではさらに調査する。本学の聴講生で、木下助教授のラテン語の講座に通っていたとわかる。

「間もなくここに、管理人が呼んだ警視庁の捜査員たちがくるだろう」

信夫が窓の外に眼を投げて言った。

「そうなるとぼくらの身分が捜査員に知れるね。二人のパスポートで」

「それは仕方ないでしょう」

和子は顔を伏せていった。

「きみは落ちついているね」

「心配したって、どうにもならないからですわ。それに、いくら警官だって、外国人旅行者のプライヴァシーまでは立ち入らないと思います。被疑者でもなんでもないんだもの。英国の警察官は良識があると思うわ。ミセス・パーマーも言ってたじゃないの、そんなことはないと思いますけどって」

「うむ。そうは言っていたが」

「たとえ捜査員がこっちに来て、隣りの63号室のネルビ頭取の様子はどうだったかと聞いても、こちらは、お見かけしたこともないくらいで、まったく様子がわかりませんと言えばいいと思います」

「うむ。そうだな」

「わたしたちが検視法廷に証人に呼び出されるだろうというのは、ネルビ頭取を足場のパイプに吊った犯人連中の想像です。怖れのあまりにね。わたしたちが目撃のことを捜査員や他の人に口外しないかぎり検視法廷に呼び出されることはありませんわ」

「それはそうだな」

和子の言葉に、信夫はほっとしたようだった。眼の色に生気が戻った。

この和子の考えは常識でしかないのだが、信夫の気持のほうが転倒していた。上《うわ》ずっていた。

やはり大学への懸念《けねん》があり、不安があった。同時にそれは東京の留守宅にいる妻の上にも通じていた。

和子に言われ、信夫に安堵《あんど》の色が顔に射したのは、二重に危殆《きたい》から脱出した意味があった。

「ごめんよ、ぼくのせいでこんなことになって」

信夫はぴょこりと頭をさげた。

「なにが?」

「いや、ぼくがつまらない好奇心を起して隣りのフォルニさんをネルビ頭取とは知らずに追跡したばかりに、こんな事態にまきこまれてしまって……」

「そうね。あなたが論文に倦《あ》いたのがいけなかったのね。とんだレクリエーションだったわ」

「きみをこんな目にあわせて申しわけない」

「冗談ですよ」

和子は彼の手を取った。

「警視庁から捜査員がここへくるとなると」

信夫は気づいて、自分でぎくりとなっていった。

「八木君がそれを聞きつけて、ここへやってこないかな」

「そうね」
和子も、八木が言っていた捜査課の何とか刑事だかとの関係を考えて、あり得そうだと思った。

「そうなったら、われわれの関係が八木君にわかる」
　信夫はまたそのことを懸念した。

「それも仕方がないでしょう。でも、八木さんはわたしたちとちょっとでも知り合いになったのだから、よけいなせんさくはなさらないと思いますわ」

「それならいいけどね。新聞記者だから、ちょっと気にかかるな」

「新聞記者でも八木さんは紳士だと思います。風采《ふうさい》はあんなふうだけど。それよりも、気がひけるのは、八木さんとはじめてこのホテルの売店で遇って聞かれたとき、イタリア人の宿泊者は知らないとわたしがシラを切ったことです。あの場合は、そう言うよりほかはなかったんだけれど」

「八木君と顔を合せたら謝るんだね。彼も了解してくれると思うよ。われわれはネルビ頭取のすぐ隣室に居たんだから、この『クロイスター』をめざしてやってきた八木君には悪いことをしたね」

「ネルビ頭取の隠れ家が『クロイスター』というのが、どうして八木さんにはわかったのかしら？」

ローマ市警からきた刑事三人の盗聴は八木の立話からは省かれている。

「新聞記者には特有の取材のルートがあるんだろうね。ローマから追ってきた刑事の線だとか言っていたようだ」

窓から風が吹いてくる。机の原稿用紙の端がすこしめくれた。

信夫は机の前にのせた本立てを見た。

そこには厚い参考書などといっしょに大型のスケッチブックが二冊詰めこんであった。彼の視線はそれへむいていた。怪訝《けげん》な眼つきである。

「スケッチブックの紐《ひも》の結びがゆるんでいる」

机に近づいて眺めた。

「二冊ともだ。ぼくはこんな紐の結びかたをしてなかったよ」

和子も立って椅子に近づいた。結んだ紐の一方が長かったりして、不揃《ふぞろ》いだし、きっちりと固く結ばれていない。

そのスケッチブックの紐は、大急ぎで結んだふうに見えたが、がんらいが不器用な人間の結び方であった。外国人にはこういう手合が多い。

信夫は二冊のスケッチブックに突進した。

机の上にひろげた。一冊を指先で大急ぎでめくる。

「書斎の聖アウグスティヌス」。ボッティチェルリのフレスコ画。フィレンツェのオニサンティ聖堂。その老人の顔の部分と両の手の鉛筆スケッチ。――顔、手、指、足が、次から次へと現れる。フィレンツェ・ルネッサンス絵画の写生。信夫は自分のスケッチを見ているのではない。紙をめくっているから、鉛筆画が眼に流れてくるだけだ。捜しているのは、別なものだ。一冊はたちまち終った。

「無い」

愕然《がくぜん》とした表情になっている。茫然《ぼうぜん》ともなっている。

眼を壁にむけ、口から虚《うつ》ろな声が出た。

「何が？」

「スケッチだ」

「スケッチって、ここに描いてあるのじゃないの？」

「はさんであるぶんだよ」

「あ、あれ？」

和子は信夫の顔を見つめた。

信夫が隣りの63号室のフォルニさんを共同廊下に垣間見《かいまみ》するごとに、その記憶が去らぬ間にこっそりとこっちの部屋の中でスケッチした紙片が数枚ある。64号室の「福助」さんは、「画になる」顔なのでもっと数がある。

それに、63号室にときどき訪ねてくる訪問者の顔は、二人ほどスケッチしている。

一人は、四十七、八くらい、長身で、山高帽を眼深《まぶか》にかぶっていたが、ワシ鼻で、顎《あご》が張っていた。典型的なゲルマン人の顔と思われた。秘書役の福助さんが取次役であった。

もう一人はブロンドの娘である。彼女ばかりは福助さんの取次不要だった。前もって電話してあるのか、ノックすると、フォルニさんが自分でドアを開けて彼女を急いで部屋の中に引き入れた。どちらかというと小柄な女。鼻はそれほど隆《たか》くないが、先がすこし上をむいている。垂れ下がった髪が片側の眉の下まで隠しているが、頤《あご》がしゃくれて、可愛い感じだった。

信夫のスケッチは、それぞれの顔の特徴をよく捉えている。人の顔を見たら、ひとりでに手が紙に動く性質《たち》なのだ。

その似顔画が無くなっている。——

和子は身体じゅうに冷気の走るのを覚えた。

「こっちのスケッチブックにはさんであったのじゃないの？」

信夫の思い違いを祈った。

「いや、こっちのAのほうだ」

信夫はいった。

「でも、念のために」

和子は、スケッチブックのBをめくった。これは三分の一も描いてない。ボッティチェルリの「受胎告知」、アンジェリコの「カヤパの前」「聖衣剝奪《はくだつ》」みんな手、持物、背景、脛《すね》。彼の尊敬する美術評論家小島佐喜雄の写生画に追随している。小島は、具象画の画家としても名声を博しそうな腕を持っていた。名画のスケッチは、美術評論の糧《かて》とするためだ。信夫もその小島の道を追っていた。何よりも描くことが好きなのだ。かなりの手腕である。

「聖衣剝奪」の次が「貢《みつぎ》の銭《ぜに》」。――サンタ・マリア・デル・カルミネ聖堂のブランカッチ礼拝堂の壁画。この鉛筆模写には、イタリアでの信夫との再会があった。

あとの紙は空白。

その空白と同じように、このスケッチブックBからも、はさんだものが何も出てこなかった。

盗《と》られた。――

まさか、あんなものを。……

(しかし、あんなものこそ或る人間にとっては重要なのだ。欲しいのだ)

どこから侵入したのだろうか。

ドアのロックに異状はなかった。が、キイを回したとき、いつもより手応えが多少甘い感じだったと和子は思った。

和子はキイを持って廊下に出た。ドアを閉め、ロックして、鍵穴にキイをさしこんで回した。やはり甘い。いつもはもっと固い。抵抗感があった。

キイを抜き取り、ドアに取り付けた金具の鍵穴のまわりを点検した。古い真鍮《しんちゆう》製には掻《か》き傷の光った痕《あと》は見られなかった。

信夫が懐中電灯を持ってきた。鍵穴を照らして覗《のぞ》きこんだが、異状があるかどうかはわからなかった。

しかし、その道の熟練者は針金一本でキイ代りにロックが外せると聞いている。こっちの持っているキイを回して甘い感じがするのは、やはり鍵穴に細工されたためではなかろうか。そうとしか思えない。

連中がこの部屋に侵入したとすれば、二人がブラックフライアーズ橋に出かけて戻るまでの二時間のあいだである。

和子と信夫は部屋の中に入った。

出窓の狭いヴェランダ。出窓の下は六階の垂直の崖《がけ》だ。ここをよじ登ってきたとは思えない。

次の隣室との境界。外側はこれも管理人によって封鎖された扉で、絶壁の煉瓦壁は登れない。フォルニことネルビ頭取のいた隣室にはアメリカ人の中年夫婦が入っている。64号室の福助ことボスコのあともスペイン人の夫婦者が入っている。

「やっぱりドアを細工して入ったんだわ」

和子は、椅子に落ちて両手で頭を抱えている信夫に、わざと明るい声で言った。

「連中は、わたしたちが、隣室のネルビ頭取から何か預かってやしないかと邪推して、ブラックフライアーズ橋に行ってる留守に侵入し、家探ししたのね。そして、スケッチブックから隣室の顔のスケッチ十数枚を見つけて、盗んで行ったんだわ」

「……」

「家探ししても、きちんと片づけて、そのあとを見せないところがさすがにプロね。わたしだって、ぜんぜんわからなかったんだもの。でも、スケッチブックの紐の結び方が不器用だったばかりに、馬脚をあらわしたわ」

信夫は、その声が耳に入らぬように、

「たいへんなことになった」

と、うめいた。

意味は和子にわかる。スケッチブックからそれが「紛失」したと聞いたときから血の気が引いたくらいだった。

ネルビ頭取の顔、ボスコの顔、山高帽のドイツ系らしいワシ鼻の男の顔、そしてブロンド娘の顔。みんなリアルに描かれている。まるで写真のように。

対手側からすると、ネルビ頭取の隣室には目撃者どころか、「監視者」以上に「スパイ」が住んでいたように思うだろう。ネルビとそのボディガードのボスコだけでなく、63号室に出入りした者の顔まで、かくも正確に、リアルに写生していた。

となると、霧の夜のブラックフライアーズ橋の工事足場の目撃も、ますます計画的だと一味は考える。——

この危険。それも逼《せま》っている。

今にして思う。地下鉄内の広告枠「おまえたちは見た」のナイフの文字も、ロイヤル・オペラ劇場のバレエ公演のポスター「おまえたちを消さねばならない」の落書も、この家探しのあとだったのだ。——

ブラックフライアーズ橋のネルビの首吊り現場に再び立った十一時、そこでは八木正八の長い話を聞き、彼と語らった。その間に、この部屋のドアのロックを針金のようなもので細工して開けて対手は侵入した。昼間の共同廊下は宿泊者の通行もなく、その工作は悠々と行なわれたであろう。

そしてスケッチブックから63号室のネルビ頭取や出入りの者、64号室のボスコの写生画を抜き取るや直ちに、和子と信夫が地下鉄ブラックフライアーズ駅から乗った電車の広告枠にナイフで「おまえたちは見た」のイタリア語の文字を刻みつける。つづいてスローン・スクエア駅を出た花屋に貼ったロイヤル・オペラ劇場のポスターの「おまえたちを消さねばならない」の落書だ。

このリレー。対手の人数は少なくない。ネルビ頭取を橋下の鉄パイプに舟から吊った霧の中の影だけでも七人はいた。

（おまえたちを消さねばならない）

もはや脅し文句とは思えなくなってきた。マフィアの手はこの部屋の中に侵入しているのだ。

気力銷沈《しょうちん》して椅子にうずくまっている信夫を元気づけようとする和子も、この現実に直面しては、しだいに自分のその言葉がうわすべりしたものになり、それが逆に心に喰い入って、圧迫感をおぼえた。

八木が話したネルビ頭取の女性秘書の飛降り自殺のことが脳裡《のうり》を横切った。ロンバルジア銀行のミラノ本店の四階の窓から街路にむけて飛び降りて即死したというのだが、それとても彼女が何者かによって抱え上げられ窓から抛《ほう》り出された疑いがあるという。ネルビ頭取に対する呪いの言葉は、彼女の日ごろからの怨《うら》み言《ごと》であって、遺書ではないというのだ。

もしかすると、この六階の出窓から二人とも屈強の男どもによって突き落されるかも――。

和子はめまいを感じて寝室に走りこんだ。

一分と経たなかった。信夫は和子の叫び声を聞いた。

椅子を蹴って立ち、隣室に走りこむと、ベッドのカバーをとりのけた和子が、そこに置いてある一枚の紙を示した。紙にはマジックインキで黒々とブロック体で書いてあった。

《UNA SOLA PAROLA ALLA POLIZIA E VI AMMAZZIAMO. ATTENTI, IL NOSTRO OCCHIO VI SEGUE PASSO PER PASSO》

またしてもイタリア語。
(ポリスにしゃべると命がない。どこへ行っても、おれたちの眼がある)

イギリス脱出

「いま何時だ？」

信夫は性急にきいた。

「一時十五分です」

「すぐにここを引き揚げよう」

和子はびっくりして信夫の蒼ざめた顔を見た。

「ここには今夜ひと晩でも泊まるのは危ない。いや、ロンドンはどこへ行っても危険だ。いっそイギリスから出よう。このホテルを出るなら今がチャンスだ」

「………」

「まもなく、ここにミセス・パーマーが呼んだ警視庁の捜査員が到着する。奴《やつ》らは手が出ない。捜査員が引きあげたあとの今夜が危ない」

信夫の胸にもミラノのロンバルジア銀行の窓から飛降り自殺した女秘書の事件が浮んでいるにちがいなかった。

「ぼくの判断は甘かった」

信夫は部屋の中を歩きまわりながら言った。

「あの落書のわれわれはおまえたちを消さねばならない、というのを、おまえたちは消えろ、つまり検視法廷の証人に呼び出されることのないようにこの国から出てくれ、と解釈していた。そうではなかった」

「殺す気かしら？」

「ポリスにしゃべったら命がない、というのが新しい警告だ。ぼくが連中の顔をスケッチしているのを見て、びっくりしたんだろう」

「そんな脅しをしたら、かえって、わたしたちが警視庁に保護を求めて、目撃の証言をうったえるとは思わないかしら？」

「まず脅しておいて、証言をやめさせる。そういう手なんだよ。外国では証言したあとで、その証言者が殺された例は少なくないからね。この脅しは、口封じに効く」

「わたしたちには、どうするの？」

「向うは本気になっている」

信夫は髪の毛に手を突込んだ。

「ううむ、どうもこうもない。事態は深刻になっているぞ。ぼくがネルビ頭取の部屋に出入りしている連中の顔をスケッチしている。その写生画をスケッチブックの間にはさんでいた」

「でも、その写生画は、みんな向うが持ち去ったわ」

「代りの画はいつでもぼくに描ける、と対手《あいて》は思っている。ぼくの頭に連中の顔が残っているからね」

画を描く者の眼底には、曾《かつ》て画材の対象となった事物が残っている。これは容易に消えることがない。たとえそのときのスケッチを紛失しようとも、描く気になれば、その記憶をよりどころにいつでも描けるのだ。ましてネルビ頭取やボスコや隣りの63号室を訪問した連中を写生したのは、つい最近のこと、その記憶こそ鮮明である。盗まれたスケッチの再現は、まるで複写のように可能なのだ。

「敵もそのことを考えているんだよ。もしぼくがこの隣室で目撃したとおりの似顔画を、もう一度描いて、警察や検視法廷へ提出するようなことがあったら、犯人らの顔写真と同じ証拠の効果になるからね。だから、敵はどうしてもぼくの記憶する頭脳ごと破壊しなければならないのさ」

和子は深い吐息をついた。

「手の災いね、あなたの」

「うむ」

信夫は自分の右手の長い指に眼を落した。

「コーヒーハウスでも白川のおじさまの横顔をスケッチなさったわ。伝票の裏に」

「いい横顔だったからな。つい、鉛筆が走った」

「その習癖がこんどのトラブルに余計輪をかけたのね」

「申しわけない。こんな迷惑をきみにかけて」

信夫はやるせなさそうだった。

「いまさら謝られても仕方がありません。それよりもいまの危機を乗り切りましょう」

「うむ」

「早く荷造りして出ないと、警視庁の人がきます。ミセス・パーマーは質問はないだろうと言ってたけど、なるべく顔を合わさないほうがいいと思います」

それも二人の間が知られてはならない関係だからである。

「そうしよう。イギリスの道路地図はある？」

「道路地図？　ヒースロウ空港に行くのに道路地図の必要はないでしょ」

「空港からは出ないよ」

「え、なんですって？」

「空港には一味が見張っていると思うよ。危険だ。空港構内の雑踏の中で何をされるかわからない。対手はその道のベテランだからね」

「まさかと思うけど」

「その、まさか、ということから起るんだ。対手は殺しのエキスパートだ。巧妙な手段でやるだろう。ピストルとか刃物なんかじゃなしにね。急な自然死か事故死に見せかける。……」

信夫はヒースロウ空港からイギリス国外へ出るのをどうしても承知しなかった。極度に神経質になっている彼に、和子はこれ以上は押しきれなかった。彼女自身にもその恐怖がないことはなかった。

信夫はまた言った。たとえいまから空港に駆けつけても、ローマ行の航空券が手に入るかどうかわからない。その便《びん》があるまでロンドンのどこかのホテルに一泊することになる。ロンドンに居るのは、たとえあと一晩であろうと、狙われている身は危険だった。それに航空券を買ったことで、二人の行先が敵にわかってしまう。向うは名うてのP2組織、行く先々の組織網に連絡して待ち受けるだろう。そして絶えず彼らの監視の眼にさらされることになる。

「それはあんまり考えすぎです」

ナーバス過ぎます、と和子は言ったが、信夫は決してそんなことはない、こっちも十分に要心してかからねばならない、と言った。

「ぼくだけならいいけどね、きみに万一のことがあったらたいへんだ。ぼくは、きみを安全に日本へ帰す責任がある」

日本へ帰す責任――それは和子を夫の仁一郎のもとに帰す責任だと信夫は言っている。

これが普通の恋愛だったら、いいえ、わたしもあなたと異国で運命を共にします、と絶叫するところかもしれない。それが世にいう純愛というものであろう。

だが、信夫には日本に妻子がある。また将来がある。この人を挫折させてはならないのだ。自分と仁一郎との間は、とうに別離の状態になっている。帰るも帰らないもなかった。

和子は信夫が自分を想ってくれる言葉に感動はしたが、返事はしなかったし、反応も示さなかった。

「わかりました」

彼女は落ちついた口調でいった。

「いま、地図を持ってきますわ。たしか道路地図を兼ねていたと思いますけど」

それは「ユーロップ・ツアリング」という地図帳《アトラス》で、かなり詳しい。このごろのことで「ドライヴ・ガイド」と銘打ってあるように、各国の幹線道路が番号つきで出ていた。

「これはいい」

信夫はイギリスの南半部を開いた。

航空路によらないでイギリスから国外へ出るには、地図の上だと、ロンドンから東南のドーヴァーに出て、船で海峡を渡り、フランスのカレーに行くか、ロンドンを南下してポーツマスに行き、そこから船で海峡を横断、フランスのルアーヴルに上陸するか、この二つがいいようだと信夫は言った。

「フランスへ?」

和子は眼をみはった。

「フランスを迂回して、フィレンツェに帰るんだ。もっとも、フィレンツェに帰る前にフランスのどこかにしばらく居て、様子を見るんだ。そのうち、ロンドンの検視法廷でネルビ頭取の死が自殺だと決定したら、もう大丈夫だ。安心してフィレンツェへ戻れる」

「検視法廷が他殺の決定を出したら?」

「そのときは証人喚問になるだろう。証人といっても関係者は、ほとんどイタリア人で、イタリアに居る。だが、ロンドンの犯行だから、証人には英国人も喚《よ》ばれる。犯行の協力者もいることだしね。そうなると、敵はまたわれわれを狙いはじめる」

「さきのことはあまり心配しないことにしましょう。で、どっちからフランスへ渡るの、ドーヴァー? それともポーツマス?」

「ポーツマスからにしよう。ドーヴァーはイギリスの海の表玄関だ。目立ちすぎる」

信夫は地図に眼を近づけた。

「A3号線だね。目測で、ロンドン・ポーツマス間がおよそ百キロというところか。よし、この道路を行こう。いま借りているレンタカーは返して、ほかの駅に行って車を借りよう」

バッゲージの荷造りといってもたいして手間はかからなかった。

室内電話で、管理人のパーマー夫人に、都合で今から引きあげるので、精算しておいてほしいと頼んだ。

「八木さんに電話しますか」

信夫の表情にためらいが見えた。

「いや、それはここを出てからにしよう」

「というと、ポーツマスに行ってからですか」

和子としては、八木に黙ってロンドンを出たくなかった。電話で、さよならぐらいは言いたかったが、ポーツマスからでもおそくはない。イギリスを離れる前だ。

「いまからだと、ポーツマスには何時ごろに着くかしら」

「百キロだと、道路がいいから、二時間とかからないだろうね。出発準備を見込んでも四時ごろには着く」

「ポーツマスに四時ごろに到着するとして、ルアーヴル行の船は何時に出るのがあるかしら」

「それはポーツマスに行ってみなければわからない」

とにかく早く出発しようと信夫は急いだ。

荷物の整理が終ったときにドアにノックがした。警視庁から捜査員が来たかと、どきりとすると、ミセス・パーマーの肥った顔と胴体だった。鼻の頭に眼鏡をずらせ、小さな眼をちかちかさせながら満面に笑みをたたえ、手の精算書をさし出した。

もうお発ちとは思いませんでした。お名残《なごり》おしいことです、と彼女は愛想をいった。

信夫は精算書の額に相当なチップを加えた。女管理人は二重にくれた顋《あご》を笑いで波打たせてよろこんだ。

「部屋をかたづける時間がないのです。よろしくたのみます」

「いいですとも」

「警視庁から隣室にいたネルビさんのことで聞きこみにくるそうですが、まだ来ませんね？」

「遅いようですが、まもなく来るでしょう」

「ぼくらがこの部屋を出たあとになるが、ぼくらは隣室とはいっさい交際がなかったですからね。よろしくとりはからってくださいよ、マダム」

「わかっていますよ。あなたがたがまったく無関係だったことは管理人のわたしがよく知っていますから。警察の人にはよく言っておきますよ」

「ありがとう」

和子はパーマー夫人の頰《ほお》にお別れのキッスをした。

「で、あなたがたはこれからどこかご旅行かね？」

「いいえ。ヒースロウ空港から北回りでまっすぐに日本へ帰るんです」

「おやまあ、そうですか。……では、お元気で、お二人とも」

信夫は窓から外を見おろした。老夫婦が散歩している。妙な人間はいなかった。

いままで借りていたヴォクソールを、信夫はヴィクトリア駅前のレンタカー会社営業所に返し、タクシーに荷物を持ち込み、チャリング・クロス駅へ走らせた。この駅前では別のレンタカー会社からベンツを借りた。

近ごろのレンタカー会社にはロールスロイスでもジャガーでもなんでも高級車を揃《そろ》えているところがある。信夫が高級車に変えたのは敵の眼をくらますためであった。

「スローン・クロイスター」を出てから二つの鉄道駅の間を、レンタカーのことでうろうろしたが、いままでのところ周辺にべつに異常な様子は起らなかった。「クロイスター」を引きあげてきたのが時間的に早く、対手の意表を衝《つ》いたのかもしれない。

二人ぶんのバッゲージは、大型ベンツの座席に置いて余裕たっぷりである。信夫が運転し、和子は助手席に掛けた。彼女は道路地図を膝《ひざ》の上に乗せ、ハンドルを握る信夫のために誘導の眼となった。初めての土地のドライヴなのだ。

南海岸への主要幹線道路A3号線は、テムズを南へ渡ったプトニー・ヒル通りと接続する。この通りに出るにはチェルシー地区を通って、チェルシー・ブリッジから西に四つ目の橋でテムズを越えるのだが、和子はその橋を渡るとき、窓ごしに思わず川下に眼を投げた。

その辺で大きく彎曲《わんきょく》しているテムズは、秋風の川面《かわも》にさざなみを立たせているだけで、チェルシー・ブリッジも、水路作業所の暗渠《トンネル》も視界から隠している。

信夫は車のスピードを落して、見えぬその方を眺めようとしている。災難の発端となったその場所も、去るとなれば感慨があるのだ。

「急ぎましょう。立ちどまって、見ないで。あれは忘れてしまいたい場所です」

和子はいった。

「災厄の場所か」

「そうです」

「たしか旧約聖書にあったね」

信夫は、ぽつりと言った。

「……うしろをふりかえって見てはならない。低地にはどこにも立ちどまってはならない。山にのがれなさい。そうしなければ、あなたがたは滅びます」

「そうです」

――旧約聖書。ソドムの町。

A3号線に乗っても、広い道路が途中でいくつも集まって交差している。ことにサービトンでは、数本の路線が集中している。A3号線も直線ではなく屈折しているので、うっかりすると同じ方向でも他の道路と間違えてそこへ入りかねない。

そのつど和子は道標を見つめて信夫を誘導した。このへんはまだロンドンのつづきといった市街地である。交差点と信号がやたらと多く、車も混雑して走れない。ポーツマスまで二時間と見積ったが、このぶんだと遅れそうであった。

日はすでに翳《かげ》ってきて、街の奥まった通りでは灯がついていた。三時をすぎるとそろそろうす暗くなってくる。

信夫はたびたびバックミラーをのぞいた。ひしめく後続車の列の中に追跡の車があるかどうか判別がつかなかった。片側二車線のこっちと側《サイド》にならぶ乗用車にしてもトラックにしても、ドライヴァーに訝《あや》しいと思われる者はいなかった。

サービトンを出るとようやく田園地帯に入る。立体交差になるが、まもなくギルフォードの町に入ると、また信号。ここは平野部の道路が町の中央をめざして八方から殺到していた。南方向に進むにしても、

「そっちはダメです。A281号線でブライトン方面行」

「あ、そっちはA283号線よ。ボグナー・レジス方面だわ」

「そこはA25号線。先でハイウエイM26号線に入って、ドーヴァーに行ってしまいます」

などと注意が必要だった。

その町を抜けると、南イギリスの典型的な沃野《よくや》風景である。波のうねりのような低い、長い丘陵の上や斜面には白壁と赤煉瓦《れんが》の農家と別荘が点綴《てんてつ》し、下には牧場がある。A3号線はその中を南のかたをさして延びている。

西の空に沈んだ太陽の明りは残っているが、おおかたの光は褪《さ》めて、黝《くろ》くなっている。展

開光景だけに下の風景もうす明りの中にあり、地平線には何やら夕靄《ゆうもや》とも霧ともつかぬ茫《ぼう》と白いものが刷《は》いて靉靆《あいたい》としているが、これも束の間、すぐに夜の世界となろう。三時半であった。

むろん道路には照明の蛍光灯の青白い光がならび、車はヘッドライトをきらめかせている。スピードは七十キロ出せた。

運転に馴れた車が横を追い抜いて行く。スポーツカーが傍を走り抜けて行く。大型トラックがうしろからくる。

信夫は左側の低速車用の線に入って避ける。

日は昏《く》れてまったき夜に入った。和子は懐中電灯で道路地図を照らし、岐路のたびに光芒《こうぼう》に浮び上がる標識の番号に瞳を凝らした。速度を落すと、後続車がクラクションを鳴らす。横を若者のスポーツカーが飛ばして追い抜いて行く。信夫の額に汗が出ていた。

闇《やみ》の中に家の灯が散っている。高いところに段々にならんでいる灯がある。低い丘陵地帯はまだつづいている。ハンプシャーの農業地帯だ。

前方にかたまった灯が見えてきた。和子は時計をのぞいた。四時半になっている。四時にポーツマスに到着の予定が三十分おくれている。が、あの灯はポーツマスではない。少なすぎた。地図のA3号線を指先でたどった。Petersfield と出ている。

ポーツマスまではあと三十キロぐらいか。

「あそこで、ひとやすみして、コーヒーでも飲みましょうよ」

「大丈夫かな？」とバックミラーの光に眼を走らせた。

「パロの戦車だよ」

光芒ばかりが続いている。どれが追跡車かはわからなかった。霧のブラックフライアーズ橋から追われてスコットランド・ヤードに逃げこんだときを思い出した。

立体交差の陸橋を越えるとピーターズフィールドの中心部に入った。といっても小さな町だ。三叉路の角に近いところにコーヒーハウスがあった。

その店の横の駐車場に車を入れ、要心深く車を降りた。

三叉路の西へ岐《わか》れた道路角にはウィンチェスター方面の標識が立っている。それを家の軒下から見上げるふりをして北から流れてくる車をそれとなく注目したが、「パロの戦車」らしいのはなかった。

「お疲れさま」

店内はそれほど混んでない。二人は奥の席をとり、それも入口には背をむけてすわった。

和子は信夫をねぎらった。じっさい彼の顔は脂汗が滲《にじ》み出てどす黒くなり、皮膚が荒れていた。

「どうも。……だが、時間をとったね」

重たそうな頭を、テーブルに突いた片肘《かたひじ》の手で支えていた。

「あせることはありません。事故でも起きたらたいへんだわ」

「トラックがずいぶん飛ばして走るね」

「そう。怕《こわ》いわ」

「こっちは初めての道だしね」

「いくら遅くなってもかまわないわ」

運ばれてきたコーヒーを飲む。信夫は、うまい、と思わず言い、生き返ったような表情になった。

ドアを開けて客が入ってくる。うしろむきの二人は背に神経を集めた。店の者に話しかけたり、先客と肩を叩き合っている男客は安心である。店に入っても黙っている客は気味悪い。ふりかえりもできなかった。女の声が入ってくると、ほっとする。

「いまからだとポーツマスに入るのが五時半だね。ルアーヴル行の船の最終便になるかな。最終便は何時だろう？」

「さあ、わからないけど、七時か八時ぐらいじゃないでしょうか」

「座席は取れるかな。予約なしに」

「大丈夫でしょう。取れなかったらポーツマスで一泊してもいいわ」

「泊まらずに、なるべく今夜のうちにフランスに渡りたいね」

その気持は和子も同じだった。

ロンドンだけでなく、イギリスぜんたいが自分たちに災難をふりかけた都会であり国のように思えてくる。

災厄の土地。

すると、和子は、A3号線に出るためチェルシーからテムズ川を南のプトニーへ渡る橋上で、信夫が、罪悪の町ソドムとゴモラが燃えるのを、ロトの妻が神の言葉に背《そむ》いてうしろを振り返ったので塩の柱と化したという「旧約聖書」の『創世記』の話を口にしたのを思い出した。

信夫は、創世記十九章をどういうつもりで言ったのだろうか。

チェルシー橋のあたりを立ちどまって見ないほうがいいと和子があのとき信夫に言ったことから、ロトの妻が立ちどまってソドムとゴモラの町をふり返って見たために塩の柱になったという旧約聖書の寓話を、信夫は口にしたのだ。それは軽い気持からだった。ソドムを背景にロトを主題にした画は、ルーカス・ファン・ライデンやアルトドルファーなどの十六世紀の画家たちが描いている。

だから信夫が西洋絵画史の知識からそれを言ったことは和子にはわかるのだ。だが、カトリックの幼児洗礼を受け、カトリック系経営の高校、女子大へ通って、宗教教育を受けている和子は、旧約・新約を通じて、ソドムは罪悪として、またこれに対する神の刑罰の象徴として引用されているのを知っている。ソドムの罪悪とは、多くは姦淫《かんいん》であった。

エゼキエル書の一節が前々から和子の頭を離れないでいる。

《主《しゅ》なる神は言われる。……自分の夫に替えて他人と通じる姦婦《かんぷ》よ》（十六章三二）

の呼びかけは、彼女の胸の中に閂《かんぬき》のように横たわっていた。

聖書の句はいっさいの弁解を許さない絶対性を持っている。権威というよりは暴力的でさえあった。時代の適応によって過去にも、キリストの人間的解釈を求め、あるいはカトリック正統の教義と規律の修正を求めて、その論争に敗れ、どれだけの人々が異端の名で処分せられたかわからない。中世カトリック教史は酸鼻《さんび》の一語に尽きる。

もちろん現代のローマ・カトリックにはそのようなことは絶対にない。第二ヴァチカン公会議の決定はなるべく現代に適応するように規約を寛大に努めつつある。が、根底に中世くらいの正統と異端の思想が流れているように和子には思われる。

和子は、仁一郎と結婚する前はカトリックに対して懐疑を抱いたことは一度もなかった。両親のように熱心な信者ではなかったが、反抗もしなかった。小さな反発をおぼえたことはあった。が、それは娘のころにありがちな気まぐれみたいなものである。なぜ自分に承諾なしに赤ン坊のときに勝手に洗礼を受けさせたかという抗議に発していた。

だが、仁一郎との結婚生活に入ると、カトリックでは、「婚姻の秘跡」が非常に重要な意味を持っていることがわかった。「秘跡」がこれほど仁一郎との間の楔《くさび》になっていようとは思わなかった。

「そろそろ出よう」

信夫が小さな声でいい、うつむき加減にすこしずつ首をうしろに回した。

ドライヴの若い男女客が多かった。パブでないためトラックの運転手の姿はなかった。大丈夫と見当をつけて信夫は急に姿勢を伸ばし、レジへ歩いた。和子はドアのほうへ先に行った。だれもこっちを見る者はなかった。

駐車場へ行き、ベンツに乗った。大事な物は手に提げてコーヒーハウスに入ったのだが、車のドアのロックにも座席のバッゲージにも異状はなかった。

駐車場を出るとき、左右に気をつけた。灯を消して道路に駐《と》まっている車の影はなかった。ヘッドライトの流れる中に入った。

ポーツマスまで三十キロ。直線コース。岐れ道はない。

「車が混んできたね」

コーヒーハウスで三十分間憩《やす》んでいるあいだに車の量がふえてきた。それもトラックだ。とくにジュラルミン冷凍車が多く、上下線とも混んでいる。ゴスポート、フェアハム、ハヴアントなどポーツマス付近は魚介の陸揚地である。

「気分でも悪いの?」

前方を見つめ、ハンドルを動かしている信夫が、視線を横の和子に走らせて眉《まゆ》を寄せた。

「いいえ、べつに」

首をふり、微笑してみせた。

「そう。それならいいけど。なんだか鬱《ふさ》ぎこんでるような様子だったから」

「ちょっと疲れただけなの」

「ソドムの罪」のことを考えていたのが尾をひいていた。

「じゃ、そこですこし睡《ねむ》ったら？」

「こんな状態じゃ睡れやしません」

トラックの光芒と黒い巨体とがひしめいていた。そのかわり、「幅寄せ」される心配はなかった。

立体交差。

まっすぐ進もうとすると、

「あ、A3号線は右の道です。ポーツマス方面は右の道幅のせまい方」

和子は注意し、

「これだから睡れないわ」

明るい声を出した。

ようやく町の灯がふえはじめ、やがて夜空の前方に高層ビルの輝きが見えてきた。

「ヒア　ウイ　アー」

信夫が、着いたな、と冗談に英語でいった。彼は浮き浮きしていた。

ポーツマス埠頭《ふとう》近くに建つルアーヴル通いのフェリー汽船を運営するタウンゼンド・ソレンセン会社の前にはレンタカー営業所があった。信夫はロンドンから乗ってきたベンツをそこで手続きして返却した。

二人で荷物を両手に提げ、汽船会社の広い待合室に入ると、人の姿はまばらで、がらんとしている。そのベンチにかけている人たちも旅行者ではなく、近所の者が集まって無駄話やポーカーなどをして時間つぶしをしていた。照明も半分は消えていた。

チケット売場の上に掲げられた発着時刻表を見上げると、ルアーヴル行は一四・〇〇、二二・〇〇、二三・〇〇、二三・三〇となっているが、二二・〇〇と二三・三〇のところは赤線で棒が引いてあった。この二つは六月から八月までの夏シーズンだけの運行だった。ルアーヴルのある北ノルマンディのイギリス海峡の沿岸は、著名な海水浴場がならんでいる。いまは五時二十分だから、十一時の便まで待たねばならなかった。二三・〇〇は「ヴァイキング・ヴェンチャラー」号使用とあった。

「ルアーヴルまでの所要時間は五時間半だと書いてあるね」

いっしょに時刻表を見上げている和子が、

「すると、向うに着くのが夜明け前の四時半ですわ」

と肩を縮めた。

「四時半といってもそれは着岸時間だろうからね。それから通関手続きなどしていると、上陸に一時間はかかるだろう。ホテルに入って昼までひと寝入りしよう。ルアーヴル側もその時刻に着く船の客に馴れているから、ホテルもレストランも開けて待っているはずだ」

「そうね。でも、こっちであと五時間ばかり待つのが長いわね」

「そのあいだにホテルへ入って夕食をゆっくりととろう」

窓口に行くと、年寄りの係員が顔を出し、十一時発の便は十時からでないと切符を売り出さない、予約をしなくても座席は十分にあるから大丈夫だといった。

二人はまた荷物を両手に提げて出口に向かった。広場を隔てて前にホテルがならんでいる。ロンドンから来ている鉄道駅もこの近くで、水陸のターミナル街をなしている。

広場へむかって歩きかけると、汽船会社のアーケードの下から革ジャンパーの中年男が出てきた。不意な現れかただったので、ぎょっとした。

追跡者かと思わずこっちが身構えた。

荷物をタクシーに積みこむのを手伝おうか、と革ジャンパーの髪の長い、無精髭《ぶしょうひげ》の男は信夫と和子の顔を見くらべ、にやにやしながらいった。ポーターにしては制服を着ていない。手押し車《トローリー》も持っていない。職にあぶれた船員の小遣銭かせぎか。

英国は失業者が多い。だが、社会保障が行き届き、失業保障の収入で生活できるようになっている。足りない飲み代をこっそりと内職でかせぐ。

目についたホテルに入った。汽船待ちの五時間休憩という申込みにフロントでは馴れていて、三階の部屋へ通した。

窓には汽船会社がまん前で、高い屋根の上にTOWNSEND THORENSEN の赤いネオン文字が光っている。桟橋には照明灯が光の花畑のようにひろがっていて、その下にフェリーが桟橋の両側に一隻ずつ着いていた。流線型のスマートな汽船で、中央に短い大きな白い煙突をもっている。その一隻の船首と船室の一部にあかあかと灯が点いているのは十一時出港の〝ヴァイキング・ヴェンチャラー〟号だった。

さっき見た発着時刻表には、ほかに〝ヴァイキング・ヴァリアント〟号、〝ドラゴン〟号、〝レオパード〟号の名が書かれてあったが、二隻はルアーヴル側にいて、出港時刻はこのポーツマスと同時である。十一時が最終便であることも変りはない。

暗い海をマストの灯の貨物船が往き交う。沖を軍艦が進んでいる。右手の空が赤く映えていた。海軍工廠《こうしょう》やドックのある工業地帯である。こっちは商業地区で、ゆるやかな斜面をビルの灯の群れがせり上がっていた。街をサイレンの音が走っていた。

食堂に出ると、知らない者といっしょになる。だれに顔を見られるかわからなかった。ボーイがメニューを小脇にはさんで入ってきた。魚介料理が主体となっている。種類も豊富だった。ワインはボルドーもの。

「ルアーヴルに着いたら、レンタカーでパリに入ろう。なんだったら、パリに入る前にドーヴィルかトルーヴィルあたりで二泊して、骨休めしてもいい。ロンドンでは相当神経を使ったからね」

信夫は計画を話した。

パリに入る前に北ノルマンディ海岸の保養地で二、三日を過したいと信夫は言う。それは彼が「ぼくにはきみを日本へ帰す責任がある」といったその責任をパリで実行するつもりではあるまいか。その前に、想い出になるように北ノルマンディの保養地で過そうというのだろうか。

自分こそ信夫を解放してあげなければいけない、と和子は思った。パリがその場所としてもっとも好ましいのではあるまいか。

寂しい場所では嫌だ。人の少ない町で別離するのは困る。賑《にぎ》やかな都会で、人の混み合う街角で、また一カ月後には遇えるような気持が抱ける雰囲気の場所で別れたい。そしてもう二度と顔を見ることはないという運命で。——

料理は下手だったが、材料が新鮮なので魚がおいしかった。空腹もあって、たくさん食べた。はじめは話をする余裕もないくらいだった。港町のことだし、量は多かった。

霧笛が聞えた。窓に、遠く通る船の灯が白く滲《にじ》んでいた。霧が出ていた。

コーヒーを飲む。

部屋の壁には旧いポーツマスの銅版画の額がならんでいる。——港、浮橋、ネルソン提督とヴィクトリイ号、繁華街、ガリスン教会。四輪馬車とシルクハットの紳士とボンネットの淑女の添景。十九世紀の風景である。

「きみ、すこし睡ったら？」

銅版画を眺めていた信夫がふりかえってすすめた。

「いえ、八木さんにちょっと手紙を書きます」

和子は机の前にすわった。

備えつけの便箋《びんせん》を出し、ペンを握ってから、文章を思案した。

空港で

ヒースロウ空港へ向かう高架道路のタクシーの座席に八木はひとり揺られていた。夜のロンドン西郊の灯が下にひろがっている。

八時発の南回りのＪＡＬ便。六時までにカウンターに入らねばならない。いまが五時二十分であった。

午後二時半ごろ、ホテル「スローン・クロイスター」に捜査課のノーウッド刑事らについて行ったときの様子は、奇妙なぐあいだった。

まず刑事の側からいえば、この「捜索」結果は収穫のないものだった。というのは、ネルビが滞在していた63号室には入れかわりに他の夫婦客が入っていて、ネルビの遺留品は何一つなく、現場はまったく攪乱《かくらん》されていたからである。

管理人はウィリアム・パーマーだが、警察官一行にむかって説明を一手に引受けたのはその肥った女房のほうであった。

〈カルロ・フォルニさんは、十月七日午後二時ごろにこのホテルに入り、63号室を十日間の約束で契約しました。ちょうど63号室が空いていましたのでね。フォルニさんは運がいいと

よろこんでおられましたよ)

カルロ・フォルニのほんとの名前は、リカルド・ネルビというんだがね、ミセス・パーマー、とノーウッド刑事は言った。

(おやごめんなさい、刑事さん)

パーマー夫人は眼鏡を手でずり上げ、二重にくれた顫《あご》を反《そ》らせ、口をまるめて笑った。

(でも、わたしのほうはまさかそれが偽造旅券とは思いませんでしたからね。一流ホテルのフロントとはちがって、こんなちっぽけなアパート式のホテルの帳場ですもの、パスポートが偽造かどうか見抜ける力はとうていありませんもの。それに刑事さんの前ですが、警視庁からもカルロ・フォルニの偽造旅券の手配書は来てなかったからね)

——フォルニ、いや、ネルビさんの暮しぶりはどうだったかね。

(それがね、刑事さん。とても静かな人でしてね。外にも出ず、訪問者もなく、またこのホテルの中での交際もなかったのですよ。両隣りの部屋の人ともぜんぜんつき合いがないばかりか、ろくに挨拶《あいさつ》もしなかったようですね)

——じゃ、毎日、何をしていたのかね?

(さあ。だれにもわかりませんね。首吊りをするような人ですから、ふさぎこんでいたんじゃないですか。食事は下の売店でパンと缶詰などを買って作って食べていたようですが)

——ネルビさんはここを何日に引きあげましたか?

ノーウッド刑事は肥えたおかみさんにきいた。

（十八日の午前十一時でした、刑事さん。それがホテルのチェックアウトの時間ですからね）

――バッゲージはどういうものを持っていましたか。

（バッゲージですか）

いままで能弁だったパーマー夫人の口がとたんに詰まった。彼女は顔を天井に向け、記憶をさぐるようにハイヒールの爪先を床に小刻みにたたいた。音楽のリズムをとるようでもあり、貧乏ぶるいをしているようでもあった。

（そうですねえ……）

彼女は反った大きな頤をやっと元どおりの位置に直して刑事に言った。

（スーツケースが一つ、中型のトランクが一つ、だったと思いますよ）

刑事は手帖を出して書きとめた。

――そのトランクは革製だったかね、ジュラルミン製だったかね。

（待ってくださいよ、革製だったような気がするね）

――色は？

（色？　色はよくわからなかったね。もしかするとジュラルミン製だったかもしれませんよ）

刑事はボールペンを動かす手をやめた。

(刑事さん。ネルビさんのバッゲージのことがどうしてそんなに大事なんですかね?)

パーマー夫人は眼鏡ごしに刑事の顔を窺《うかが》った。

——それはね、ネルビさんの首を吊った現場に遺留品が一つもなかったからですよ。スーツケースも、書類入れカバンもね、ミセス・パーマー。そのかわり、ネルビさんの身体は、みごとなものばかりつけていたからね。

(どういうものを?)

——まず、カルロ・フォルニ名義のパスポート。それから一万五千ドル近い現金。その内訳はイタリア・リラ、スイス・フラン、イギリス・ポンド、アメリカ・ドルです。持っている品は高級時計のパテック腕時計、懐中時計のフィリップ、指輪、カフス・リング、眼鏡三個です。

(一万五千ドルも持って、首をくくったのかね、あの人が。お気の毒にね)

——けれどもカバン一つない。あんたはスーツケースにトランクを持っていたというけれど。

(刑事さん。そう言われてみると、あのときはチェックアウトのお客さんが三組ばかりいっしょになって混んでて、よく憶《おぼ》えてませんでしたよ)

——ネルビさんがこのホテルを発つときは混んでいたにしても、入ってきたときはバッゲージを見たわけでしょう？

ノーウッド刑事はパーマー夫人にきいた。

（それは見ているはずなんですけどね。なにしろ、フロントはわたしがひとりでやっているようなもんで、ここに亭主が居るけど、あまり役に立たないからね。わたしはたくさんのお客相手で、バッゲージのことまでいちいち詳しくおぼえていませんね。申しわけないけど、刑事さん）

ネルビ頭取の首吊り現場に、身につけた所持品以外、遺留品が一つもなかったと聞いてから管理人のパーマー夫人の言葉が慎重になったのはあきらかだった。

けれどもネルビの縊死《いし》は自殺というのが警視庁の見込みであった。殺人事件の捜査ならともかく、明日から開かれる検視法廷に備えて自殺の参考資料を集めにきているノーウッド刑事にとって、管理人の言葉の微妙な変化は追及するほどのこともなかった。

——どうもありがとう。忙しいところをすみませんでしたね、ミセス・パーマー。

刑事は管理人の協力を謝した。

（どういたしまして）

帰りかける刑事たちのうしろからあと戻りして八木は、パーマー夫人の傍に微笑して近づいた。

——このホテルに木下という日本人の男女づれが宿泊されているはずだが、部屋は何号室ですか。

女管理人は眉《まゆ》の間にたて皺《じわ》を寄せ、白い眼をむいて、肩をすくめた。

(そんな日本人は泊まっていないよ)

こちらが声が出ないで立っていると、彼女は睨《ね》めつけて言った。

(あんたは、いつぞやフロントのまわりをうろうろしていた日本人だね。あたしはあんたの顔をおぼえているよ。今日はなんの用事かね？　日本人さがしかい？)

——そういうわけじゃないけど。

(刑事といっしょにくるところを見ると、警察の手先に使われて、われわれホテルの泊り人を嗅《か》いでまわっているわけかね？　あんまり弱い商売をいじめるもんじゃないよ。とにかく、あんたの言うような日本人は絶対にここには泊まっていないからね。二度とここには来ないでおくれ。あばよ)

悪態をつかれて外に出たとき、八木はあの男女が「逃げた」と直感した。

女管理人が事情を隠しているのがそれである。

タクシーは空港へ走っている。低空を旅客機の灯がかすめる。

あの男女と初めて遇ったのはテンプル通りに近い船艙《せんそう》のようなコーヒーハウスであった。

それも通りかかった教授風な初老の日本紳士に誘われた。それが証券会社の副社長白川敬之という人とは、のちの偶然の再会でわかった。

コーヒーハウスでは、席もはなれていて、暗いせいもあり、とくに「教授」の語るテンプル騎士団の話に聞き入ったりしていたのでよくわからなかったが、おぼろげながら印象ぐらいはわかっている。また、勘定を払う段になって店の娘が、他の客の伝票の裏に描いた「教授」の鉛筆描きの横顔スケッチを持ってきた。それは走り描きのクロッキーといったものだが、顔の特徴をよく捉《とら》えていた。

さっき出て行った日本人のカップルが置いて行ったと娘は話した。そういえば、「教授」と話しこんでいるときに、テーブルのキャンドルの向うを日本人男女の影が横切り、女のほうが先に出て行った。

そのスケッチは、その場で「教授」に言って記念にもらい、いまもノートの間に挟み、スーツケースに入れてある。

この「教授」と八木が再会したのは、ヒルトン・ホテルのロビーを考えごとに耽《ふけ》りながら歩いているときだった。

考えごとというのは、バッグ・レディの報告として、シェパード・マーケットの廃品業者の顔役がヒルトン・ホテルのオーストリア人のところに出入りしているというものだった。このオーストリア人が八木もイゾッピ刑事らも尾《つ》けたことのあるクネヒトで、「クロイスター」のフォルニ（実はネルビ）と電話連絡をとっている男で、電話は盗聴録音されている。

そのクネヒトのところにシェパード・マーケットの廃品回収業者がなんの目的で出入りしていたのか、またそれがネルビ頭取のロンドン脱出にどのような手助けになるのか。懸命にあれこれと推察にふけったものだ。

で、やあまたお遇いしましたね、と東邦証券会社副社長に声をかけられるまで気がつかなかったのだった。

それから八木が「教授」と思いこんでいた白川敬之に旧《ふる》いレストランに案内され昼食を振舞われたのだが、彼は前は大蔵省の高級官僚であったこともうちあけた。いわゆる「天下り」である。

そのとき白川のほうから出たのが、先日のコーヒーハウスでの日本人カップルの話だった。とくに彼は女性のほうを気にしていた。

白川敬之がコーヒーハウスにいた男女を、いまごろになって気にしているのは、何か理由でもあるのではないか、と八木は思ったほどだった。

(あのとき居た婦人ですがね、年齢はいくつぐらいだったでしょうか)

暗くてよくわからなかったけれど、はなれたテーブルで見た印象では女性はひどく若い人ではなかったようです。顔は、ぼんやりとしか見えず、よくわかりませんでしたが。八木がいうと、その男女がよく見えなかった白川は両手の先に拳《こぶし》を組み、額に当てて、八木のそれだけの言葉をたよりに何かの像を組み立てようとしているかのようにみえた。

（紳士のほうの年齢は？）

（職業的なタイプは？）

矢つぎ早の質問だった。

こちらも白川さんの話を聞くのに夢中になっていてよく憶えていない、それにあのように店の中が暗くてはわからない、ただ、あの両人が出て行くときは、白川さんの椅子のうしろの通路をとおったのだが、女性のほうが先に急いで店を出て、レジで支払いをする男性を、だいぶん遠方の暗やみで待っていた、と八木が言ったとき、白川は、

（やっぱり女性のほうが先に店を出て、遠いところにいましたか）

と、ほっと溜息をついた。それがいかにも思いあたるような吐息にみえた。

あの様子では、白川と彼女との間には何か見えない糸のような関係がありそうだった。それも他人には言えないような。──

「スローン・クロイスター」の売店で出遇ったときの彼女の驚愕《きようがく》。こちらは何も知らなかったので、そのいまにも貧血を起しそうなくらい真青な顔になったのを見て、うろたえた。ここにイタリア人は泊まっていませんか、とたずねただけだが、彼女のおどろきがあまりに激しいので、自分が怪しい者でない証明に名刺を渡した。

そのときは彼女がコーヒーハウスの女性とはまだはっきり思い出さなかった。

総局に電話があったときは八木は居なかったが、ブラックフライアーズ橋で彼女と伴《つ》れの

男性とネルビの首吊りのことを話しているうちに、途中からこの両人がコーヒーハウスのカップルだったと確信した。

そこで白川敬之の言葉を憶い出し、首吊りの話をつづけながら、それとなく両人の様子を八木は観察したのだった。

両人は夫婦とは思われない。

これが八木の観察による断定であった。

男性は木下信夫と名乗ったが、名刺は出さなかった。「学校の教師」というだけだった。住所もあかさなかった。

女性のほうは名前さえ言わなかった。

相当長いあいだ話したのに、両人はその相互関係について一言も自己紹介をしなかった。自分たちもそれを気にしている様子であった。けれどもおしまいまで触れずにとおした。

「スローン・クロイスター」のようなアパート式ホテルに宿泊していることがすでに両人の間を推定させているように思える。ロンドンに二人で長期滞在して安上がりに観光しているというよりも、人目から隠れ、しかもそこで水入らずの「家庭生活」をも愉《たの》しんでいるふうである。商売女が一週間契約で借りるようなしくみのアパート式である。

男性は三十六、七くらい、女性は十歳くらい下かと思われる。どちらも若くはない。木下という男には妻があると思う。女性はどうだろうか。既婚者のようでもあり、未婚のようでもある。

だが、女にも夫があるような気がする。落ちついている。男性よりも年が十くらいも下なのに、男の方が、控え目な彼女にリードされているふうである。人妻にみられるキャラクターである。

思い合わされるのは再会したときの白川敬之の様子だった。彼はテンプル通り近くのコーヒーハウスで見かけた日本人の男女の影を想い出し、それが気になりだしたらしい。あるいは気になるようなきっかけがその後に生じたのかもしれない。レストランに案内し、食事のあとで八木に男女の印象を訊《たず》ねた。

八木が見たとおりのことを語ると、白川は額に両手を当てて懊悩《おうのう》を見せた。白川とあの女性とは知り合い以上の縁があるように思われる。彼の見せた瞬間的な苦悩は、そこに八木がいたのですぐにもとの微笑に戻ったが、あの悩みは疑惑の現場を見たからであろう。——あの両人は「スローン・クロイスター」に居た。ネルビとなんらかのかたちでかかわりを持っている。……

空港の眩《まぶ》しい灯が空に見えてきた。

八木はターミナル3出発ラウンジのＪＡＬのカウンターに行った。航空券は電話で予約してある。制服のブロンド娘が受付カードを調べている。横顔がアグネス・ヴェラーに似ていた。

リディアとアグネスのヴェラー姉妹は、クネヒトといっしょにヒルトン・ホテルを引きあげてしまった。ホテルのフロントに電話すると、ヴェラー姉妹は十八日午前十一時にチェックアウトしたという。クネヒトは午後三時だ。ネルビ頭取の死亡時刻が十九日午前一時から三時の間という検視結果だから、その前日に時刻をずらせてホテルから姿を消している。

「スローン・クロイスター」にネルビと共に泊まっていたペロットなる「声の男」については、女管理人がノーウッド刑事に、日本人男女同様に隠しているので、いつ出て行ったかわからぬ。が、ペロットもおそらくクネヒトとどこかで合流したにちがいない。——

八木は料金を支払い、航空券をその場でボーディングカードに代え、それを胸のポケットに挿しこんで、スーツケースを片手に指定の番号ゲートへ足をむけたが、まだちょっと時間があった。

だだっ広いラウンジのすべてのベンチは先客に占領されて坐る余地がない。また腰をおろすまでもないので、売店で夕刊を買い、柱にもたれ、スーツケースを両足の間にはさんで、新聞を手に取った。フロントページにトップの大活字の見出し。

《ロンバルジア銀行ネルビ頭取　テムズ川で死体発見》

八木が新聞を持ち変えたとき、

「ごめんよ」

低いが、野太い声が横でした。

首をむけると、黒っぽい中折帽《ソフト》にサングラスをかけ、濃いグレイのコートをきて、前のボタンをきちんとかけている。衿《えり》もとからのぞいているのは茶と黒のストライプのネクタイ。ずんぐりとした体軀で、両肩がもりあがっている。口のまわりの小皺からみて四十すぎ、一見旅行者のようだが、いまどきソフトをかぶって、きちんとした身なりは、外交官《ディプロマット》以外には珍しい。げんにここに集まっている男たちはみんな無帽で、人種別のカラフルな髪をならべている。

これだけのことを八木はこの男が次の言葉を出すまで二、三秒のあいだに見てとった。

「あんたのお伴《つ》れさんは、どの便《びん》に乗るのかね？」

帽子の庇《ひさし》を下げた下のサングラスの顔をぐっと近づけた。

「お伴れさん？」

八木は、剃《そ》りあとのざらざらしたその男のえらのあたりを見ていった。

「日本人のカップルさ。かくしても無駄ですぜ。ちゃんと見ているんだからね。あんたがブラックフライアーズ・ブリッジで、その伴れと話していたのを、ちゃんとこの眼で見ているんだ」

「あ、あれ」

「ほらね、隠しはできねえだろう？」

服装に似合わない下町言葉、それも下品なほうだ。太い濁《だ》み声だから、よけいに粗野に感じられる。

「あのカップルはぼくの伴れではない。橋の上で遇って話しただけだ。だから、かれらがどの旅客機に乗って出発するのか、ぼくには関係がないからわからない」

「それにしては、ずいぶん長いことあの両人と話しこんでいたじゃねえですかい。ほれ、あんたの持つその新聞に出ているイタリアの銀行屋さんの首吊った現場をのぞきこみながらよ」

「いったい、きみは、だれですか」

「名前をいってもあんたにはわからねえが、ちょっとあることで、あの日本人のカップルに用事のある者です。じっくりと話してえことがあってね」

髭剃《ひげそ》りあとの、ざらざらした頤を手で撫《な》でている。

八木がふと眼を男の背後にむけると、人群れの中に混じって立ち話をしている者、新聞をひろげている者、うろうろと歩き回っている者などがいるが、それらのなかにどうも仲間がいるようである。

運のいいことに出発便の搭乗アナウンスがはじまった。ベンチの客が手荷物をさげてぞろぞろと立ち、ゲートへ向かう。

「それならぼくはなおさら関係がないよ。時間がないから、これで失敬するよ」

足もとのスーツケースをとり上げようとすると、

「おっと、もうすこし話しておくんなさい。なに、あと、十五分や二十分は大丈夫だ。税関を通ってからでも間に合うよ」

「そんな」

「まあいいじゃねえですか」

よそ目には、別れの親愛を示すように腕に手をかけた。鋼鉄のようである。

「手短かに話すがね、日本人男女は『スローン・クロイスター』に泊まっておった。このカップルはな、今日の午後二時ごろに『スローン・クロイスター』を引きあげて行った。おれたちと一足違いによ。もっともおれたちが『クロイスター』に行くには、ちっとばかり都合の悪いことがあってな。三時ごろ『クロイスター』に行ったときは、もう両人ともズラかったあとだ」

彼は口惜《くや》しそうに言った。

「男はレンタカーを『クロイスター』の駐車場に置いていて、そのヴォクソールにはピジョン・レンタカー会社のマークが付いていた。そのレンタカーが無《ね》え。そこから近いピジョン営業所はヴィクトリア駅前だ。で、両人は、駅前のピジョン営業所へ行って、さらに長距離を借りる契約をしたか、それともヒースロウで車を返却しているかだ。それを訊いてみたら、その場で車を返却したというんだな。やつらは地下鉄を利用したんだ。レンタカーだとアシがつくからな。地下鉄でロンドン市内のちっぽけなホテルをさがし、様子をうかがってヒースロウから出国するつもりだ。こうおいらは見てる」

「なんのために両人はまっすぐにヒースロウに直行できないというのかね？」

「おまえさん、聞いているだろ？」

「何も聞いていないよ」

「おまえさんは、出国する両人の手引きじゃねえのか」

「それはいいがかりだよ。ぼくはなんにも……」

このとき、男は急に身体を回転して八木のそばから離れた。ソフト帽を乗せた肩幅の広いコートの背中が、悠然とした態度を装いながらも、小走り気味に向うの混雑の中へ消えて行ったには、八木のほうがあっけにとられたくらいだった。

肩をたたかれてうしろをふりむくと、ノーウッド刑事の顔があった。ほかに二人ほど同僚がいる。

「拾い屋ジムだな、いまのは？」

ノーウッドは消えた後ろ姿のほうを見て言った。

「どういう人間ですか」

「へえ、知らない？　ぼくはあんたに親しそうに話しかけていたから知り合いかと思っていたが」

「からまれてたんですよ。つまらんことで」

「道理で。ぼくの顔を見てあわてて逃げ出したと思ったね。そのへんにいた面《つら》つきの悪い連中も消えてなくなった」

南回りに乗る搭乗客がゲートに向かって、ラウンジの待合客が減ったせいもあるが、さっきの妙な顔もいなくなっていた。

「拾い屋ジムはヒルトン・ホテル裏のシェパード・マーケットの飲み屋街を根城にしている廃品回収業者で、もとはしがない商売でしたが、いまでは子分を使い、手をひろげて、なかなかの顔役です。そのあいだいろんな悪いことをしているが、大悪党でもないので、目こぼしをしているのです。このごろはすこしのさばりだしたかな、ああいうイースト・エンドのあたりの地ごろと組んでいるところをみるとね。あの地ごろときたら船乗りのあぶれ者も多いからね。拾い屋ジムめ、いったい、あんたに何を言いがかりにからんだんです？」

「いや、たいしたことじゃありません」

「そうか。それならいいけど。ジムめ。ソフトなんかかぶりやがって、茶目っ気を出し、何をたくらんでいるのかな。目にあまるようなことをしたら、しょっぴいてやらんとな」

「ノーウッドさん。あんたがたはまたどうしてここに？」

「あと四十分でミラノからネルビ未亡人が到着するんでね。明日到着の予定が今日に変ったのでね。未亡人の検視法廷出廷にはいろいろと物騒な噂《うわさ》もあるので、万一のことを考えて到着時から身辺警戒につくわけだ。まだ時間があるので、時間消しに到着口からこっちへぶらぶらと回ってやってきたら、あんたを見かけたというわけでね」

「そう。そりゃどうも」

南回りの乗客は早くゲートへというアナウンスがあった。八木は刑事らと別れた。

座席に落ちつき、ベルトを着けてから、はっと思い出した。

太い濁み声だ。濁み声は、前にイゾッピが盗聴したのを録音機で聞かせてくれている。ヒルトン・ホテルのクネヒトの部屋に仕掛けた盗聴器に入った会話だった。

濁み声の男がクネヒトを訪問する。

クネヒトが訪問者に言う。

(すぐにここをいっしょに出ることになるから、何もサービスはできませんが)

(かまわないでください。……ところで、クネヒトさん。これからチェルシーの水溜り《パドル》をいっしょに見に行きますがね、その前に、ちょっとその場所の話をしておきやしょう)

部屋の盗聴器に入った「濁み声」がはっきり聞えたのはそこまでだった。

(小さな声で話そう)

とクネヒトが言い、その上ラジオをひねってロック音楽を流した。ヴェラー姉妹に聞かれたくなかったのだろう。

最後に、また高い声に戻って、こう言った。

（では、クネヒトさん。これから出かけましょう）

（よろしく頼みますよ）

（お任せください。時間さえ決まれば、手配はいつでも）

録音で聞いた「濁み声」はまさしく拾い屋ジムだ。となると、彼はクネヒトに傭《やと》われて、ネルビの脱出工作の一役を背負わされている。この「脱出」は、ブラックフライアーズ橋下のネルビの首吊り謀殺につながる疑い十分だ。ノーウッド刑事によると、拾い屋ジムはイースト・エンドの船員あぶれ者の地ごろと組んでいるというが。

それにしても、と八木の思案は転回する。

「木下」と名乗る二人づれが総局に電話をかけて自分を呼び出そうとしたのは、ネルビの首吊り事件の詳細を知りたかったからだろう。それはブラックフライアーズ橋の上で話に聞き入る両人の熱心な様子でもわかる。あれはただの好奇心ではない。事件の関係者、すくなくともそれになんらかの形でふれた者の態度であった。その関係はどこで生じたのか。ネルビがいた「スローン・クロイスター」にちがいない。管理人パーマー夫人は遂に言わなかったが、二人の部屋はネルビの部屋の隣室か、その近くの部屋で、そこで、何かを目撃したのではあるまいか。

機の出発がおくれている。そのとき最後に急いで入ってきた三人の男ばかりの乗客がいた。一人の白髪の紳士が入口でエコノミー席に入る二人に何かを命じると、すぐに背をかえしてファーストクラスへ去った。

茶色のブリーフ・ケースをさげた白川敬之だった。忙しい人は南回り機では帰国しない。北回りを利用するのが普通だ。白川敬之はパリに行くのか。ジュネーヴへ降りるのか。それとも、……。

夫の場合

「リブロン」。——銀座では高級なクラブで知られているほうである。ビルの地階。ゆったりとした階段を曲って降りた突きあたりが入口。ルームは入口側と、奥側と二つになっているが、細長い奥行きを二つに切っても床面積はかなり広かった。

入口側ルームがだいたい若い客、奥側のそれが年配客と仕分けられているのはこうした店の常で、奥のルームが装飾に凝《こ》って見えるのは年配客が企業の経営者か、それに近い管理職のポストにいるからである。それと、店の会計が渋い顔をするけれど、いわゆる文化人といった客。だがこれはママが笑顔で迎えている。

その奥のルーム。中央に傘松《かさまつ》型のシャンデリヤが上から垂れ、三方の壁間には油彩の抽象画が掲げてある。この画は半年ごとにとりかえられる。客が持ってくるのである。

十一時を過ぎていた。表《おもて》といわれる入口側のルームでは煙草の靄《もや》が淀《よど》む下で哄笑と酔声と器物の音と嬌声とが攪拌《かくはん》して喧騒をきわめている。ピアノはとうにやんだ。ボーイは走りまわっている。

「奥座敷」とひがまれているこのルームでは、年寄りのお偉方《えらがた》は明日は会議が早いからとかゴルフとかいって身体をいたわって早々に切り上げ、残っているのは向うのテーブルに部長クラスらしいのが三組で八人ほどいた。こちら側には三十七、八から五十前後の、これはあきらかに社用族とは違う自由業の人たちが十二人、二つつないだテーブルをかこって、ブランデーだのスコッチなどを飲んでいた。

あいだあいだにすわっているホステスたちが、客のひとりひとりの名前の下に先生を付けるところをみれば、なかには学校の教師もいるが、自由業でも文学者、芸術家などらしいのである。髪の長いのが多い。ノーネクタイで、派手なシャツを着ている。

そういえば、新聞の文化欄の顔写真で見かける文芸評論家、演劇家、詩人といったのも三、四人ぐらい居る。どうやらこれはなにかの会の流れといったところらしかった。

十二人もならぶと、お互い話相手は勝手にばらばらとなり、あいだに挟んだ女の子をからかう者があったりして、雑然としている。一つにはママが表のほうからまだここへ移ってこないせいもある。中心と重味が欠けている。それとホステスのナンバーワンも来ない。で、華やかさが足りぬ。

そのうち、客の二、三人が何やら紙片をまわし読みしはじめた。

客は薄い紙片を、クッションにもたれて膝《ひざ》の前で読むと、黙って隣りの伴れ《つ》に渡す。間に女の子がいるからこれが中継ぎをした。女の子はその瞬間にシャンデリヤの光を受けた紙片の活字にすばやく視線を走らせるが、横文字である。

リレーの三番手の男は長髪の小説家である。これも黙読して、ふふん、と鼻で嗤《わら》って、すぐ次の詩人にバトンタッチしようとしたとき、中継ぎの女の子が紙片を横からのぞいてきいた。

「あら、フランス語らしいわね。ねえ、先生、それ、なんて書いてあるの？」

小説家は狼狽《ろうばい》を隠して、急にブランデーのグラスをとり上げた。

「なに、たいしたことは出てないさ。新聞の切抜きでね」

「それでもこんなに大きく出てるわ。ね、なんて書いてあるの、教えてよ、先生」

「ばか。つまらんと言ってるじゃないか」

ブランデーをがぶりと飲んだ。

女の子は、はっと気がつき、悪いことを言ったというように気の毒そうに下をむいた。テーブルをはさんで真向いに坐っている一人が、隣りの女の子との話をやめて、こっちに顔をむけた。

「なにか知らないが、ちょっとお見せ」

彼は紙片を手にして、クッションにもたれた。これで左右の伴れがのぞいた。

「なんですか、高平さん？」

「さあ。精神武装世界会議の呼びかけのようですね」

「精神武装世界会議？」

画家の高平仁一郎はひととおり眼を通した。

「高度技術《ハイテクノロジー》は人類を滅亡させるだろう。この種の〝進歩〟と闘うためには、我々の〝精神武装〟により対抗しよう。そして、この精神武装に関する討議が、世界各国の文化人の参加によって、来たる十一月三日から五日まで三日間、モナコ公国のモンテカルロにて行なわれる。参加予定者は英国、フランス、西独、イタリア、アメリカ、日本および南米諸国からである。主催、イタリア、フィレンツェのパオロ・アンゼリーニ文化事業団。……こういう意味が書いてあります」

画家の高平仁一郎が秀麗な額に垂れさがる髪を邪魔そうに首を振って押しあげると、これまでばらばらだったテーブルの雑談は、これ一つに集中した。

「趣旨にはまったく賛成だ」

詩人がまっさきに高い声で言った。

「なにもかもハイテク時代だ、高度技術だ。やれ先端技術だ、コンピューターだ。コンピューター、コンピューター。人間が便利がって作ったコンピューターが、パンドラの箱になって、開けてみたら殺戮《さつりく》兵器となって襲いかかってくる。宇宙の星からも海の底からも。くたばれ、コンピューターめだ」

「しっ、庄司先生」

隣りの女の子があわてて肘《ひじ》をつねって、耳に口をよせた。

「あのテーブルにいらっしゃるのは東亜コンピューター会社の部長さんたちよ」

「なんだか知らんが、モンテカルロが開催地とは面白いじゃないか」

言ったのは前衛演劇家であった。頭髪が百日蔓《かずら》のように庭石形にもり上がっていた。

「世界各国の文化人で日本からも参加とあるが、日本からはだれが行くのかね？」

CONFERENCE MONDIALE SUR LES ARMES SPIRITUELLES

La haute technologie détruira l'humanité. Bouclons Notre Armure Spirituelle pour Combattre Ce Genre de "Progrès".
Les participants incluent des personalités culturelles du Royaume Uni, de France, de la République Fédérale d'Allemagne, d'Italie, des Etats-Unis, du Japon, et d'Amérique Latine.

Date:les 3,4,5 Novembre 1982
Place:Hôtel Hermitage, Monte Carlo, Monaco
Fondation Culturelle Paolo Anzellini
(Florence, Italie)

これはフランスの新聞切抜きを回し読みされた張本人、すなわちそれをポケットから取り出した前衛音楽家に質問した。疑わしそうな表情は自分がそれを聞知しなかったからである。

「いや、それは新聞に出た広告ですからそう書いてあるだけですね。参加者への呼びかけは別の資料をぼくが持っているから見せるよ。なかなか、いい条件だよ」

なかなかいい条件だよ、と前置きして前衛音楽家は「会員募集」の規則書のプリントをとり出した。これも仏文である。また、皆の回し読みがはじまる。

内容はわりと簡単である。

《この会議に参加出席を希望される方は、十月十二日までに、フィレンツェの当事業団事務局にお申込みのこと。討議は、科学・化学・国際政治・軍備・精神学・医学・文学・美術・宗教学・芸術その他「精神武装」に必要またはそれらと関連するテーマならなんでもよろしい。資格審査は、当該国の関係団体や関係者などに照会した結果を参考とするが、その選択の自主性はあくまでも当事務局にある。

今回の会議での公用語はフランス語であるが、英語でも可。

資格認定合格者は会員とし、その居住国の出発空港からニース国際空港までの往復航空運賃、ならびに開催期間中、モンテカルロのホテル滞在費（食事代を含む）を当方の全額負担とする。ただしお一人分。同伴者は自弁のこと。

定員三〇〇名。

このほかに一〇〇名にかぎりオブザーヴァを募集する。オブザーヴァは会議に出席して傍聴することはできるが、意見を述べたり、討論に加わるなりすることはできない。

オブザーヴァには資格審査はしない。だれでも自由に参加できる。ただし申込先着順である。この期日もまた十月十二日までである。

会員ならびにオブザーヴァ合格者には十月二十日に各自のアドレスあてに事務局より打電する。この電報が証明書の代りになる。会員にはこれにより航空運賃、滞在費をモンテカルロで支払う。

質問は当事務局あてへ。

1982年8月2日
フィレンツェ　パオロ・アンゼリーニ文化事業団　団長パオロ・アンゼリーニ》

「八月二日の日付だって」

読んだ彫刻家が言った。

「今日は十月一日だから、ずいぶん、これをあたためていたもんだね」

「うむ。ぼくの手に入ったのがすでに先月の二十日だったからね。『精神武装《アルム・スピリチュエル》』なんて、なんだかハッタリのような気がするし、パオロ・アンゼリーニ文化事業団なんて、あんまり聞いたこともない団体名だ。で、放っといたんだが、いま、ふと思い出してね、一興にもと思って諸君のご覧に供したしだいさ」

音楽家はいくぶんテレ臭そうにウイスキー・グラスに眼を落した。

「精神武装か……」

美術評論家がブランデー・グラスの腹を撫でながら呟くように云った。

「ずいぶん昔になるが『道徳再武装』運動というのがあったね」

「ああ、ＭＲＡですね」

私大教授でイギリス文学専攻の文芸評論家が長い顔をあげ、

「Moral Rearmament」

と、こんな場所でオックスフォード流の発音でいった。

「キリスト教精神にもとづく平和運動というのが看板だったが、このごろはあんまりＭＲＡ運動の名を聞かなくなったね」

くすんと鼻を鳴らした美術評論家。総合雑誌の座談会によく名を出す。

「そうですかね」

私大教授の文芸評論家も半ば鼻の先で返事する。

「キリスト教精神による世界平和運動というのはオモテ看板で、じつは宗教手段による世界制覇の謀略だという説が流れたね。日本でも有名な戦後首相などがその隠れた会員だなどという臆説《おくせつ》が流れたりして。ああいうのがＭＲＡ運動を下火にさせたんじゃないのかね？」

「デマでしょう、そんなのは」

眼鏡の位置を直した。とりあわない。

「しかし、きみ、この『精神武装』という文字を見ていると、なんだか『道徳再武装』の焼直しのような感じがするよ。これもなにかキリスト教関係の策動がウラに動いているんじゃないかな？」

「知りませんな、ぼくはそんなことは」

美術評論家を眼の端に置いた教授は、口に持っていったグラスの中で冷笑した。

「しかし」

建築家がこっちから身を乗り出した。

「ハイテクの競争はたしかに行きつくところは人類の滅亡にまで到達するよ。そこへ行くまでにわれわれは総がかりでこれにストップをかけなければならん。それには全世界に精神武装運動の嵐をまきおこすしかないよ。賛成だな、ぼかア、この趣旨に」

「精神運動がそんなに無限に暴走する技術競争に有効なら、核の全廃棄はとっくに成功しているよ。核を持っている国は核の恐ろしさをだれよりも知っている。それでいて新開発や蓄積がやめられないのはそれが戦争と結びついているからだ。人々は戦争の悲惨を知っている。それでも精神で戦争準備をとめさせることができない。精神はことほどさように無力なものさ。絶望的だよ。『精神の武装』なんてね」

「それでも、われわれは手をこまぬいて人類滅亡の道に急ぐハイテクの暴走を座視しているわけにはゆかん」

演劇家が大学教授の文芸評論家を尻目に見て言った。

「そうだ、われわれは芸術家だ。科学の傲慢《ごうまん》は許さん」

小説家が叫んだ。

「訂正が必要だ。戦争屋と儲《もう》け主義の企業に奉仕する科学者とは断乎として闘おう」

黙っていた独立プロの映画監督が声をはりあげた。

「断乎として闘おう」

「闘おう」

女の子たちが面白半分にこれに唱和したのでシュプレヒコールまがいとなった。ボトルがスプーンの裏でたたかれ、グラスのふれ合いがあった。

文芸評論家は仕方なさそうに苦笑している。

向うの席にいたコンピューター会社の部課長連中はいつのまにか帰って居なくなってしまった。

演劇家が椅子から立ち上がって、両手をひろげた。

「よろしい。この『精神武装世界会議』の呼びかけには、諸君はみな賛成とみた。次はこのモンテカルロ会議に参加するかしないかだ。会員かオブザーヴァかにだ。どっちを申し込むにしても締切りの期日が迫っている。希望者は早くせんといかん」

「会員と認められると旅費は主催団体が負担するんだね?」

念を押したのは映画監督だった。

「そう。アゴ・アシつきの招待。ところも世界のモンテカルロ。監督さんは前にカンヌの映画祭に行った?」

「われわれのような貧弱な資本の独立プロの作家なんかカンヌの映画祭に出品などとは、とてもとても。だから、せめて隣りのモンテカルロなりとも」

「じゃ、会員希望で申しこみますか。資格審査はむこうさま。運を天に任せて」

「吉か凶かは十月二十日の返電だな」

「モンテカルロなら、ぼくも行きたい」

小説家が言った。

「会議のあと、カジノでひと儲けも悪くないからな」

「では、会員希望？」

「会員でたのむ」

「公用語はフランス語か英語。それを明記せよとある」

「じゃ、オリるよ」

「ではオブザーヴァでは？」

「自前なら旅費はない」

みんなが笑っているなかで、

「高平さんなんか、どう？」

演劇家が仁一郎に眼をむけた。

演劇家が、高平さんなんか、どう？　と聞いたのは、高平仁一郎が「精神武装」のフランス文広告を一瞥《いちべつ》しただけで、あとは感想も吐かず、モンテカルロ集会に参加申込みをするしないで沸いている渦に入らず、グラスを重ねていたからである。

また、そう水をむけた裏には、画家とはいっても高平は画を売らなければ困るような身分ではない。資産家である。趣味も相当に広い。遊びの趣味のほうは仲間にも噂《うわさ》になっている。

「いや、ぼくはそういうのにはあんまり興味がないですな」

仁一郎は眼もとをかすかに笑わせて答えた。

「そうかねえ。趣旨にはあまり賛成でない？」

「いや、賛成です。効果のほどは疑わしいが、とにかく、ハイテクの暴走を黙って見送っているよりは、その抑止運動にはなるでしょうな。けど、ぼくはそんな国際会議みたいなところへ出て何かしゃべらなければならない義務がイヤなんだな」

「惜しいね、あんたはフランス語ができるのに」

「いやいや、たいしたことはありませんよ」

「どうだね、オブザーヴァでは？　これだと手弁当の、アシ代手前持ちのかわりに義務はないからね。ところもモンテカルロ、カジノでバカラやルーレットで小遣いかせぎをしてはどうです？」

笑いながらいうと、

「モンテカルロとは遠くてね。行くのがおっくうですよ」

答えるほうでも笑った。

ママの長沼嘉子が阿佐子を伴って急ぎ足に入ってきた。

「まあお賑《にぎ》やかな声だったこと」

和服の嘉子は、女の子が空《あ》けた高平仁一郎の隣りに腰をおろした。

阿佐子は、やはり女の子が譲った前衛音楽家と私大教授の文芸評論家との間にかけた。

「シュプレヒコールみたいな、合唱みたいな声がしてたわね。表のルームのお客さまがたが、一瞬しんとなって、なんだなんだと眼をまるくしてらしたわ」

阿佐子は派手な笑《え》み顔を順々に皆にむけた。彼女があらわれてから、ほかの女たちはやぼったく見えてきた。

「ママも阿佐子ちゃんも、もっと早くここへくれば事態の推移がつかめたのに」

音楽家が髪を振って言った。

「すみません。表のルームから抜けられなかったのと、そのあと阿佐子といっしょにお客さまをお送りしてたもんですから」

ボーイがママと阿佐子にグラスを運んできた。液体に黄色とピンクの色はついているが、酒かどうかは見た眼にはわからない。とにかく皆もグラスを挙げた。

長沼嘉子は四十六、七である。だが四十くらいにはみえる。額はやや広い。眉と、細い眼尻が下がり、鼻筋が徹《とお》っている。唇はうすく、瘦《や》せた頰の線が両側から流れて細い頤《あご》に形よく括《くく》られている。眼蓋《まぶた》の上の棚が窪《くぼ》んでいるので、日本調でありながらバタ臭い感じもする。だから洋装も似合う。

もと別のクラブで長くナンバーワンを張った。いまでも化粧には入念である。九時近くでないと店にやってこない。

その間を阿佐子がつなぐ。

グラスを置いて、濡《ぬ》れた唇を嘉子はハンカチで軽く抑え、

「どういうお話なの、うかがわせて」

音楽家に顔をむけた。

「モンテカルロのカジノにギャンブルをしに行こうと決議したところだよ。ママ」

「モンテカルロに？　銀座のキャバレーではカジノをはじめたの？」

「ばかな。そのモンテカルロじゃない。ほんもののモンテカルロさ。モナコの」

「ウソ」

言ったのは阿佐子だった。

「ウソだと思うなら、ここにいるお嬢さんがたに聞いてみろ」

阿佐子はホステスらの表情を見て笑いを途中でやめた。それでも半信半疑の曖昧《あいまい》な笑みを浮べ、離れた席の高平仁一郎に視線を走らせた。

「お話を聞いてるとほんとうらしいの、ママ。なんでもモンテカルロに、むつかしい国際会議があって、みなさん、そこへお出かけになるらしいわ」

「あらほんと？」

長沼嘉子は細い眼をみはった。

「なんという会議なの？」

「フランス語だからわかんないわ」

「川島センセ。なんというんですか」

ママは建築家をふりむいた。

「一種の文化会議だよ」

「ああ、皆さん文化人でいらっしゃるから」

「まあそういうこと」

「主催はどこの企業さん？」

「一流クラブのオーナー・ママともなれば、すぐに大手企業がスポンサーだと頭が走る。主催は日本の企業じゃない。パオロ・アンゼリーニ事業団」

「パオロ・アン……」

「アンゼリーニというのはイタリア人だ」

ウイスキーを湯で割って飲む前衛建築家は、長沼嘉子に言った。

「ああ、それでモンテカルロが会議の開催地なのね。なんの文化会議？」

「そこに先刻までいらしたどこかのコンピューター会社の幹部諸氏、ならびに当店をごひいきにしてくださる同社の重役諸公には申しわけないけれど」

笑った。

「あら、ずいぶん気をつかってくださるのね」

「コンピューター技術を含めてさ、高度技術つまりハイテクは開発が猛烈に進み、激甚な競争も伴って、その速度が急激に高まっている。いまに何が出来るか予想もつかん。だが、このままだと、人間不在だけではなく、ハイテクを兵器に利用して大量殺戮《さつりく》を企図した人類が、ついにはハイテクのひとり歩きによって逆に滅亡させられることになる。これをいまのうちに阻止するには、人間には精神という大切なものがあるから、精神の武装でハイテクと対抗するしかない。かくて、世界中の人々にこの精神武装の団結を呼びかけるべく、その実行方法を討議し、アッピールを出そうというのが、この事業団の団長パオロ・アンゼリーニ氏の提唱らしい」

「ご苦労さま。要約絶妙」

詩人が手を拍《う》った。

「けっこうな趣旨じゃありませんか」

「けっこうなことはまだそれだけじゃないのよ、ママ」

頬のふくれたホステスが顔いっぱいを笑いにして口を入れた。

「日本からモンテカルロまでの往復航空運賃と、会期中の滞在費はタダですって。先方持ちだから」

「え、ほんと？」

「ほんとほんと。向うから送ってきた規約書にちゃんとそう書いてある。ただし、会員だけ。会員はこっちが申し込んだ者を向うの事業団で審査してパスした者に限る」

「センセがたならワケないでしょ？」

「そうもいかんよ。会員申込みは、英、米、仏、独、それに地元のイタリアをはじめヨーロッパ諸国、そして南米からもある。参加者の数に限りがあるから、こういう世界の手強《てごわ》い相手と競争じゃね」

「大丈夫よ、センセイがたのアタマだと。頑張ってください」

「試験がないかわり、資格審査はむこうさま任せだから頼りない話さ。頑張りようがないね。宝クジの発表を待っているようなものさ。ただし、次点のクジにはオブザーヴァというのがある」

次点クジにあたる「オブザーヴァ」は傍聴者として会場に入れてくれ、モンテカルロのホテルも世話してくれるが、往復の運賃、ホテル代は自弁だと演劇家はママに説明した。

「それでもいいじゃありませんか。モンテカルロなんて素晴らしいわ。あそこ、ニースの近く？」

長沼嘉子が建築家にきいた。

「うむ。カンヌ、ニース、それからモンテカルロ。西から東へ順にいうとね。みんなくっついている。コート・ダジュールの海岸だ。紺碧《こんぺき》の地中海。深緑のオリーヴの森がつらなる。沖には鷗《かもめ》と見紛《みまご》うヨットの帆走。……」

建築家が詩のように誦《しょう》した。

「うわア、すごい」

女の子が夢見心地の眼をし、手を叩《たた》いた。

「行ってみたいわ、一生に一度でいいから」

「そして夜はカジノさ」

「名にし負うモンテカルロのカジノね。社交場でもあるんでしょ？」

嘉子がきく。

「さよう。紳士はタキシードまたはブラック・スーツ。淑女はイヴニング・ドレスまたは最新のファッション・ドレスだね。ノーネクタイのアロハシャツでカジノに入るアメリカのラスベガスあたりとは格が違います。だいいち、モンテカルロのカジノの建物からして、パリのオペラ座とそっくりのデザインで典雅なものさ。これも道理で、オペラ座をつくった建築技師や職人を呼んで建てさせたのです。ラスベガスのネオン・ホテルとは雲泥の相違」

「センセ、おいでになったの？」

「ああ、一度だけね。ジュネーヴのパレ・デ・ナシオンの日本代表部にいる先輩が休暇をとって行ったときにいっしょにね」

「バカラかルーレットかでお儲《もう》けになったの？」

離れたところから阿佐子が笑いながら訊《たず》ねたが、瞳をちらりと高平仁一郎へ動かした。

「いや、とてもわれわれには手が出ない。まわりを見ると、大金ばかり賭けてるからね。いちどの勝負に、邦貨にして五十万円、百万円はザラだ。もうチップを山のように積み上げたのを台の上にならべてね。それもきみ、一人であちこちのルーレット台に置いている。こっちの台ですったら、あっちの台でカバーするという。競馬の馬券買いにも似ているが、一人で各台の間を往復して忙しいことさ」

「そりゃプロですね」

「プロだ。賭博師だね。資金を出す奴がいるんだろうね。五十万円ぶんのチップの山をディーラーの熊手にかっさらわれても、眉一つ動かさない」

「面白そうなお話だこと」

新橋四丁目、国電ガード下から南側にこまかく碁盤の目になっている一帯は、間にまた路地が入りこんだりして、飲み屋、スタンドバー、やきとり屋、料理店などの間口の狭いのがびっしりと軒をならべている。軒の提灯《ちょうちん》はもとより、せまい道の両側には路地行灯《あんどん》よろしく店の看板をならべていたり、屋根の上につき出た梯子《はしご》のような看板があって、梯子の一つ一つに店の名が色とりどりの灯でならんでいるのは、近くの銀座の延長でもある。とにかくこのような狭小な一画にこんなにも店の看板の灯がひしめいているのも道理で、せまい間口をのぞくと、そこは上へ行く階段があり、地下へ降りる手すりが光っている。

時間が早ければ、近くの三軒もあるピンク映画劇場前から呼びこみの若い衆の手を叩く音、タコ焼きの臭いが流れてくるのだが、午前一時近くになるとそれはやんでいる。が、看板の灯はあまり消えなかった。銀座や赤坂あたりからの流れ客があるらしかった。

角がやきとり屋で、よほど人気があるとみえちょっと広い店なのに黒や茶色の洋服連が群がっていて、あふれたのは土間で順番を待っていた。酔った混声が煙草の煙の中に唸《うな》っていた。

その角を曲ると小さなスナックバアがあった。ママが一人で奥の壁を背にして中に立ち、客は扇形のカウンターにならんだ。十人以上も掛けると、隣りの客の肘がすれ合う。和服のママは、ひとりで眼と愛嬌《あいきよう》笑いとをまんべんなく配って、客をさばいた。皿洗い、つき出しつくりの小女がしゃがんだり、のび上がったりしていた。壁には、タレントだか野球選手だかの暗号文字のようなサインの色紙がピンアップしてあった。

高平仁一郎は、うすい水割りウイスキーを飲んでいた。

横はサラリーマンだが、三人づれと、二人づれと四人づれと三組にわかれたグループであった。仁一郎は左の端のほうにいた。いちばん端は一つ空《あ》いている。空けてあるのだ。右端の三人組は会社の上役の悪口を言っていた。まん中の四人組は女の話をしていた。次の二人づれは野球選手の下馬評をしていた。

隣りのが、仁一郎に話しかける機会を見つけようとしていたが、彼の服装がラフな格好の中にも、少々違うようだと酔眼にもわかって、ものを言いにくそうにしていた。仁一郎は着るものにもさりげなく道楽をしている。

彼の背中の格子戸が開いた。小柄なママの顔が持場から眼をあげて、

「いらっしゃいませ」

と叫ぶように言い、眼を仁一郎の頭の上へ流した。

「今晩は、ママ」

息切れがした声は、約束の場へ駆けつけたといった様子があらわで、体裁もなにもなく、なみいる先客連中が顔をもたげる中を、空けてある仁一郎の横に坐った。

「ママ。わたしにも、これ」

グレイのコートの衿《えり》からパールのネックレスをのぞかせた阿佐子は、仁一郎の手もとに眼を遣った。

「ねえ」

低声《こごえ》になって、彼に上体を傾けた。

「モンテカルロ、行かないの、ほんとに？」

水割りをつくっているママがそれを耳に入れた。

「あら、あそこのバンドは十一時限りだそうですよ。近ごろ、警察がうるさくって」

「ほんとだ。行かなくたっていいよ」

仁一郎はグラスを挙げた。

阿佐子が苦笑し、出されたグラスで仕方なさそうに合せた。

「あとの大勢はどうなった?」

仁一郎は先に「リブロン」を出てきた。

「七人さんが会員参加の希望でした。川島センセはさっそく明日テレックスで申し込むと言ってらしたわ、パオロ何とか事業団へ」

「パオロ・アンゼリーニ」

「いっぺんにはおぼえられません」

「合計七人参加とは豪勢だな。会員に当選すれば旅費はフリーの大名旅行だからな。けっこうだ」

「でも、イヤな人ね」

「だれのこと?」

「Sさんよ」

私大教授で評論家の頭文字。仁一郎の耳に口を寄せ、

「あれで、ママにご執心なんだから」

離れて、下をむき口に手を当てた。

「まあだいたい様子で察してはいたがね」

「さすがだわ、センセ」

仁一郎は腕時計をのぞき、内ポケットから紙入れをとり出した。

「おいくらかしら？」

阿佐子が代ってきいた。

待ち合せの店にはチップをはずまねばならない。

出て行く二人に、残った客が首をねじ曲げた。

タクシーが拾えそうな烏森の広い通りへ歩いた。一時をすぎると、このへんのタクシーは実車が多い。駅が近いので大型トラックが地響きを立てて疾走した。

歩道に避《よ》けて歩きながら仁一郎は阿佐子に言った。

「きみをマンションの前で落して、ぼくは青葉台に帰るからね」

「あら」

寄り添った阿佐子が組んだ腕に力を入れた。

「そんなの、ないでしょ」

こっちはマンションの部屋に泊まってくれるつもりになっていたのに、という怨《えん》じ声が早くも出ていた。

「いや、今夜は帰る」

「どうして？」

眼はタクシーを探して黙って歩いた。

「奥さまがまだお発ちになってないから？」

阿佐子は遠慮そうにきいた。

「まだだ。しかし、それとは関係ない」

「……」

「疲れたんだよ」

男の歩き方に阿佐子は脚を急がせた。

「どこかへお出かけになるの？」

「外国にでも出かけようかと思っている」

「外国？」

「地中海でも眺めに行くか。……」

「おひとりで、いらっしゃるの？」

「世界の進歩的文化人による討議集会。イタリアのフィレンツェに本部があるというパオロ・アンゼリーニ文化事業団の主催するモンテカルロ集会にね。だから、これは一人さ」

「あら、出席なさらないというお話だったたじゃないの？」

「正式な出席はしない。ひやかしといっては悪いが、後学のためにのぞいてみようかと思っている。だから会員の申込みはしない。オブザーヴァの申込みくらいだ。自分のカネで行くんだから。モンテカルロはホテルだらけだからね」

「十一月三日からでしたわね？」

「なにもそこだけが目的じゃない。あちこち見て歩いて、そこへ回るかもしれないということさ。とにかくヨーロッパへ行くつもりだ」

「ヨーロッパの海を見たいわ。わたしも連れていっていただけるかしら？」

「………」

「わたしはただ外国へ行ってみたいというだけじゃないんです。そんなのとは違うの。あなたと遠い旅がしたいの。お邪魔はしません。途中で、日本へ帰れと言われたら、いつでも帰ります」

「………」

仁一郎は不審そうに呟《つぶや》いた。

「おかしいな。どうして集会をモンテカルロなんかでやるのだろう？」

——ヴァイキング・ヴェンチャラー号が夜ふけのポーツマスを出港し、未明にルアーヴルに入港したときは、和子も信夫も虎口《ここう》を脱した思いであった。イギリス海峡を横断する深夜六時間の船旅であった。

だが、船中では睡《ねむ》れなかった。フェリーなのでコンパートメントはなく、全部が固定したイス席だ。仕切りはなく、広い船内の横には売店がならんで航海中店が開いて、飲みものや食べものを売る。店の前はいつもざわついていた。

乗船するとすぐにボーイが配った毛布を和子も信夫も胸の上までかけて顔を伏せ、睡る努力をした。そういうふりをしてあたりの様子をうかがっていたのだが、訝《あや》しい挙動の者は認められなかった。

乗客は定員の三分の二くらいで、数が少ないから、妙な素振りの人物が居れば、見分けがつくのだ。ロンドンの地下鉄にあったような落書もなかった。

日本人の男が一人乗っていた。日本人はどこにでも存在する。彼は三十すぎの商社の営業マンといった格好であった。ポーツマスから乗ってイス席に着いた直後にアタッシェ・ケースをさげた彼が近づいてきたので、二人は思わず息を呑んだものだった。

やあ観光ツアーですか、と彼は快活に話しかけてきた。このコースで、しかもこの夜の船便でフランスに渡られる日本の旅行者の方に初めてお遇いしました、すばらしいプランですとにこにこして言った。

適当に答え、疲れた様子を見せると、失礼しましたと商社マンはすぐに立ち去ったが、あとで見ると、向うのイス席でアタッシェ・ケースを両手に抱えこんで熟睡していた。

船室が騒々しくなった。汽笛が鳴って、ルアーヴルに近づいたことを報《し》らせたのだが、船客の多くは、暗い甲板に上がった。和子も信夫もみなのあとについた。ルアーヴル港の灯が集まって輝いていた。右側の海岸線にも都市の灯が点々と遠くまで光っていた。トルーヴィルの灯、ドーヴィルの灯、カブールの灯。……

四時だった。海の上なので、薄明がひろがっていた。左側の丘に、ドーヴァーと同じ「白い崖」が見えるといって甲板で人々が騒いでいた。

いつのまにか商社マンが和子の横にきていた。

「お早うございます。あの白い崖のある左側の、灯がチラチラするあたりの入江がフェカンです。モーパッサンの生れたフェカンの町です。……」

ヴァイキング・ヴェンチャラー号は、払暁の空に短く汽笛を鳴らし、減速させてルアーヴルへの入港をめざした。

コンビナートにならぶ灯と市街の高層ビルの灯とがよほど近くなった。左側には黒々とした丘陵地帯がつづく。

商社マンは甲板上の冷たい風に吹かれながら信夫とならぶ和子に言った。

「フェカンへ行ってごらんになると、モーパッサンの小説『メーゾン・テリエ』の舞台がイメージとして遺《のこ》っていることがわかりますよ。地形もそのままです。娼婦たちのいる曖昧《あいまい》カッフェのある路地にしても、聖歌が聞える小さな教会にしても。いまにもその路地奥からテリエの女将《おかみ》や行商人やあばずれの女どもや飲んだくれの水夫や、さては収税官なんかが丘の道からとぼとぼと歩いて来そうなんです」

エンジンは止められた。船は余力で港へ進んだ。

「モーパッサンがどんなに生れ故郷のこの地方を愛したかは、『メーゾン・テリエ』だけではなく、ほかの作品にもふんだんにこのへんが背景に使われています。それから、このセーヌ川の河口となっているルアーヴルからパリのほうへ六十キロばかり行くと、やはりセーヌ川沿いにルアンの都市があります。モーパッサンの師のフローベールの生れたところです。あの『ボヴァリー夫人』を書いたフローベールです。この師弟愛の周辺からフランスの自然主義文学が生れたのです」

商社マンは小説好きのようだった。

ロンドンが営業本社だがフランス北部からベルギー、オランダが担当だという。年じゅうフランドル地方を歩いているが、いつも同じところを往復しているので退屈し、その間に小説を手当りしだいに乱読しているのだと話した。

「フェカンの海岸に断崖絶壁の洞窟《どうくつ》をもった小島がありますがね。アルセーヌ・ルパンの『奇巌城』のモデルなんです。ルパンなんかは中学生のころに夢中になって読みましたな」

また、右のほうも指した。

「ここからは遠くて見えませんが、右の端に灯が集まっている町がドーヴィルです。そのずっと先がカーンの町です。いまは工業都市ですが、大戦前は漁港でした。ジョルジュ・シムノンが一時期そこに住んだことがあります。シムノンが北ノルマンディのメランコリックな風景を描写するのも、それでよくわかるんです。……おや、だいぶ明るくなりましたね」


ルアン。――

ルアーヴルの東六十キロ、パリの北百十キロ。セーヌ川の下流にある。

朝八時ごろノートルダム大聖堂を遠見にして信夫と和子はルアンの街をぐるぐると歩いた。大聖堂の東にはサン・マクルー教会がある。火炎ゴシック様式の建物である。大聖堂の天を刺す槍の尖塔《せんとう》が炎を従えて街の上に聳《そび》えている。

モネの仲間のピサロは「ルアンの街」で大聖堂の堂塔三つの上部を中央の背景にとり入れ、その門前町の風景を描いている。

せまい道の両側にひしめく商店、赤茶色の三角屋根に白い切妻、三階までが細長い白壁の住居。これに太陽が当る。階下は店舗で陽が射さぬ。テントを大きく張り出したりしてうす暗く、その中で商品がごちゃごちゃならんでいるが、見えない。手前の角の三角頭の細長いのは時計台と広告塔を兼ねている。隣りはくすんだ茶色煉瓦《れんが》のレストラン。暗い。せまい通りを馬車が過ぎ、日蔭の両側は買物客で混雑している。道はでこぼこ。

シスレーの「ルアンの街」は、道の正面にアングルを据え、左右の商店街はV字形に先すぼまり、幌《ほろ》をかけた馬車が手前に大きく迫っているという大胆な遠近法の構図。大聖堂の尖塔はV字形の中央に遠くそびえる。建物の上部と尖塔だけに光が明るく、両側にならぶ軒下の雑踏は暗い。——

「ピサロにしても、シスレーにしても、まだ印象派じたいが確立していない時期の作品だから『外光』の意識が不十分なんだな。その自覚を持ったのは『印象派』という名を与えられ、モネを先頭として自分たちでもその名で主張するようになってからだね。悪口をこれほど美《み》事《ごと》に変えたのも珍しいね。実力の世界だからね。勝てば官軍というわけさ。批評家もとうてい歯が立たん」

信夫は歩きながら言った。

「ぼくが前に見た印象派の画家たちの画のモデルの地をこうして歩いているかと思うと、感銘深いね」

立ちどまり、まわりを見まわし、そして振り返った。

「ほう、シスレーの描いたのは、この街の通りだったんだな。街の様子が画にそっくりだ。きみがその作品を見ていないのは残念だな。大聖堂の尖塔が中央におさまっている位置といい大きさといい、まったく同じだ。この道のまん中だったんだよ、シスレーが画架を立てたのは」

今日の午後はノートルダム大聖堂を見に行くが、そのあと郊外を車で行こう、印象派の画家たちは農村風景を描いているので、そのモデルの地を遍歴しようと愉《たの》しそうに言うのだった。

ホテルに帰ったのが十時すぎであった。

フロントを通るとき、横の売店に眼をやると今朝のパリの朝刊がならんでいた。パリから列車でもトラック便でも約一時間だから市内と変らない。

パリ発行の新聞だが、英字紙も出ている。そのフロントページの片半分に、

《評決、ネルビ夫人の他殺の主張を容れる。——第二回ロンドン検視法廷二十五日》

と大きな活字が横に流れている。

信夫は二部を買った。

部屋へ戻って、二人はそれぞれ新聞に眼をさらした。ものも言わなかった。茶も要らなかった。

開けた窓からはセーヌ川からの微風が運ばれてきている。車の走る音がする。窓の下では子供たちの遊ぶ声がしていた。

《二十五日午前十時に開かれたイタリアのロンバルジア銀行頭取リカルド・ネルビ氏の、去る十九日朝ロンドンのブラックフライアーズ橋の工事足場で発見された首吊り死体に関する第二回検視法廷は、審判長格であるシティの検視官ブライド博士が九名の陪審員たちに対し、ネルビ氏の死体状況ならびに所持品など前回の警視庁捜査課報告と警察医所見を要約して説示したうえ、ネルビの未亡人リーナ証人の第二回証言聴取に入った。

前回につづくリーナ証言はネルビの他殺の原因を推定し、これを前面に押し出したものである。——要旨左の通り。

——夫は協力者たちによってイタリアを脱出し、ひとまず中継地に行き、安全を択《えら》んで目的地へ行く。その日程が決まったら中継地からミラノの自宅へ連絡するという打ち合せがわたしとの間にできました。夫はローマのホテルで変装のため口髭《くちひげ》を剃《そ》り落しました。彼は前の密輸事件にひっかかって、パスポートを没収されていたので、協力者が偽名のパスポートを作ってくれることになっていました。彼からの連絡があり次第、わたしと娘のフランチェスカと、パリに居る息子のニコロとはその地で合流する手筈《てはず》になっていました。

夫はそのとき、焦茶色の革製のブリーフ・ケースを持っていました。これは、重要書類を入れていたもので、鍵をかけていて、いつも手もとから離さなかったものです。中には重要な人名リストが入っていると夫は洩らしたことがありますが、わたしは一度も見たことがありません。

一万五千ドル入りの財布とか宝石入りの時計とか指輪などの遺留品は問題ではありません。もっと重大なのはブリーフ・ケースが遺留品に無かったことです。このケースには現金や有価証券類などカネ目のものは何一つ入っていません。書類だけです。泥棒にとっては役に立たない反古《ほご》ですが、必要な対手《あいて》にとっては咽喉《のど》から手が出るほど欲しい重要書類です。

この事実一つとっても、夫は自殺ではなく、殺されたのです。だれが殺したのか。それはロンバルジア銀行の四十億ドルに上る負債、つまり行金を勝手につかみ取りしたイタリアの政界、財界、官界のお偉方《えらがた》、ヴァチカンの「神の銀行」のお偉方たちが自分たちの名前が出るのを恐れて、組織を使って夫を甘言でイタリアから連れ出し、ロンドンの橋の下に首吊り自殺を装って殺したのです。

当法廷での三人の警察官の報告では、夫のズボンのポケットと下腹のところに煉瓦の破片が詰めてあったことを指摘されましたが、なぜにこのような奇妙な行為を自殺者がしなければならなかったかについてはふれられていません。また、死体発見までに死体は水に二度洗われています。テムズ川の満干が一度起り、二度起りかけたときだったからです。これは偶然でしょうか。「石を詰める」ことといい、「水に洗う」ことといい、それが或る秘密結社、つまりイタリアのＰ２の裏切者に対する処刑方法だとすれば、この奇妙な主人の遺体の所見はおわかりになると思います。そうです。夫はＰ２の幹部でした。夫に名前を公表されたくないお偉方は、夫を消すために、Ｐ２の組織を利用したのです。……

Ｐ２の最高幹部は、卑怯にも身内を裏切ったのです。莫大なカネと、将来の新しい権力を増す手ヅルのために。その前から夫を見捨てる傾向はみえていたのですが。

もし対手が政財界や官界のお偉方だけだったら、夫もＰ２との結びつきに気がついたと思います。ところが、向うは「神の銀行」だったんです。ヴァチカンのお偉方だったんです。これまでも、神の名で、手を組んできた仲なんです。それが再起を図るためにバハマに行ったらどうか、ウルグアイに行ったらどうか、とすすめてくれたんです。そこにロンバルジア銀行系列の現地法人の金融機関があるのも、「神の銀行」の利殖政策なんですから。そこへ夫が行くと、ヴァチカンからの融資が、古代ローマの水道のように流れてくるはずです。ヴァチカンは貧者のカネが目立つほどたまっては困りますから。

それで協力者はヴァチカンの筋から付けられたものとネルビは信じました。警戒心の強い夫が、十月三日にヴァチカンに行ってだれと会ったかわかりませんが、ホテルに戻ってきてすっかり安心して、明日の朝早く運転手がこのホテルに自分を迎えにくるといって、にこにこしていました。夫は「神の銀行」筋が、前から因縁のあるＰ２の最高幹部でニューヨークにいるガブリエッレ・ロンドーナや、その上のボスでジュネーヴの拘置所に居るルチオ・アルディと連絡していようなどとは想像もつかなかったのです。

あくる日の四日午前六時ごろ、ホテルに運転手が迎えに来ました。怒り肩の小男で、卑しい顔をしていました。夫は窓から顔を出してもいけないというので、部屋の中で、わたしとフランチェスカにキスしました。それが生きている夫を見た最後です。

十月十七日午後八時ごろ、ミラノの自宅に夫から電話がかかりました。いまロンドンの或る場所に居る。十八日にはまたもう一度電話する。そのときは落ち合う場所のホテルを具体的に指示するから、フランチェスカを連れて来なさい。最終目的地への入国ヴィザはその土地で取得すればよい。パリのニコロにも連絡しなさい。自分は元気だから安心しなさい、と言いました。わたしが、ロンドンはどこのホテルにいますか、そして次に行く国とはどこですかと訊くと、いずれわかるよ、と言って切ってしまいました。横に人が居るふうでした》

リーナ未亡人の証言は、二十日の第一回につづいてこれで二度目であったが、前回のそれはおだやかであった、と新聞は書いていた。

前回ではリーナは、ネルビが自殺する理由のないことを検視法廷で「消極的」に述べたにとどまった。

すなわち、チェルシー地区のアパート式ホテル「スローン・クロイスター」に十月十八日朝まで泊まっていた夫のネルビがその日の真夜中にブラックフライアーズ橋下で首を吊るまでの所在が警察当局にも全くつかめていないこと、現場に彼を運んだというタクシーまたはハイヤーの運転手がないこと、また当人がどこからか単独に現場に歩いて行ったとすれば、付近の通りは深夜でも相当車の通行があるので、そのヘッドライトに映し出されるなどして目撃者があるはずなのにそれがないことなどを述べた。

さらにネルビは身長はさほどではないが、体重は七十五キロあって肥満気味であり、その彼が本来高所恐怖症なのに、どうして危険な川岸から継ぎ足されただけの鉄パイプ組みの工事足場を歩いて行けたか。考えられないというのだった。

そこは滑りやすく、一歩足を踏み誤るとテムズ川に転落する危険な場所である。高所恐怖症の人間はこれを怖れる。

さらにリーナは言った。ネルビはズボンの両ポケットと下腹のところに煉瓦の破片を入れていた。これだけでも二キロの重さはある。体重七十五キロに二キロの煉瓦を加えると七十七キロになる。川岸から工事足場へ渡って行くのはさらに危なくなるではないか。

また、ネルビは足場の突端にある鉄パイプの上でどうしてロープを結び、その輪に自分の首を入れたのか。もし、夫が自殺をしようとすれば、そのような奇異な手段と場所を択ばなくとも、平凡な方法と所とはいたるところにあるはずだ。睡眠薬、ピストル。ベッドの中、浴室。

夫ネルビは妻子を愛していた。自殺なら当然、遺書を残しているはずだ。愛の別れの言葉、遺産の処理についての指示。その重要な遺書がないというのは、自殺でない証拠である。

リーナのこの主張は九名の陪審員たち（男六名、女三名）の心を動かした。審判長の検視官は、評決のため別室に退いて一時間後に再び法廷に現れた陪審員長から答申をうけた。(五対四です。五が自殺で、四が他殺です、ブライド検視官)

ブライド審判長は困惑した。自殺が一票多かったといって自殺に決定することはできなかった。これは前回のことだ。

第二回の二十五日午前十時の検視法廷でリーナは、決然とネルビの「他殺理由」を積極的に展開した。

前回の法廷で検視官の態度が煮え切らなかったことに業を煮やしたようでもあり、陪審員たちを説得するにはもう一歩だという勇気が出たようだった。

リーナの証言は、たっぷりと一時間つづいた。そのあと審判長の検視官が陪審員たちがリーナの証言に衝撃を受けているのを見てとると、暗に近親者の証言が主観的な傾向に流れることを説示した。そう述べる検視官も昂奮《こうふん》の表情がかくせなかった。

検視官の陪審員たちにたいする説示はさらにつけ加えられた。検視法廷の評決には Open Verdict（存疑評決）という一方法がある。自殺・他殺を評決する以外の第三の評決である。好ましいことではないが、このような出口のドアもあると解決困難な密室の比喩《たとえ》にした。

陪審員の男六人、女三人は評決のために別室に退いた。協議は紛糾し、時間がかかり、そのうちに昼食になると思われたが、陪審員たちは入室してから二十分後に法廷に現れた。

(十九日朝、ブラックフライアーズ橋の工事足場で発見されたイタリア人リカルド・ネルビ

氏の首吊り死体は他殺の疑いが濃厚です。全陪審員九人とも一致して、存疑評決といたしました。ブライド検視官)

検視法廷はどよめいた。

陪審員たちはイタリアのP2のことについてはほとんど知っていなかった、と新聞は書いている。陪審員たちは善良な市民で、日常は商店の経営者であり、勤め人の奥さんであり、小さい図書館の司書であったり、ミッションスクール経営の保育園の保母であったりした。

陪審員たちは、歴史上ロンドンを発祥の地とするフリーメーソンが、戦後イタリアでP2となってギャング化していることをうすうす知っている者もあれば、知らない者もいた。うすうす知っている者も深い知識ではなく、なんとなく忌まわしい存在だというくらいだった。

「神の銀行」のことでは、陪審員たちはまったく何も知っていなかった。イギリスはローマ・カトリックではなかったが、同じキリスト教の流れをくむ信仰者として、歴史あるヴァチカンの銀行をP2の悪魔が籠絡《ろうらく》していることをリーナ証言で聞かされ、驚愕と憎悪をおぼえ、この全員一致の評決とはなったのである。

「リーナ夫人の証言を読んで、眼のウロコが落ちた気がする」

信夫は新聞から顔を上げて、和子に言った。

和子もちょうど同じ思いになっているときだった。

「ネルビ頭取が殺されたのはP2の内部抗争だと聞かされていた。中央政経日報ローマ支局員の八木さんから、ブラックフライアーズ・ブリッジの現場近くで教えてもらった。おかげで新聞の解説記事もよくわかるよ」

八木はどうしているだろう。まだロンドンに居るのだろうか。それともローマに帰っただろうか、と和子はふと思った。ポーツマスのホテルからお別れに礼状を総局あてに出しておいたが。

「P2のボスが、創始者のルチオ・アルディで、いまジュネーヴの拘置所に入っている。ナンバー2がニューヨークに横領と詐欺で裁判中のロンドーナ。ナンバー3がネルビ。このロンドーナはロンバルジア銀行をバックに急速に伸びてきたネルビを追い落そうとかかっている。それには『神の銀行』とロンバルジア銀行の癒着の秘密をロンドーナが知っているので、それをタネにネルビを脅しにかかっているが、それだけで足りず、ネルビをマフィアに消させて、ロンバルジア銀行を奪い取ろうという。そういう話になるかな」

「よく憶えてらっしゃるわ」

「新聞に載った妻のリーナさんの前回の法廷証言でも、夫はロンドーナを恐れていた。彼のさしむける殺し屋に襲われやしないかと昼も夜もびくびくしていた。ボディガードの数をふやし、防弾ガラス付の車を買い、ピストルを肌身はなさなかったが、家族のことを心配し、これもボディガードに守らせていた。夜は不安で、おちおち眠れない状態だった。そういう証言を読むと、どうしてもネルビをロンドンで殺したのはP2のマフィア連中としか思えなかったからね」

「そうでしたわ」

「リーナさんのこの二回目の証言を読んで、はじめて気がついたのだがね、P2内部の抗争だけにしては、ネルビがどうして海外に脱出するのかわからない、そこまでする必要はなかったという点だね。あわてかたがひどかった。ロンドーナはアメリカの裁判を受けて係争中で、保釈で出てはいるが、ニューヨークからは一歩も動けない。やってくるのは手下のマフィアの一味だが、ネルビはその連中にカネを撒《ま》いて買収するという手もある。ミラノにでんとかまえてこそネルビの実力が発揮される。イタリアを逃げ出したらネルビは元も子もなくなる。リーナ証言の記事を読むまで、そこに気がつかなかったよ」

イタリアの政財界人が総がかりでネルビを消しにかかっていたとすれば、事態はネルビにとって深刻だ。ロンドーナとの抗争どころではない。リーナによると、「神の銀行」までがこれに加担しているという。

ロンバルジア銀行の負債額は約四十億ドルだ。倒産は避けられない。そうなると、倒産調査の段階で、銀行の脱税行為がぼろぼろと出てくる一方、ネルビを通じて銀行の甘いカネを吸い上げた政界人らのことが明るみに出てくる。不正融資を受けていた財界人らがわかってくる。

政界だけでなく、それとコンビになっている官界にもネルビのカネは行き渡っているはずだ。贈収賄が腐土の下をめくったアリのかたまりのようにあらわれてくる。上は高級官僚から下は税務署員、警官にいたるまで。

ロンバルジア銀行がボロを出さないで、うまく運営されている間はいい。しかし、いったん倒産必至となると、因縁深い政財界人は自分らの名前が暴露されるのを恐れる。

彼らは政敵や対立者や競争者を持っている。自分らの名前が明るみに出たとき、世論の非難を武器にして、かれらはたちまち攻撃をかけてくる。

こうしたイタリアの政財界人がネルビの生命を狙っていたというリーナの証言は、妻が夫から聞いていた話として現実感がある。

ロンドーナ派との抗争だけで、ネルビがイタリアを脱出した理由の弱さにこれまで気がつかなかった。

リーナ証言で眼のウロコが落ちたと信夫が言ったのは、このことからだ。

その上リーナは、これに「神の銀行」のお偉方までが、名前を出されるのを恐れて、ネルビを消すのに政財界の連中に協力しているというのだ。

すると、バハマとかウルグアイとかのロンバルジア銀行のかくれミノのような現地法人が置かれている地にネルビを逃避させ、そこでカムバックの機会を待たせる「神の銀行」からの支援の手というのは、どうなるのか。

新聞記事によると、ネルビはだまされたのだ、とリーナは第二回の検視法廷の証言で言っている。ネルビはうかうかとその甘言に乗って、ローマから連れ出され、ロンドンのレジデンス（スローン・クロイスターのこと）から連れ出され、ブラックフライアーズ橋下で殺されたのです、夫は「組織」に殺されたのです――と強く主張するのだ。

ただ、「神の銀行」の名を使ってネルビをローマから連れ出して、ロンドンで殺したのが、じっさいに「神の銀行」の手なのかどうかはわからない。その名を騙《かた》る政財界か官界の人間なのかはわからない。だが、どちらにしても、その実行となると殺し屋連中に下請けさせねばならず、ここでＰ２の下部組織のマフィアとの組合せが生れる。

夫は「組織」に殺されたのです、というリーナの言葉はこの意味だ。

――ネルビがイタリアを脱出しなければならなくなった理由が、リーナ夫人の証言で和子も信夫と同じに初めてよく理解できた。

が、そうなると、こんどはこれまで以上に「追跡してくる者」が無数に存在することを意識しなければならなかった。

検視法廷の審判長は陪審員たちの評決を採択したあとで言った。

（しかし、われわれはネルビ氏の死に殺害の疑いが濃厚と認めたが、その確認に必要な証人はだれ一人として召喚することができない。彼らのほとんどがイタリア人であり、かれらはイタリアに居住し、この件でロンドンに出てくることを好まないからである。当法廷も彼らに出廷を要請する法的な強制力を持たない。国家の主権が及ばないからである）

英国政府とイタリア政府間の外交折衝によることもできなかった。確たる物的証拠を摑《つか》んでの殺人犯人の引渡し交渉ではないからである。また事件そのものが殺人と決定できたわけではない。まだ嫌疑の段階なのである。

（それに警視庁の捜査課員らの話によれば）

と検視官はつづけていた。

（ネルビ氏の宿泊していたレジデンスの部屋には、イタリア人以外の外国人が出入りしていたという情報もつかんでいる。この外国人は現在どこに居るかわからない。殺人事件と決定したわけではないから、国際刑事警察機構を適用して相手国に捜査を要請することはできない）

とどのつまり、第二回検視法廷は、ネルビの死には他殺の疑いが濃厚であるとの結論を出しただけで閉廷した。

（実質的には、ブラックフライアーズ橋のネルビ氏の縊死《いし》体は、縊死という自殺に偽装した謀殺であるとの推定を打ち出したのに。かくてこれに関与し実行に参加した多数の容疑者は、いま、どこかで乾杯しているはずだ）

「ロンドン警視庁の捜査課員らが、ネルビ頭取のレジデンスの部屋にイタリア人以外の外国人が出入りしていた情報を得ているというのは、捜査員がスローン・クロイスターへ行って、管理人のミセス・パーマーから聞いたんだね」

新聞記事を読み終って、信夫は言った。

「そうでしょう、きっと」

捜査員が来たのは、自分たちが引き揚げた直後だろう。入れ違いだったのだ。

「あの連中のことをパーマーさんが捜査員に話したんだね」

「そうだと思うわ」

「ぼくらのことは捜査員が来ても言わないとパーマーさんはいっていたが、その約束は守ってくれたんだ。日本人のことが新聞に出ていないからね」

信夫は、ほっとした顔になった。

「さあ、これでもう安心だ。ロンドンの検視法廷はリーナの言葉で、ネルビ頭取の殺害の疑い濃厚との評決をうち出したが、証人喚問は不可能だと諦《あきら》めている。だから、ネルビの殺害実行組は、ぼくらも証人として法廷に呼ばれることはないと考えて、もう追跡はしないよ。パロの軍隊はイギリス海峡から引返したのだ」

信夫は晴々とした顔になっていった。

はたしてそうなるだろうか、と和子は思った。

ロンドンの検視法廷はそうなったとしても、ローマの捜査当局や検察当局があるではないか。この捜査次第では、犯人らの動きもまた変ってくる。

リーナ証言の検視法廷での愬《うった》えは、ロンドンだけではなく、ヨーロッパじゅうに衝動を与えている。げんにパリ発行の新聞が、こうして大々的に報道している。

これをイタリアの検察当局や警察が黙視するわけにはゆかなくなるだろう。捜査の開始は必至となろう。

たとえイタリアの政・財・官界が自分たちの名前がスキャンダルとして出るのをおそれてネルビを謀殺させたとしても、ネルビの「自殺」がここまで「他殺の疑い」として濃厚となってくると、国際的な耳目を集めている折柄、その線で捜査せざるを得なくなる。そして、いよいよとなれば、犯人らをただの「強盗殺人犯」にスリかえて、解決してしまうこともある。権力という密室の中での告発であり、裁判だ。リーナもローマに帰れば、ロンドンの主張をさらに声を大にして叫びつづけるだろう。

犯人らは、また「目撃者」の追跡をはじめるかもしれない。こんどはこの大陸だ。追跡者の数も多くなる。政・財・官界という向うの動員はひろくなる。

ノートルダム大聖堂の壮大さは、内部を通行したのではわからない。

それだけではけっきょく十三世紀のはじめに五十年間をかけて造営した主要部分、さらに三百年間も費した建て増し部分を、うす暗い中で欠片《かけら》を拾い集めるように見て通るだけである。先頭の案内人が大きな懐中電灯の光を、ここぞと思う中世の建築意匠や彫刻に当てても、その味気ない光に幽暗な神秘性が破れるだけであった。

モネの「ルアンの大寺」はこのゴシック式寺院礼拝堂入口の何重もの穹窿《きゆうりゆう》を荘重に描いたものである。

信夫はその場所に彳《たたず》み、脳裡《のうり》にあるモネの画とひきくらべて眼を凝らしていた。腕を組んで身動きもせずに。

だが、参観者がまとまった数になると、これを引具する案内人としては、一人でもはぐれる者が出ると困ることで、居残る信夫と和子とをさし招いた。

大聖堂の内陣にきた。人々は期せずして感歎の声をあげる。ものすごい奥行きで、そこに小世界が現出していた。アーチの高さは三十メートルもあろうか。陽光を背にして、窓いっぱいにステンドグラスの赤、青、黄、緑、紫が細い黒の輪廓《りんかく》にくくられて燦然《さんぜん》と輝いていた。観客席を暗くし、宗教劇の大舞台を観るようであった。

案内人としても巡路のフィナーレだ。そこで、フランス語、英語、希望によってはドイツ語でも、説明に一段と声を張り上げ、手を挙げる。——

……後陣の左手の中ほどにある窓の画を見よ。汝《なんじ》らは、そこに首《こうべ》に黄なる円光ある一人の聖者が薬壺を持ちて、ひざまずける病者をいたわれる姿を見るであろう。あれなるは施療院の修道士聖ジャンなり。

しかしてこのステンドグラスに描かれたる聖ジャンの姿は、このルアン生れの文豪ギュスターヴ・フローベールをいたく感激せしめたり。汝らも疾《と》くに知れる如くあの名作『ボヴァリー夫人』の作者なるぞ。

フローベールがこの聖ジャンのステンドグラス画によって着想を得、書き上げしものが『三つの物語』なり。すなわち『純な心』『エロディアス』と共に『ジュリアン聖人伝』あるがこれなり。

『三つの物語』こそフローベール晩年の傑作なれ。『ボヴァリー夫人』を凌駕《りようが》するとも劣らず。フローベールはしばしばこの聖堂に来りて礼拝す。彼の傑作も神の恵みなれ。さらばわれもこれにて汝らと別るるなり。汝らの旅に神の加護あらんことを……。

ノートルダム大聖堂のあるところはルアンの旧市内で、その広場の前のせまい通りは古めかしい商店街になっている。第二次大戦中、ルアンはドイツ軍に占領されたため連合軍の爆撃を受けたが、大聖堂と周辺だけは爆弾投下から避けられた。

広場前のカフェテラスのイスにもたれて二人は大聖堂の全景を見上げた。

十三世紀初めの典型的なゴシック建築は、大火炎が天上に燃え上がってそのまま彫刻になったかのようである。七百年もの星霜を経ているので建築物は黝《くろず》み、黒い炎である。

大聖堂の偉観は、外からでないとわからない。

「すみません」

すぐうしろから日本語の女性の声がかかった。

和子が見返ると、短い断髪の、まるい顔が、にこにこして首をこっちに伸ばしていた。深紅のジャケットに同色のスラックスである。

「失礼でなかったら、ほんのちょっとばかりお話ししてよろしいでしょうか。さっき、聖堂の中でごいっしょした者です」

快活な声だった。若く見えるが三十代半ばと思われた。

「どうぞ、どうぞ。こちらが空《あ》いておりますわ」

和子は信夫と顔を見合せて、隣りのイスに迎え入れた。

こんなとき、同邦人とほんとうは話をしたくなかった。が、聖堂の中でずっといっしょだったと言われると知らぬ顔もできなかった。そういわれてみると、あの暗い歩廊をぞろぞろと歩いている群れの中に、この赤い服があったように思う。

その女性が感じがよかったのも和子の重い気分を軽くさせた。眼が大きくて、笑ってもあまり細くはならなかった。口もとがやや広く、白い歯が目立った。

「すごい建築ですね」

和子の隣りのイスに移ったその女性は話のきっかけをつくるように大聖堂を見上げた。肩にバッグとカメラをかけていた。

「ほんとうに」

和子もいっしょに火炎ゴシック様式の建築に眼を向けた。三人のテーブルの前に茶が運ばれた。

「それにステンドグラスがとてもきれいでしたわ。案内人が修道士聖ジャンの画からフローベールが『三つの物語』の着想を得たなんて説明してくれましたが、わたくしは感慨無量でそれを聞いていましたの」

信夫が和子の横から首をのばした。感慨無量という語が大げさに聞えたからである。

「失礼ですが、あのステンドグラスの修道僧の画か、またはフローベールの『三つの物語』に何か想い出がおありなんでしょうか」

信夫が和子のわきから半身を乗り出してきいた。

「あら、ごめんなさい」

前髪を額の上にかけた三十半ばの色の白い女は、顔いっぱい笑わせながら、お河童頭《かっぱ》をちょっとさげた。

「感慨無量なんて、生意気なことを申しましたけれど、フローベールが『ボヴァリー夫人』で有名作家になり、『サランボー』で名声を確立したあとは、何を書いてもうまくゆかず、私生活も困難つづきだったのが、『三つの物語』を書いて十五年ぶりに傑作として世に迎えられたということです。それを最後の傑作として、三年後に愛弟子《まなでし》のモーパッサンの成功をよろこびながら、自分は、疲れ切って、とうとう脳溢血《のういっけつ》で死んでしまったそうです。……そういうことを想い出し、あのステンドグラスの修道僧の画を見てたものですから、つい感慨無量だなんて大げさな言葉が出ました」

彼女はちょっと首を縮めるようなしぐさをした。

「ずいぶんフローベールのことにお詳しいようですが、何かフランス文学でもやってらっしゃるんですか」

信夫がそこからきいた。

「いいえ、わたくしではありません。母が若いときにソルボンヌにいたことがあります。結婚してからも、父を手伝って翻訳の下訳などしておりました。父は自然科学のほうでしたが、母は小説が好きだったものですから、わたくしもフローベールの話を母から聞かされました」

「まあどうぞ、こちらへ」

和子は、イスを交替してその女性を信夫との間に招いた。失礼しますとにこにこして、遠慮しないのも感じがよかった。

「そうですか。お母さまのお話を聞いておいでしたから、そう言われたお気持はわかりますね」

信夫はいった。

和子はその母なる人がもうこの世にいないような気がした。彼女の言い方はそう解釈したほうがあたっているような気がする。

思うに、この女性の父はどこかの大学の教師で、自然科学方面を教えているのであろう。

それが官立ならすでに定年で退職した教授で、現在は私立大学に気ままに出講しているのかもしれない。著書や訳書もあろうかと思われた。

「では、お母さまがお若いころに勉強されたパリを見にいらしたのですか」

信夫が微笑してたずねた。

信夫がきいたのは、女性が日本からパリにきた旅行者で、このルアンにはそのついでに遊びにきたというのが一見してわかったからだ。だが、彼女は一人であった。男の同伴者も同性の伴《つ》れもなかった。

これも和子の直感だが、彼女は結婚してなく、何かの職業を持っていると思われた。

彼女は肩かけのバッグの中から名刺をとり出して信夫にさし出した。

「わたしはこういう者です」

「あいにく名刺を切らしていますが、ぼくは木下と申します。東京に住んでおります」

信夫はもらった名刺の活字に見入った。

《小島春子。――オリエント・ジャーナリスト連絡会議日本部会会員》

信夫はうなずいて、名刺を和子に渡した。

「会の名前はいかめしいものになっていますけれど」

小島春子と、たったいま名前のわかったばかりの女性は、おかしそうに笑いながら所属の団体名について二人に説明した。

「かんたんに申しますと、フリーのジャーナリストのグループなんです。メンバーは三十人足らず。その中にはアジア諸国からきている特派員だとか、パリ、ロンドン、ニューヨークの新聞に通信を送っているフランス人や英国人、米国人のジャーナリストや留学生も少数居ります。そこで会の名前が少々大げさになったんです。名前からして何か思想団体のように見られがちですが、それは買いかぶりです」

小島春子は、ここでまた、くっくっと笑った。

「ただ、わたしたちの仕事があんまり商業ジャーナリズムにふりまわされないようにする、それを戒め合うような目的のグループではあります。それと勉強会です。うかうかすると、この速い世の中のテンポに、わたくしたちの頭がとり残されますから」

「ご勉強ですわ」

和子は、快活な小島春子の、深いところを見せられたような気がした。

「とんでもありません。お話のしかたが気取っちゃって申しわけありません。ほんとうは、ジャーナリスト特有のおっちょこちょいが多いもんですから。わたくしだって、けっこう好奇心が旺盛なんです。こんど、パリへ来たのも、モンテカルロへ行く用事があったからです。その会議の開催日までにまだすこし日数がありますので」

「モンテカルロの会議ですって？」

信夫が聞きとがめた。

「はい。ちょっと待ってください」

小島春子はカバンの中から手帖を出し、それに挟んだ新聞の切抜きを出して信夫に渡した。

「パリの新聞に出てたのを知人が送ってくれました」

小島春子は説明した。

CONFERENCE MONDIALE SUR LES ARMES SPIRITUELLES
La haute technologie détruira l'humanité. Bouclons Notre Armure Spirituelle pour Combattre Ce Genre de "Progrès".
Les participants incluent des personalités culturelles du Royaume Uni, de France, de la République Fédérale d'Allemagne, d'Italie, des Etats-Unis, du Japon, et d'Amérique Latine.

Date:les 3,4,5 Novembre 1982
Place:Hôtel Hermitage, Monte Carlo, Monaco
Fondation Culturelle Paolo Anzellini
(Florence, Italie)

「で、さっそくグループと相談したんです。この趣旨を世界にアッピールしようということには、まったく賛成で、意見が一致したんです」

和子と信夫は思わず顔を見合せた。

――この文章は以前に眼にしたことがある。フランスの新聞ではなく、英文のポスターであった。

"WORLD CONFERENCE ON SPIRITUAL ARMS"

目立つように、大きな、特異な字体で、ポスターに印刷されてあった。

そのポスターを見たのはロンドンのテムズ川岸、ヴィクトリア・エンバンクメントのブリストル・ホテル。その二階のレストランの廊下の壁に貼ってあった。ネルビ頭取の姿が見えないので、二階へ探しに行ったときにふいとこれが眼についたものだ。

そのポスターの惹句も、小島春子が持っているフランス新聞の広告切抜きと同文であった。

「日本からも文化人の方々がこの国際会議に参加されます。十一月三日からの開催です。まだ間がありますから、こっちへまわってきたんです」

小島春子は切抜きをもとどおりに仕舞いながら、ちょっと小首をかしげて言った。

「わからないのは、どうしてこのような大事な集会をモンテカルロで開催するのだろうか、ということですわ。あのようなブルジョアの歓楽境で。その説明がないんです。会員資格を認定された者は旅費、宿泊料が主催事業団の負担なんですけれど……」

このときだけ彼女の明るい微笑が中断した。


（上巻了）

一九九〇年六月　文春文庫刊

※本文中に、「浮浪者」「もの乞い婆さん」など不快・不適切とされる呼称や、特定の職業や民族に関して、「掃除婦」「看護婦」「保母」「シナ」「ジプシー」など、今日の観点からすると使用に配慮を要する表現が用いられています。しかしながら編集部では、本作が成立した１９８７年（昭和62年）当時の時代背景、および作者がすでに故人であることを考慮した上で、これらの表現についても底本のままとしました。それが今日ある人権侵害や差別問題を考える手がかりになり、ひいては作品の歴史的価値および文学的価値を尊重することにつながると判断したものです。差別の助長を意図するものではないということを、ご理解ください。
※この作品はフィクションです。実在の人物、団体、名称等とは一切関係がありません。【編集部】

光文社文庫

長編推理小説
霧《きり》の会《かい》議《ぎ》（上）　松本清張《まつもとせいちょう》プレミアム・ミステリー
著者　松《まつ》本《もと》清《せい》張《ちょう》

2020年2月20日　初版1刷発行

発行者　鈴木広和
印刷　堀内印刷
製本　榎本製本

発行所　株式会社　光文社
〒112-8011　東京都文京区音羽1-16-6
電話（03）5395-8149　編集部
8116　書籍販売部
8125　業務部

ISBN978-4-334-77978-8　Printed in Japan

組版　萩原印刷